HAROLD R. FOSTER

Prinz Eisenherz

KLASSIKER DER COMIC-LITERATUR

03

Band

Frankfurter Allgemeine
ZEITUNG FÜR DEUTSCHLAND

Bibliografische Informationen Der Deutschen Bibliothek
Die Deutsche Bibliothek verzeichnet diese Publikation in der
Deutschen Nationalbibliografie; detaillierte bibliografische
Daten sind im Internet über http://dnb.ddb.de abrufbar.

KLASSIKER DER COMIC-LITERATUR
BAND 03

PRINZ EISENHERZ
Harold R. Foster

Frankfurter Allgemeine Zeitung GmbH
Hellerhofstraße 2-4
D-60327 Frankfurt am Main

Projektleitung: Dr. Jan P. Klage, Andrea Bürger
Einleitung und redaktionelle Auswahl: Andreas Platthaus
Umschlaggestaltung: Scholz & Friends, Berlin

PANINI COMICS

Geschäftsführer: Frank Zomerdijk
Director of Publishing Panini Comics Deutschland: Tony Verdini
Director of Publishing Panini Comics Group: Marco M. Lupoi
Koordination: Michael Leimer
Redaktionelle Betreuung: Francesco Meo
Gestaltung Innenseiten, Art Director: Mario Corticelli
Grafische Gestaltung: Nicola Spano

Druck und Bindung:
Rotolito Lombarda, Milano

ISBN 3-89981-084-8

Andreas Platthaus

Ein Prinz, der unter den Helden ein König ist
Wie Harold Foster aus seinem Leben die Abenteuer von Prinz Eisenherz gewann

Es war keine gute Zeit für Comics in Deutschland. Doch immerhin schaffte es „Prinz Eisenherz" im Jahr 1939 kurz vor Kriegsausbruch noch über den Atlantik und ins Dritte Reich. Das gab es selten. Hitler liebte zwar Zeichentrickfilme, aber für Comics hatten er und seine Gefolgsleute nichts übrig. Deshalb waren die meisten Serien, die deutsche Zeitschriften aus Amerika bezogen, bereits gekündigt worden. Selbst Walt Disneys muntere Figuren fanden nur noch im Schweizer Bollmann-Verlag eine deutschsprachige Heimat. Und da kam ausgerechnet Eisenherz. Vermutlich sah man bei der Kinderzeitschrift „Der Papagei" vor allem die norwegische Herkunft des Prinzen und den unamerikanischen Handlungsort im Europa des fünften nachchristlichen Jahrhunderts, und prompt überging man alle ideologischen Bedenken. Zur Sicherheit hatte man der Hauptfigur, die im Original auf den Namen „Valiant" hört, allerdings einen urdeutschen Namen verliehen: Waldemar.

Daß wir diesen Waldemar heute alle als Prinz Eisenherz kennen, verdankt sich dem Umstand, daß nur einige wenige Folgen in Hitler-Deutschland erschienen, ehe der Krieg ausbrach und die Entwicklung der Comic-Handlung ohnehin ein weiteres Erscheinen unmöglich machte. Denn Eisenherz zog im Sommer 1939 in den Krieg gegen die Hunnen, und seit der alliierten Propaganda im Ersten Weltkrieg wurde man in Deutschland hellhörig, wenn die Rede auf Hunnen kam, denn mit dieser Bezeichnung war man damals vor allem in der amerikanischen Presse geschmäht worden. Der Autor von „Prinz Eisenherz", Harold Foster, hat diese politische Lesart seiner Serie zwar immer zurückgewiesen: „Ich versuche, jede Botschaft zu vermeiden", hat er erklärt. Doch wie muß man es werten, daß schon im Dezember 1938 auf einer der kleinen Vignetten, mit denen Foster seine Comic-Seiten zusätzlich schmückte, Attila der

Hunnenkönig zu sehen war und gegenüber in einer weiteren Vignette „a German“, also ein Germane – oder eben ein Deutscher? Wie dem auch sei, Foster hat sich später mit Stolz an die Kriegsjahre und die Ablehnung von „Prinz Eisenherz“ durch die Nazis erinnert: „Meine Frau Helen und ich haben immer gescherzt, daß wir jederzeit wüßten, wo Hitler gerade in Europa steht. Denn im gleichen Augenblick, in dem die deutschen Truppen einmarschierten, ließen die Zeitungen ‚Prinz Eisenherz‘ fallen.“

Nach dem Krieg wurde seine Serie hierzulande unter ihrem neuen und dann endgültigen deutschen Namen ein Riesenerfolg. Seit 1950 druckte die „Badische Illustrierte“ die Abenteuer von Prinz Eisenherz nach, und damit wurde in Deutschland derselbe Erscheinungsrhythmus etabliert wie in Amerika: eine Seite pro Woche. Doch nur für kurze Zeit. Schon bald nämlich erlebte Foster etwas, was ihm in Amerika nicht vergönnt war. Die deutschen Leser, die nicht an Fortsetzungscomics gewöhnt waren, verlangten Sammelbände mit kompletten Geschichten. Da es mehr als genug Material aus den Jahren seit 1937 gab, als Foster seine Serie begonnen hatte, wurde Eisenherz bei uns vor allem über die Buchpublikationen bekannt. Wir Deutschen haben seine Abenteuer immer als eine Art abgeschlossenen Comic-Roman wahrgenommen, obwohl sie daraufhin konzipiert waren, von Woche zu Woche neue Spannung zu erzeugen.

Die große Besonderheit von „Prinz Eisenherz“ ist, daß Foster seinen Helden nur für die farbigen Sonntagsausgaben der amerikanischen Zeitungen zeichnete. Gemeinhin wurde eine neue Serie als Werktagsstrip etabliert, das heißt als schwarzweiße Fortsetzungsgeschichte, deren einzelne Folgen aus einer Bildreihe in voller Zeitungsbreite bestanden. Daher der Name „Comic-Strip“ – die Folgen bestanden jeweils aus einem Streifen. Sechs verschiedene Serien übereinander, und man hatte eine ganze Zei-

tungsseite voll. Nur die populärsten unter ihnen genossen das Privileg, auch als Sonntagsseite erscheinen zu dürfen. Das waren eben die ganzseitigen farbigen Folgen in den Wochenendbeilagen, die durch ihren großen Umfang ganz andere Möglichkeiten zum Erzählen boten als die meist nur aus vier Bildern bestehenden Werktagsstrips. Auf den Sonntagsseiten konnte sich der jeweilige Autor als Künstler erweisen, denn sowohl erzählerisch als auch graphisch durfte hier experimentiert werden.

Foster war jedoch schon ein etablierter Künstler, als er 1937 mit „Prinz Eisenherz“ begann. Geboren am 16. August 1892 im kanadischen Halifax, war er nach dem frühen Tod seines Vaters und der Wiederverheiratung seiner Mutter 1905 mit der Familie nach Winnipeg in der Provinz Manitoba, also tief in den mittleren Westen Nordamerikas, umgezogen. Hier nahm er als Achtzehnjähriger nach dem Abbruch seiner Schullaufbahn eine Beschäftigung bei der Hudson Bay Company auf, die sich aus ihren Anfängen mit kleinen Handelsstationen für die Trapper in der kanadischen Wildnis zu einem der größten Handelshäuser des Landes entwickelt hatte – inklusive eines Warenversanddienstes. Für dessen Kataloge begann Foster 1910 zu zeichnen: vor allem Damenunterwäsche, und die Akribie, die er dabei an den Tag legte, brachte ihm eine Beschäftigung als regelmäßiger Werbezeichner in einer Branche ein, die im Zeitalter vor der gedruckten Fotografie auf genaueste graphische Wiedergaben ihrer Warenangebote angewiesen war.

Außerdem belegte Foster Abendkurse an der lokalen Kunstschule, doch nachdem er 1915 geheiratet hatte, reichte sein schmales Salär nicht mehr aus, um die bald vierköpfige Familie zu ernähren. Deshalb siedelte er 1921 mit den Seinen in die Vereinigten Staaten um, nach Chicago, in eines der Pressezentren Amerikas. Hier fand Foster Anstellung als Werbezeichner im renommierten Palenske-Young-Studio; dort entwickelte er sich rasch zu einem der

begehrtesten Plakatillustratoren der zwanziger Jahre. Nur seinem Arbeitgeber zuliebe ließ er sich 1928 auf den Vorschlag ein, die Anfertigung eines neuen Comic-Strips zu übernehmen: „Tarzan" nach den erfolgreichen Groschenromanen von Edgar Rice Burroughs. In diese Idee hatte Palenske-Young die damals erkleckliche Summe von sechstausend Dollar investiert, und deshalb setzten sie einen ihrer Besten auf die Sache an. Fosters Umsetzung geriet so gut, daß die Serie am 7. Januar 1929 in dreizehn amerikanischen und zwei kanadischen Zeitungen startete, und dieses Datum gilt seither als Geburtstag des Abenteuercomics.

Doch Foster hatte nur Material für zehn Wochen „Tarzan" vorbereitet, und danach kehrte er wieder zur Werbegraphik zurück, weil ihm das Comic-Zeichnen als mindere Tätigkeit erschien, mit der er sich nicht weiter abgeben wollte. Immerhin hatte Foster mit seinem Debüt nebenbei eine neue Erzählgattung geschaffen und auch eine neue Form des Erzählens. Denn er verzichtete als an Comics desinteressierter Künstler auf die genretypischen Sprechblasen und setzte die notwendigen Texte als fortlaufende Erzählung direkt in die Bilder. So schuf er den Eindruck von klassischen Buchillustrationen im Comicformat, und diese Neuerung setzten seine Nachfolger als „Tarzan"-Zeichner fort.

Erst zwei Jahre später, als die mittlerweile mehrjährige Wirtschaftskrise die Reklamebranche zu ruinieren drohte, beugte sich

Foster dem ökonomischen Druck und ließ sich wieder als Zeichner für „Tarzan“ anwerben. Fortan aber gestaltete er nur die inzwischen eingeführte Sonntagsseite der Serie. Sein Geschick im Umgang mit der Komposition dieser gewaltigen Fläche und die subtilen Farben, in denen die Seiten auf sein Geheiß gedruckt wurden, erregten Aufsehen. Fosters Arbeit galt sofort als Meilenstein des Genres, und er sollte „Tarzan“ diesmal für sechs Jahre treu bleiben, ehe er aus Enttäuschung über seine ungenügende finanzielle Beteiligung am Erfolg der Serie die Idee zu einem eigenen Comic entwickelte. Er sollte „Prinz Arn“ heißen, doch der Leiter des King Features Syndikats, das sich um den Verkauf von Comic-Strips an Zeitungen kümmerte, setzte gegen Fosters Willen den Namen „Prince Valiant“ durch.

Die erste Folge erschien am 13. Februar 1937, und immerhin hatte man die neue Serie, zu der es ja keinen Werktagsstrip gab, an acht Zeitungen verkaufen können. Dabei spielte Fosters hervorragender Ruf als „Tarzan“-Zeichner eine wichtige Rolle, und von Beginn an ließ er keinen Zweifel daran, daß er mit „Prinz Eisenherz“ aufs Ganze gehen würde. In mehr als einem Jahr Vorbereitung

hatte Foster die gesamte Biographie seines Helden festgelegt, und nun erzählte er sie – beginnend mit der Flucht der Familie von Eisenherz, die als Könige in der norwegischen Stadt Thule geherrscht hatten, aber von einem Thron-Usurpator nach England vertrieben worden waren. Zu diesem Zeitpunkt war Eisenherz noch ein kleiner Junge.

Schon die erste Folge enthielt eines der sorgfältig gezeichneten Seestücke, für die Foster eine besondere Leidenschaft besaß, und in der zweiten zeigte er nackte Krieger aus Thule, die sich nach einem Kampf gegen die Briten reinigten. Solche Alltagsszenen hatte man in dem seit acht Jahren bestehenden Genre des Abenteuercomics noch nie gesehen, und sie sollten zum Markenzeichen von „Prinz Eisenherz“ werden. Foster verwendete größte Mühe auf seine Recherchen, und er bemühte sich, die Welt des frühen Mittelalters so exakt wie möglich darzustellen. Wobei dieses Bemühen um Genauigkeit allein die Objekte betraf: Burgen, Waffen, Rüstungen, Pferdegeschirre, Mobiliar. Die Epoche selbst gestaltete Foster dagegen als Mischung aus Ereignissen und Erscheinungsbildern mehrerer Jahrhunderte. Narrative Klammer dabei blieb die Artus-Sage, denn Eisenherz sollte als junger Mann in die Tafelrunde des bri-

tischen Königs aufgenommen werden. Diese Anknüpfung an einen populären Stoff nötigte Foster aber gerade seine sehr freie Epochendarstellung ab: „Hätte ich König Artus so gezeichnet, wie ihn meine Recherchen gezeigt haben, hätte mir das keiner geglaubt. Ich kann König Artus nicht mit einem schwarzen Bart zeichnen, in Bärenhäute gehüllt und mit ein paar Rüstungsteilen bekleidet, die die Römer zurückgelassen hatten, als sie Britannien verließen, denn das ist nicht das Bild, das sich die Leute von ihm gemacht haben." So war es erst der Filmregisseur Antoine Fuqua, der fast siebzig Jahre nach dem Debüt von „Prinz Eisenherz" 2004 dadurch Aufsehen erregen konnte, daß er in seinem Film „King Arthur" den sagenhaften Herrscher genau so zeigte, wie Foster ihn 1937 gerne gezeichnet hätte.

So neuartig Foster seine Serie beginnen ließ, sosehr hielt er sich noch mit graphischen Experimenten zurück. Seine „Tarzan"-Serie war bezüglich der Seitenarchitektur sehr konservativ gewesen, und auch in „Prinz Eisenherz" dauerte es bis zur elften Folge, ehe Foster sich von der strikten Einteilung in zahlreiche gleich große Bilder löste und variable Formate wählte, in denen er überdies erstmals extreme Nahansichten seiner Figuren unterbrachte. Vier Folgen später baute Foster zur dramaturgischen Steigerung der Handlung dann das erste überformatige Bild ein, das Einsenherz beim vergeblichen Versuch, sich ein Pferd zu zähmen, zeigt und durch sein Ausmaß die gesamte Seite dominiert. Von da an erinnerte kaum eine Folge im Aussehen an die vorherige; Foster spielte nun seine ganze Meisterschaft in der Komposition aus und präsentierte in Folge neunzehn mit der Ansicht des Schlosses von Camelot die erste seiner berühmten Phantasiearchitekturen, deren zeichnerische Sorgfalt in der Ge-

schichte des Comics nicht ihresgleichen hat.

Zugleich entwickelte Foster narrative Bildstrukturen, die das Metier revolutionierten. Ein exzellentes Beispiel dazu findet sich in Folge vierundzwanzig, in der Eisenherz die königliche Rüstkammer besucht. Während der von Ritter Gawain als Knappe angenommene junge Mann bewaffnet wird und bereits eine Beinschiene trägt, sieht man im Hintergrund einem Schmied bei der Arbeit an der zweiten Beinschiene zu. Foster gelingt es in diesem einen Bild, die ursprüngliche Herstellung wie auch die Nutzung des fertigen Produkts zu erläutern. Aus seiner Erfahrung als Werbezeichner hatte er genaue Vorstellungen von der Aussagekraft eines Motivs mitgebracht, und mit seinen Arbeiten führte er dadurch einen völlig neuen erzählerischen Anspruch in die Comics ein: Wichtig wurde nun die getreue Abbildung der Wirklichkeit.

Darüber vergaß er aber das erzählerische Element nicht. Der Aufstieg des jungen Prinzen zum Mitglied der Tafelrunde nahm immerhin fast zwei Jahre in Anspruch, ehe Eisenherz in Fortsetzung 103 vom 29. Januar 1939 auf dem Sumpfschlachtfeld von Fennland den Ritterschlag durch den König empfing. Fortan wechselten sich seine Abenteuer in schnellerer Folge ab: Gemeinsam mit seinem Vater erobert er den Thron von Thule zurück, er begegnet in einem der eher phantastischen Teile der Handlung Chronos selbst, dem Herrn der Zeit, gegen den selbst Eisenherz vergeblich kämpft, und er begibt sich nach Oberitalien, wo er an der Seite der dortigen Fürsten gegen den Ansturm der Hunnen kämpft. Später sollte Foster seinen Prinzen die Gunst von Aleta, der Königin der Nebelinseln, gewinnen lassen, die ihm zwei Söhne gebären würde, deren ersten der rachsüchtige Foster Arn nannte, um den von ihm ursprünglich favorisierten Namen für Eisenherz doch noch in die Serie einzuführen.

Das aber geschah erst in den Jahren nach 1945, doch Foster erzählte seine Geschichte mit epischem Atem. Dabei ließ er seinen Helden altern, was im Comic trotz des Vorbildes von Frank Kings Familienserie „Gasoline Alley“ damals noch eine Seltenheit war. King ist einer der wenigen Comic-Zeichner, die Foster nicht nur akzeptierte, sondern auch nachahmte, wenn er in seiner typischen abgedämpften Farbpalette die Schönheiten eines Herbstwaldes oder eines Sonnenaufgangs zeichnete. Für solche Schwelgereien in Naturschauspielen war „Gasoline Alley“ berühmt geworden, und der begeisterte Kanufahrer und Angler Foster fand hier ein Vorbild, das die Schönheiten unberührter Landschaften auf eine Weise porträtiert hatte, die seinem eigenen Erleben

entsprach. Denn „Prinz Eisenherz“ ist bei allem historischen Abstand ein immens persönlicher Comic, in dessen Held Foster ein idealisiertes Selbstporträt angelegt hat: vom spöttischen Blick auf die Frauen bis zum Draufgängertum und der Fähigkeit, sich auch unter schwersten Bedingungen durchzuschlagen. So ähnelte das britische Sumpfgebiet des Fennlandes verdächtig den Flußläufen in Manitoba, und daß Eisenherz schließlich noch selbst nach Nordamerika übersetzen würde, war nur konsequent, denn er landete dabei in ebenjener Gegend um Halifax, wo Fosters Lebensweg seinen Anfang genommen hatte.

Dessen zweite Hälfte stand schließlich ganz im Zeichen seiner Serie. Die Verfilmung von „Prinz Eisenherz“ mit Robert Wagner in der Titelrolle machte Foster 1954 berühmt und

wohlhabend. Nun hatte sich endgültig ausgezahlt, daß er sich die Rechte an seiner Figur nie hatte abhandeln lassen. Er selbst zeichnete seinen Helden bis zur Folge 1788 im Jahr 1971, dann engagierte er den Zeichner John Cullen Murphy als Nachfolger, aber Foster schrieb die weiteren Abenteuer noch bis 1979, als er, mittlerweile siebenundachtzigjährig, die Rechte an „Prinz Eisenherz" doch noch an seinen langjährigen Vertrieb King Features verkaufte. Es war, als hätte er damit auch sein eigenes Leben aus der Hand gegeben, denn Harold Foster brach nur zwei Monate später nach einer Hüftoperation zusammen und verlor jegliches Gedächtnis. Er starb am 25. Juli 1982, ohne sich jemals wieder daran erinnern zu können, daß er der Welt einen Prinzen geschenkt hatte, der unter den großen Comic-Helden ein König genannt werden muß.

Prinz Eisenherz

AUS DEN TAGEN KÖNIG ARTUS

Der Prinz von Thule ~ Kampf um Ilene ~ Ritter der Tafelrunde

Text und Zeichnungen · Harold R. Foster
Übersetzung · Wolfgang J. Fuchs
Lettering · Klaus D. Baedermann

IN GESTRECKTEM GALOPP REITET DER KÖNIG VON THULE HINUNTER ZUM STRAND, DICHT GEFOLGT VON DEN UNBARMHERZIGEN FEINDEN.
MIT DEM KLEINEN HÄUFLEIN ERSCHÖPFTER GEFOLGSLEUTE BESCHLAGNAHMT ER EINES FISCHERS LOGGER.
IM MORGENGRAUEN BEFINDEN SIE SICH WEIT DRAUSSEN AUF DEM STÜRMISCHEN ÄRMELKANAL.
ENTLANG DER KREIDEFELSEN BRITANNIENS SUCHEN SIE EINEN HAFEN.
DIE HALBWILDEN BRITANNIER WIDERSETZEN SICH IHRER LANDUNG.
VOM STURM VORANGETRIEBEN, ERREICHEN SIE SCHLIESSLICH DIE THEMSEMÜNDUNG. ABER ALS DICHTER NEBEL ÜBER DEM WASSER AUFSTEIGT, VERLIEREN SIE DIE ORIENTIERUNG.
„BRANDUNG VORAUS", RUFT DER AUSGUCK.
SIE SCHLAGEN EINEN AUSWEICHKURS EIN, DOCH DER WARNRUF ERTÖNT ERNEUT.
PLÖTZLICH GERÄT DAS SCHIFF MITTEN IN DIE BRANDUNG, DIE ES AUF TRÜGERISCHEN SAND SCHMETTERT.
DER KÖNIG ERREICHT DAS UFER ZUSAMMEN MIT SEINER FRAU, DEM JUNGEN PRINZEN UND DEN MEISTEN SEINER BEWAFFNETEN GEFOLGSLEUTE.
ALS DER NEBEL SICH HEBT, IST HINTER IHNEN DIE STEIGENDE FLUT, WÄHREND VOR IHNEN FEINDSELIGE MÄNNER AUFTAUCHEN.
HAROLD R FOSTER
„GEGEN DIE SEE KÖNNEN WIR NICHT KÄMPFEN", SAGT DER KÖNIG GRIMMIG. „ABER HINTER DIESEN BEWAFFNETEN FINDEN WIR TROCKENES LAND UND NAHRUNG." UND BEI DIESEN WORTEN ZIEHT SEIN SCHWERT AUS DER SCHEIDE!

„WIR MÜSSEN KÄMPFEN ODER IN DER HERANNAHENDEN FLUT ERTRINKEN!" SIE KÄMPFEN MIT VERZWEIFELTER ENTSCHLOSSENHEIT, BIS...
...SICH DER FEIND GESCHLAGEN GIBT UND DIE FLUCHT ERGREIFT.
DER FLÜCHTIGE KÖNIG UND SEINE LEUTE VERSORGEN SICH IM VERLASSENEN DORF MIT NAHRUNG UND RUHEN EINIGE TAGE LANG AUS.
DOCH HINTER DEN DÜNEN SAMMELN SICH DIE LANDBEWOHNER.
DAHER TRITT MAN DEN RÜCKZUG AN UND ZIEHT NORDWÄRTS AN DER KÜSTE ENTLANG DURCH FEINDESLAND.
DIE NACHRICHT VON IHREM KOMMEN EILT IHNEN VORAUS.
SCHLIESSLICH ERREICHEN SIE DAS GEHEIMNISVOLLE FENNLAND, WO IHNEN EIN GROSSES SUMPFGEBIET DEN WEG VERSPERRT.
HINTER IHNEN TAUCHT DIE AUFGEBRACHTE LANDBEVÖLKERUNG AUF.
EINGEDENK DER KAMPFKRAFT DER ERPROBTEN VETERANEN DES KÖNIGS, BIETEN DIE BRITANNIER VERHANDLUNGEN AN.
IN FRIEDEN AUF EINER INSEL IN DEN GROSSEN SÜMPFEN LEBEN ODER GEGEN EINE ERDRÜKKENDE ÜBERMACHT KÄMPFEN, SO LAUTET DIE WAHL. DER KÖNIG DENKT AN FRAU UND KIND UND ENTSCHEIDET SICH FÜR DAS ÜBERLASSENE LAND.
2-20

FÜHRER BRINGEN DEN KÖNIG IN SEIN EXIL IN DEN GEHEIMNISVOLLEN SÜMPFEN.
AM BUG EINES JEDEN BOOTES AUFGEHÄNGTE GLOCKEN SOLLEN DIE SELTSAMEN SUMPFBE-WOHNER VERSCHEUCHEN.
EINMAL TAUCHT SCHEMENHAFT EIN UNGEHEU-ER AUF, DAS ABER SOFORT WIEDER IM SCHILF VERSCHWINDET.
GEGEN MITTAG KOMMEN SIE IN OFFENERES GEBIET MIT BREITEREN KANÄLEN.
SANDGEFÜLLTE SCHILDKRÖTENSCHALEN DIENEN IN DEN BOOTEN ALS FEUERSTELLEN ZUM KOCHEN EINER MAHLZEIT.
GEGEN SONNEN-UNTERGANG ERREI-CHEN SIE DIE IHNEN ÜBERLASSENE INSEL.
DIE FÜHRER ENTFACHEN EIN GROSSES FEUER, DENN SIE FÜRCHTEN DIE SELTSAMEN WESEN, DIE DES NACHTS DURCH DIE SÜMPFE STREIFEN.
AM NÄCHSTEN TAG BEGINNT SCHON DIE ARBEIT AN IHREM NEUEN HEIM.
FÜR DEN JUNGEN PRINZ EISENHERZ FÄNGT PLÖTZLICH EIN AUF-REGENDES LEBEN AN.
ER ENTDECKT EINE NEUE WELT VOLLER GEHEIMNISSE UND GROSSER ABENTEUER.
HAROLD R FOSTER
ALS AM ABEND DAS GROSSE FEUER ENTFACHT WIRD, SIEHT EIN MERKWÜRDIGES PAAR, WEIT DRAUSSEN IN DEN TROSTLOSEN SÜMPFEN, SEINEN SCHEIN UND MACHT SICH DARÜBER GEDANKEN.
2-27

EINES TAGES BEGEGNET PRINZ EISENHERZ IM GEHEIM-NISVOLLEN SUMPFLAND EINEM HALBWILDEN EIN-HEIMISCHEN JUNGEN, UND DAMIT BEGINNT SEIN ERSTES GROSSES ABENTEUER.
UNTERSCHIEDE DER SPRACHE UND HER-KUNFT SIND RASCH VERGESSEN. WAS BLEIBT, IST ABENTEUER-LUST.
EISENHERZ LERNT BALD, WIE MAN MIT DEM FISCHSPEER UMGEHT UND GROSSE HECHTE IM OFFENEN WASSER ERLEGT...
...WIE MAN EIN WURFNETZ AUSWIRFT
...UND WIE MAN ENTEN IM FLUG MIT GABELSPITZ-PFEILEN ERLEGT.
WÄHREND ER HERANWÄCHST, WIRD ER SO ZUM JÄGER DER VERBANNTEN, DER FÜR EINE REICH-GEFÜLLTE SPEISEKAMMER SORGT.
EINES TAGES ABER WERDEN DIE JÄGER SELBST ZU GE-JAGTEN, UND IHR LEBEN HÄNGT VON DER SCHNELLIG-KEIT IHRES HANDELNS AB.
PFEIL UM PFEIL TRIFFT EISENHERZ DIE SUMPF-ECHSE. DOCH ER HÄLT SIE DAMIT NICHT AUF.
SIE RUDERN SCHNELL ZU EINER DER WENIGEN INSELN UND LAUFEN ZU EINEM GROSSEN BAUM.
HOCH OBEN IN SEINEM GEÄST FINDEN SIE SICHERE ZUFLUCHT.
DIE GANZE NACHT HIN-DURCH HÖREN SIE DEN GROSSEN DRACHEN UM DEN BAUM HERUMSTREICHEN.
VON DEN OBERSTEN ÄSTEN AUS SIEHT EISENHERZ WEIT DRAUSSEN IN DEN TROST-LOSEN SÜMPFEN EIN KLEINES LICHT FLACKERN.

IN DEN SEIT PRÄHISTORISCHEN ZEITEN UNVERÄNDERT WEITLÄUFIGEN SÜMPFEN HABEN EISENHERZ UND SEIN GEFÄHRTE AUF DER FLUCHT VOR EINER SUMPFECHSE DIE NACHT AUF EINEM HOHEN BAUM VERBRACHT.
AM NÄCHSTEN MORGEN ERSINNEN SIE EINE FALLE FÜR ...
... DEN UNERMÜDLICH LAUERNDEN BELAGERER.
DIE FALLE KOSTET SIE IHRE LEDERUMHÄNGE, EINEN VORMITTAG ARBEIT UND BLASEN AN DEN HÄNDEN.
DANN SCHWINGEN SIE DIE VORRICHTUNG ÜBER DEN GROSSEN KOPF DER ECHSE ...
...UND LASSEN SIE IM RICHTIGEN AUGENBLICK LOS.
DER SPERRKEIL SPRINGT HERAUS, UND DIE ZAHNARTIG EINGEKERBTEN BACKEN DER FALLE SCHNAPPEN ZU.
DER NACHFOLGENDE KAMPF DROHT DIE KLEINE INSEL AUSEINANDERBRECHEN ZU LASSEN!
PRINZ EISENHERZ BLICKT NOCH EINMAL ÜBER DAS SUMPFLAND. DORT, WO IN DER NACHT DAS LICHT FLACKERTE, STEIGT NUN EINE DÜNNE RAUCHSÄULE AUF.
ER PRÄGT SICH DIE RICHTUNG EIN UND KLETTERT MIT SEINEM GEFÄHRTEN VOM BAUM.
SIE LAUFEN ZU IHREM EINBAUM ...
...UND LASSEN DIE INSEL UND DAS WILD UM SICH SCHLAGENDE GRAUEN HINTER SICH ZURÜCK.
3-13
AM ABEND HÖRT EISENHERZ SEINEM LEHRER KAUM ZU, DENN IN GEDANKEN PLANT ER, DIE GEHEIMNISVOLLE LICHTQUELLE AUFZUSPÜREN.
5

EHE EISENHERZ DEM GEHEIMNIS DER MEN-SCHENLEEREN SUMPFLANDSCHAFT NACHSPÜREN KANN, GILT ES, ANDERE AUFGABEN ZU ERLEDIGEN.
UM RUHE UND FRIEDEN ZU SICHERN, SORGT DER KÖNIG IM EXIL DAFÜR, DASS SEINE MANNEN KAMPFFÄHIG BLEIBEN. UND NACH SEINEN REGELMÄSSIGEN MORGENDLICHEN ÜBUNGSSTUNDEN...
...BEGIBT SICH PRINZ EISENHERZ ALLEIN AUF SEINE GEFÄHRLICHE MISSION.
DURCH DAS LABYRINTHARTIGE DICKICHT DES SUMPFLANDES BAHNT ER SICH EINEN WEG...
...ZU DEM GEHEIMNISVOLLEN FEUER, DAS AN EINER STELLE BRENNT, AN DER KEINE MENSCHENSEELE SEIN SOLLTE.
DER WIND SCHLÄGT UM UND TREIBT VOM MEER KALTEN, GRAUEN NEBEL HERAN.
BALD SCHEINT DIE GANZE WELT IM NEBEL ZU VERSINKEN.
EISENHERZ SETZT DENNOCH SEINEN WEG SO LANGE FORT, BIS DIE EINBRECHENDE DUNKELHEIT IHN ZUM ANHALTEN ZWINGT, UND EINE NAHE GEFAHR...
...DAS ENTFACHEN EINES FEUERS ERFORDERT.
WEIT DRAUSSEN IM SCHWANKENDEN MOOR JEDOCH FUNKELN ZWEI AUGEN ZORNIG DEM EINDRINGLING ENTGEGEN.
UND EINE UNFÖRMIGE GESTALT WIRD LOSGESCHICKT, UM DEN BESUCHER ZU ENTMUTIGEN.

KÜHL DÄMMERT DER MORGEN HERAUF.
DAS UNGEHEUER STAPFT DURCH DEN SCHLICK HERAN.
EISENHERZ SPÜRT DIE GEFAHR. ER SCHRECKT HOCH UND ERBLICKT EINE SCHATTENHAFTE GESTALT, DIE VORSICHTIG NÄHERKOMMT.
EISENHERZ HAT GERADE NOCH ZEIT, NETZ UND KEULE ZU ERGREIFEN, EHE ER ENTDECKT WIRD.
DAS FANGNETZ SENKT SICH ÜBER DAS UNGEHEUER, ALS DIESES ZUM SPRUNG ANSETZT.
ÜBERRASCHT SPRINGT ES ZU KURZ, UND EISENHERZ LÄSST SEINE KEULE NIEDERSAUSEN.
SCHLAG AUF SCHLAG TRIFFT DAS UNGEHEUER, BIS ES STILL LIEGENBLEIBT UND SICH DAS WASSER RÖTET.
PRINZ EISENHERZ IST NEUGIERIG, WAS FÜR EIN WESEN IHN ANGEFALLEN HAT. ER ZERRT ES AUS DEM WASSER AUF EINE SANDBANK.
ZU SEINEM ENTSETZEN ENTPUPPT SICH DAS UNGEHEUER ALS EIN MENSCH. ER IST EIN GROSSER MANN, DER SCHRECKLICH MISSGESTALTET UND VERWACHSEN IST.
TROTZ DER VIELEN SCHLÄGE LEBT ER NOCH. EISENHERZ UNTERSUCHT IHN, ENTDECKT ABER KEINE KNOCHENBRÜCHE.
EISENHERZ FINDET ZWEI VORNE HOCHGEBOGENE BRETTER, DIE ERKLÄRUNG, WARUM SICH DAS UNGEHEUER SO MÜHELOS ÜBER DEN SUMPFBODEN BEWEGEN KONNTE.
3-27
HAROLD R. FOSTER
ER LEGT DIE KREATUR AUF DIESE BRETTER UND SETZT ALL SEINE KENNTNISSE DER HEILKUNST EIN, UM DEN NOCH GLIMMENDEN LEBENSFUNKEN NICHT VERLÖSCHEN ZU LASSEN.
7

EISENHERZ' BEMÜ - HUNGEN SIND VOM ERFOLG GEKRÖNT.
NACH EINEM LANGEN SCHLAF UND ETWAS VON EISENHERZ BEREITETEM ESSEN ERHOLT SICH DAS SELTSAME WESEN SO WEIT, DASS ES REDEN KANN.
AM NÄCHSTEN TAG BEFRAGT PRINZ EISENHERZ DAS SCHWERFÄLLIGE WESEN. ES HEISST THORG UND WOHNT WEITER WESTLICH IM TROSTLOSEN HERZEN DES FENNLANDS.
ALS THORG WIEDER ZU KRÄFTEN KOMMT, DRÄNGT ER SO WILD DARAUF, HEIMKEHREN ZU KÖNNEN, DASS EISEN - HERZ IHN FESSELN MUSS.
DREI TAGE NACH DEM KAMPF LEGT EISENHERZ THORG IN SEINEN EINBAUM UND BRICHT GEN WESTEN AUF.
THORG WEIST IHM DEN WEG DURCH DEN ÖDESTEN TEIL DER SÜMPFE, DEN SIE NUR DANK DER SCHUHBRETTER DURCHQUEREN KÖNNEN.
ALS THORG AUFSCHREIT, BLICKT EISENHERZ HOCH UND SIEHT VOR SICH...
...EINE DER RIESIGEN, PRÄHISTORISCHEN SCHILD - KRÖTEN, DIE NOCH IN DIESEM UNBERÜHRTEN SUMPFLAND LEBEN.
MIT AUSGESTRECKTEM HALS SCHIEBT SIE SICH DURCH DEN SCHLICK NÄHER, WÄHREND SIE VON EINEM PFEIL NACH DEM ANDEREN GETROF - FEN WIRD.
DIE SCHILDKRÖTE ZIEHT DEN KOPF EIN, UM MIT DEN LEDERÄHNLICHEN FALTEN IHRES HALSES IHRE VERWUNDBARSTE STELLE ZU SCHÜTZEN.
IHR AUGE IST NUN DAS EINZIGE ZIEL FÜR DIE PFEILE DES PRINZEN. DAS GROSSE REPTIL HAT SIE FAST ERREICHT, ALS EIN PFEIL SEIN ZIEL FINDET.
UM IHRE RASENDEN SCHMERZEN ZU LINDERN, WENDET SICH DIE SCHILDKRÖTE AB UND TAUCHT IN DEN SUMPF, SO DASS EISENHERZ SEINE SELTSAME FAHRT FORTSETZEN KANN.

SCHLIESSLICH LÄSST SICH DAS BOOT NICHT WEITER ZIEHEN.
„ZU HAUSE NICHT WEIT", SAGT THORG. ALSO STÜTZT IHN PRINZ EISENHERZ, ALS SIE ÜBER LAND WEITERZIEHEN.
DA DER BODEN IMMER FESTER WIRD, LASSEN SIE DIE SCHWEREN SCHUHBRETTER ZURÜCK.
DER GEPRÜGELTE THORG IST AM ENDE SEINER KRAFT. EISEN-HERZ LÄSST IHN RASTEN UND GEHT ALLEIN AUF EINE ELENDE HÜTTE ZU.
DRINNEN SITZT GESENKTEN KOPFES EINE ALTE, VER-KRÜPPELTE FRAU.
ALS EISENHERZ NÄHERTRITT, HEBT SIE ÜBERRASCHT DEN KOPF.
„THORG", KREISCHT SIE. „BRING MIR THORG, SONST BELEGE ICH DICH MIT EINEM FLUCH."
THORG WANKT WIM-MERND HERBEI. DIE HEXE NIMMT SEINEN VERBUNDENEN KOPF IN DIE ARME UND RUFT: „MEIN SOHN!"
„FAST VIER TAGE WARTE ICH SCHON, DASS MEIN KIND HEIMKOMMT UND MIR ZU ESSEN BRINGT. DAS IST DEINE SCHULD. GEH UND BRING MIR WAS ZU ESSEN!"
MIT DEM BOGEN IN DER HAND ZIEHT EISENHERZ HINAUS. DER TAG GEHT BEREITS ZUR NEIGE.
BALD HAT ER NAHRUNG FÜR ALLE.
H. Foster
„MORGEN ENTSCHEIDE ICH, OB ICH DICH FÜR DAS VON DIR ANGERICHTETE UNGEMACH BESTRAFE ODER OB ICH DICH BELOHNE, WEIL DU THORG ZURÜCKGEBRACHT HAST", SAGT DIE HEXE HORRIT.

EISENHERZ FÜHLT SICH IN HORRITS REICH WIE EIN EINDRINGLING. DA ER IHREN SOHN, DAS UNGEHEUER THORG, ZUSAMMENGESCHLAGEN HAT, FÜHLT ER SICH VERPFLICHTET, FÜR DIE DEM VERHUNGERN NAHE HEXE EINEN NAHRUNGSVORRAT ZU BESORGEN.
WÄHREND EISENHERZ EINEN WILDBRETVORRAT ANLEGT, DER BIS ZU THORGS GENESUNG REICHT, HUMPELT HORRIT HERBEI.
„HEUTE ABEND ZEIGE ICH DIR DEINE ZUKUNFT", SAGT SIE UND KICHERT. „ES GIBT KEINE GRÖSSERE STRAFE FÜR EINEN MENSCHEN, ALS SEINE ZUKUNFT ZU KENNEN."
„NUN, SCHÖNER KNABE, SCHAU IN DIE TORFGLUT", SAGT HORRIT AM ABEND. „DANN SAGE ICH DIR, WAS DICH ERWARTET."
EIN SELTSAMES GRAUEN BEFÄLLT EISENHERZ, ALS ER INS FEUER STARRT. „DEIN GRÖSSTER SCHMERZ STEHT DIR SCHON BALD BEVOR", VERKÜNDET HORRIT HOHNLACHEND. „NUN SCHAU UND SIEH, WAS SONST NOCH DEINER HARRT."
DER FEUERSCHEIN LÄSST ALLES VOR SEINEN AUGEN VERSCHWIMMEN. DANN SIEHT ER - ANFANGS UNDEUTLICH - EINEN KRIEGER IN VOLLER RÜSTUNG.
DANN BURGEN UND SCHIMMERNDE ARMEEN...
...KÄMPFE UND SCHLACHTENGETÜMMEL...
... EINEN KÖNIG UND EINE KÖNIGIN. DAS IST DER TÖRICHTE ARTUS MIT SEINER LAUNISCHEN GINEVRA", FAUCHT DIE HEXE.
„UND DU WIRST DEM EINHORN, DEM DRACHEN UND DEM GREIF GEGENÜBERSTEHEN, SCHWARZE UND GELBE MENSCHEN SEHEN. DU WIRST VIELE ABENTEUER ERLEBEN, ABER VON GLÜCK UND ZUFRIEDENHEIT KANN ICH NICHTS ERKENNEN."
„NUN GEH!" HERRSCHT SIE IHN AN. „GEH. WEIL DU THORG ZURÜCKGEBRACHT HAST UND WEIL SCHWERES AUF DICH WARTET, LASSE ICH DICH GEHEN. DOCH EILE, EHE ICH DIR EINE SCHLIMME KRANKHEIT AN DEN HALS WÜNSCHE, WEIL DU MEIN KIND SO ZUGERICHTET HAST."
H FOSTER
DER WEG ZURÜCK ZUM BOOT IST FÜR EISENHERZ BESCHWERLICH. VON FURCHT UND SORGE GETRIEBEN, RUDERT ER WIE WILD NACH HAUSE.
10
4-17

DIE GANZE NACHT HINDURCH LENKT EISENHERZ SEIN KLEINES BOOT DURCH DEN SUMPF. VON DEN VISIONEN DER HEXE HORRIT AUSGELÖSTE QUÄLENDE UNRUHE TREIBT IHN VORAN.
ALS ER ANKOMMT, IST ES BEREITS SPÄTER MORGEN. NIEMAND IST ZU SEHEN. ER LÄUFT ZUM ELTERNHAUS.
DRINNEN SIND DIE ALTEN KRIEGER SCHWEIGEND UM IHREN KÖNIG VERSAMMELT. EISENHERZ' VATER SITZT MIT GESENKTEM KOPF DA.
DER KÖNIG HEBT SEIN ABGEHÄRMTES HAUPT. *„DU KOMMST ZU SPÄT, MEIN SOHN"*, SAGT ER UND DEUTET AUF DIE TÜR ZUM NEBENRAUM.
PRINZ EISENHERZ BETRITT AHNUNGSVOLL DEN STILLEN RAUM. ER WEISS NUN, WELCHEN GROSSEN KUMMER IHM DIE HEXE HORRIT GEWEISSAGT HAT.
ER BLICKT AUFS STILLE ANTLITZ SEINER MUTTER, DAS SO AN SONNENSCHEIN UND FRÖHLICHKEIT GEWÖHNT WAR.
DIE KÄLTE UND DER NEBEL DES FEINDSELIGEN NORDLANDES HABEN IHRE LIEDER FÜR IMMER VERSTUMMEN LASSEN.
AN JENEM ABEND ERZÄHLT PRINZ EISENHERZ DEM EINSAMEN KÖNIG VON DEN WEISSAGUNGEN DER HEXE UND BESPRICHT MIT IHM SEINE ZUKUNFT.
EIN JAHR LANG BEREITET ER SICH NUN AUF DAS SCHICKSAL VOR, DAS SEINER ZU HARREN SCHEINT.
11
4-24
DIE SÜMPFE, DIE SEINER MUTTER DEN TOD BRACHTEN, REIZEN IHN NICHT MEHR. ALSO MACHT ER SICH AUF ZUM FESTLAND, KOMME, WAS DA WOLLE!
H FOSTER

DEM KÖNIG VON THULE UND SEINEN KRIEGERN IST ZWAR DAS VERLASSEN DER SÜMPFE VERBOTEN. DENNOCH HAT SICH EISENHERZ NACH DEM TOD SEINER MUTTER VORGENOMMEN, AUF DER SUCHE NACH DEM ABENTEUER, DAS FESTLAND ZU BETRETEN.
ER VERSTECKT SEINEN EINBAUM UND GEHT VORSICHTIG LANDEINWÄRTS.
EIN KRÄFTIGER, GLEICHALTRIGER BURSCHE STELLT SICH IHM IN DEN WEG. ES IST EIN SCHÄFER, DESSEN HERDE ER AUFGESCHEUCHT HAT.
ER HÄLT EISENHERZ FÜR EINEN DIEB UND GEHT MIT SEINEM HIRTENSTAB AUF IHN LOS.
ER IST STARK UND WENDIG UND KANN MIT DEM STAB ERSTAUNLICH GESCHICKT UMGEHEN.
IN DIESER UNBEKANNTEN KAMPFART FÜHLT SICH EISENHERZ UNTERLEGEN. SCHEINBAR ENTMUTIGT LÄSST ER SEINEN SPEER SINKEN. TRIUMPHIEREND HOLT DARAUFHIN SEIN GEGNER ZUM SCHLAG AUS.
DOCH DA SPRINGT DER JUNGE PRINZ VOR.
EISENHERZ REISST DEN BURSCHEN HOCH UND SCHLEUDERT IHN DANN ZU BODEN.
ER WILL IHM SCHON EINE MÖGLICHERWEISE TÖDLICHE LEKTION ERTEILEN, ALS ER ERKENNT, DASS IHM DAS GESICHT IRGENDWIE BEKANNT IST.
„EISENHERZ", RUFT DER BURSCHE. „ERKENNST DU MICH DENN NICHT? ALS MEIN VATER DIE DEINEN VOR JAHREN INS FENNLAND GELEITETE, JAGTEN WIR BEIDE GEMEINSAM IN DEN SÜMPFEN."
H FOSTER
„WIE GUT, DASS ICH DICH TREFFE", SAGT EISENHERZ LÄCHELND. „DU HAST MIR DEN UMGANG MIT WURFNETZ UND FISCHSPEER BEIGEBRACHT. JETZT LEHRE MICH DIESE KAMPFART."
MIT UMWICKELTEN STÄBEN BEGINNT DER UNTERRICHT, WÄHREND UNBEMERKT EIN RITTER IN SCHIMMERNDER RÜSTUNG HERANREITET UND ANHÄLT, UM ZUZUSEHEN.
12

ES IST DER SAGENHAFTE RITTER LANCELOT, DER AUFMERKSAM DEN KAMPF DER BEIDEN BURSCHEN VERFOLGT.
„WACKER GEKÄMPFT", SAGT DER RITTER LÄCHELND. „IHR BURSCHEN WERDET EINES TAGES TÜCHTIGE KRIEGSKNECHTE SEIN."
„ICH WILL KEIN KNECHT WERDEN, SONDERN EIN RITTER WIE IHR", ENTGEGNET EISENHERZ STOLZ.
„WENN DU MIT RITTER LANCELOT SPRICHST, HAST DU 'HERR' ZU SAGEN, BURSCHE", BELEHRT IHN DER KNAPPE DES RITTERS MÜRRISCH.
„WENN DU MIT DEM PRINZEN VON THULE SPRICHST, DANN IN EINEM ANDEREN TON", RUFT EISENHERZ HITZIG.
RITTER LANCELOT LACHT, ABER DER KNAPPE REITET VOR, UM DEN FRECHEN JÜNGLING ZU OHRFEIGEN.
ALS ER SICH IM STEIGBÜGEL AUFRICHTET, UM ZUZUSCHLAGEN, HAKT EISENHERZ DEN ELLBOGEN UNTER SEINEN FUSS UND HEBELT IHN VOM PFERD.
DER KNAPPE STÜRZT SCHWER, UND SCHON IST EISENHERZ WIE EIN TIGER ÜBER IHM.
„HALT!" SCHREIT DER RITTER. „MEIN GOTT, DIESER BURSCHE IST GANZ SCHÖN BLUTDÜRSTIG!"
LACHEND REITET DER RITTER MIT SEINEM NOCH IMMER BENOMMENEN KNAPPEN FORT.
„ICH WERDE RITTER", SAGT EISENHERZ.
„ABER DAZU BRAUCHST DU EIN PFERD, WAFFEN UND GROSSEN MUT."
13 5-8
H FOSTER
„ZWEIFELST DU DENN DARAN, DASS ES MIR AN MUT FEHLT?" FRAGT EISENHERZ SEINEN FREUND.

EISENHERZ ÜBERLEGT FIEBERHAFT, WIE ER MÖGLICHST RASCH EIN RITTER WIE LANCELOT WERDEN KANN.
„WENN ICH EIN RITTER WIE LANCELOT WERDEN WILL, BRAUCHE ICH EIN PFERD."
„WENN DU KEIN GELD HAST, DIR EINS ZU KAUFEN, MUSST DU DIR EINS DER WILDPFERDE FANGEN, DIE IN DEN FERNEN DÜNEN LEBEN."
DREI TAGESMÄRSCHE SIND ES BIS ZU DEN DÜNEN AM MEER. UNTERWEGS LERNT EISENHERZ VIEL ÜBER PFERDE.
ER STELLT REICHEN UND ARMEN LEUTEN FRAGEN UND STUDIERT DIE REITKUNST, SO GUT ER KANN.
ALS ER DIE DÜNEN ERREICHT, SUCHT ER DIE TROSTLOSE SANDWÜSTE NACH DER WILDPFERDEHERDE AB.
SCHLIESSLICH ERSPÄHT ER SIE. ZU SEINER ENTTÄUSCHUNG SIND IN DER HERDE NUR STRUPPIGE, KLEINWÜCHSIGE TIERE.
VIELE TAGE SPÄTER KOMMT ER SCHLIESSLICH DEM PFERD, DAS ER FÜR SICH AUSGEWÄHLT HAT, NAHE GENUG.
GESCHICKT WIRFT ER DAS MIT GEWICHTEN BESCHWERTE WURFNETZ.
ABER ER STELLT RASCH FEST, DASS DIESE FANGMETHODE NICHT DIE RICHTIGE IST.
ER MUSS DAS PFERD AN DEN BEINEN FESSELN. ZU DIESEM ZWECK ERFINDET ER EINE VORRICHTUNG, DEREN GEBRAUCH IHM AUCH IN SPÄTEN JAHREN VON NUTZEN SEIN WIRD.
ER ÜBT AUSGIEBIG. ALS SICH DIE NÄCHSTE GELEGENHEIT BIETET, WIRD DER FALLSTRICK ZIELSICHER GEWORFEN...
...UND SCHON HAT EISENHERZ SEIN PFERD!
H. FOSTER

NACHDEM EISENHERZ DEM GEFANGENEN PFERD EIN ZAUMZEUG ANGELEGT HAT, LÖST ER DESSEN FUSSFESSELN.
1
2
DER MITTELLOSE PRINZ MACHT SICH NUN DARAN, SEINE AUSRÜSTUNG SELBST HERZUSTELLEN.
3
DA DAS PFERD NUR DURCH EISENHERZ NAHRUNG UND WASSER BEKOMMT, VERLIERT ES BALD SEINE SCHEU.
4
VIELE TAGE MÜHSAMEN ÜBENS VERGEHEN, BIS EISENHERZ DEN SATTEL OHNE SCHWIERIGKEITEN AUFLEGEN KANN.
5
DER ERSTE REITVERSUCH NIMMT EIN RASCHES ENDE.
6
DOCH DER JUNGE PRINZ HÄLT VERBISSEN DURCH, UND BALD...
15 5-22-37
7
...KENNT ER DAS ERHEBENDE GLÜCKSGEFÜHL, AUF DEM RÜKKEN EINES PFERDES ZU SITZEN.
8
ALS DER SOMMER ZUR NEIGE GEHT, VERLÄSST EIN SELTSAM BEWAFFNETER, ZUKÜNFTIGER RITTER DIE KÜSTE UND MACHT SICH AUF, DIE WELT ZU EROBERN.

MIT DEM SELBST GEFANGENEN PFERD, DEM SELBST KONSTRUIERTEN SATTEL UND ZAUMZEUG UND DER SELBST ANGEFERTIGTEN LEDERRÜSTUNG REITET DER JUNGE PRINZ SCHON SEIT TAGEN LANDEINWÄRTS, ALS IHM RITTER GAWAIN BEGEGNET, EIN RITTER DER TAFELRUNDE.
EISENHERZ' FURCHTLOSIGKEIT BEEINDRUCKT GAWAIN, UND DER DUFT SEINES BRATENS BRINGT IHN ZUM ABSITZEN.
2
IM GESPRÄCH LERNT EISENHERZ VIEL ÜBER DAS LEBEN UND DIE PFLICHTEN EINES RITTERS.
3
4
EIN BEWAFFNETER RITTER UND SEIN KNAPPE KOMMEN LEISE HERANGERITTEN.
„ES IST NEGARTH, EIN RAUBRITTER", SAGT GAWAIN, ALS ER IHN ERKENNT UND ZUM SCHWERT GREIFT.
5
DOCH EHE ER ES AUS DER SCHEIDE ZIEHEN KANN, SCHLÄGT IHN DER FALSCHE RITTER MIT SEINER KEULE NIEDER.
6
„NIMM SEINE HABE UND AUSRÜSTUNG, UND LADE SIE AUF SEIN PFERD!"
7
DAS IST NICHT DIE KORREKTE ART, EINEN RITTER ZU ÜBERWÄLTIGEN, ABER SIE IST SEHR WIRKSAM.
8
9
MIT EINEM GUTGEZIELTEN PFEILSCHUSS STOPPT EISENHERZ DEN ANGREIFENDEN KNAPPEN.
10
„TOD UND TEUFEL", STAUNT DER RITTER. „ICH HABE HEUTE EINEN GUTEN KOCH, EINEN BESCHÜTZER UND EINEN BLUTDÜRSTIGEN WITZBOLD GEFUNDEN. UND DAS ALLES IN EINER PERSON.
16 5-29-37

NACH DEM HEIMTÜCKISCHEN ANGRIFF NEGARTHS, DER ZUM TOD SEINES KNAPPEN GEFÜHRT HAT, BESCHLIESST GAWAIN, DEN RAUBRITTER NACH CAMELOT ZU BRINGEN UND VON KÖNIG ARTHUR ABURTEILEN ZU LASSEN. UND SO MACHEN SICH DIE DREI ÜBERLEBENDEN DES ABENTEUERS AUF DEN WEG NACH CAMELOT.
ALS SIE AM RANDE DER GROSSEN SÜMPFE ENTLANGREITEN...
...KOMMEN IHNEN AUFGEREGT LEUTE ENTGEGEN, DIE, AUF DER FLUCHT VOR EINEM DEM MEER ENTSTIEGENEN DRACHEN, IHR DORF VERLASSEN HABEN.
„ES IST MEINE RITTERLICHE PFLICHT, DIESEN DRACHEN ZU TÖTEN."
SIE SPORNEN IHRE PFERDE ZUR EILE AN UND WERDEN BALD EINES GROSSEN MEERESKROKODILS ANSICHTIG.
RITTER GAWAIN GREIFT TAPFER, ABER OHNE AUSSICHT AUF ERFOLG AN.
PRINZ EISENHERZ GALOPPIERT, IM WISSEN UM DIE KREATUREN AUS SEINEN SÜMPFEN, EBENFALLS LOS.
GAWAIN WIRD ZU BODEN GESCHLEUDERT.
GERADE NOCH RECHTZEITIG WICKELT SICH EISENHERZ' NETZ UM DEN GRAUENERREGENDEN KOPF DES WESENS, DAS SO VON DEM GESTÜRZTEN RITTER ABGELENKT WIRD.
DAFÜR ERBLICKT DAS UNGEHEUER DEN HILFLOSEN GEFANGENEN UND HÄLT AUF IHN ZU.
H FOSTER
17 6-5-37

ALS DER DRACHE AUF DEN HILFLOSEN RITTER NEGARTH ZUSTÜRMT, HEISST ES FÜR EISENHERZ SCHNELL HANDELN. ER ZERSCHNEIDET DIE FES-SELN DES GEFANGENEN, DANN REITEN SIE IN UNTERSCHIEDLICHEN RICHTUNGEN WEG, UM DAS UNGEHEUER ZU VERWIRREN.
DOCH DAS MACHT KEHRT UND WENDET SICH ERNEUT RITTER GAWAIN ZU.
EISENHERZ UND NEGARTH SEHEN HILFLOS ZU, WIE ER SICH TAPFER ZUR WEHR SETZT.
ALS DAS GROSSE MEERESKROKODIL SEINEN ANGRIFF VORBEREITET, SETZT RITTER NEGARTH TODES-MUTIG ALLES AUF EINE KARTE.
IN GESTRECKTEM GALOPP RAMMT ER DEN GRAUENHAFTEN KOPF DES REPTILS.
EINEN AUGENBLICK LANG IST DER VERWUNDBARE BAUCH DES UNTIERS UNGESCHÜTZT. EISENHERZ ERGREIFT DIE GELEGENHEIT BEIM SCHOPFE.
SIE LASSEN DIE STERBENDE ECHSE ZURÜCK UND REITEN WEITER.
H. Foster
AUF DEM WEG NACH CAMELOT BITTET EISENHERZ RITTER GAWAIN VERGEBENS, DEN GEFANGENEN, DER SICH SO TAPFER VERHALTEN HATTE, FREIZUGEBEN. DOCH GAWAIN BLEIBT EISERN.

ALS AM NÄCHSTEN MORGEN GERADE DIE SONNE IM OSTEN HERAUFSTEIGT, ERREICHEN PRINZ EISENHERZ, RITTER GAWAIN UND IHR GEFANGENER CAMELOT, DIE STADT DER WUNDER, DIE SICH VOR IHNEN HIMMELWÄRTS AUFTÜRMT.
ALS SIE DURCHS MERLIN-TOR REITEN, VERSCHLÄGT ES EISENHERZ VOR STAUNEN DIE SPRACHE.
IM INNENHOF SIND VIELE GROSSE RITTER VERSAMMELT, DEREN TATEN NOCH IN LIEDERN UND ERZÄHLUNGEN LEBENDIG SIND.
TROTZ EISENHERZ' BITTEN WIRD DER TAPFERE NEGARTH IN EINE ZELLE GEBRACHT, WO ER AUF SEIN URTEIL WARTEN MUSS.
AM ABEND VERKÜNDEN HEROLDE, DASS KÖNIG ARTUS NUN IM GERICHTSSAAL IST. SIE RUFEN DEN GANZEN HOF ZUSAMMEN.
H. FOSTER
19 6-19-37
AM HINTEREN ENDE DES SAALS ERWARTET PRINZ EISENHERZ BETRÜBT DIE VERHANDLUNG, DIE ER NICHT VERHINDERN KONNTE.

NEGARTH WIRD VOR KÖNIG ARTUS GEFÜHRT. DANN BERICHTEN DIE ANKLÄGER VON SEINEN RUCHLOSEN TATEN.
Merlin Ambrosius
Queen Guinevere
„WAS HABT IHR ZU EUREN EIGENEN GUNSTEN VORZUBRINGEN?" FRAGT DER KÖNIG. DOCH DER STOLZE RAUBRITTER WEIGERT SICH TROTZIG, ETWAS ZU SEINER VERTEIDIGUNG ZU SAGEN.
GAWAIN MÖCHTE DEN KÖNIG AUF SEINEN HITZIGEN JUNGEN FREUND AUFMERKSAM MACHEN UND FLÜSTERT IHM DESHALB EINEN VORSCHLAG ZU.
DARAUFHIN VERKÜNDET DER KÖNIG: „IST HIER JEMAND, DER ETWAS ZUGUNSTEN DES GEFANGENEN SAGEN KANN?"
„JA!" RUFT ES LAUT DURCH DEN SAAL. DANN TRITT PRINZ EISENHERZ KÜHN ZUM THRON VOR.
„HERR NEGARTH IST EIN TAPFERER MANN, DER UNBEWAFFNET EIN RIESIGES MEERUNGEHEUER ANGRIFF UND SO EINEM RITTER DAS LEBEN RETTETE."
EISENHERZ REDET SO EINDRINGLICH ZUGUNSTEN DES GEFANGENEN, DASS DER KÖNIG SCHLIESSLICH SAGT: „UNSER KÖNIGREICH BRAUCHT JEDEN TAPFEREN KÄMPEN, DAHER BEGNADIGEN WIR HERRN NEGARTH, DAMIT ER GEGEN DIE NORMANNEN KÄMPFEN KANN."
H FOSTER
„WER IST DIESER KÜHNE JÜNGLING, DER BEWAFFNETE KRIEGER GEFANGENNIMMT UND UNGEHEUER TÖTET?"

DER KÖNIG WILL MEHR VON PRINZ EISENHERZ WISSEN. ER BEAUFTRAGT RITTER GAWAIN, DEN JÜNGLING AM NÄCHSTEN MORGEN IN SEINE GEMÄCHER ZU BRINGEN. GAWAIN FINDET SEINEN JUNGEN FREUND IM SCHLOSSHOF, WO JENER SICH WIEDER EINMAL IM KRIEGSHANDWERK ÜBT, UND TEILT IHM DEN WUNSCH DES KÖNIGS MIT.
WIE VON DER HEXE GEWEISSAGT, WIRD PRINZ EISENHERZ KÖNIG ARTUS UND KÖNIGIN GINEVRA VORGESTELLT.
EISENHERZ ERZÄHLT VON SEINEM LEBEN IN DEN SÜMPFEN, VON SEINER ADLIGEN HERKUNFT UND VON SEINEM WUNSCH, RITTER ZU WERDEN. ER ERFÄHRT, DASS ER SICH SEINE SPOREN ERST DURCH TAPFERE TATEN ERWERBEN MUSS UND WILLIGT DESHALB EIN, HERRN GAWAINS KNAPPE ZU WERDEN.
ER ZÄHMT SEINEN UNBÄNDIGEN STOLZ UND STÜRZT SICH MIT FEUEREIFER AUF SEINE AUFGABEN.
UM SICH EINEN SPASS ZU MACHEN, VERLEITEN DIE ANDEREN KNAPPEN EISENHERZ AN JENEM ABEND ZUM TRINKEN.
MIT SCHMEICHELEIEN BRINGEN SIE IHN DAZU, VON SEINEN EHRGEIZIGEN PLÄNEN ZU ERZÄHLEN.
DAMIT LÖST ER NUR SCHALLENDES GELÄCHTER AUS!
H FOSTER
21 7-3-37
IN WILDEM ZORN SPRINGT EISENHERZ AUF, UND EINE WILDE RAUFEREI HEBT AN.
DIE PALASTWACHE ZÄHMT SCHLIESSLICH DEN WILDFANG AUS DEN SÜMPFEN. IN EINER ZELLE KANN EISENHERZ DANN ÜBER SEINEN VERLETZTEN STOLZ UND SEINE KOPFSCHMERZEN NACHDENKEN.

NACH EINER NACHT IM KERKER WIRD EISENHERZ VOR DEN HAUPTMANN DER WACHE GEFÜHRT, ZUSAMMEN MIT DEN LEBENDEN BEWEISEN DESSEN, WAS ER ANGERICHTET HAT.
DENN DIE RAUHEN KNAPPEN HATTEN DEN NEULING GRÜNDLICH UNTERSCHÄTZT.
WÄHREND HERR GAWAIN SICH BEIM KÖNIG FÜR SEINEN NEUEN KNAPPEN VER-WENDET...
...ERSCHALLT EIN RUF, UND EIN MITGENOMMENER BOTE GALOPPIERT DURCHS TOR. ER BERICHTET, DASS NORMANNEN INS LAND EINGEFALLEN SIND.
HEROLDE RUFEN DIE KRIEGER ZU DEN WAFFEN.
EISENHERZ WIRD IM EILVERFAHREN ABGEURTEILT: „WÄHREND ALLE TAPFEREN KRIEGER FÜR DAS KÖNIGREICH KÄMP-FEN, WIRST DU AUF CAMELOT BLEIBEN UND SELBSTBEHERRSCHUNG ÜBEN!"
„NIE WIEDER RÜHRE ICH EINEN TROPFEN WEIN AN!" SAGT DER ENTTÄUSCHTE JÜNGLING. „UNSINN", LACHT HERR GAWAIN. „MERKE DIR NUR, NIE MEHR ZU TRINKEN, ALS EINES EDELMANNES WÜRDIG IST."
UND SO HAT PRINZ EISENHERZ DIE ERSTE GELEGEN-HEIT, IM KAMPF SEINEN MANN ZU STEHEN, AUFGRUND SEINES UNGEZÜGELTEN TEMPERAMENTS VERTAN.
H FOSTER
EIN EINSAMER JÜNGLING SIEHT DER SCHIMMERN-DEN WEHR ZU, WIE SIE ZU RUHMREICHEM KAMPFE AUSZIEHT.
22 7-10-37

WÄHREND EISENHERZ AUF CAMELOT MIT SEINEM GESCHICK HADERT, HECKEN ZWEI OFFIZIERE DER PALASTWACHE EINEN TEUFLISCHEN PLAN AUS, UM ERSATZ FÜR IHR VERSCHLEUDERTES VERMÖGEN ZU FINDEN.
HERR OSMOND UND BARON BALDON PLANEN SEHR SORGFÄLTIG.
IM FRÜHJAHR KEHRT KÖNIG ARTUS SIEGREICH ZURÜCK.
DURCH SEINE HELDENHAFTEN TATEN HAT SICH RITTER GAWAIN DES KÖNIGS GUNST ERWORBEN.
DESHALB WÄHLEN IHN DIE BEIDEN VERSCHWÖRER ALS DAS OPFER AUS, FÜR DAS SIE LÖSEGELD FORDERN WOLLEN.
23 7-17-37
TEIL IHRES PLANES IST, SICH MIT EISENHERZ ANZUFREUNDEN UND IHM WUNDERDINGE VOM FERNEN SCHLOSS FINSTERWALD ZU ERZÄHLEN...
H FOSTER
...BIS PRINZ EISENHERZ VON NICHTS ANDEREM MEHR REDEN KANN ALS VON SEINEM WUNSCH, EINMAL DIESE WUNDERSAME BERGFESTE ZU SEHEN. SEINE BEGEISTERUNG WECKT AUCH GAWAINS NEUGIERDE.

SELBSTZUFRIEDEN BEOBACHTEN DIE BEIDEN RITTER, DIE IHR VERMÖGEN VERSPIELT HABEN UND DURCH EINE LÖSEGELDFORDERUNG FÜR HERRN GAWAIN, DER HOCH IN DER GUNST DES KÖNIGS STEHT, EIN NEUES VERMÖGEN GEWINNEN WOLLEN, WIE EISENHERZ VOM WUNDERSAMEN SCHLOSS FINSTERWALD SCHWÄRMT.
„DIESES BERGSCHLOSS IM NORDEN WÜRDE ICH WIRKLICH GERNE EINMAL SEHEN."
EINER DER VERSCHWÖRER UNTERWEIST SEINE LIEBSTE IN DER ROLLE, DIE SIE IN DEM RAFFINIERTEN PLAN SPIELEN SOLL.
UND ALS IM SAAL DER TAFELRUNDE DER SIEG GEFEIERT WIRD, STÜRZT SIE AUFGEREGT HEREIN UND FLEHT KÖNIG ARTUS AN, IHR SCHLOSS FINSTERWALD VON EINEM UNHOLD ZU BEFREIEN.
„ZU EINEM RITTERDIENST IST AUFGERUFEN", SAGT KÖNIG ARTUS „WER MELDET SICH?" VON DER BEGEISTERUNG SEINES JUNGEN KNAPPEN ANGESTECKT, SPRINGT RITTER GAWAIN AUF. „ICH ÜBERNEHME DIE AUFGABE, EUER MAJESTÄT!"
GAWAIN FÜHRT EISENHERZ IN DIE WAFFENKAMMER, UM IHN FÜR DAS ABENTEUER AUSRÜSTEN ZU LASSEN. EISENHERZ LEHNT DEN HINDERLICHEN KETTENPANZER EINES SCHWERBEWAFFNETEN AB. ER WÄHLT EINE LEICHTE RÜSTUNG AUS, DIE SEINEM FLINKEN KAMPFSTIL ANGEPASST IST.
24
7-24-37

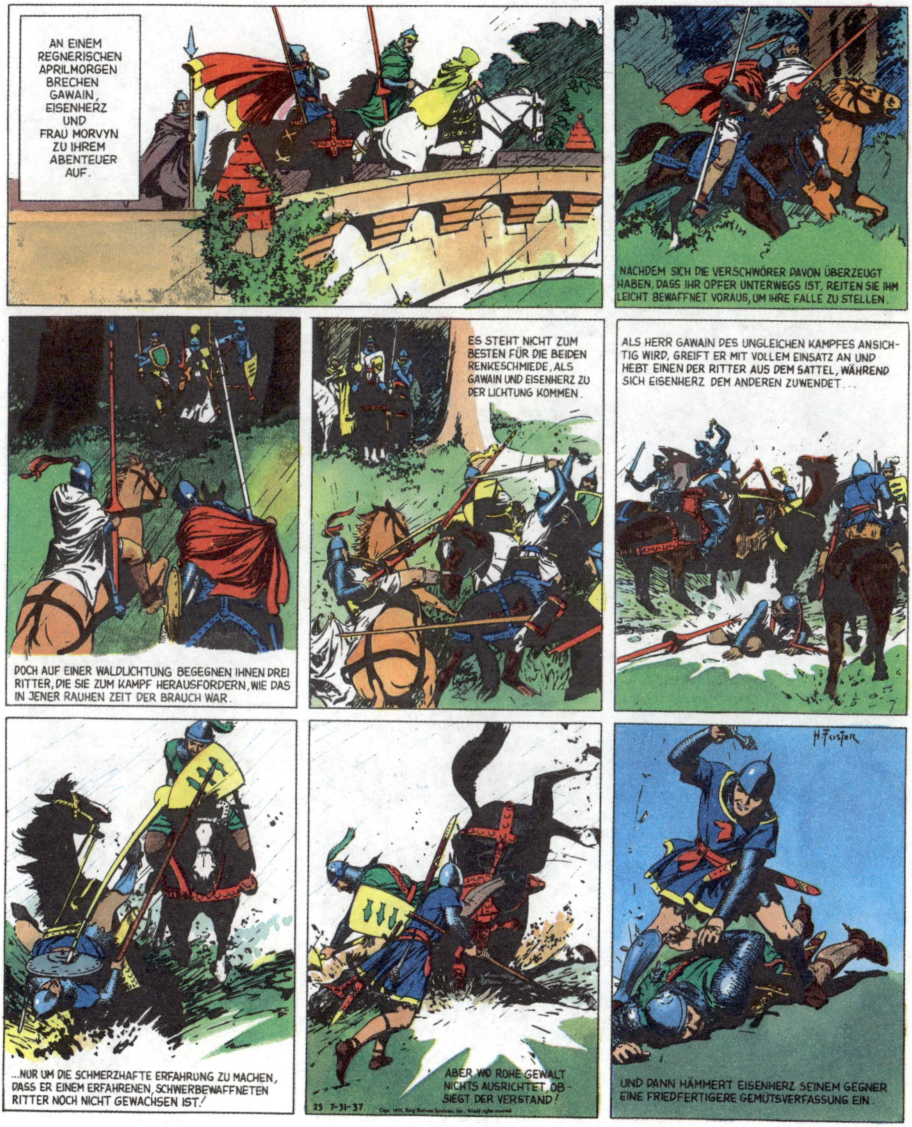

AN EINEM REGNERISCHEN APRILMORGEN BRECHEN GAWAIN, EISENHERZ UND FRAU MORVYN ZU IHREM ABENTEUER AUF.
NACHDEM SICH DIE VERSCHWÖRER DAVON ÜBERZEUGT HABEN, DASS IHR OPFER UNTERWEGS IST, REITEN SIE IHM LEICHT BEWAFFNET VORAUS, UM IHRE FALLE ZU STELLEN.
DOCH AUF EINER WALDLICHTUNG BEGEGNEN IHNEN DREI RITTER, DIE SIE ZUM KAMPF HERAUSFORDERN, WIE DAS IN JENER RAUHEN ZEIT DER BRAUCH WAR.
ES STEHT NICHT ZUM BESTEN FÜR DIE BEIDEN RENKESCHMIEDE, ALS GAWAIN UND EISENHERZ ZU DER LICHTUNG KOMMEN.
ALS HERR GAWAIN DES UNGLEICHEN KAMPFES ANSICHTIG WIRD, GREIFT ER MIT VOLLEM EINSATZ AN UND HEBT EINEN DER RITTER AUS DEM SATTEL, WÄHREND SICH EISENHERZ DEM ANDEREN ZUWENDET...
...NUR UM DIE SCHMERZHAFTE ERFAHRUNG ZU MACHEN, DASS ER EINEM ERFAHRENEN, SCHWERBEWAFFNETEN RITTER NOCH NICHT GEWACHSEN IST!
ABER WO ROHE GEWALT NICHTS AUSRICHTET, OBSIEGT DER VERSTAND!
25 7-31-37
H. FOSTER
UND DANN HÄMMERT EISENHERZ SEINEM GEGNER EINE FRIEDFERTIGERE GEMÜTSVERFASSUNG EIN.

SO KOMMT ES, DASS HERR GAWAIN UND PRINZ EISENHERZ DIE BEIDEN MÄNNER RETTEN, DIE SICH GEGEN SIE VER - SCHWOREN HABEN.
DIE DREI BESIEGTEN RITTER MÜSSEN EINEN EID ABLEGEN, FÜRDERHIN KÖNIG ARTUS ZU DIENEN.
„WIR WERDEN DIE GEFANGE - NEN SICHER NACH CAMELOT GELEITEN."
DOCH KAUM SIND SIE AUSSER SICHTWEITE, ÜBERLASSEN SIE DIE IHNEN ANVERTRAUTEN SICH SELBST UND REITEN WIEDER LOS, UM IHRE FINSTEREN PLÄNE ZU VERWIRKLICHEN.
DER TAPFERE GAWAIN UND DER BEHENDE EISENHERZ WENDEN SICH WIEDER IHREM AUFTRAG ZU, FRAU MORVYN SCHLOSS FINSTERWALD ZURÜCKZUEROBERN.
UM IHREN KOMPLIZEN ZU ERMÖGLICHEN, DIE AUSGE - KLÜNGELTE FALLE ZU STELLEN, SCHÜTZT SIE MÜDIGKEIT VOR.
SIE SUCHEN SCHUTZ IN DER STROHBE - DECKTEN HÜTTE EINES BAUERN.
DIE GESCHICHTE FÄNGT AN, EISENHERZ MERKWÜRDIG VOR - ZUKOMMEN. ER BESCHLIESST, AUF DER HUT ZU SEIN.
H. FOSTER

MEHRERE TAGE LANG FÜHRT FRAU MORVYN GAWAIN UND EISENHERZ NACH NORDEN. DER MIT DEN VERSCHWÖRERN BALDON UND OSMOND AUSGEHECKTE PLAN SCHEINT AUFZUGEHEN.
DIE VERSCHWÖRER SIND INZWISCHEN ZU IHRER BURG VORAUSGEEILT, WO SIE ALLES GENAU VORBEREITEN, DAMIT IHR PLAN AUFGEHT.
SCHLIESSLICH ERREICHEN EISENHERZ UND GAWAIN DIE FINSTER VON EINER ANHÖHE DRÄUENDE BURG. „DAS IST FINSTERWALD, DIE BURG, DIE MIR DER UNHOLD WEGGENOMMEN HAT."
„DER WEG IST GUT BEWACHT, DOCH ICH ZEIGE EUCH EINEN GEHEIMPFAD", SAGT DAS RITTERFRÄULEIN. EISENHERZ WUNDERT SICH. DAS IST NICHT DER MÄRCHENHAFTE PALAST, VON DEM MAN IHM VORGESCHWÄRMT HAT.

WÄHREND SICH DER TAG ZUM ABEND NEIGT, GELEITET FRAU MORVYN EISENHERZ UND GAWAIN ZU EINEM GEHEIMPFAD, AUF DEM SIE UNBEMERKT BURG FINSTERWALD ERREICHEN KÖNNEN.
WÄHREND SIE DEN ENGEN FELSPFAD HINAUFREITEN, BLEIBT FRAU MORVYN ZURÜCK.
LAUTLOS FÄLLT EIN FANGNETZ VON DEN HOHEN BÄUMEN, DANN HALLT DER WALD WIDER VON DEN RUFEN BEWAFFNETER!
IM ALLGEMEINEN DURCHEINANDER ARBEITET PRINZ EISENHERZ SCHNELL UND GERÄUSCHLOS.
DER SCHURKE, DER SICH AUF EISENHERZ STÜRZT, HÄTTE BESSER DARAN GETAN, STATT DESSEN EINE GIFTSCHLANGE ZU PACKEN.
BEHENDE VERSCHWINDET EISENHERZ IM DÄMMRIGEN WALD.
WÜTEND WIRD ANGEORDNET, IHN ZU ERGREIFEN ODER ZU TÖTEN.

FÜR DEN AUGENBLICK IST EISENHERZ IN DEN GEFÄHRLICHEN WÄLDERN VOR DEN RINGSUM LÄRMENDEN VERFOLGERN IN SICHERHEIT.
ALS TROTZ WACHSENDER DUNKELHEIT DIE VERFOLGER NÄHER KOMMEN, FASST DER PRINZ EINEN VERWEGENEN ENTSCHLUSS.
EISENHERZ SCHNEIDET EINEN JUNGEN BAUM AB UND LEGT IHN EINEM VERFOLGER IN DEN WEG.
29 8-28-37
ER BRINGT DAS PFERD ZU FALL UND STÜRZT SICH AUF DEN ÜBERRASCHTEN KRIEGSKNECHT.
SCHNELL UND LAUTLOS WIE EIN FALKENANGRIFF IST DAS TÖDLICHE WERK VOLLBRACHT.
EISENHERZ LEGT DIE RÜSTUNG DES TOTEN KRIEGSKNECHTS AN UND FRANST EIN STÜCK TAU AUS, DAS ER SICH MIT HARZ UNTER DIE NASE KLEBT, UM SEINE VERKLEIDUNG ZU VERVOLLKOMMNEN.
H. FOSTER
KÜHN REITET ER ZU SEINEN VERFOLGERN UND VERKÜNDET SEINEN EIGENEN TOD, ZU DESSEN BEWEIS ER SCHWERT, GÜRTEL UND HELM VORZEIGT.

NACHDEM EISENHERZ DIE ANGREIFER IN SICHERHEIT GEWIEGT HAT, MISCHT SICH DER VERKLEIDETE PRINZ UNTER DEN TROSS, DER DEN GEFANGENEN RITTER GAWAIN DIE GANZE NACHT HINDURCH IMMER WEITER WEST-WÄRTS BRINGT.
MAN HAT DEM GEFESSELTEN GAWAIN DIE AUGEN VERBUNDEN, DAMIT ER SEINE ANGREIFER UND DEREN BURG NICHT ERKENNT.
IM MORGENGRAUEN ERREICHEN SIE EINE ABWEISENDE BURG IN EINEM ZWISCHEN DEN HÜGELN GELEGENEN TAL.
IM BURGHOF ENTDECKT EISENHERZ ERSTMALS, WER DEN ÜBERFALL INSZENIERT HAT: BARON BALDON UND HERR OSMOND. DA WIRD IHM SO MANCHES KLAR.
DA EISENHERZ SEINER HASTIGEN VERKLEIDUNG NICHT ÜBERMÄSSIG TRAUT, BESCHÄFTIGT ER SICH IN DEN FINSTEREN STÄLLEN.
Hal Foster
VOM BURGHOF AUS MUSS EISENHERZ INS GUTBE-WACHTE INNERE DER BURG GELANGEN, WO GAWAIN EINGEKERKERT IST. AUF EINEM HEUBODEN WARTET ER DEN EINBRUCH DER NACHT AB.
30
9-4-37

JE DUNKLER SICH DIE NACHT ÜBER DEN BURGHOF SENKT, DESTO KONKRETERE GESTALT NIMMT EISENHERZ' PLAN AN: IN DER DUNKELHEIT WILL ER INS INNERE DER BURG VORDRINGEN.
MIT EINEM SEIL UND EINEM KRÄFTIGEN STOCK KLETTERT EISENHERZ VOM STALLDACH AUF DIE MAUER DES BURGHOFS.
ER BEFESTIGT DAS SEIL IN DER MITTE DES STOCKS, DEN ER SODANN ZU DEN BURGZINNEN HINAUFWIRFT.
NACH VIELEN FEHLVERSUCHEN VERFÄNGT SICH DER STOCK AN EINER SCHIESSCHARTE.
FLINK WIE EIN WIESEL KLETTERT DER PRINZ AUFS DACH DER BURG.
UNBEMERKT SCHLEICHT ER SICH HINEIN.
EIN SCHWERTSTREICH GENÜGT, UM IHM DIE UNIFORM EINES WACHPOSTENS ZU VERSCHAFFEN.
ESSENSGERUCH WEIST IHM DEN WEG ZUM SPEISE-SAAL.
EISENHERZ GEWÄHRT SICH EINE KLEINE PAUSE, UM SICH FÜR DIE BEVORSTEHENDEN GEFAHREN ZU STÄRKEN.
MIT EINER KEULE IN DER HAND BEFÖRDERT ER SICH SELBST ZUM WACHPOSTEN AM EINGANG ZUM SPEISESAAL...
HAL FOSTER
...UND KOMMT SO GERADE ZURECHT, UM ZU HÖREN, WIE BALDON EINEN DIENER BEAUFTRAGT, DEN WERTVOLLEN GEFANGENEN GUT ZU VERPFLEGEN.

ALS DER DIENER GEHT, UM DEM RITTER GAWAIN ESSEN ZU BRINGEN, FOLGT IHM EISENHERZ SO KURZENTSCHLOSSEN, DASS ES DEN ANSCHEIN HAT, ALS HABE MAN IHM DAZU DEN BEFEHL ERTEILT.
SIE STEIGEN HINUNTER ZU DEN VERLIESEN UND WERDEN VOM GEFANGENENWÄRTER EINGELASSEN.
AN GRAUSIGEN FOLTERKAMMERN GEHT ES VORBEI ZU DEN KERKERN.
HIER LÄSST SIE DER WÄRTER IN GAWAINS TROSTLOSE ZELLE EIN.
EISENHERZ LÖST SEINEN GÜRTEL UND LÄSST IHN SACHT ZU BODEN GLEITEN. *„MORGEN ABEND BRINGE ICH WIEDER ESSEN"*, SAGT DER KRIEGSKNECHT MIT NACHDRUCK. GAWAIN IST VOM KLANG DER VERTRAUTEN STIMME ÜBERRASCHT, SCHWEIGT JEDOCH.
32 9-18-37
HAL FOSTER
MIT NEUEN WAFFEN, DIE ER DEM TOTEN WÄCHTER ABNIMMT, DESSEN STELLE ER EINGENOMMEN HAT, KEHRT EISENHERZ AUF DESSEN POSTEN ZURÜCK UND PRÄGT SICH DIE IM HAUSE HERRSCHENDEN GEWOHNHEITEN EIN, UM DEN BESTEN ZEITPUNKT ZUR FLUCHT ZU FINDEN.

EISENHERZ ENTDECKT EINEN BEQUEMEN PLATZ, AN DEM ER SICH TAGSÜBER VERSTECKEN UND FLUCHTPLÄNE SCHMIEDEN KANN.
„ZWEI SOLDATEN WURDEN IN DER BURG ERSCHLAGEN, EIN WEITERER WIRD VERMISST, HERR!" MIT DIESEN WORTEN WIRD EISENHERZ' NOTWENDIGE HÄRTE DER ABLAUFENDEN NACHT GEMELDET.
ALS ES ERNEUT SOWEIT IST, DASS GAWAIN ESSEN GEBRACHT WIRD, LEGT EISENHERZ WIEDER SEINE VERKLEIDUNG AN, VERLÄSST SEIN VERSTECK UND FOLGT DEM DIENER SO KÜHN WIE ZUVOR.
ALS DER BRUTALE GEFÄNGNISWÄRTER DIE KERKERTÜR AUFSCHLIESST, SAGT EISENHERZ: „HERR GAWAIN, MEINT IHR NICHT AUCH, DASS UNS DER WÄRTER UND DER DIENER NICHT MEHR NÜTZE SIND?"
„JA", SAGT DER RITTER, DER WIEDER WINKENDEN FREIHEIT EINGEDENK. DANN BEHEBEN SIE RASCH DIESEN MISSTAND.
ALS SIE DAS VERLIES VERLASSEN, SCHLIESSEN SIE DIE SCHWERE TÜR HINTER SICH ZU UND BRECHEN DIE SCHLÜSSEL IN DEN SCHLÖSSERN AB, UM DIE ENTDECKUNG IHRER FLUCHT ZU VERZÖGERN. DANN STEIGEN SIE IN DIE GEFÄHRLICHE BURG HINAUF.
HAL FOSTER

DER LÄRM IN DER BANKETTHALLE IST SO LAUT, DASS EISENHERZ UND GAWAIN UNBEMERKT BIS HINAUF IN DIE SCHLAFGEMÄCHER DER BURG KOMMEN KÖNNEN.
IM SCHLAFGEMACH DES BARONS FINDEN SIE UNTERSCHLUPF.
SIE GENIESSEN DEN LUXUS DER AUSGESUCHTEN EINRICHTUNG UND DIE DIENSTE SEINES KAMMERDIENERS.
EIN ABENDESSEN WIRD BESTELLT.
DANN HOLEN SIE DRINGEND BENÖTIGTEN SCHLAF IM BREITEN BETT DES BARONS NACH.
GEGEN MORGENGRAUEN WIRD DER FESTLÄRM AUS DEM BANKETTSAAL LEISER. NUN STEIGEN SIE ZUM DACH HINAUF, WO EISENHERZ' SEIL LIEGT.
DORT ERKLÄRT ER GAWAIN SEINEN GEWAGTEN FLUCHTPLAN UND SEILT SICH ZUR HOFMAUER AB.
HAL FOSTER
WIE ERWARTET, WIRD EISENHERZ BALD ENTDECKT UND ALARM GEBLASEN. AUS DEM SCHLAF GERISSENE SOLDATEN SCHWÄRMEN AUS, UM DES SCHEINBAR LEICHT ZU ERGREIFENDEN EINDRINGLINGS HABHAFT ZU WERDEN.
34 10-2-37

WÄHREND DIE SOLDATEN VERSUCHEN, EISENHERZ EINZUKREISEN, NUTZT GAWAIN DAS ENTSTEHENDE DURCHEINANDER, UM UNBEMERKT VOM DACH IN DEN BURGHOF HINABZUKLETTERN.
IN DEN DUNKLEN STÄLLEN SATTELT ER ZWEI PFERDE.
DIE SOLDATEN NÄHERN SICH VON ZWEI SEITEN DER SICHEREN BEUTE.
ABER DA STEIGT EISENHERZ AUF DIE BRUSTWEHR UND SPRINGT VOR IHREN ERSTAUNTEN AUGEN AUS SCHWINDELERREGENDER HÖHE HINAB IN DEN BURGGRABEN.
35
10-9-37
UM DEN BURGGRABEN ABSUCHEN ZU KÖNNEN, WIRD DIE ZUGBRÜCKE HERABGELASSEN.
UND SCHON STÜRMT GAWAIN HINAUS IN DIE FREIHEIT!
EIN TRUPP REITER NIMMT ALSBALD DIE VERFOLGUNG AUF...
HAL FOSTER
...WÄHREND BEOBACHTER AUF DER MAUER VERGEBLICH DARAUF WARTEN, DASS EISENHERZ AUS DEM TRÜBEN WASSER AUFTAUCHT.

BARON BALDON UND HERR OSMOND SCHÄUMEN VOR WUT UND ANGST, WEIL HERR GAWAIN ENTKOMMEN KONNTE, UM IHR SCHURKENSTÜCK KÖNIG ARTUS ZU VERMELDEN. ES SOLL NICHTS UNVERSUCHT BLEIBEN, SEINER WIEDER HAB-HAFT ZU WERDEN. GLEICHZEITIG VERLÄUFT DIE STUNDENLANGE SUCHE NACH EISENHERZ IM TRÜ-BEN WASSER DES BURGGRABENS ERGEBNISLOS.
OBWOHL VON DEM SPRUNG ETWAS BENOMMEN, VERGASS EISENHERZ NICHT SEINEN PLAN. ER SCHWAMM UNTER WASSER WEITER ...
...BIS ZUM SCHILFBESTAND, DER DIE BURGMAUER SÄUMT, WOBEI IHN AUFGEWÜHLTER SCHLICK VER-BARG. AM ZIEL ANGELANGT, SCHNITT ER SICH EIN HOHLES SCHILFROHR AB.
IM FLACHEN, SCHLAMMIGEN WASSER LIEGEND UND DURCH DAS SCHILFROHR ATMEND, WARTETE ER NUN DARAUF, DASS MAN DIE SUCHE AUFGIBT.
36
10-16-37
GANZ VORSICHTIG ORDNET ER SCHILFGRAS SO AN, DASS ER UNBEMERKT AUF-TAUCHEN UND WIEDER UNGEHINDERT ATMEN KANN, WÄHREND ER DEN SOLDATEN BEI IHRER SUCHE ZUSIEHT.
SCHLIESSLICH GEHT DIESER ERMÜDENDE TAG ZU ENDE, UND IN DER DUNKELHEIT STEIGT EINE TROPF-NASSE GESTALT AUS DEM WASSER, UM SICH AUF DIE SUCHE NACH DEM WARTENDEN GAWAIN ZU MACHEN.
Hal Foster

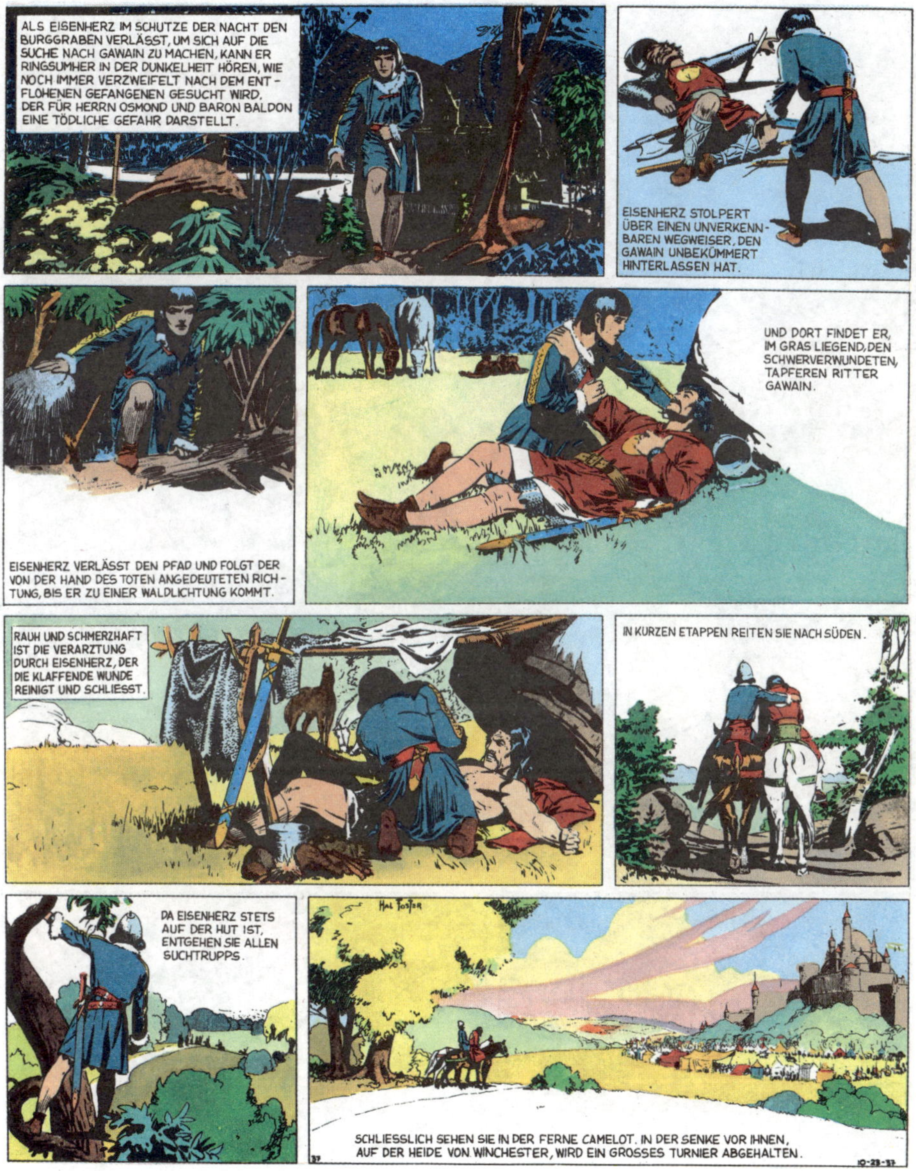
ALS EISENHERZ IM SCHUTZE DER NACHT DEN BURGGRABEN VERLÄSST, UM SICH AUF DIE SUCHE NACH GAWAIN ZU MACHEN, KANN ER RINGSUMHER IN DER DUNKELHEIT HÖREN, WIE NOCH IMMER VERZWEIFELT NACH DEM ENT-FLOHENEN GEFANGENEN GESUCHT WIRD, DER FÜR HERRN OSMOND UND BARON BALDON EINE TÖDLICHE GEFAHR DARSTELLT.
EISENHERZ STOLPERT ÜBER EINEN UNVERKENN-BAREN WEGWEISER, DEN GAWAIN UNBEKÜMMERT HINTERLASSEN HAT.
EISENHERZ VERLÄSST DEN PFAD UND FOLGT DER VON DER HAND DES TOTEN ANGEDEUTETEN RICH-TUNG, BIS ER ZU EINER WALDLICHTUNG KOMMT.
UND DORT FINDET ER, IM GRAS LIEGEND, DEN SCHWERVERWUNDETEN, TAPFEREN RITTER GAWAIN.
RAUH UND SCHMERZHAFT IST DIE VERARZTUNG DURCH EISENHERZ, DER DIE KLAFFENDE WUNDE REINIGT UND SCHLIESST.
IN KURZEN ETAPPEN REITEN SIE NACH SÜDEN.
DA EISENHERZ STETS AUF DER HUT IST, ENTGEHEN SIE ALLEN SUCHTRUPPS.
HAL FOSTER
SCHLIESSLICH SEHEN SIE IN DER FERNE CAMELOT. IN DER SENKE VOR IHNEN, AUF DER HEIDE VON WINCHESTER, WIRD EIN GROSSES TURNIER ABGEHALTEN.
37
10-23-37

DAS TURNIER DER DIAMANTEN DER KÖNIGIN, AUF DER HEIDE VON WINCHESTER, WIRD UNTERBROCHEN, ALS EISENHERZ UND DER ZUSAMMENGESUNKENE HERR GAWAIN ZUR KÖNIGSLOGE REITEN, WO DAS ABENTEUER UM DIE LÖSEGELDFORDERUNG ENDET. ES WAR EIN EHER HARMLOSES ABENTEUER, DAS NUR SIEBEN FEINDE DAS LEBEN KOSTETE. DER ERNSTESTE VORFALL WAR DIE VERWUNDUNG VON HERRN GAWAIN.
DER KÖNIG IST EMPÖRT, ALS ER VON DEM SCHURKENSTÜCK DER VERMEINTLICH TREUEN RITTER OSMOND UND BALDON HÖRT.
„DAS TURNIER ENDET ZUGUNSTEN ERNSTHAFTEREN KAMPFES", SAGT DER KÖNIG UND FÜHRT SEINE RITTER STRACKS NACH NORDEN, UM DIE ABTRÜNNIGEN ZU BESTRAFEN.
HERR GAWAIN ERHOLT SICH SCHNELL UNTER DER FÜRSORGLICHEN PFLEGE VON MORGAN TODD, DEM LEIBARZT DES KÖNIGS.
10-30-37
IN WEITER FERNE HETZT INDESSEN EIN SCHLANKES MÄDCHEN EIN GROSSES SCHLACHTROSS ZUM PALAST VON CAMELOT.
HAL FOSTER

RUHE UND GUTE PFLEGE LASSEN HERRN GAWAINS WUNDE RASCH VERHEILEN. EINES MORGENS, ALS ER DEM JUNGEN PRINZEN BEI SEINEN KAMPFÜBUNGEN ZUSIEHT...
...TREIBT EIN JUNGES MÄDCHEN IHR VERAUSGABTES PFERD DURCHS MERLINTOR.
FUSSVOLK HILFT IHR BEIM ABSTEIGEN UND GELEITET SIE ZUM BURGVERWESER. SIE BERICHTET VON UNRECHT UND GEWALT UND HAT EIN HILFSGESUCH VORZUBRINGEN. DOCH IN GANZ CAMELOT BEFINDET SICH NUR EIN RITTER, DER VERWUNDETE HERR GAWAIN.
DIE MAID TRÄGT AUCH HERRN GAWAIN IHRE GESCHICHTE VOR. UND IN EISENHERZ' AUGEN KOMMT EIN STAUNENDES LEUCHTEN.
ALS SIE GEENDET HAT, IST HERR GAWAIN VERGESSEN, DENN DIE GANZE WELT BESTEHT MIT EINEM MAL NUR NOCH AUS DIESEM JUNGEN UND DIESEM MÄDCHEN.
PLÖTZLICH ERSCHEINT GAWAIN IN VOLLER RÜSTUNG.
„ABER, HERR, IHR KÖNNT DIESEN AUFTRAG NICHT ANNEHMEN! EURE WUNDE..."
„NOTFALLS KANN ICH MICH IMMER AUF EUCH STÜTZEN", SAGT DER RITTER.
HAL FOSTER
SO ZIEHEN SIE WIEDER HINAUS INS ABENTEUER, UND EISENHERZ FINDET DIE GANZE WELT WEGEN DES HÜBSCHEN GESICHTES DER MAID ILENE HERRLICH.
39
11-6-37

ILENES BLICKE LASSEN DEN JUNGEN PRINZEN DIE GEFAHR SCHNELL VERGESSEN, DIE VOR IHNEN LIEGT.
ZU ANFANG REITET DIE MAID, WIE ES SICH GEZIEMT, NEBEN IHREM FAHRENDEN RITTER.
DOCH DER ZAUBER DES APRILTAGS UND DER JUGEND ÄNDERT ALL DAS, DENN EIN NETTER JUNGE UND EIN HÜBSCHES MÄDCHEN HABEN EINANDER SO VIEL ZU SAGEN. EINE RAUHE STIMME HOLT SIE IN DEN ALLTAG ZURÜCK.
„ÜBERGEBT MIR EUER PFERD UND DIE MAID, ODER KÄMPFT!" EISENHERZ DRÄNGT SICH VOR.
40
11-18-37
„EDLER HERR, MEIN RITTER IST SCHWER VERWUNDET UND BRAUCHT ALL SEINE KRAFT, UM EIN GROSSES UNRECHT GUTZUMACHEN, DENN WIR SIND AUF RITTERFAHRT."
HAL FOSTER
„WENN ER ZU SCHWACH ZUM KÄMPFEN IST, DANN BRAUCHT ER PFERD UND RÜSTUNG EBENSOWENIG, WIE ER DIE MAID SCHÜTZEN KANN", LAUTET DIE HÄMISCHE ANTWORT.

„TROTZ EINER NUR HALB VERHEILTEN WUNDE IST MEIN HERR AUF RITTERFAHRT. HALTET UNS BITTE NICHT UNNÖTIG AUF." DER ROTE RITTER LACHT NUR BÖSE. „DANN WIRD DIE SCHÖNE MAID IN MIR EINEN STÄRKEREN BESCHÜTZER FINDEN."
BEVOR PRINZ EISENHERZ ETWAS UNTERNEHMEN KANN, GREIFT ER AN.
WEGEN SEINER VERLETZUNG IST GAWAIN DEM ROTEN RITTER NICHT GEWACHSEN. ER STÜRZT SCHWER, UND SEINE WUNDE BRICHT WIEDER AUF.
„UND NUN, HOLDE MAID, WIRD DEIN HÜBSCHES GESICHT MEINE EINSAME BURG VERSCHÖNERN, BIS ICH DEINER MÜDE BIN."
41 11-20-37
EISENHERZ GREIFT MIT SOLCHER WILDHEIT AN, DASS BEIDE PFERDE UND REITER KOPFÜBER STÜRZEN!
HAL FOSTER
VON KALTER, TÖDLICHER WUT ERFÜLLT, TRITT EISENHERZ DEM KAMPFERPROBTEN VETERANEN GEGENÜBER. WILDKATZE GEGEN STIER, SO HEBT DER KAMPF AN, DEN NUR EINER ÜBERLEBEN KANN.

DER ROTE RITTER IST BASS ERSTAUNT, DASS IHM DER JUNGE KNAPPE ZUM KAMPF ENTGEGENTRITT. ABER SEINER STÄRKE SETZT EISENHERZ SEINE WENDIGKEIT ENTGEGEN. ER IST BEMÜHT, DEN STARKEN GEGNER ZU ERMÜDEN, INDEM ER IHN DAZU VERANLASST, WILD UM SICH ZU SCHLAGEN.
ALS IHM AUFFÄLLT, WIE DER ROTE RITTER SEINEN SCHILD HÄLT, STÖSST ES IHM EISENHERZ WIEDER UND WIEDER HEFTIG GEGEN DAS KINN.
UM SICH GEGEN DIESE STÖSSE ABZUSICHERN, STELLT SICH DER MÜDE WERDENDE RITTER BREITBEINIG HIN UND VERSUCHT, SEINEN WENDIGEN GEGNER MIT EINEM MÄCHTIGEN STREICH ZUR STRECKE ZU BRINGEN.
ALS EISENHERZ SEINEN GEGNER DA HAT, WO ER IHN HABEN WILL, REAGIERT ER BLITZSCHNELL, UND SCHON GEHT DER ROTE RITTER ZU BODEN.
EISENHERZ REISST IHM DIE RIEMEN VOM HELM, UND SEIN DURSTIGER DOLCH BRINGT DER MAID ILENE SICHERHEIT VOR DIESEM SCHURKEN.
HAL FOSTER
42 11-27-37
DOCH FÜR HERRN GAWAIN IST DIESE RITTERFAHRT BEENDET. DIE HALBVERHEILTE WUNDE IST WIEDER AUFGEBROCHEN UND BESCHERT IHM EINEN GEFÄHRLICHEN BLUTVERLUST.

ILENES IM SONNENLICHT GOLDEN BLITZENDES HAAR, IHRE GROSSEN, BLAUEN AUGEN UND IHRE MELODISCHE STIMME, DIE AUF IHRE ROTEN LIPPEN AUFMERKSAM MACHT, HABEN EISENHERZ SO VERZAUBERT, DASS ER DEN KAMPF MIT DEM ROTEN RITTER UNBESCHADET ÜBERSTEHEN KONNTE. DOCH NUN MUSS AUS DEN LANZEN EINE TRAGBAHRE GEBUNDEN WERDEN, AUF DIE DER BLUTENDE GAWAIN GELEGT WIRD.
„NICHT WEIT VON HIER LEBT EIN FROMMER EINSIEDLER. DORT KÖNNEN WIR ZUFLUCHT FINDEN."
„ICH HABE VON DEN TATEN DES EDLEN HERRN GAWAIN GEHÖRT UND WERDE IHN GERNE PFLEGEN."
VORSICHTIG WIRD DER RITTER IN DIE KLAUSE GETRAGEN, WO SEINE WUNDE VERSORGT WIRD.
„MEIN STARKER ARM STAND EUCH ZU DIENSTEN, DOCH ER IST ZU SEHR GESCHWÄCHT. DAHER ÜBERGEBE ICH EUREN AUFTRAG AN PRINZ EISENHERZ UND SEINEN FLINKEN VERSTAND. VIELLEICHT HAT EIN KNAPPE DA ERFOLG, WO EIN RITTER SCHEITERTE."
DOCH FÜR DIESE JUNGEN LEUTE GAB ES DEN GEDANKEN AN EIN SCHEITERN NICHT. EISENHERZ WÜRDE FÜR ILENE KÖNIGE BESIEGEN, UND SIE WEISS, DASS ER DAS AUCH KÖNNTE.
MIT IHREM HALSTUCH ALS LIEBESPFAND BRICHT EISENHERZ ZU SEINER ERSTEN RITTERFAHRT AUF, UM BURG UND ELTERN DER MAID ILENE AUS DEN HÄNDEN EINES UNHOLDS ZU BEFREIEN.
DIESE BESUCHER WAREN NICHT WILLKOMMEN
IHRER WEGBESCHREIBUNG FOLGEND, WIRD EISENHERZ BALD DER BURG ANSICHTIG. DOCH IN DEN BÄUMEN AM WEGESRAND SIEHT ER EINE SCHRECKLICHE WARNUNG…
43 12-4-57

EISENHERZ WÜRDE SICH SELBST MIT DEM TEUFEL ANLEGEN, WENN ER DAFÜR MIT EINEM LÄCHELN VON ILENES ROTEN LIPPEN BELOHNT WÜRDE. DAHER LÄSST ER SICH VON DER WARNUNG AM BURG-TOR NICHT DAVON ABHALTEN, HERZHAFT IN DAS GROSSE HORN ZU BLASEN, DAS AM BURGTOR HÄNGT.
WER DEN TOD SUCHT, TRETE EIN
LANGSAM GEHT DAS TOR HOCH, UND EINE HEISERE STIMME RUFT: „WELCHER NARR SUCHT DIE TÖDLICHE NÄHE DES MENSCHENFRESSERS VON SINSTARWALD?"
DER UNHOLD TRITT BEISEITE UND BEDEUTET DEN WARTENDEN REITERN, DEN DREISTEN JÜNGLING ZU ERGREIFEN.
DOCH DER LEICHT BEWAFFNETE PRINZ LÄSST SEINE SCHWEREN VERFOLGER RASCH HINTER SICH. DANN KEHRT ER IN WEITEM BOGEN UNBEMERKT ZU EINEM VERSTECK ZURÜCK, VON DEM AUS ER DIE BURG BEOBACHTEN KANN.
ALS EISENHERZ AN DAS SCHRECKLICHE AUSSEHEN DES UNHOLDS ZURÜCKDENKT, KOMMT IHM DAS GANZE ETWAS ZU THEATRALISCH VOR, UM ECHT ZU SEIN. UND DAS BRINGT IHN AUF EINE IDEE.
HAL FOSTER
„DIESER UNHOLD VERBREITET ANGST UND SCHRECKEN, UM SICH DIE MENSCHEN GEFÜGIG ZU MACHEN. NUN, DIESES SPIEL KANN NICHT NUR ER SPIELEN." UND SO MACHT SICH EISENHERZ DARAN, EINEN GENIALEN PLAN ZU VERWIRKLICHEN.
44 12-11-37

EISENHERZ HAT DIE BURGMAUER GENAU STUDIERT, UM DEN BESTEN PUNKT FÜR SEIN EINDRINGEN ZU FINDEN. BEI ANBRUCH DER NACHT LEGT DER FURCHTLOSE JÜNGLING SEINE RÜSTUNG AB. NUR MIT EINEM MESSER BEWAFFNET, STEIGT ER IN DEN BURGGRABEN.
UNTER WASSER SCHWIMMEND, FÄNGT ER EINE GROSSE GANS.
AN EINER STELLE, AN DER ZWEI STREBPFEILER ENG ZUSAMMENSTEHEN, GEHT EISENHERZ AN LAND UND STUTZT SEINE STÖCKE AUF DIE PASSENDE LÄNGE ZURECHT.
ER VERKEILT SIE SORGFÄLTIG ZWISCHEN DIE RAUHEN STEINBLÖCKE UND ERKLIMMT SO LANGSAM DIE SCHWINDELERREGENDE HÖHE
EISENHERZ GEHT DEN WILDEN KRIEGERN, DIE DIE WÄLLE BEWACHEN, AUS DEM WEG. AUF DEM DACH FINDET ER EINEN UNGESTÖRTEN WINKEL.
HAL FOSTER
HIER BEGINNT ER, AUS DER ERLEGTEN GANS EINE MASKE HERZUSTELLEN, DIE IHN ZUM SCHRECKLICHSTEN ANBLICK AUSSERHALB DER HÖLLE MACHEN SOLL.
12-19-37

EISENHERZ VERMUTET, DASS JE-
MAND, DER SICH EIN SCHRECKLI-
CHES AUSSEHEN GIBT, SELBST
AUCH FÜR SCHRECKEN ÜBERAUS
EMPFÄNGLICH IST. ER WILL DAHER
FEUER MIT FEUER BEKÄMPFEN.
ER KLETTERT AN SEINEM SEIL
ZU JEDEM ERLEUCHTETEN FEN-
STER HINAB, BIS ER DAS GEMACH
DES UNHOLDS GEFUNDEN HAT.
DANN KLETTERT ER WIEDER
AUFS DACH UND LEGT DIE
AUS DER GANS GEFER-
TIGTE MASKE AN. AUS
FEDERKIELEN MACHT
ER SICH FANGZÄHNE.
DANN ZIEHT ER SICH
DIE GESPENSTISCH
GELBE HAUT ÜBER
DEN KOPF UND
STOPFT HIER UND
DORT NOCH EIN PAAR
FEDERN ALS POL-
STER DARUNTER.
ER GLEITET ZUM FENSTER DES
UNHOLDS HINUNTER, FEDERT VON
DER MAUER AB UND STÖSST EINEN
DURCHDRINGENDEN SCHREI AUS...
UND SCHON KOMMT AUF SEINEM
STOCK EIN DÄMON INS GEMACH DES
UNHOLDS GEFLOGEN.
„DU HAST DIR WAHRHAFT EINEN PLATZ IN DER HÖLLE
VERDIENT!" SCHREIT DER DÄMON. „WENN ICH ZURÜCK-
KEHRE, DANN NUR, UM DEINE SEELE MEINEM HERRN
UND MEISTER ZU BRINGEN."
DANN SPRINGT ER ZUM FENSTER UND
FLIEGT WIEDER HINAUS IN DIE NACHT.
IN DER DUNKELHEIT KANN DER UNHOLD
DEN STRICK NICHT SEHEN. EISENHERZ MACHT
IN DER LUFT KEHRT UND SCHWINGT ZURÜCK.
„AUF GEHEISS MEINES MEISTERS KOMME ICH ZURÜCK,
UM DICH ZU HOLEN." MIT GRÄSSLICHEM GELÄCHTER
SCHLEICHT DER DÄMON IMMER NÄHER AN SEIN NACH
LUFT RINGENDES OPFER HERAN.
46 12-29-37
HAL FOSTER
RÖCHELND SINKT DER UNHOLD ZU BO-
DEN. DAS HERZ, DAS KEIN MITLEID MIT
ANDEREN KANNTE, HAT VOR SCHIERER
ANGST ZU SCHLAGEN AUFGEHÖRT.

MIT SEINER GRÄSSLICHEN DÄMONENMASKE AUS GÄNSEHAUT SCHWINGT EISENHERZ AN EINEM STRICK INS GEMACH DES UNHOLDS UND ERSCHRECKT IHN IM WAHRSTEN SINNE DES WORTES ZU TODE. DOCH ES GIBT NOCH MEHR ZU TUN, DENN IN DER BURG SIND NOCH DIE SPIESSGESELLEN DES TOTEN.
„DURCH SCHRECKEN HAST DU GEHERRSCHT. SO STIRB DENN AUCH VOR SCHRECK!"
KEIN SCHAUSPIELER HÄTTE SEINE AUFTRITTE DRAMATISCHER IN SZENE SETZEN KÖNNEN ALS EISENHERZ IN DIESER NACHT DES GRAUENS.
EIN SCHWARZER UMHANG MACHT IHN IN FINSTEREN WINKELN UNSICHTBAR. SCHEINBAR AUS DEM NICHTS AUFTAUCHEND, ERSCHRECKT ER DIE GEFÄHRTEN DES UNHOLDS.
HOCH OBEN IM GEBÄLK DES FESTSAALS WARTET EISENHERZ HUNGRIG UND DURSTIG DARAUF, DASS ES WIEDER ABEND WIRD UND DER LETZTE AKT BEGINNEN KANN.
ALS ES WIEDER DUNKEL WIRD, SETZEN SICH DIE VERÄNGSTIGTEN VOGELFREIEN IN DEN FESTSAAL, ABER NICHT LANGE. MIT EINEM SCHREI SEGELT DER DÄMON, AUS DER DUNKELHEIT KOMMEND, ÜBER DIE TISCHE HINWEG UND VERSCHWINDET WIEDER.
AUF DER ANDEREN SEITE DES SAALS SCHWINGT ER SICH AUF DIE GALERIE UND BEOBACHTET DAS DURCHEINANDER, DAS ER AUSGELÖST HAT.
47 1-1-38
HAL FOSTER
IN IHRER ANGST EILEN DIE MÄNNER ZU IHREM HERRN. SIE FINDEN IHN NUR NOCH TOT VOR, ABER OHNE SICHTBARE VERLETZUNG.

DANK DER MASKERADE VON PRINZ EISEN-
HERZ HERRSCHT UNTER DEN VOGEL-
FREIEN ANGST UND ENTSETZEN.
EIN TODBRINGENDES SCHRECKGESPENST IST MEHR, ALS SELBST DIESE HARTGESOTTENEN GESELLEN ERTRAGEN KÖNNEN.
UND BALD FLIEHEN DIE ÄNGSTLICHEREN VON IHNEN AUS DER DÜSTEREN BURG.
ALS DER TAG HERAUFDÄMMERT, SIEHT SICH EISENHERZ ZUFRIEDEN DIE WACHSENDE PANIK AN.
BALD STÜRMT DIE GANZE BANDE AUS DER VER-
WUNSCHENEN BURG.
WER SICH NOCH EINMAL UMSCHAUT, SIEHT EINE DROHENDE SCHWARZE GESTALT IHRE FLUCHT BEOBACHTEN.
HAL FOSTER
48 1-8-38
„DAS HÄTTEN WIR!" SAGT EISENHERZ ER-
FREUT OB DES ERFOLGES SEINER LIST
UND NIMMT DIE ÖLIGE GÄNSEHAUTMASKE AB.

ER IST ÜBERZEUGT DAVON, ALLE VOGELFREIEN HÄTTEN DIE BURG FLUCHTARTIG VERLASSEN, ABER ZWEI WILDE GESELLEN SIND AUF DER SUCHE NACH BEUTE ZURÜCKGEBLIEBEN UND KOMMEN IHM AUF DIE SCHLICHE.
TEUFLISCH GRINSEND, NAHEN DIE BEWAFFNETEN DIEBE.
DA EISENHERZ UNBEWAFFNET IST, SUCHT ER SEIN HEIL IN DER FLUCHT.
DIE BEIDEN TREIBEN IHN IN DIE ENGE, ABER DA FÄLLT IHM EIN, DASS VOR DEM FENSTER NOCH SEIN SEIL HÄNGT. ER SPRINGT HINAUS ...
...STÖSST SICH AB UND KLETTERT HÖHER.
HAL FOSTER
EINER DER MÄNNER LÄUFT ZUM DACH HINAUF, WÄHREND DER ANDERE DAS FENSTER BEWACHT.
49 1-15-38
DER TOD KOMMT DEM JUNGEN PRINZEN SEHR NAHE, ALS ER HILFLOS AM SEIL HIN- UND HERSCHWINGT.

FÜR EISENHERZ WIRD DIE LAGE AUF DEM DACH ALLMÄHLICH KRITISCH. MIT GRAUSAMER ENTSCHLOSSENHEIT MACHT SICH DER VOGELFREIE DARAN, DAS DÜNNE SEIL LANGSAM ZU DURCHTRENNEN.
EISENHERZ SCHWINGT ZUR MAUER UND BEKOMMT GERADE NOCH EINEN STÜTZBALKEN ZU FASSEN.
WÄHREND DER GEGNER VERSUCHT, EISENHERZ MIT DEM SCHWERT ZU ERREICHEN, KNÜPFT DIESER EINE SCHLINGE...
...DIE ER PLÖTZLICH NACH OBEN WIRFT.
EIN RUCK, UND SCHON STÜRZT DER GEGNER SCHREIEND HERUNTER.
WÄHREND IHN EISENHERZ LANGSAM HERAUFZIEHT, GEHT DER KNOTEN AUF...
SO 1-22-38
...UND DER GEFANGENE STÜRZT IN DIE TIEFE.
ABER DER ZWEITE VOGELFREIE IST INZWISCHEN IN DEN HOF GEEILT UND RUFT HINAUF: „DIR WERDE ICH ZEIGEN, WIE WIR IN SINSTARWALD EICHHÖRNCHEN JAGEN!"
HAL FOSTER
„ARME EICHHÖRNCHEN", MURMELT EISENHERZ UND FRAGT SICH, WIE LANGE ER DEN SCHWIRRENDEN TODESBOTEN NOCH AUSWEICHEN KANN.

ES SCHEINT NUR EINE FRAGE DER ZEIT, BIS EISENHERZ, VON EINEM PFEIL GETROFFEN, IN DEN HOF STÜRZEN WIRD. UM DIES ZU VERHINDERN, ENTLEDIGT SICH DER JUNGE PRINZ SEINER KLEIDUNG UND SCHNÜRT SIE ZU EINEM BÜNDEL, DAS ER ALS SCHILD BENUTZT.
DA DER VOGELFREIE EISENHERZ NICHT TREFFEN KANN, HECKT ER ETWAS NEUES AUS. ER ENTFERNT ALLE WAFFEN AUS DEM OBEREN STOCKWERK.
UM ALLE FLUCHTWEGE ABZUSCHNEIDEN, VERRIEGELT ER DIE TÜREN. DANN ZÜNDET ER EINEN SIGNALFEUERBEHÄLTER AN.
ALS DAS FEUER KRÄFTIG LODERT, LÄSST ER ES ZU EISENHERZ HINUNTER.
RASCH SEILT SICH EISENHERZ ZUM FENSTER AB UND SCHWINGT HINEIN.
51 1-20-38
HAL FOSTER
DOCH SEIN GEGNER HAT SORGFÄLTIG GEPLANT... DER WEG IN DIE FREIHEIT IST VERSPERRT.

DAS SPIEL IST AUS. EISENHERZ' GEGNER HAT DEN UNBEWAFFNETEN PRINZEN SOLANGE VERGEBENS VON FALLE ZU FALLE GEHETZT, BIS ER IHN ENDLICH GESTELLT HAT. NUN GREIFT ER MIT GNADENLOSER ENTSCHLOSSENHEIT AN.
DEM ERSTEN HIEB DER AXT ENTGEHT EISENHERZ, INDEM ER MIT DEM SEIL ZUSCHLÄGT.
ABER DIE VERFOLGUNG GEHT VON EINER VERSCHLOSSENEN TÜR ZUR NÄCHSTEN WEITER.
DER LACHENDE ROHLING FOLGT DEM PRINZEN GEMÄCHLICH BIS HINAUF ZUM DACH.
DER LETZTE FLUCHTWEG IST EIN SCHMALER SIMS. DOCH IRGENDWIE SCHEINT SICH EIN ENDE DES SEILS VERHEDDERT ZU HABEN, UND EISENHERZ MÜHT SICH, DAS ANDERE ENDE VON SEINEM GÜRTEL ZU LÖSEN!
5Z 2-5-38
ZOLL FÜR ZOLL NÄHERT SICH DER TOD DEM HILFLOSEN JÜNGLING.
PLÖTZLICH SPRINGT EISENHERZ INS LEERE UND REISST DEN VOGELFREIEN MIT SICH. DIE LETZTE LIST IST GELUNGEN.
HAL FOSTER
WÄHREND DER GEGNER IN DEN HOF HINUNTERSTÜRZT, PRALLT EISENHERZ MIT VOLLER WUCHT GEGEN DIE BURGMAUER!

DER AUFPRALL AN DER WAND RAUBT PRINZ EISENHERZ VORÜBERGEHEND DEN ATEM.
1
WIE BETÄUBT BLEIBT ER EINEN MOMENT HÄNGEN...
NACH UNSÄGLICHEN MÜHEN KANN SICH DER HALB BESINNUNGSLOSE JÜNGLING WIEDER ZUM DACH EMPORZIEHEN.
2
3 EISENHERZ FINDET EINE EISENSTANGE, SCHLÄGT DAMIT DIE VERSCHLOSSENEN TÜREN EIN UND BETRITT DIE VERLASSENE BURG.
NACH SCHIER ENDLOSEM SUCHEN FINDET ER DIE SCHLÜSSEL ZU DEN VERLIESEN.
4
53 2-12-38
5
UND SO VERMAG DER JUNGE PRINZ, ILENES VATER ZU BEFREIEN, DEN LEHNSHERRN VON BRANWYN, DER IM VERLIES EINGEKERKERT WAR, SEIT DER UNHOLD DIE BURG IN SEINE GEWALT GEBRACHT HATTE.
6 AUS ANDEREN KERKERZELLEN KOMMEN DIE ANGEHÖRIGEN UND DAS GEFOLGE DES LEHNSHERRN.
EISENHERZ' ERSTER GEDANKE GILT DER MAID ILENE, UND SO BERICHTET ER DEM LEHNSHERRN VON DER EINSIEDLERKLAUSE, WO SIE AUF NACHRICHT WARTET.
7
8
DREI ENTBEHRUNGSREICHE TAGE OHNE ESSEN UND SCHLAFEN FORDERN IHREN TRIBUT. NACHDEM NUN SEIN WERK VOLLENDET IST, BRICHT ER ERSCHÖPFT ZUSAMMEN.
Hal Foster
9
ILENES SANFTES HERZ KLOPFT WIE WILD, ALS DER BOTE KUNDE VON EISENHERZ' HELDENTAT BRINGT. SIE MÖCHTE MÖGLICHST SCHNELL NACH HAUSE ZURÜCKKEHREN.

„PRINZ EISENHERZ HAT ES GESCHAFFT. ACH, IST ER NICHT WUNDERBAR?" JUBELT ILENE UND VERABSCHIEDET SICH IN ALLER EILE VON DEM NOCH NICHT GANZ GENE-SENEN HERRN GAWAIN UND VON DEM EINSIEDLER.
EISENHERZ SCHILDERT DEM LEHNSHERRN VON BRANWYN, WIE ER DEN UNHOLD MIT EINER MASKE AUS GÄNSEHAUT ÜBERLISTETE.
DOCH AM NÄCHSTEN TAG IST ER DAMIT BESCHÄFTIGT, AUF DIE SONNENÜBERFLUTETE STRASSE ZU SCHAU-EN, AUF DER ILENE GERITTEN KOMMEN MUSS.
DANN KOMMT SIE FRÖHLICH DURCH DEN FRÜHLINGS-FRISCHEN WALD, UND PRINZ EISENHERZ WIRD ES GANZ WOHL UMS HERZ.
DER ALTE LEHNSHERR UND SEINE GEMAHLIN SCHLIESSEN DAS VERLOREN GEGLAUBTE KIND IN IHRE ARME.
„IN EINIGEN TAGEN IST HERR GAWAIN SO WEIT GENESEN, DASS MAN IHN HIERHERBRINGEN KANN", ERZÄHLT ILENE, ALS SIE GLÜCKLICH QUERFELDEIN WANDERN.
FREUNDLICH BLICKT DER MOND AUF EINE URALTE GESCHICHTE HERAB, DIE EIN JUNGE UND EIN MÄDCHEN FÜR NEU HALTEN.
54 2-19-38
HAL FOSTER
UNTERDESSEN STUDIEREN DER LEHNSHERR UND SEINE GEMAHLIN EIN SIGNIERTES SCHRIFTSTÜCK, DAS NOCH VIEL HERZENS-LEID VERURSACHEN WIRD.

EISENHERZ WIRD IN DER ZURÜCKEROBERTEN BURG ZUM VERWÖHNTEN HELDEN. SEIN GLÜCK SCHEINT VOLLKOMMEN, DA IHM ILENE IHR HERZ SCHENKT. „UND DIE TÖRICHTE HEXE WOLLTE MIR EINREDEN, ICH WÜRDE NIE ZUFRIEDEN SEIN“, LACHT EISENHERZ GLÜCKLICH.
EIN WAGEN WIRD LOSGESCHICKT, UM DEN VERWUNDETEN HERRN GAWAIN AUF BURG BRANWYN ZU BRINGEN.
AM FOLGENDEN NACHMITTAG WIRD EISENHERZ IN DIE GEMÄCHER DES LEHNSHERRN GERUFEN.
„IHR HABT MIR EINEN GROSSEN DIENST ERWIESEN, PRINZ EISENHERZ. ICH WILL EUCH DAFÜR GEBEN, WAS IHR WOLLT, UND SEI ES EIN DRITTEL MEINES LEHENS.“
„ICH ERBITTE ETWAS KOSTBARERES ALS ALL EURE LÄNDEREIEN, EDLER HERR. ICH BITTE UM DIE HAND EURER TOCHTER.“
„DIESE BITTE VERMAG ICH EUCH NICHT ZU GEWÄHREN, DENN DER KÖNIG VON ORD HAT FÜR SEINEN SOHN, DEN PRINZEN, UM IHRE HAND ANGEHALTEN. DER EHEVERTRAG WURDE BEREITS VOR MONATEN UNTERZEICHNET.“
55 2-26-38
„MEIN JUNGE“, SAGT DER WEISE, ALTE LEHNSHERR, „SIE WIRD DIE FRAU EINES REICHEN PRINZEN UND EINES TAGES EINE STATTLICHE KÖNIGIN. IM GLANZ DES HÖFISCHEN LEBENS WIRD DIE JUGENDLIEBE ZU EINEM MITTELLOSEN JÜNGLING VERBLASSEN. AUSSERDEM“, SAGT ER UND SENKT SEINE STIMME ZU EINEM FLÜSTERN, „IST SIE GENAU WIE IHRE MUTTER: GUT, ABER BESTIMMEND -- SEHR BESTIMMEND.“
DER SCHLAFLOSE JÜNGLING STARRT ZUM FENSTER DER SCHLAFLOSEN MAID HINAUF UND SCHWÖRT: „WER MIR ILENE WEGNEHMEN WILL, MUSS MIT MIR KÄMPFEN. KÄMPFEN BIS AUFS BLUT.“
HAL FOSTER
ALS SCHLIESSLICH KÜHL DER MORGEN GRAUT, KOMMT EIN BOTE UND RUFT: „HERR GAWAIN IST VERSCHWUNDEN. EINE ZAUBERIN HAT IHN FORTGEHOLT.“

DIE BOTSCHAFT, DASS HERR GAWAIN ENTFÜHRT WORDEN IST, LÄSST PRINZ EISENHERZ ZWISCHEN LIEBE UND PFLICHTGEFÜHL SCHWANKEN. SOLL ER GAWAIN ZU HILFE EILEN ODER BLEIBEN UND UM DIE LIEBLICHE ILENE KÄMPFEN?
EISENHERZ ZÖGERT NUR EINEN AUGENBLICK. „ICH KOMME WIEDER", RUFT ER. „OBWOHL DU PRINZ ARN VERSPROCHEN BIST, WERDE ICH DEINE HAND ERRINGEN, UND TROTZ DER WEISSAGUNG DER HEXE WERDE ICH GLÜCKLICH UND ZUFRIEDEN SEIN."
DANN SCHWINGT ER SICH AUFS PFERD UND SPRENGT DAVON.
ER REITET SO SCHNELL, DASS ER DIE KLAUSE DES EINSIEDLERS NOCH VOR SONNENUNTERGANG ERREICHT.
DER EINSIEDLER BERICHTET: „EINE VORNEHME DAME KAM VORBEI UND SAH HERRN GAWAIN IN DER SONNE SCHLAFEN. DA BEHEXTE SIE IHN UND NAHM IHN MIT SICH FORT."
„DAS KANN NUR DIE FEE MORGANA GEWESEN SEIN, DIE HALBSCHWESTER DES KÖNIGS. SIE IST SCHÖN UND BÖSE UND BESITZT SELTSAME ZAUBERKRÄFTE."
„ICH MUSS ZU IHRER BURG SCHMERZENSGART REITEN UND HERRN GAWAIN BEFREIEN."
AUF HERRN GAWAINS KRÄFTIGEM PFERD GALOPPIERT EISENHERZ DIE GANZE NACHT LANG WEITER.
UND BEI TAGESANBRUCH ERBLICKT ER WEIT DRAUSSEN IM MOOR DIE DÜSTERE BURG, DIE VON ALLEN MENSCHEN GEMIEDEN WIRD.
HAL FOSTER
56 3-5-38

DIE SCHÖNE, ABER BÖSE FEE MORGANA HAT HERRN GAWAIN SCHON LANGE INSGEHEIM GE-LIEBT UND, ALS SIE IHN BEI DER EINSIEDLER-KLAUSE SCHLAFEND VORFAND, DIE GELE-GENHEIT GENÜTZT, IHN ZU ENTFÜHREN.
DER BESORGTE EISENHERZ GALOPPIERT ÜBER DEN DAMM, DER DURCHS MOOR ZUR BURG SCHMERZENSGART FÜHRT.
LAUT LÄSST EISENHERZ DAS HORN ERSCHALLEN, DAS AN EINER KETTE VON DEM SELTSAM VERZIERTEN TOR HÄNGT.
ES ÖFFNET SICH, UND EISENHERZ BETRITT DIE GEFÜRCH-TETE BURG, DURCH DIE IHN EINE GRUPPE UNHEIMLICH AN-ZUSEHENDER WÄCHTER STUMM BEGLEITET.
DIE SCHÖNE ZAUBERIN EMP-FÄNGT IHN ZUVORKOMMEND UND HÖRT SICH SEINE BITTE AN, GAWAIN FREIZUGEBEN.
„DEIN MISSTRAUEN VERLETZT MICH, SCHÖNER KNABE, DENN ICH LIEBE HERRN GAWAIN SCHON SEIT VIELEN JAH-REN UND HABE IHN NUR HIERHERGEBRACHT, DAMIT SEINE WUNDEN GUT UND SANFT BEHANDELT WERDEN KÖNNEN."
DANN BITTET SIE EISENHERZ, IHR VON SEINEN ABEN-TEUERN MIT RITTER GAWAIN ZU BERICHTEN, WÄHREND EIN STUMMER DIENER WEIN UND GEBÄCK KREDENZT.
DOCH DEM WEIN IST EIN GESCHMACKSNEUTRALES BETÄUBUNGSMITTEL BEI-GEMENGT. ALS EISENHERZ SEINE KRÄFTE SCHWINDEN FÜHLT, HÖRT ER EIN SPÖT-TISCHES LACHEN.
57 3-12-38
HAL FOSTER
DANN BEHEXT DIE ZAUBERIN MIT DEM HYPNOTISCHEN BLICK DEN HILFLOSEN JÜNGLING.

„KLEINE BUBEN SOLLTEN SICH NICHT IN DIE ANGELEGENHEITEN DER FEE MORGANA MISCHEN", HÖHNT DIE ZAUBERIN LACHEND, ALS IHR EISENHERZ VOR LAUTER ÜBEREIFER, GAWAIN ZU BEFREIEN, IN DIE FALLE GETAPPT IST.
„DIR WIRD DIE EHRE ZUTEIL, MIR HELFEN ZU DÜRFEN, EINEN STATTLICHEN EHEMANN FÜR MICH ZU GEWINNEN."
„ICH MUSS NOCH IMMER DIE EHRE ABLEHNEN, EUCH ZU HEIRATEN, SCHÖNE HEXE", SAGT GAWAIN HÖFLICH. „DENN ES HEISST, DASS EURE GATTEN SELTEN EUER ERSTES MISSVERGNÜGEN ÜBERLEBEN."
„WENN EUER KLEINER FREUND DES NACHTS SCHREIT, ÄNDERT IHR VIELLEICHT EURE MEINUNG."
EISENHERZ WIRD UNSANFT IN EINE FEUCHTE ZELLE GESTOSSEN.
58 3-19-38
UNTER IHREM BÖSEN EINFLUSS WIRD EISENHERZ NÄCHTENS VON SCHRECKENSVISIONEN HEIMGESUCHT.
ER WEISS ZWAR, DASS DAS BETÄUBUNGSMITTEL, MIT DEM SIE GEWALT ÜBER IHN AUSÜBT, IN SPEISE ODER TRANK IST, MUSS DAS KARGE MAHL JEDOCH ESSEN, UM NICHT ZU VERHUNGERN.
HAL FOSTER
EIN STURM WÜTET, UND EISENHERZ HÖRT DURCH DAS VERGITTERTE, HOHE FENSTER WELLENSCHLAG. DA KOMMT IHM TROTZ SEINER BETÄUBUNG EINE IDEE.

UM DEN PLAN DURCHFÜHREN ZU KÖNNEN, DER IHM TROTZ SEINER BENOMMENHEIT IN DEN SINN GEKOMMEN IST, ZIEHT EISENHERZ EINEN SCHUH AUS UND BINDET IHN AN FÄDEN, DIE ER AUS SEINEM GEWAND GEZOGEN HAT.
DANN WIRFT ER DEN SCHUH AUS DEM FENSTER.
„WASSER! WENN DAS GIFT NUR IM WEIN IST, KANN ICH MICH VIELLEICHT DOCH RETTEN!"
DA ER AUSREICHEND WASSER ZUM TRINKEN HAT, SCHÜTTET ER DEN BETÄUBENDEN WEIN AUF DEN BODEN UND TÄUSCHT SCHWÄCHE VOR.
ALS ER WIEDER ZU KRÄFTEN KOMMT, SCHÜTTELT ER DEN ZAUBER AB UND MACHT SICH MIT DER METALLENEN GÜRTELSCHNALLE ALS EINZIGEM WERKZEUG AN DIE ARBEIT.
ES DAUERT VIELE TAGE, BIS ES IHM GELINGT, DEN STEIN ZU LOCKERN, DER DIE GITTERSTÄBE FESTHÄLT.
IN EINER STÜRMISCHEN NACHT FLIEHT ER UND SETZT STEIN UND GITTERSTÄBE SORGFÄLTIG WIEDER EIN, DAMIT SEINE FLUCHT RÄTSELHAFT WIRKT!
DURCH DEN TÜCKISCHEN SUMPF KÄMPFT ER SICH BIS ANS UFER.
DORT ANGELANGT, MACHT ER SICH AUF DEN WEG ZUM DREISSIG MEILEN ENTFERNTEN CAMELOT.
HAL FOSTER

NACH WOCHENLANGER GEFANGENSCHAFT DEM KERKER DER FEE MORGANA ENTFLOHEN, LÄUFT EISENHERZ VERBISSEN STUNDE UM STUNDE DURCH STURM UND DUNKELHEIT, UM HILFE FÜR HERRN GAWAIN HERBEIZUHOLEN.
IM MORGENGRAUEN SIEHT ER IN DER FERNE MERLINS TURM. „MAN BEKÄMPFT FEUER MIT FEUER. WARUM NICHT AUCH MAGIE MIT MAGIE?" DENKT ER.
WENN JEMAND HERRN GAWAIN HELFEN KANN, DANN DER WEISE ZAUBERER MERLIN, DER BERATER KÖNIG ARTUS'.
DER MÜDE, SCHLAMMBESCHMUTZTE PRINZ WIRD ZU MERLIN GEFÜHRT.
NACHDEM EISENHERZ BERICHTET HAT, SAGT MERLIN: „SIE WÜRDE GAWAIN ERMORDEN UND SEINE LEICHE IN DEN SUMPF WERFEN, SOWIE EINE STREITMACHT IHRER BURG NAHT. WIR MÜSSEN VORSICHTIG SEIN."
WÄHREND SICH EISENHERZ AUSRUHT, SUCHT MERLIN IN SEINEN ALTEN BÜCHERN GEHEIMEN WISSENS GEEIGNETE WEGE.
„ICH KANN MIT EINEM GEGENZAUBER HELFEN. ABER DAZU MUSST DU MIR ERST ETWAS BRINGEN, DAS DIE ZAUBERIN GETRAGEN, IN DER HAND GEHALTEN ODER WERTGESCHÄTZT HAT."
60 4-2-38
GUT BEWAFFNET UND BERITTEN BRICHT EISENHERZ ERNEUT AUF, UM DEN GEFÄHRLICHEN AUFTRAG AUSZUFÜHREN.
HAL FOSTER
ALS ER IN SICHTWEITE DER BURG „SCHMERZENSGART" IST, BRICHT VON DORT EINE JAGDGESELLSCHAFT ZUR FALKENBEIZE AUF.

VOM RAND DES SUMPFES AUS BEOBACHTET EISENHERZ, WIE DIE ZAUBERIN MORGANA MIT IHREN FREUNDEN ZUR FALKENJAGD AUFBRICHT. DIESE FALKENJAGD ERLEICHTERT ES IHM, SEINEN AUFTRAG AUSZUFÜHREN.
EISENHERZ FOLGT DER JAGDGESELLSCHAFT IN SICHERER ENTFERNUNG.
VON SEINEM VERSTECK AUS SIEHT ER, WIE MORGANA IHREN LIEBLINGSFALKEN FREILÄSST.
BEI DER VERFOLGUNG SEINER BEUTE FLIEGT DER FALKE IN EISENHERZ' RICHTUNG.
„DIESER FALKE IST PERSÖNLICHES EIGENTUM DER FEE MORGANA, WIE ICH ES SUCHE. ALSO LOS!"
WIE DER BLITZ SPRENGT ER ÜBER DIE WIESE UND PACKT DEN VOGEL, EHE ER LANDEN KANN.
DANN MACHT ER KEHRT UND GIBT SEINEM PFERD DIE SPOREN. UNTER WUTGEHEUL NEHMEN DIE JÄGER DIE VERFOLGUNG AUF.
BEI MERLINS TURM ANGEKOMMEN, HÄMMERT EISENHERZ GEGEN DIE TÜR, WÄHREND DIE WÜTENDEN JÄGER RASCH NÄHERKOMMEN.
SEINEN FANG FEST AN SICH GEPRESST, SCHLÄGT EISENHERZ WILD MIT DEM SCHWERT UM SICH UND HÄLT SO SEINE ANGREIFER EINE ZEITLANG IN SCHACH.
HAL FOSTER
61 4-9-38

WÄHREND SICH EISENHERZ AN DER TÜR ZU MERLINS TURM DIE VERFOLGER VOM LEIB HÄLT, DIE IHN IN DIE ENGE ZU TREIBEN VERSUCHEN, RUFT ER LAUTSTARK UM HILFE.
ALS IHM SCHLIESSLICH HILFE ZUTEIL WIRD...
...KOMMT SIE AUCH FÜR IHN UNERWARTET.
MERLIN HÄLT EISENHERZ' MITBRINGSEL FÜR GEEIGNET.
GRAUEN BESCHLEICHT DIE FEE MORGANA, ALS SIE HÖRT, WER IHREN FALKEN GESTOHLEN HAT UND ZU WEM ER GEBRACHT WURDE.
DER WEISE MERLIN BEREITET EINEN ZAUBER VOR, DER HERRN GAWAINS BEFREIUNG BEWIRKEN SOLL.
INDESSEN ERGEHT SICH EISENHERZ IM WUNDERGARTEN DES GROSSEN ZAUBERERS.
DOCH NICHT EINMAL DIE MERKWÜRDIGEN TRUGBILDER DIESES UNWIRKLICHEN ORTES KÖNNEN SEINE GEDANKEN VON DER LIEBLICHEN ILENE ABBRINGEN.
SCHLAG MITTERNACHT KOMMEN INS SCHLAFGEMACH DER FEE MORGANA SELTSAME PHANTASIEGESTALTEN GEKROCHEN, DIE MERLIN AUS DER ZWISCHENWELT DES TRAUMS HERAUFBESCHWOREN HAT.
HAL FOSTER

KEINES DER MORGANA BEKANNTEN ZAUBERMITTEL VERMAG DIE GEISTERHAFTEN SCHRECKGESTALTEN ZU VERTREIBEN, DIE IHR DEN SCHLAF ZUR HÖLLE MACHEN.
„NUN GEH ZUR FEE MORGANA UND SAGE IHR, DASS SIE KEINE RUHE HABEN WIRD, EHE DU UND HERR GAWAIN SICHER ZU MIR ZURÜCKGEKEHRT SEID."
ALS EISENHERZ DAS TOR VON „SCHMERZENSGART" ERREICHT, WIRD ER VON VIELEN HÄNDEN GEPACKT
...UND VON DEN UNHEIMLICHEN DIENERN DER TOBENDEN ZAUBERIN VORGEFÜHRT.
GERN WÜRDE SIE IHN UND GAWAIN ZU EINEM QUALVOLL LANGSAMEN TOD VERURTEILEN. ABER EISENHERZ ERINNERT SIE AN MERLINS DROHUNG.
MÜRRISCH ORDNET SIE HERRN GAWAINS FREILASSUNG AN.
„MEIN UNBEZAHLBARER KNAPPE!" RUFT GAWAIN BEFRIEDIGT LACHEND. „DU HAST MICH AUS DEM GEFÄNGNIS BEFREIT, VOM TODE ERRETTET UND JETZT GOTTLOB AUCH NOCH VOR DER EHE BEWAHRT."
„WERTE DAME, EUER INTERESSE AN MIR IST ÄUSSERST SCHMEICHELHAFT. DA ICH ABER UM DAS SCHICKSAL EURER BISHERIGEN GATTEN WEISS, WÄRE ICH AN DIESEM UNGASTLICHEN ORT NUR EIN ÜBERNERVÖSER EHEMANN."
63 4-23-38
ALS DIE BEIDEN GUTGELAUNT AUFBRECHEN, LÄSST EISENHERZ EINEN TALISMAN ZURÜCK, DER MORGANAS SELTSAME DIENER ZURÜCKHALTEN SOLL.
HAL FOSTER

MERLINS ZAUBER HAT GEHOLFEN, GAWAIN AUS BURG „SCHMERZENSGART" ZU BEFREIEN, UND EISENHERZ' TALISMAN DECKT IHNEN DIE FLUCHT.
DIESE FURCHT VOR DEM TALISMAN LÄSST ERAHNEN, AUS WELCH FINSTEREN REGIONEN MORGANA IHRE DIENER HERBEIGEHOLT HATTE.
IN DER WIEDERGEWONNENEN FREIHEIT SINGT GAWAIN FRÖHLICH VOR SICH HIN, WÄHREND DEN JUNGEN PRINZEN SORGEN ANSPORNEN.
„DU WIRKST UNGLÜCKLICH, EISENHERZ. KANN ICH DIR HELFEN?"
EISENHERZ KLAGT DEM MITFÜHLENDEN FREUND SEIN LEID. ER BERICHTET DAVON ...
... DASS ILENE VON IHREM VATER MIT DEM PRINZEN ARN VON ORD VERLOBT WORDEN IST.
„DOCH SIE LIEBT NUR MICH UND SOLL DAHER DIE MEINE SEIN, IHREM VATER, PRINZ ARN UND SELBST DEM TEUFEL ZUM TROTZ!"
ENDLICH GELANGEN SIE ZU MERLINS TURM.
DIE BEIDEN DANKEN IHREM WEISEN HELFER.
„BEHALTE DIE WAFFEN, DIE ICH DIR LIEH, UND STELLE SIE IN DES GUTEN KÖNIG ARTUS DIENST."
ALS SIE SICH CAMELOT NÄHERN, GESELLT SICH EIN FREMDER RITTER ZU IHNEN.

GAWAIN UND EISENHERZ AHNEN NICHT, DASS DER FREMDE RITTER EINE BOTSCHAFT NACH CAMELOT BRINGEN SOLL, DIE FÜR DAS LEBEN VON PRINZ EISENHERZ VON SCHICKSALHAF-TER BEDEUTUNG SEIN WIRD.
DIE RITTER DER TAFELRUNDE BEGRÜSSEN SIE STÜR-MISCH, DENN DER FRÖHLICHE GAWAIN UND SEIN GEIST-REICHER KNAPPE SIND SEHR BELIEBT.
ZU IHREN EHREN WIRD EIN FEST GEGEBEN.
KÖNIG ARTUS ERHEBT SICH UND VERKÜNDET, DASS EINE FREUDIGE BOTSCHAFT VERLESEN WERDEN SOLL.
65 5-7-38
DER RITTER, DER IHNEN AUF DEM WEG NACH CAMELOT BEGEGNETE, STEHT AUF UND LIEST VOR: „DER KÖNIG VON ORD LÄDT EUCH ALLE ZU EINEM GROSSEN TURNIER EIN, MIT DEM DIE VERMÄHLUNG SEINES SOHNES, DES PRINZEN VON ORD, MIT ILENE VON BRANWYN GEFEIERT WERDEN SOLL."
FÜR EISENHERZ IST DAS EIN FÜRCHTERLICHER SCHLAG. SEIN HERZ KRAMPFT SICH VOR ZORN UND KUMMER ZUSAMMEN.
ER VERBIRGT SEINEN SCHMERZ, SO DASS AN JENEM ABEND KEINER FRÖHLICHER IST ALS DER TAPFERE, MANNHAFTE PRINZ.
ABER ALS NACH UND NACH DIE LICHTER AUSGEHEN UND ES IM GROSSEN SCHLOSS GANZ STILL WIRD, IST ER NUR NOCH DER TIEFGETROFFENE JUNGE, DER SICH IM DUNKELN DAS HERZENSLEID VON DER SEELE WEINT.
GAWAIN DECKT DEN SCHLAFENDEN JÜNGLING MIT SEINEM MANTEL ZU.

AM NÄCHSTEN MORGEN SUCHT GAWAIN GANZ CAMELOT NACH SEINEM JUNGEN FREUND AB, KANN IHN ABER NIRGENDWO FINDEN. EISENHERZ SCHEINT WIE VOM ERDBODEN VERSCHLUCKT.
DER GRUND DAFÜR IST, DASS EISENHERZ BEI TAGESANBRUCH DEN ENTSCHLUSS GEFASST HAT, PRINZ ARN AUFZUSUCHEN UND MIT IHM UM DIE SCHÖNE ILENE ZU KÄMPFEN.
GUT BEWAFFNET HAT EISENHERZ AM FRÜHEN MORGEN CAMELOT VERLASSEN.
ERPICHT DARAUF, PRINZ ARN ZU FINDEN, NOCH EHE DIE HOCHZEIT STATTFINDEN KANN, GERÄT ER VOR UNGEDULD IN RAGE, ALS SICH IHM EIN FAHRENDER RITTER IN DEN WEG STELLT.
WIE ES DER BRAUCH IST, FORDERT DER RITTER EISENHERZ ZU EINEM WAFFENGANG HERAUS. EISENHERZ HEBT DEN SCHILD, LEGT DIE LANZE AN ...
... UND GREIFT IN SEINEM ZORN ÜBER DEN AUFENTHALT MIT KALTER WUT AN.
EISENHERZ REITET IN GESTRECKTEM GALOPP WEITER, OHNE NACH DEM NAMEN DES RITTERS ZU FRAGEN, DER ZERSCHUNDEN UND BETÄUBT DALIEGT UND SICH FRAGT, OB IHN DER BLITZ GESTREIFT HAT.
66 5-15-38
AUF DEM RITT INS KÖNIGREICH ORD FINDET EISENHERZ VIELE ANZEICHEN DAFÜR, DASS WIEDER EINMAL PLÜNDERNDE WIKINGER ENGLANDS KÜSTE VERWÜSTEN.
HAL FOSTER
DER RINGSUM LAUERNDEN GEFAHREN NICHT ACHTEND, REITET ER AUF EINE SCHMALE BRÜCKE.

AUF DER SCHMALEN BRÜCKE BEGEGNET PRINZ EISENHERZ EINEM PRÄCHTIG AUSGESTATTETEN RITTER.
„MACHT PLATZ", RUFT IHM DER FREMDE ZU. „DENN PRINZ ARN VON ORD TRITT FÜR NIEMANDEN BEISEITE."
„IHR SEID PRINZ ARN?" RUFT EISENHERZ. „ES GIBT FÜR ALLES EIN ERSTES MAL. MACHT EUCH ZUM KAMPF BEREIT, DENN NUR EINER VON UNS WIRD DIE BRÜCKE ÜBERQUEREN."
SIE LEGEN IHRE LANZEN AN UND STÜRMEN AUF DIE ALTERSSCHWACHE BRÜCKE ...
... WO SIE MIT SOLCHER WUCHT AUFEINANDERPRALLEN, DASS DAS BRÜCKENGELÄNDER ZERSPLITTERT ...
... UND ARN INS TOSENDE WASSER STÜRZT, DASS ES NUR SO SPRITZT.
VON DER SCHWEREN RÜSTUNG BEHINDERT, WIRD ER IN DEN WASSERSTRUDEL GEZOGEN UND VERSINKT. EISENHERZ ZÖGERT NICHT.
ER WIRFT SCHWERT, SCHILD UND HELM BEISEITE UND SPRINGT HINTER IHM HER.
67 5-22-38
IN DEN GRÜNEN TIEFEN DES STRUDELS FINDET EISENHERZ PRINZ ARN UND KÄMPFT SICH MIT SEINER SCHWEREN LAST UFERWÄRTS ...
... WO ER BALD SEINEN ERSCHÖPFTEN RIVALEN WIEDERBELEBT.
„WESHALB HABT IHR MICH GERETTET, WO DOCH DAS SCHICKSAL EURER SACHE GEWOGEN SCHIEN?" „WENN IHR HEUTE STERBEN SOLLT, DANN DURCH MEINE HAND UND IN EINEM EHRLICHEN KAMPF."
„WIR KÖNNEN NICHT BEIDE FRÄULEIN ILENE HEIRATEN. ICH WILL ES TUN ODER STERBEN."
DA DIE HÄLFTE IHRER WAFFEN VERLORENGEGANGEN IST, ZIEHEN SIE GEMEINSAM WEITER, BIS SIE FÜR IHR DUELL AUSREICHEND GEWAPPNET SIND.
HAL FOSTER

„WIR REITEN GEMEINSAM NACH BRANWYN, ABER NUR EINER VON UNS WIRD DIE REISE BEENDEN."
„WIR BORGEN UNS, WAS WIR BRAUCHEN, VON JENEM SCHWARZEN RITTER, DER DORT GERITTEN KOMMT."
„IHR KÖNNT EUCH VON MEINER AUSRÜSTUNG NEHMEN, WAS IHR WOLLT, WENN EINER VON EUCH BEIDEN MANNS GENUG IST, ES SICH ZU HOLEN."
BEIM AUSLOSEN MIT DER MÜNZE GEWINNT ARN MIT LANZE UND SCHILD VON EISENHERZ TRITT ER GEGEN DEN FREMDEN AN.
DONNERNDE HUFE, EIN GEWALTIGER AUFPRALL, UND SCHON STÜRZT DER SCHWARZE RITTER KRACHEND ZU BODEN.
IN ALLER RUHE WAPPNEN SICH DIE BEIDEN MUTIGEN JÜNGLINGE, UM IM KAMPF UM ILENE ZU GEWINNEN ODER ZU STERBEN.
„ILENE ODER DEN TOD!" SCHREIT EISENHERZ. „DEN TOD ODER ILENE!" RUFT ARN, ALS SIE AUFEINANDER LOSGEHEN.
DER KAMPF TOBT NOCH IMMER, ALS DIE SONNE SCHON GEN ABEND SINKT. DENNOCH KÄMPFEN DIE ERMATTETEN, BLUTENDEN JÜNGLINGE VERBISSEN WEITER.
EIN WARNRUF DES SCHWARZEN RITTERS LÄSST SIE INNEHALTEN UND AM RANDE DER LICHTUNG EINEN TRUPP RÄUBERISCHER WIKINGER BEMERKEN.
68 5-29-38
HAL FOSTER

DIE WIKINGER, DIE PRINZ EISENHERZ UND PRINZ ARN BEI IHREM KAMPF UM ILENE STÖREN, WAREN BRANDSCHATZEND DURCHS LAND GEZOGEN. SIE BRINGEN REICHE BEUTE UND GEFANGENE MIT SICH.
„AUFGESESSEN!" RUFT DER SCHWARZE RITTER. „AUFGESESSEN UND DANN NICHTS WIE LOS AUF SIE!"
IN WINDESEILE SPRINGEN SIE AUF IHRE STREITRÖSSER UND REITEN MITTEN HINEIN IN DIE BARBARENHORDE, WOBEI SIE SO GEWALTIG RECHTS UND LINKS AUF DIE WIKINGER EINSCHLAGEN, DASS DIESE BALD IN WILDER FLUCHT DAVONJAGEN UND IHRE GEFANGENEN ZURÜCKLASSEN.
„PRINZ EISENHERZ, UM DES HIMMELS WILLEN, HELFT UNS! WIR BEGLEITETEN FRÄULEIN ILENE ZUM PALAST DES KÖNIGS VON ORD, ALS WIR VON WIKINGERN GEFANGENGENOMMEN WURDEN. SIE BRINGEN DAS FRÄULEIN ZUR KÜSTE!"
„AUFGESESSEN, HERR RITTER! GEBT DEM GUTEN KÖNIG ARTUS AUF CAMELOT HIERVON BERICHT! SCHNELL!"
EINEN VERWUNDETEN PLÜNDERER ZWINGEN SIE DAZU, IHNEN DEN WEG ZU VERRATEN, DEN ILENES ENTFÜHRER EINGESCHLAGEN HABEN.
SEITE AN SEITE MACHEN SICH DIE BEIDEN JUNGEN PRINZEN AN DIE GEFÄHRLICHE AUFGABE. ANGESICHTS DER GEFAHR, IN DER SICH ILENE BEFINDET, IST IHR STREIT VERGESSEN.
AN DER BRÜCKE ÜBER DIE DUNDORNSCHLUCHT HALTEN SIE AN UND WARTEN DARAUF, DASS DIE RÄUBER MIT IHREN GEFANGENEN KOMMEN.
AM NÄCHSTEN MORGEN ENTHÜLLT DIE AUFGEHENDE SONNE, DASS NICHT NUR EINE, SONDERN ZWEI WIKINGERSCHAREN AUF SIE ZUKOMMEN. DIE BEIDEN TAPFEREN JÜNGLINGE SIND ZWISCHEN IHNEN EINGESCHLOSSEN.

DOCH EISENHERZ UND ARN KÖNNEN ILENE BEI KEINER DER BEIDEN GRUPPEN ENTDEKKEN. ALSO MÜSSEN SIE SICH IHREN WEG FREIKÄMPFEN UND DIE SUCHE FORTSETZEN.
„LASS UNS WARTEN, BIS DIESE SCHAR AUF DER BRÜCKE IST. WENN WIR DANN UNTER DIE BERITTENEN HINEINFAHREN, GIBT ES EIN SO GROSSES DURCHEINANDER, DASS WIR VIELLEICHT DURCHKOMMEN."
„NUN, TAPFERER FEIND", RUFT ARN. „SCHLAGE FEST UND GENAU ZU, FÜR ENGLAND UND FÜR DIE SCHÖNE ILENE!"
„FÜR ILENE!" ERSCHALLT IHR SCHLACHTRUF, ALS SIE ÜBER DIE BRÜCKE STÜRMEN UND DIE DICHTGEDRÄNGTEN PLÜNDERER BEISEITESTOSSEN.
EISENHERZ' RECHNUNG IST AUFGEGANGEN. SEIN PFERD HAT JEDOCH EINE TÖDLICHE WUNDE DAVONGETRAGEN. ES STOLPERT UND STÜRZT.
„GEH, ARN", SAGT EISENHERZ. „ILENES SCHICKSAL LIEGT NUN IN DEINER HAND. ICH HALTE HIER DIE VERFOLGER AUF, SOLANGE ICH EIN SCHWERT FÜHREN KANN."
ARN ZIEHT SEIN GROSSES SCHWERT. „NIMM ES, EISENHERZ. ES IST DAS BERÜHMTE 'SINGENDE SCHWERT', AUF DEM EIN WUNDERSAMER ZAUBER RUHT. UND NUR DURCH EIN WUNDER KANNST DU DIE NÄCHSTE STUNDE ÜBERLEBEN."
70 6-12-38
HAL FOSTER
UM DIE SCHARFE SCHNEIDE DES 'SINGENDEN SCHWERTES' SÄUSELT FRÖHLICH DER WIND, ALS EISENHERZ ZUR BRÜCKE SCHREITET, UM FÜNFZIG WÜTENDEN WIKINGERN DIE STIRN ZU BIETEN.

LIEBEND GERN WÜRDE PRINZ ARN SEITE AN SEITE MIT EISENHERZ KÄMPFEN. DOCH DIES IST NICHT DIE ZEIT FÜR HEROISCHE GESTEN, DA ES IMMER NOCH ILENE ZU BEFREIEN GILT. ER REITET LOS, WÄHREND SICH EISENHERZ DARANMACHT, DIE VERFOLGER AUFZUHALTEN.
„ICH WÜNSCHTE, DIE GÖTTER HÄTTEN DIESEN TAPFEREN NARREN ZU MEINEM FREUND GEMACHT UND NICHT ZU MEINEM TODFEIND."
DAS EDELSTEINBESETZTE HEFT DES 'SINGENDEN SCHWERTES' SCHMIEGT SICH IN EISENHERZ' HAND, UND SO GEHT ER ENTSCHLOSSEN SEINEM SCHICKSAL ENTGEGEN.
DER TOLLKÜHNE MUT DES JÜNGLINGS VERBLÜFFT DIE SKANDINAVIER. SIE HALTEN SEIN VORGEHEN FÜR EINE KRIEGSLIST. DOCH EIN HÜNENHAFTER WIKINGER ....
...EIN HAUPTMANN, TRITT VOR UND SAGT: „MEINE ZWEISCHNEIDIGE AXT WIRD DAS RÄTSEL LÖSEN." EISENHERZ' KLINGE ZISCHT LEISE ABWARTEND
DOCH EHE DIE AXT NIEDERSAUSEN KANN, JAUCHZT DAS 'SINGENDE SCHWERT' GELLEND AUF, ALS SEINE SCHARFE SCHNEIDE DURCH SCHILD UND HELM FÄHRT UND EINE KRIEGERSEELE AUFSTEIGT GEN WALHALL.
„KOMMT NÄHER", HÖHNT EISENHERZ. „MEIN SCHÖNES SCHWERT IST DURSTIG." UND EIN HALBES HUNDERT VERWEGENER WIKINGER DRÄNGELT SICH VOR.
WIEDER UND WIEDER HEBT UND SENKT SICH DAS SCHRECKLICHE, IM SONNENLICHT NASS SCHIMMERNDE SCHWERT. NOCH LAUTER ALS DAS TOSEN DER WASSER UND DAS KLIRREN DER WAFFEN ERSCHALLT JEDOCH EISENHERZ' SCHLACHTRUF: „FÜR ILENE!"
HAL FOSTER
71 6-19-38

MIT ZORN IM HERZEN UND DEM SCHRECKENERREGENDEN 'SINGENDEN SCHWERT' IN DER HAND GRÄBT EISENHERZ SEINEN NAMEN TIEF INS GEDÄCHTNIS SEINER FEINDE EIN.
VOLLER STAUNEN WEICHEN SIE SCHLIESSLICH VOR DIESEM NIMMERMÜDEN JÜNGLING MIT DEM FLINKEN SCHWERT ZURÜCK, DAS MÜHELOS KETTENHEMDEN, LEDER UND EISEN DURCHSCHLÄGT.
DOCH VON ZAHLREICHEN WUNDEN GESCHWÄCHT, SINKT EISENHERZ LANGSAM, IMMER NOCH DEN FEINDEN ZUGEWANDT, ZU BODEN.
„DAS KANN KEIN GERINGERER ALS EINES KÖNIGS SOHN SEIN. BRINGT IHN ZUM HÄUPTLING, DAMIT DER LÖSEGELD FÜR IHN FORDERN KANN."
ALS EISENHERZ WIEDER DIE AUGEN ÖFFNET, WIRD ER AUF DEN LANZEN DER KRIEGER ZUR KÜSTE GETRAGEN. NUN, SEINE ARBEIT IST GETAN. ARN IST ENTKOMMEN UND KANN ILENE SUCHEN.
BEI SEINEN BEIDEN SCHIFFEN SITZT DER SEERÄUBER THAGNAR UND WARTET AUF DIE RÜCKKEHR SEINER PLÜNDERER. ALS EISENHERZ ZU IHM GEFÜHRT WIRD, BRÜLLT ER: „ICH HABE EUCH DOCH GESAGT, DASS IHR MICH NICHT MIT GEFANGENEN BELÄSTIGEN SOLLT."
„TÖTET IHN", BEFIEHLT THAGNAR. ER SAGT DIES IN DER SPRACHE VON EISENHERZ' VATER, DEM VERBANNTEN KÖNIG.
T2 6-26-38
„WENN ICH EINEN MANN TÖTEN WOLLTE, WÜRDE ICH DAS SELBER TUN", HÖHNT EISENHERZ. „ABER VIELLEICHT ZIEHT ES DER KÜHNE THAGNAR JA VOR, WIE EIN ALTES WEIB IM SCHATTEN AUSZURUHEN, WEIL ER KEINEN GESCHMACK AN DER GEFAHR FINDET."
„DER ZWERGHAHN KRÄHT LAUT! JA, THAGNAR WIRD IM SCHATTEN RUHEN, WÄHREND DU DEINE PRAHLERISCHEN WORTE BEI MEINEM HENKER UNTER BEWEIS STELLEN KANNST, DER DORT DRÜBEN SITZT UND SEINE TÖDLICHE KLINGE WETZT."
HAL FOSTER

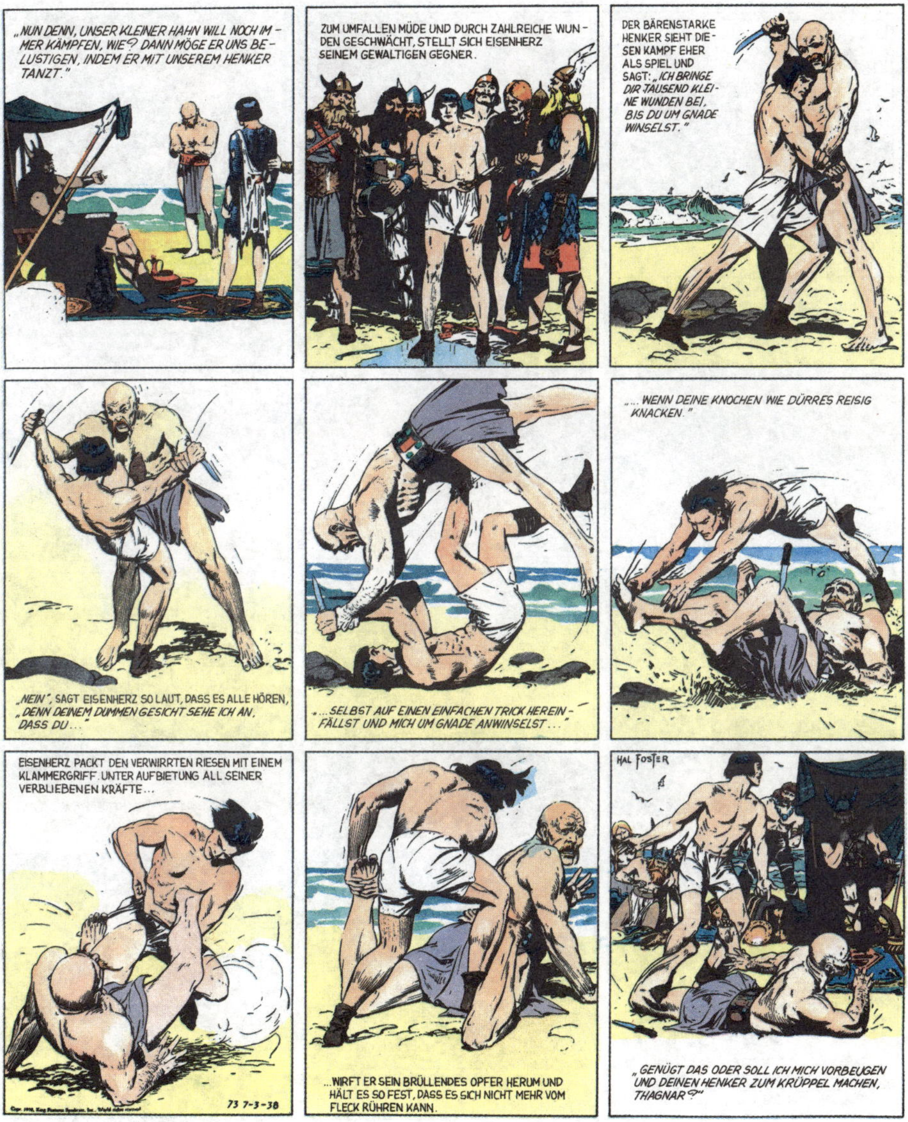
„NUN DENN, UNSER KLEINER HAHN WILL NOCH IMMER KÄMPFEN, WIE? DANN MÖGE ER UNS BELUSTIGEN, INDEM ER MIT UNSEREM HENKER TANZT."
ZUM UMFALLEN MÜDE UND DURCH ZAHLREICHE WUNDEN GESCHWÄCHT, STELLT SICH EISENHERZ SEINEM GEWALTIGEN GEGNER.
DER BÄRENSTARKE HENKER SIEHT DIESEN KAMPF EHER ALS SPIEL UND SAGT: „ICH BRINGE DIR TAUSEND KLEINE WUNDEN BEI, BIS DU UM GNADE WINSELST."
„NEIN", SAGT EISENHERZ SO LAUT, DASS ES ALLE HÖREN, „DENN DEINEM DUMMEN GESICHT SEHE ICH AN, DASS DU ...
„... SELBST AUF EINEN EINFACHEN TRICK HEREINFÄLLST UND MICH UM GNADE ANWINSELST ..."
„... WENN DEINE KNOCHEN WIE DÜRRES REISIG KNACKEN."
EISENHERZ PACKT DEN VERWIRRTEN RIESEN MIT EINEM KLAMMERGRIFF. UNTER AUFBIETUNG ALL SEINER VERBLIEBENEN KRÄFTE ...
73 7-3-38
... WIRFT ER SEIN BRÜLLENDES OPFER HERUM UND HÄLT ES SO FEST, DASS ES SICH NICHT MEHR VOM FLECK RÜHREN KANN.
HAL FOSTER
„GENÜGT DAS ODER SOLL ICH MICH VORBEUGEN UND DEINEN HENKER ZUM KRÜPPEL MACHEN, THAGNAR?"

„ALSO, THAGNAR, ENTSCHEIDE DICH!" „GENUG! DU HAST DIR DIE FREIHEIT REDLICH VERDIENT. DU KANNST GEHEN."
„ICH BEGEHRE NICHT FREIHEIT FÜR MICH, SONDERN FÜR JEMAND, DEN DEINE RÄUBER ENTFÜHRT HABEN..."
„... FÜR JENE MAID, ILENE VON BRANWYN, DIE ICH GESUCHT HABE."
EISENHERZ HATTE NÄMLICH VOR THAGNAR BEMERKT, DASS EINE WEITERE HORDE DER RÄUBER ZURÜCKKEHRTE UND NEBEN BEUTE AUCH DIE BLONDE ILENE BRACHTE.
„WAS?" BRÜLLT THAGNAR. „FÜR DIESES SPINDELDÜRRE FRAUENZIMMER HAST DU DEIN LEBEN RISKIERT, MEINE MÄNNER GETÖTET UND MEINEN HENKER BESIEGT?"
AUS LAUTER FREUDE ÜBER DAS WIEDERSEHEN MIT ILENE HAT EISENHERZ BEREITS SO NEBENSÄCHLICHE PROBLEME WIE THAGNAR UND SEINE WIKINGER VERGESSEN.
„SEI GUTEN MUTES! ARN IST FREI UND WIRD IRGENDWIE UNSERE RETTUNG BEWERKSTELLIGEN... UND DU BIST NOCH SCHÖNER ALS JE ZUVOR."
74 7-10-38
„DEN JUNGEN MUSS ICH HABEN. ER IST SCHLAU UND KÜHN, MUTIG UND GESCHICKT. ER SOLL EINES TAGES EINES MEINER SCHIFFE FÜHREN UND EIN GROSSER SEERÄUBER WERDEN."
DIE BEIDEN VERZWEIFELTEN JUNGEN VERLIEBTEN WERDEN UNTER BEWACHUNG GESTELLT, BIS DIE SCHIFFE ZUR ABFAHRT BEREIT SIND.
THAGNAR MUSS AUS DEM OSTEN GEKOMMEN SEIN, WO EINST EISENHERZ' VATER HERRSCHTE, DENN ER SPRICHT DIE GLEICHE SPRACHE. EISENHERZ RITZT EINE NACHRICHT IN EINEN FELSBLOCK.
DENN ER WEISS, DASS ARN DIE EINMAL ANGEFANGENE SUCHE NICHT AUFGEBEN WIRD UND DAHER FRÜHER ODER SPÄTER SEINE NACHRICHT FINDET. UND EISENHERZ IRRT NICHT!
HAL FOSTER
ILENE - NORDOST GEN JÜTLAND EISENHERZ

DIE SCHIFFE DER SEERÄUBER VERSCHWINDEN AM HORIZONT, ALS ARN DIE KÜSTE ERREICHT UND DORT DIE VON EISENHERZ IN STEIN GERITZTE BOTSCHAFT VORFINDET.
ILENE – NORDOST GEN JÜTLAND EISENHERZ
ARN WIRFT SEINE SCHWERE RÜSTUNG AB UND JAGT IN GESTRECKTEM GALOPP NACH ORD, ZUR BURG SEINES VATERS.
NACH EINEM HEFTIGEN STREIT WILLIGT DER KÖNIG ENDLICH EIN, EIN SCHIFF SAMT BESATZUNG FÜR DIE VERFOLGUNG ZUR VERFÜGUNG ZU STELLEN.
AUSGESUCHTE SEELEUTE UND ABENTEUERLUSTIGE JUNGE RITTER WARTEN UNGEDULDIG AUF DAS STEIGEN DER FLUT.
75 7-17-38
HAL FOSTER
UM EISENHERZ FÜR SICH EINZUNEHMEN, ERWEIST THAGNAR SEINEN GEFANGENEN JEDE GEFÄLLIGKEIT, WÄHREND ER DAS SCHÖNE, GEFÄHRLICHE 'SINGENDE SCHWERT' FAST ZÄRTLICH IN HÄNDEN HÄLT.
„LASS DIR NICHTS ANMERKEN, ILENE ... ACHTERN SEHE ICH EIN SEGEL NÄHERKOMMEN. DER TAPFERE ARN FOLGT UNS."
UM ARN GELEGENHEIT ZU GEBEN, UNBEMERKT NÄHERZUKOMMEN, LENKEN SIE DIE AUFMERKSAMKEIT DER WIKINGER NACH VORNE.
DER WIND BLÄHT DIE BIS ZUM LETZTEN FETZEN GESETZTEN SEGEL. DER PRINZ UND DIE ADLIGEN LEGEN SICH ZUSAMMEN MIT DEN SEELEUTEN IN DIE RIEMEN. UND SO FLIEGT ARNS SCHIFF FÖRMLICH ÜBER DAS SONNENÜBERFLUTETE WASSER.

NACH SEINEM FETTEN BEUTEZUG WÄHNT SICH THAGNAR AUF HOHER SEE VÖLLIG SICHER. ER AHNT NICHT, DASS EISENHERZ UND ILENE ACHTERN ARNS SCHIFF ERSPÄHT HABEN, DAS IHNEN MIT GEBLÄHTEN SEGELN FOLGT. ES HOLT RASCH AUF UND IST SCHON GANZ DEUTLICH ZU SEHEN.
EISENHERZ ÜBERLEGT, WIE ER DIE AUFMERKSAMKEIT DER SEERÄUBER AUF SICH LENKEN KANN, BIS ARN NAHE GENUG IST, UM ANGREIFEN ZU KÖNNEN.
DA ENTDECKT ER IM BEUTEHAUFEN EINE LEIER. ER HEBT SIE AUF, LÄUFT NACH VORNE UND SPRINGT IN DIE WANTEN.
MIT HELLER STIMME HEBT ER AN, ZU EINER UNGESTÜMEN UND DOCH EINSCHMEICHELNDEN MELODIE ZU SINGEN. SEIN LIED ERZÄHLT VON SEINER HEIMAT IN DEN EINSAMEN SÜMPFEN, WO DER WIND, VOM MEER HER KOMMEND, IM SCHWANKENDEN SCHILF SEIN EWIGES LIED SÄUSELT. DIE WILDEN SEERÄUBER WERDEN BEI DEM LIED GANZ STILL UND TRÄUMEN VON IHREN KLEINEN HÜTTEN AN DER RASTLOSEN SEE.
INDESSEN SCHIEBT SICH ARNS SCHIFF UNBEMERKT IMMER NÄHER UND NÄHER HERAN, BIS SCHLIESSLICH DER RUDERSCHLAG GANZ DEUTLICH ZU VERNEHMEN IST.
DA SCHRECKEN DIE PIRATEN AUS IHREN TRÄUMEN HOCH, UND THAGNAR SCHREIT IHNEN WUTENTBRANNT SEINE BEFEHLE ZU.
DAS ZWEITE SCHIFF REFFT DIE SEGEL UND WENDET, UM SICH DEN KÜHNEN VERFOLGERN IN DEN WEG ZU LEGEN.

DAS SEERÄUBERSCHIFF BEREITET SICH WÄHREND DES WENDEMANÖVERS AUF DEN KAMPF VOR.
ARN ERWECKT DEN ANSCHEIN, ALS WOLLE ER AUSWEICHEN. ABER PLÖTZLICH LÄSST ER WENDEN UND AUF DEN FEIND ZUHALTEN.
VON SEGEL UND RUDER VORANGETRIEBEN, TRIFFT ENGLISCHE EICHE UNTER SPLITTERN UND KRACHEN AUF DÄNISCHE KIEFER.
BEI EINER SCHLACHT AUF HOHER SEE SIND DIE SEERÄUBER IN IHREM ELEMENT, UND SO EN-TERN SIE IM NU ARNS SCHIFF.
THAGNAR SEGELT INDESSEN SEELENRUHIG MITSAMT DEN SCHÄTZEN SEINER RAUBZÜGE WEITER, DENN NUN VERRINGERT SICH DIE ZAHL DERER, UNTER DENEN DIE BEUTE AUFZUTEILEN IST.
EISENHERZ IST VERZWEIFELT! ER VERSETZT THAGNAR EINEN GEWAL-TIGEN SCHLAG UND ENTREISST IHM DABEI DAS 'SINGENDE SCHWERT'...
...SAUST ZUM MAST UND HOLT DAS GROSSSEGEL HERUNTER, DAS AUF DIE ERSTAUNTEN WIKINGER NIEDERKRACHT.
DEN VERFOLGERN AUSWEICHEND, LÄUFT ER BEHEN-DE ÜBER DEN DOLLBORD ZUM HECK.
77 7-31-38
DORT STRECKT ER DEN RUDERGÄNGER NIEDER UND MACHT DAS RUDER-BLATT UNBRAUCHBAR, EHE IHN JEMAND EIN-HOLEN KANN.
HAL FOSTER

NACHDEM EISENHERZ DAS RUDER ZERSTÖRT HAT, DROHT IHM, OHNE SCHILD UND RÜSTUNG WIE ER IST, DER SICHERE TOD VON DER HAND DER AUFGEBRACHTEN PIRATEN.
„SCHWIMM ZU PRINZ ARNS SCHIFF UND HILF IHM, MICH ZU RETTEN! WENN DU HIER ZU TODE KOMMST, NÜTZT DAS KEINEM!"
EISENHERZ PACKT SCHNELL NOCH EINEN LEDER-EIMER, SPRINGT DANN INS WASSER...
...UND VERSCHWINDET IN DEN FLUTEN. NUR DEN EIMER KANN MAN NOCH AUF DEN WELLEN TANZEN SEHEN.
DER EIMER DIENT EISENHERZ JEDOCH ALS VERSTECK UND ERMÖGLICHT ES IHM, TROTZ DES GEWICHTS DES GROSSEN SCHWERTES NICHT UNTERZUGEHEN
EISENHERZ SCHWIMMT ZUM HECK VON ARNS SCHIFF, KLETTERT AM RUDERBLATT HINAUF...
78 8-7-38
...UND RÜSTET SICH IN ALLER EILE.
DANN ÜBERTÖNT DEN VERZWEIFELTEN KAMPF PRINZ ARNS UND SEINER RITTER EIN VERTRAUTER SCHLACHTRUF: „FÜR ILENE!"
„EISENHERZ!" RUFT ARN, DANN WERFEN SIE SICH SEITE AN SEITE DEM FEIND ENTGEGEN, BIS AUCH DER LETZTE PIRAT INS MEER GESCHLEUDERT IST.
HAL FOSTER
EIN SIEG, GEWISS. ABER ER HAT ES THAGNAR ERMÖGLICHT, SEIN SCHIFF ZU REPARIEREN UND MIT ILENE AN BORD ZUM HORIZONT ZU ENTSCHWINDEN.
SIE MUSSTEN SIE VERFOLGEN.

DANK EISENHERZ IST ZWAR DIE SCHLACHT AUF ARNS SCHIFF GEWONNEN, ABER DAFÜR IST THAGNARS SCHIFF NUN WIEDER IN WEITE FERNE ENTKOMMEN. UM DIE VERFOLGUNG IM AUFFRISCHENDEN WIND ERNEUT AUFNEHMEN ZU KÖNNEN, WIRD DAS GROSS-SEGEL GESETZT.
BEI SONNENUNTERGANG IST DER WIND ZUM HEULENDEN STURM GEWORDEN, DOCH ARN HÄLT EISERN SEINEN KURS.
ALS DER STURM MIT VOLLER GEWALT ÜBER SIE HEREINBRICHT, SCHUFTEN SIE WIE VERRÜCKT, UM DAS SCHIFF VOR DEM VOLLSCHLAGEN ZU BEWAHREN.
MIT AUSGEWORFENEM TREIBANKER ÜBERSTEHEN SIE INMITTEN HAUSHOHER WELLEN DIE NACHT.
BEI TAGESANBRUCH IST IN DER ÖDEN WEITE DER AUFGEWÜHLTEN SEE WEIT UND BREIT NICHTS VON THAGNARS SCHIFF ZU SEHEN.
NUN BEGINNT DIE LANGE UND ERMÜDENDE SUCHE NACH THAGNARS VERBLEIB... VON DEN WILDEN FJORDEN IM NORDEN BIS ZU DEN SALZSÜMPFEN IM SÜDEN.
VON DEN FAST ÜBERALL ERFORDERLICHEN KÄMPFEN ERSCHÖPFT, MACHEN DIE ÜBERLEBENDEN SCHLIESSLICH RAST.
79 8-14-38
„TAPFERE GEFÄHRTEN, DIE SUCHE VOM MEER AUS IST ZWECKLOS. DAHER WERDEN EISENHERZ UND ICH AN LAND ALLEINE WEITERSUCHEN. LEBT WOHL UND GUTE HEIMREISE."
HAL FOSTER
DAS SCHIFF STICHT WIEDER IN SEE, UND DIE BEIDEN RIVALEN STELLEN SICH ALLEIN DEN GEFAHREN EINES FREMDEN KONTINENTS.

WÄHREND SICH DIE BEIDEN JUNGEN PRINZEN AN LAND AUF DIE SUCHE NACH THAGNARS DORF MACHEN, WINKEN SIE IHREM SCHIFF, DEM LETZTEN BINDE-GLIED ZUR HEIMAT, NOCH EINMAL ZU.
SEITE AN SEITE MARSCHIEREN SIE MEILENWEIT DURCH DÜNENLANDSCHAFT.
BEI JEDER HÜTTE UND JEDEM DORF ERKUNDI-GEN SIE SICH NACH THAGNAR, WOBEI SIE STÄNDIG IN GEFAHR SCHWEBEN.
WOCHE UM WOCHE ZIEHEN SIE BEI SONNE UND RE-GEN NIMMERMÜDE DURCH DIE GROSSEN SALZSÜMPFE.
AUCH IN DEN GROSSEN WÄLDERN SUCHEN SIE NACH HINWEISEN, DIE SIE ZU ILENE FÜHREN KÖNNTEN.
TROTZ DER ENTBEHRUNGEN UND GEFAHREN ÜBEN SIE SICH IN DEN REGELN RITTERLICHEN VER-HALTENS, DIE IHR WEISER KÖNIG ARTUS AUFGE-STELLT HAT.
UND TÄGLICH NEHMEN SIE SICH EINE STUNDE ZEIT, UM SICH IM SCHWERTKAMPF ZU ÜBEN.
SCHLIESSLICH TREFFEN SIE EINIGE FISCHER, DIE DIE GLEICHE SPRACHE WIE THAGNAR SPRECHEN. SIE RATEN DEN JÜNGLINGEN, BEI THAGNARS KÖNIG AUSKUNFT EINZUHOLEN, BEI KÖNIG SLIGON VON THULE.
„DAS IST DER TYRANN, DER MEINEM VATER DEN THRON RAUBTE. AUSGERECHNET IHN MUSS ICH UM EINEN GEFALLEN BITTEN!" SAGT EISENHERZ FINSTER. „UND WENN DU ERKANNT WIRST, WIRST DU ERMORDET", ERGÄNZT ARN.
IN DER GEWIESENEN RICHTUNG LANDEINWÄRTS GE-HEND, WERDEN SIE SCHLIESSLICH DER BURG DES KÖNIGS ANSICHTIG.
„IN JENER BURG SPRACH EINST MEIN VATER RECHT. JETZT HERRSCHT DORT EIN TYRANN, UND IN DEN GÄRTEN, IN DENEN ICH ALS KIND SPIELTE, WÄCHST DAS UNKRAUT."
80 8-21-38
UND PRINZ EISENHERZ DURCHSCHREITET DAS VER-TRAUTE TOR DER BURG, DIE EINST SEIN ZUHAUSE WAR.

EISENHERZ UND ARN SUCHEN UM EINE AUDIENZ BEIM THRONRÄUBER SLIGON NACH. SIE WIRD IHNEN GEWÄHRT.
DER LISTIGE ALTE KÄMMERER FLÜSTERT DEM KÖNIG INS OHR: „EUER ALTER FEIND FLOH NACH ENGLAND. ER HATTE EINEN SOHN. DIESER JÜNGLING AUS ENGLAND SPRICHT UNSERE SPRACHE UND SIEHT AUS WIE ..."
„DONNERKEIL, JA! MEINE KRONE IST NICHT SICHER, SOLANGE NOCH EINER VON DIESER TEUFELSBRUT LEBT. HÄNGT IHN AUF!"
HAL FOSTER
ARN ERWIDERT IN ALLER RUHE: „O TÖRICHTER KÖNIG, WAS WOLLT IHR EURE HÄNDE MIT UNNÜTZEM MORD BESUDELN? WIR SUCHEN ILENE, NEBEN DEREN SCHÖNHEIT EUER KÖNIGREICH VERBLASST. DAS GOLDENE HAAR, DAS IHR HAUPT KRÖNT, IST MEHR WERT ALS DIE UNBEQUEME NARRENKAPPE, DIE EUER HAUPT DRÜCKT. WIR HABEN ILENE IM SONNENLICHT LACHEN SEHEN UND WIR HABEN EUER KÖNIGREICH GESEHEN. EUER KÖNIGREICH IST VOR UNS SICHER."
„ACH, ERSPART MIR EUREN HOCHTRABENDEN UNSINN UND GEHT, ALLE BEIDE, EHE IHR MICH ZU TODE REDET."
81 8-28-38
„DIESE NARREN", MURMELT DER EINSAME TYRANN. „DIESE PRÄCHTIGEN, HOCHGEMUTEN NARREN. WIE ÖDE UND NUTZLOS WIRKT DOCH MEIN KÖNIGREICH, VERGLICHEN MIT IHRER HERRLICHEN JUGEND."
SEITE AN SEITE SCHREITEN SIE AUS DER BURG, UM IHRE ENDLOSE SUCHE WIEDERAUFZUNEHMEN, ABER ...

... NOCH EHE SIE DEN PALAST VERLASSEN HABEN, HOLT SIE EIN BOTE EIN.
„DER KÖNIG LÄSST EUCH SAGEN: NEHMT JENES BOOT DORT UND FAHRT DAMIT ZUR FLUSSMÜNDUNG, WO IHR THAGNARS DORF FINDEN WERDET."
DEM ERSTEN ECHTEN HINWEIS FOLGEND, GLEITEN SIE RASCH FLUSSABWÄRTS.
DIE DORFBEWOHNER BERICHTEN IHNEN: „THAGNAR IST VON SEINEM RAUBZUG AN DIE ENGLISCHE KÜSTE NIE ZURÜCKGEKEHRT."
MIT VERZWEIFLUNG IM HERZEN SUCHEN SIE DEN STRAND AB UND KOMMEN SO IMMER WEITER NACH WESTEN.
EINES TAGES ENTDECKEN SIE DIE IN DER SONNE BLEICHENDEN SPANTEN EINES GESTRANDETEN SCHIFFS, DAS SIE ALS DAS VON THAGNAR ERKENNEN.
INMITTEN DER TRÜMMER ENTDECKEN SIE DEN HÖRNERGESCHMÜCKTEN HELM DES KÜHNEN THAGNAR.
82 9-4-38
WEITERES GRABEN FÖRDERT ZUTAGE, WAS ZU FINDEN SIE AM MEISTEN BEFÜRCHTET HABEN: EINE JUWELENBESETZTE SPANGE - VON ILENE!
HAL FOSTER
ZWEI ZUTIEFST UNGLÜCKLICHEN JÜNGLINGEN SCHEINT DIE WELT OHNE DAS GOLDENE HAAR UND DIE LACHENDEN AUGEN DER MAID, DIE SIE LIEBTEN, NUR NOCH TRAURIG UND LEER.

TOD UND TAUSEND GEFAHREN HATTEN SICH DIE BEIDEN PRINZEN LACHEND ENTGEGEN-GEWORFEN, ENTBEHRUNGEN MIT EINEM ACHSELZUCKEN AUF SICH GENOMMEN. DOCH MIT DEM PLÖTZLICHEN ENDE ALL IHRER TRÄUME UND HOFFNUNGEN STELLT SICH VOR LEID UND TIEFER BESTÜRZUNG EIN GEFÜHL GROSSER VERLASSENHEIT EIN.
AUF EINEM FELSVORSPRUNG ÜBER DEM SCHIFFSWRACK ERRICHTEN SIE EIN GRABMAL ZUR ERINNERUNG AN DIE SCHÖNE ILENE.
SCHWEIGEND WENDEN SIE SICH GEN WESTEN, UM EINE MÖGLICHKEIT ZU SUCHEN, DIE RAUHE SEE ZU ÜBER-QUEREN, DIE SIE VON ENGLAND TRENNT.
EINES STÜRMISCHEN TAGES VERSPERRT IHNEN EINE BREITE FLUSSMÜNDUNG DEN WEG.
BEI DER SUCHE NACH TREIBHOLZ FÜR DEN BAU EINES FLOSSES RUFT EISENHERZ PLÖTZLICH: „SCHAU, EIN GROSSES SCHIFF DROHT IN DER BRANDUNG ZU ZERSCHELLEN."
„ZÜNDE DU EIN SIGNALFEUER AN, WÄHREND ICH ANS ANDERE FLUSS-UFER SCHWIMME, ARN."
DIE SEELEUTE SEHEN DIE SIGNALE DER BEIDEN JÜNGLINGE UND LASSEN SICH VON IHNEN IN DEN SCHUTZ DER FLUSSMÜNDUNG LOTSEN.
„SCHAU, ARN! RITTER DER TAFELRUNDE: HERR KAI, PARZIVAL, NEGARTH, TRISTAN UND IWEIN. WIR SIND GERETTET!"
HAL FOSTER
83 9-11-38

DANK DER HILFE DER JÜNGLINGE FINDET DAS VON DER WOGENDEN SEE HIN- UND HERGEWORFENE GROSSE SCHIFF SICHEREN HAFEN UND GEHT IN DER FLUSSMÜNDUNG VOR ANKER.
EIN BOOT WIRD AN LAND GESCHICKT, UM DIE RETTER AN BORD ZU HOLEN.
UND DIE BEIDEN ABGEHÄRMTEN WANDERER WERDEN HERZLICH WILLKOMMEN GEHEISSEN.
DER EINSTMALS SO FRÖHLICHE UND GEISTREICHE EISENHERZ BERICHTET VON DER UNERMÜDLICHEN SUCHE, IHREM TRAURIGEN ENDE UND VOM MÜHSELIGEN RÜCKWEG.
„WIR BRINGEN FROHE KUNDE, DIE EUREN KUMMER LINDERN HILFT", MEINT HERR HEKTOR. „KÖNIG ARTUS HAT DIE ANGELN ZUR KÜSTE GETRIEBEN UND SO ENGLAND GERETTET."
„WIR SIND UNTERWEGS ZUR BRETONISCHEN KÜSTE, UM DEN EDLEN RITTER LANCELOT ZU HOLEN, DAMIT ER AM GRÖSSTEN TURNIER DER GESCHICHTE TEILNEHMEN KANN, MIT DEM DER SIEG GEFEIERT WERDEN SOLL."
ALS DER STURM NACHLÄSST, SEGELT DIE FRÖHLICHE GESELLSCHAFT ZUR BRETONISCHEN KÜSTE WEITER.
DAS SCHIFF FÄHRT IN DEN HAFEN UNTERHALB DER DRÄUENDEN BURG VON KÖNIG BORS UND SEINEM SOHN, DEM RITTER LANCELOT.
84 9-18-38
ABER AN DIESEM ABEND STEHT EISENHERZ UND ARN DER SINN NICHT DANACH, AN DEM FRÖHLICHEM FEST IN DER BURG TEILZUNEHMEN.
HAL FOSTER

HERR LANCELOT SUCHT DIE BEIDEN JÜNGLIN-
GE, DIE SICH IN IHRER TRAUER VERGRABEN.
ER FINDET SIE IM GARTEN DER BURG.
„GRÄMT EUCH NICHT UM ILENE. DAS
SCHICKSAL HAT IHR VIEL KUMMER
ERSPART."
„HÄTTET IHR SIE GEFUNDEN, HÄTTET IHR
EUREM SCHWUR GEMÄSS UM IHRE HAND KÄMP-
FEN MÜSSEN. DER SIEGER HÄTTE MIT DEM WISSEN
GELEBT, DASS ER SICH EINE BRAUT MIT DEM LEBEN EINES
FREUNDES ERKAUFT HAT. UND DIE SANFTE ILENE WÄRE DIE FRAU EINES MÖR-
DERS GEWORDEN UND HÄTTE SICH IHRER LEBTAGE LANG VORWÜRFE GEMACHT."
„HERR LANCELOT HAT RECHT, ARN. UNSERE
FAHRT HÄTTE NOCH VERHÄNGNISVOLLER
ENDEN KÖNNEN."
IM MORGENGRAUEN FÄHRT DAS STATTLICHE
KRIEGSSCHIFF ZUM GROSSEN TURNIER IN
ENGLAND AB.
IM SOLENT-KANAL GEHEN DIE RITTER AN LAND
UND SCHLIESSEN SICH DEM FRÖHLICHEN ZUG
NACH CAMELOT AN.
„HIER MUSS ICH DICH VERLASSEN UND ZU MEINEM VA-
TER INS KÖNIGREICH ORD REITEN. DOCH ICH ÜBER-
GEBE DIR DAS MAGISCHE 'SINGENDE SCHWERT'.
GEBRAUCHE ES WOHL IN DES GUTEN KÖNIG
ARTUS' SACHE."
85 9-25-38
VIELE RITTER DRÄNGEN SICH AUF DEN STRASSEN ZU EINEM
FESTLICHEN ZUG, DER MIT WEHENDEN BANNERN UND
SCHMETTERNDEN TROMPETEN NACH CAMELOT ZIEHT,
ZUR STADT DER WUNDER.

ÜBER DIE BRÜCKE ZIEHT DER FARBENPRÄCHTIGE ZUG IN CAMELOT EIN, WO ALLES FÜR DAS GROSSE TURNIER VORBEREITET WIRD.
STÜRMISCH BEGRÜSST DER GUTGELAUNTE HERR GAWAIN SEINEN HEIMKEHRENDEN KNAPPEN.
PRINZ EISENHERZ FÜHLT SICH GEEHRT DURCH DES KÖNIGS INTERESSE, UND ER BERICHTET ARTUS UND GINEVRA VON SEINER TRAGISCHEN FAHRT.
„UND NUN, EUER MAJESTÄT, ÜBERTRAGT MIR EINE GROSSE AUFGABE, DURCH DEREN ERFÜLLUNG ICH MICH ALS WÜRDIG ERWEISE, EIN RITTER EURER TAFELRUNDE ZU WERDEN", BITTET EISENHERZ. „DENN DIES IST MEIN HÖCHSTES ZIEL."
„IHR SEID DOCH NOCH EIN JÜNGLING, PRINZ EISENHERZ. WENN IHR ERST GROSS UND STARK GENUG SEID, EUCH MIT MEINEN ERFAHRENSTEN RITTERN ZU MESSEN, DANN VIELLEICHT", SAGT KÖNIG ARTUS.
„WENN ICH BEIM TURNIER EINIGE SEINER BESTEN RITTER AUS DEM SATTEL HEBE, WIRD MICH DER KÖNIG VIELLEICHT ERNSTNEHMEN."
UM MITTERNACHT SUCHT EISENHERZ IN DER MENSCHENLEEREN WAFFENKAMMER WEGGEWORFENE RÜSTUNGSTEILE UND REPARIERT SIE.
DANN MALT ER ALLES WEISS AN, WIE SICH DAS FÜR EINEN RITTER OHNE TURNIERERFAHRUNG GEHÖRT.
86 10-7-38
ALS DER PRÄCHTIGE FESTZUG DER RITTER, IHRER DAMEN UND IHRES GEFOLGES ZUM GROSSEN TURNIER NACH CAERLEON AUFBRICHT, IST DER SCHWEIGSAME WEISSE RITTER IN GEBRAUCHTER RÜSTUNG UNTER IHNEN.

ERFÜLLT VON JUGENDLICHEM SELBSTVERTRAUEN REITET PRINZ EISENHERZ ALS WEISSER RITTER ZUM TURNIERPLATZ, WO ER SICH SEINE GOLDENEN SPOREN ZU VERDIENEN HOFFT.
EISENHERZ WARTET ETWAS ABSEITS AUF DEN TURNIERBEGINN, DA ER ES NICHT WAGT, SICH DEN ANDEREN KNAPPEN ODER KRIEGSKNECHTEN ANZUVERTRAUEN, DIE IHM SEINE HERKUNFT UND SEINE BELIEBTHEIT BEI DEN RITTERN DER TAFELRUNDE NEIDEN.
FANFAREN ERSCHALLEN, UND MIT FREUDENGESCHREI SCHWINGEN SICH ZWEIHUNDERT PRÄCHTIGE RITTER IN DIE SÄTTEL.
SIE STEHEN EINANDER IN ZWEI LANGEN REIHEN GEGENÜBER. KÖNIG ARTUS GIBT DAS ZEICHEN.
DIE ERDE ERBEBT UNTER DEM DONNER DER HUFE BEIM ERSTEN DURCHGANG UM SIEG ODER NIEDERLAGE.
ES IST EIN RAUHER UND GEFÄHRLICHER SPORT, UND AM ENDE DES VIERTEN DURCHGANGS SIND NUR NOCH ZEHN RITTER FÜR DIE HERAUSFORDERERRUNDE IM SATTEL.
DIESE ZEHN KÖNNEN ZUM EINZELKAMPF HERAUSFORDERN, WEN SIE WOLLEN. ALLES STAUNT, ALS DER WEISSE RITTER ZU DEN ZELTEN DER BESTEN KÄMPEN REITET...
...UND ZUM ZEICHEN DER HERAUSFORDERUNG DEN SCHILD VON TRISTAN BERÜHRT, DEM NEBEN LANCELOT GRÖSSTEN KÄMPEN.
HAL FOSTER
87 10-9-38

TRISTAN NIMMT DIE HERAUSFORDERUNG, WIE ES DER BRAUCH VERLANGT, SOFORT AN UND SITZT AUF.
DIE NÄCHSTEN MINUTEN WERDEN EISENHERZ ENTWEDER EINE VERNICHTENDE NIEDERLAGE BRINGEN ODER EINE ANWARTSCHAFT AUF DIE RITTERWÜRDE.
„DIESER UNBEKANNTE WEISSE RITTER HAT MEHR MUT ALS VERSTAND. FINDET HERAUS, WER ER IST. UND BRINGT IHN ZU MIR, EGAL OB ER GEWINNT ODER VERLIERT", SAGT KÖNIG ARTUS.
DER TRICK MIT DEM SCHRÄGGEHALTENEN SCHILD LENKT TRISTANS LANZE AB, WÄHREND SEINE EIGENE BEIM AUFPRALL ZERSPLITTERT.
ES KOMMT ZU EINER PEINLICHEN PAUSE, DANN BRANDET LACHEN AUF, ALS DER MENGE KLAR WIRD, DASS DER UNBEKANNTE RITTER NUR EINE LANZE HAT.
86 10-16-38
DOCH HERR GAWAIN HAT ERRATEN, WER DER WEISSE RITTER IST. „ERWEIST MIR DIE EHRE, MEINE ZU NEHMEN", SAGT ER UND SETZT FLÜSTERND HINZU: „DU TAPFERER JUNGER DUMMKOPF."
TRISTAN IST DAS LACHEN VERGANGEN. „BRINGT MIR MEINE STÄRKSTE LANZE", BEFIEHLT ER. „DIESER NAMENLOSE JÜNGLING SCHLÄGT WIE DER BLITZ DREIN."
HAL FOSTER
FANFAREN ERSCHALLEN, DANN WIRD WIEDER DAS STARTSIGNAL GEGEBEN.

ZUM ZWEITEN MAL SPRENGEN DER KÜHNE JUNGE PRINZ UND DER MÄCHTIGE RITTER AUFEINANDER ZU. BEIDE WOLLEN VERMEIDEN, DASS ES EIN ZWEITES UNENTSCHIEDEN GIBT.
TRISTAN WIRD FAST AUS DEM SATTEL GEHOBEN, EHE EISENHERZ' WAFFE SPLITTERT. ABER TRISTANS KRÄFTIGE LANZE HÄLT, UND SO WIRFT ER EISENHERZ SAMT PFERD NIEDER.
BEIM STURZ VERLIERT EISENHERZ DEN HELM, SO DASS JEDERMANN SEHEN KANN, WER DER WEISSE RITTER IST.
ALS EISENHERZ ERKANNT WIRD, BRECHEN DIE ANDEREN KNAPPEN IN HÖHNISCHES GELÄCHTER AUS, DENN SIE NEIDEN ES IHM, DASS ER BEI DEN RITTERN SO BELIEBT IST.
89 10-23-38
BENOMMEN VERLÄSST EISENHERZ UNTER DONNERNDEM APPLAUS DEN TURNIERPLATZ.
HAL FOSTER
„HOFFENTLICH MUSS ICH NIE WIEDER GEGEN DIESEN HITZKOPF ANTRETEN", SAGT TRISTAN. „VON SEINEN STÖSSEN TUT MIR NOCH ALLES WEH."
„ACH, DER JUNGE PRINZ EISENHERZ WAR ES, DER FAST DEN MÄCHTIGEN TRISTAN BEZWUNGEN HÄTTE!" RUFT DER KÖNIG AUS. „BRINGT IHN ZU MIR!"
ABER EISENHERZ HAT NUR DAS HÖHNISCHE LACHEN DER KNAPPEN GEHÖRT UND GLAUBT, DASS SICH DER GANZE HOF ÜBER SEINE VERMESSENHEIT AMÜSIERT. STILL UND HEIMLICH VERLÄSST ER CAERLEON.

TIEF VERLETZT VOM VERMEINTLICHEN SPOTT DER MENGE, REITET DER JUNGE PRINZ NACH CAMELOT ZURÜCK.
ER VERLÄSST CAMELOT SO, WIE ER EINST DORT ANGEKOMMEN WAR, EINZIG REICHER UM DAS 'SINGENDE SCHWERT'.
DANN ZIEHT ES IHN IN DIE STILLE UND DEN FRIEDEN SEINER ALTEN HEIMAT IM GEHEIMNISVOLLEN SUMPFLAND.
AM RANDE DER GROSSEN SÜMPFE BEGEGNET ER WIEDER SEINEM JUGENDFREUND.
DER JUNGE SCHÄFER VERSPRICHT EISENHERZ, FÜR SEINE PFERDE ZU SORGEN.
HOCHERFREUT FINDET ER DEN ALTEN EINBAUM NOCH IN SEINEM VERSTECK VOR.
MIT GESCHMOLZENEM HARZ UND HOLZKOHLE BESSERT ER DIE RISSE AUS.
DANN PADDELT ER RASCH DURCH DAS GEWIRR DER WASSERWEGE. IN DER UNBERÜHRTHEIT DER VERTRAUTEN SÜMPFE BESSERT SICH BALD SEINE STIMMUNG.
HAL FOSTER
NACH ZWEI JAHREN DER WANDERSCHAFT KOMMT EISENHERZ WIEDER ZU DER INSEL, AUF DER SEIN VATER IM EXIL LEBT.
90 10-30-38
INDESSEN BEFIEHLT BEI HOFE DER KÖNIG: „BRINGT MIR PRINZ EISENHERZ, AUF DASS ICH IHN ZUM RITTER SCHLAGE. MANCHER MAG STÄRKER SEIN ALS ER, ABER KEINER IST MUTIGER UND GEWANDTER."

ALS EISENHERZ ZUM ERSTEN MAL NACH ZWEI JAHREN ABWESENHEIT WIEDER DIE INSEL IM SUMPFLAND BETRITT, AUF DER SEIN VATER LEBT, HOLT ER TIEF LUFT UND STÖSST EINEN FREUDENSCHREI AUS.
VOM TOR HER KLINGT EIN ANTWORTRUF: „PRINZ EISENHERZ IST ZURÜCKGEKEHRT: WILLKOMMEN, EISENHERZ!"
DIE ALTERNDEN VETERANEN SCHAREN SICH UM DEN JUNGEN RECKEN, DER NOCH EIN KNABE WAR, ALS ER SIE VERLIESS.
JUBELND EILEN SIE IN DIE HALLE MIT DEN NIEDRIGEN DECKENBALKEN, WO DER KÖNIG FREUDESTRAHLEND AUFSPRINGT, UM SEINEN VERWEGENEN SOHN ZU BEGRÜSSEN.
VOR DEM GROSSEN KAMIN ERZÄHLT EISENHERZ DEM KÖNIG SEINE ERLEBNISSE.
BALD STREIFT EISENHERZ WIEDER UNGEBUNDEN DURCH SEIN GELIEBTES FENNLAND.
DER ALTE ZAUBER DES GROSSEN ÖDLANDS HAT IHN WIEDER GEFANGEN. UND SO IST ER EINE ZEITLANG ZUFRIEDEN.
91 11-6-38
HAL FOSTER
ABER NACH DEM SCHLACHTENLÄRM UND DEN WAGHALSIGEN UNTERNEHMUNGEN AN KÖNIG ARTUS HOF IST DAS ALLES NUR KINDERSPIEL. WÄHREND DIE WINTERSTÜRME KLAGEND UMS HAUS HEULEN, SCHMIEDET EISENHERZ GROSSE ZUKUNFTSPLÄNE.

BEI DER SCHILDERUNG SEINER ERLEBNISSE HAT EISENHERZ SEINEM VATER NUR VON EINEM NICHT ERZÄHLT, VON DER BEGEGNUNG MIT DEM THRONRÄUBER SLIGON. DENN DER KÖNIG WILL SEINEN THRON IN THULE ZURÜCKEROBERN UND DAS VOLK VON SEINEM UNTERDRÜCKER BEFREIEN. MIT DREISSIG ALTERNDEN KRIEGERN MÖCHTE ER EINE GANZE ARMEE BESIEGEN.
MITTEN IM FENN-LAND LEBT DIE HEXE HORRIT, DIE ALLE TRAGÖDIEN IN EISENHERZ' LEBEN GENAU VORHERGESAGT HATTE. BEI IHR WILL SICH EISENHERZ RAT HOLEN.
ALS DIE SCHARFEN JANUARWINDE DEN GROSSEN SUMPF ZU EIS ER-STARREN LASSEN, MACHT SICH EISENHERZ AUF DEN WEG.
WUNDERSAME NORD-LICHTER TANZEN ÜBER DEN NACHTHIMMEL, ALS ER DIE ÄRMLICHE HÜTTE ERREICHT.
HORRIT UND IHR HÄSSLICHER SOHN SCHREIEN OB EISENHERZ' UNERWARTETEN AUFTAUCHENS ENTSETZT AUF.
„ICH BRINGE ESSEN UND EINEN WARMEN UMHANG ALS GESCHENKE. NUN SAGE MIR, WAS EIN MANN MIT DEM 'SINGENDEN SCHWERT' ERREICHEN KANN!"
„AUS MEINEN AUGEN MIT DER VER-FLUCHTEN KLINGE!" SCHREIT DIE HEXE. „ES IST DAS SCHWERT FLAMBERG, GESCHAFFEN VOM GLEICHEN ZAUBERER, DER AUCH KÖNIG ARTHURS EXCALIBUR SCHMIEDETE."
„KEINE SCHÄRFERE KLINGE WURDE JE ANGEFER-TIGT. WEM DAS SCHWERT ZU EIGEN IST, DER ER-RINGT SCHWERE SIEGE, WENN ER MIT REINEM HER-ZEN UND FÜR EINE GUTE SACHE KÄMPFT. ABER WEHE DEM, DER ES IN BÖSER ABSICHT FÜHRT. WIRF ES WEG, SCHÖNER KNABE, DENN ES IST EIN ENTSETZLICHER GEBIETER!" WAS SIE EISENHERZ DANN PROPHEZEIT, KANN HIER NICHT BERICHTET WERDEN. ABER EISENHERZ IST BLASS UND ZITTERT...
92 11-13-38
HAL FOSTER
...ALS ER SCHAUDERND IN DIE FAHLE KALTE MORGEN-DÄMMERUNG HINAUSTRITT UND SICH EILENDS AUF DEN HEIMWEG MACHT.

EISENHERZ HATTE DAS EIS ÜBERQUERT, UM DIE SCHRECKLICHE PROPHEZEIUNG DER HEXE HORRIT ZU HÖREN. IM MORGENGRAUEN MACHT ER SICH, VON ENTSETZEN GESCHÜTTELT, AUF DEN HEIMWEG. STRAHLEND STEIGT DIE SONNE AM KLAREN HIMMEL EMPOR UND BRINGT DEN SCHNEE ZUM SCHMELZEN.
DAS BEUNRUHIGT EISENHERZ SO, DASS ER ZU LAUFEN BEGINNT.
UNTER DEM WOLKENLOSEN HIMMEL WIRD DAS EIS GEFÄHRLICH DÜNN UND KNACKT BEI JEDEM TRITT. ZUM ERSTEN MAL WEISS EISENHERZ, WAS ANGST IST!
SO KÄMPFT ER SICH STUNDENLANG VORWÄRTS, NUR, UM SCHLIESSLICH DOCH EINZUBRECHEN.
DAS EIS IST ZU DÜNN, UM IHN ZU TRAGEN, ZU DICK, UM DAGEGEN ANZUSCHWIMMEN. IN DER FERNE DEUTEN EINIGE ABGESTORBENE BÄUME AUF LAND HIN.
AUF DIESE BÄUME SCHWIMMT ER UNTER DEM EIS ZU, WÄHREND DAS KALTE WASSER SEINEN ERSCHÖPFTEN LEIB HALB ERSTARREN LÄSST.
GELEGENTLICH KAUERT ER SICH AUF DEM GRUND ZUSAMMEN UND SPRINGT DANN HOCH, UM DAS EIS ZU DURCHBRECHEN UND LUFT ZU SCHÖPFEN.
ZWEI DER ABGESTORBENEN BÄUME SIND NOCH NICHT MORSCH. MÜHSAM GLÄTTET ER SIE AUF EINER SEITE.
EIN KALTER WIND STÄRKT BEI SONNENUNTERGANG DAS EIS UND FRIERT IHM DIE NASSEN KLEIDER AM LEIB FEST.
93 11-20-38
ES IST MITTERNACHT, ALS EIN AUFMERKSAMER WÄCHTER EIN GERÄUSCH AM ÄUSSERSTEN TOR BEMERKT ...

GANZ STARR VOR KÄLTE UND ZU TODE ERSCHÖPFT, WANKT EISENHERZ DURCHS ÄUSSERE TOR.
VON DORT MUSS MAN IHN FAST IN DIE WARME KÜCHE TRAGEN.
DIE SOLDATEN ENTFACHEN EIN PRASSELNDES FEUER, HÜLLEN IHN IN WARME MÄNTEL UND WECKEN SEINE LEBENSGEISTER MIT EINEM HEISSEN GETRÄNK.
DOCH BALD GLÜHT ER VOR FIEBER UND WIRFT DIE MÄNTEL HEFTIG VON SICH.
BESORGT BRINGEN IHN DIE KRIEGER INS BETT. VON FIEBER GESCHÜTTELT, WIRFT ER SICH HIN UND HER.
ES FOLGEN SORGENVOLLE TAGE, AN DENEN DIE IN EHREN ERGRAUTEN KRIEGER VOR DER TÜR WACHEN UND STUMM MITLEIDEN, WÄHREND EISENHERZ UM JEDEN ATEMZUG RINGT.
DER EINSAME KÖNIG WACHT AM KRANKENBETT. DAS KÖNIGREICH HAT MAN IHM GERAUBT, DIE STOLZE KÖNIGIN RAFFTE DER TOD DAHIN. UND NUN KÄMPFT SEIN EINZIGER SOHN MATT MIT DEM SENSENMANN.
IM FIEBERTRAUM DURCHLEBT EISENHERZ NOCH EINMAL DIE EREIGNISREICHE, SCHÖNE ZEIT IM DIENSTE KÖNIG ARTUS, ERLEBT ERNEUT DIE ABENTEUER AN IHREN SCHAUPLÄTZEN. WIEDER SIEHT ER DAS GROSSE SEEKROKODIL, BALDONS TUMBES, GRAUSAMES GESICHT, DEN KÜHNEN THAGNAR UND SEINEN GEWALTIGEN HENKER, DEN GROSSEN KÖNIG UND DEN LUSTIGEN GAWAIN, DIE SCHÖNE, ABER BÖSE FEE MORGANA, DAS UNGEHEUER VON FINSTERWALD. WIEDER KÄMPFT ER MIT PRINZ ARN, WÄHREND DIE SONNE VON MITTAG GEN ABEND SINKT, TRIFFT AUF TRISTAN, LANZELOT UND DEN WEISEN MERLIN. ER SIEHT DAS STILLE GESICHT SEINER MUTTER UND, STETS GANZ IN SEINER NÄHE, ILENE.
HAL FOSTER
94 11-27-38

VIELE TAGE LANG WÄLZT SICH EISENHERZ AUF DER LAGERSTATT IN HEISSEN FIEBERTRÄUMEN, GEHT SEIN ATEM UNERTRÄGLICH SCHWER. DOCH SCHLIESSLICH BEHÄLT SEINE JUGENDLICHE KONSTITUTION DIE OBERHAND.
BLEICH UND SCHWACH LIEGT ER DA, ABER DAS ATMEN FÄLLT IHM SCHON LEICHTER. UND SCHON BALD . .
..KÖNNEN DIE ERGRAUTEN VETERANEN EIN FESTMAHL ABHALTEN, BEI DEM SIE EISENHERZ' GRÖSSTEN SIEG FEIERN: DEN SIEG ÜBER GEVATTER TOD.
EIN ANHALTENDER, WARMER SÜDWIND ENTREISST DIE SÜMPFE DEM FESTEN GRIFF DES WINTERS. NEUES LEBEN ERWACHT, WÄHREND EISENHERZ IN GEDANKEN GROSSE PLÄNE SCHMIEDET.
ER BERUFT EINE VERSAMMLUNG EIN, TRITT VOR DEN VERBANNTEN KÖNIG UND SPRICHT: „ALLZULANGE SETZEN UNSERE GUTEN SCHWERTER SCHON ROST AN, MEIN VATER, WÄHREND DAS VOLK VON THULE UNTER EINEM GRAUSAMEN TYRANNEN LEIDET. WIR SIND NUR ZWANZIG GEGEN EINE GANZE ARMEE. DOCH WENN WIR DEM VOLK VERKÜNDEN, DASS WIR FÜR GERECHTIGKEIT UND FREIHEIT KÄMPFEN, SCHAREN WIR UNTERWEGS EINE ARMEE UM UNS, DIE DU ANFÜHRST."
EISENHERZ' BEGEISTERUNG STECKT ALLE AN. SIE MACHEN PLÄNE, WÄHREND DIE VETERANEN GLÜCKSTRAHLEND IHRE RÜSTUNGEN AUSBESSERN.
EISENHERZ MACHT SICH DARAN, EINE KARTE DER WASSERWEGE AUFZUZEICHNEN, DURCH DIE EIN GEMIETETES SCHIFF VOM MEER ZU IHRER INSEL KOMMEN KÖNNTE.
DOCH AUCH ANDERE ERFORSCHEN DIE GROSSEN SÜMPFE!

BEIM ERFASSEN DER WASSERWEGE DES SUMPFES WIRD DER JUNGE PRINZ VON EINEM TRUPP SACHSEN ÜBERRASCHT. AUS DEM AUGENWINKEL HERAUS SIEHT ER GERADE NOCH, WIE EIN SPEER IM SONNENLICHT AUFBLITZT... !
„ICH MUSS IHN ERWISCHT HABEN. ER TAUCHT NICHT MEHR AUF", SAGT DER ANFÜHRER DER SACHSEN, NACHDEM DIESE EINE VIERTELSTUNDE GEWARTET HABEN.
DOCH EIN LEBEN VOLLER GEFAHREN HAT EISENHERZ SO MANCHEN TRICK GELEHRT. ALS SIE ABZIEHEN, RICHTET ER SEINEN EINBAUM WIEDER AUF.
DANN VERFOLGT ER DIE SACHSEN, UM ZU ERKUNDEN, WAS SIE IN DEN ENGLISCHEN SÜMPFEN ZU SUCHEN HABEN.
WO DAS SUMPFLAND INS MEER ÜBERGEHT, ENTDECKT EISENHERZ ZU SEINER VERBLÜFFUNG EINE GROSSE FLOTTE VON DREIHUNDERT SACHSENSCHIFFEN, DIE DIE GROSSE BUCHT FAST VÖLLIG AUSFÜLLEN.
EILENDS PADDELT EISENHERZ NACH HAUSE UND RUFT: „DIE SACHSEN DRINGEN IN BRITANNIEN EIN. LAUERT IHREN SPÄHERN AUF! ICH GEHE UND WARNE KÖNIG ARTUS!"
DANN RUDERT ER SO SCHNELL ER KANN AUF DAS FESTLAND ZU, WO ER SEINEN FREUND, DEN HIRTENJUNGEN, WEISS.
96 12-11-38
„SCHNELL! MEINEN SATTEL UND DIE PFERDE! DIE SACHSEN KOMMEN!"
FOSTER
„TROMMELE ALLE MENSCHEN IN DEN SÜMPFEN ZUSAMMEN UND SAG IHNEN, SIE SOLLEN DIE FEINDLICHEN SPÄHER SO BEDRÄNGEN, DASS DIESE KEINE INFORMATIONEN SAMMELN KÖNNEN. ICH REITE NACH CAMELOT!"

DIE ENTDECKUNG DER SACHSENFLOTTE VOR DEN GROSSEN SÜMPFEN WIRFT EISENHERZ' PLÄNE DER RÜCKEROBERUNG THULES ÜBER DEN HAUFEN. ER MUSS DIE SCHLIMME NEUIGKEIT IN CAMELOT MELDEN.
EISENHERZ TREIBT SEINE DRAHTIGEN, KLEINEN PFERDE ZUM ÄUSSERSTEN. ER REITET DIE GANZE NACHT HINDURCH UND WECHSELT HÄUFIG DIE PFERDE. DENNOCH SIND SIE BEREITS VÖLLIG ERSCHÖPFT, NOCH EHE DER MORGEN GRAUT.
BEIM MORGENGRAUEN BEGEGNET ER EINEM RITTER UND SEINER GEMAHLIN, DIE GUT ZU PFERDE SIND.
„ICH HABE DEM KÖNIG EINE WICHTIGE BOTSCHAFT ZU ÜBERBRINGEN. LEIHT MIR EIN PFERD!" - „IHR PFERDEDIEBE WERDET VON TAG ZU TAG DREISTER", HERRSCHT IHN DER RITTER AN.
EISENHERZ HATTE MIT EINER SOLCHEN ANTWORT GERECHNET UND SICH SCHON EINEN SEINER LAUSBÜBISCHEN TRICKS ZURECHTGELEGT.
WÄHREND DER RITTER WUTENTBRANNT DIE ZÜGEL ZU ENTWIRREN SUCHT, HEBT EISENHERZ SCHNELL, ABER SANFT DIE ENTRÜSTETE DAME VON IHREM ZELTER...
...UND REITET DAMIT AUF UND DAVON!
EINE STUNDE SPÄTER VERNIMMT EISENHERZ HUFSCHLAG. DER WÜTENDE RITTER HAT IHN IN GESTRECKTEM GALOPP VERFOLGT. EISENHERZ SIEHT, DASS DES RITTERS SCHLACHTROSS DEN ZELTER RASCH EINHOLT.
HAL FOSTER
„SOLCHE HAST IST SELBST EINES BOTEN DES KÖNIGS UNWÜRDIG", MURRT EISENHERZ, WÄHREND ER SEIN KEUCHENDES PFERD ZU IMMER GRÖSSERER EILE DRÄNGT UM AUSSER REICHWEITE DER BLITZENDEN LANZENSPITZE ZU BLEIBEN.
97 12-18-38

IN GESTRECKTEM GALOPP ERREICHT DIE VERWEGENE JAGD CAMELOT, WO DER AUFGEBRACHTE RITTER DEN JUNGEN PFERDEDIEB GERADEWEGS DURCHS TOR JAGT.
PRINZ EISENHERZ SITZT IN DER FALLE.
„JETZT HABE ICH IHN", GROLLT DER ZÜRNENDE RITTER. „AN DEN PALASTWACHEN VORBEIZUREITEN, DAS WAGT ER NICHT."
DOCH AUF DEM SPIEGELGLATTEN BODEN KANN EISENHERZ NICHT ANHALTEN. UND SO SCHLITTERT EIN KNÄUEL VON WACHEN, PFERD UND REITER RICHTUNG THRON!
„ICH HÄTTE ES MIR DENKEN KÖNNEN", SAGT DER VERBLÜFFTE KÖNIG. „AUF DIESE ART ANKUNFT KANN AUCH NUR PRINZ EISENHERZ KOMMEN!"
EISENHERZ BEFREIT SICH AUS DEM ZAPPELNDEN KNÄUEL UND KNIET VOR DEM THRON NIEDER. „MEIN KÖNIG, ICH MUSS EUCH VON EINDRINGENDEN SACHSEN BERICHTEN..."
„...UND UNSERE FUSSBÖDEN RUINIEREN", RUFT DER KÖNIG MIT EINEM AUGENZWINKERN. „NEUN EINFÄLLE DER SACHSEN HABEN IN CAMELOT WENIGER SCHADEN ANGERICHTET ALS EINE ANKUNFT VON PRINZ EISENHERZ."
„... UND DIE SACHSEN WERDEN CAMELOT AUCH NICHT SCHADEN, SOLANGE ES VON KÖNIG ARTUS VERTEIDIGT WIRD!"
„MERLIN, WAS FANGE ICH NUR MIT DIESEM BUBEN AN, DER UNS MIT SCHMEICHELEIEN UMGARNT, UM UNSEREN ZORN ABZUWENDEN? KÖNNEN WIR IHN NICHT DEN SACHSEN SCHICKEN, DAMIT ER DIE ZUM WAHNSINN TREIBT?"
98 12-25-38
HAL FOSTER
DANN ERHEBT SICH DER KÖNIG UND BERUFT MIT ERNSTER MIENE DEN KRIEGSRAT EIN, UM DEN ZEHNTEN VERTEIDIGUNGSPLAN BRITANNIENS GEGEN DIE EINDRINGENDEN SACHSEN AUSZUARBEITEN.

EINE STUNDE NACH DER AUFSEHENERREGENDEN ANKUNFT VON PRINZ EISENHERZ KOMMT AUCH DIE VOR WUT KOCHENDE GATTIN DES RITTERS NACH CAMELOT, DEREN EHEMANN DIE VERFOLGUNG DES JUNGEN PRINZEN AUFGENOMMEN UND SEINE FRAU DARÜBER VERGESSEN HATTE. IHR STOLZ IST VERLETZT, WEIL SIE AUF DEN VON EISENHERZ ZURÜCKGELASSENEN PFERDEN IM HERRENSITZ REITEN MUSS...
ALS DER ZORN DES RITTERS VERRAUCHT, ERINNERT ER SICH WIEDER AN SEINE IM WALD ZURÜCKGEBLIEBENE FRAU... ABER DA IST ES SCHON ZU SPÄT.
WENN ES EINE DULDSAME EHEFRAU, DIE SICH FÜR IHREN VERSTÄNDNISLOSEN EHEMANN DIE FINGER WUNDGEARBEITET HAT, ENDLICH EINMAL AN DER ZEIT HÄLT, DEM ARMEN KERL - NATÜRLICH NUR ZU SEINEM EIGENEN WOHL - EINE GARDINENPREDIGT ZU HALTEN...
...UND WENN SIE IHN DABEI IN GESELLSCHAFT EINES PFERDEDIEBS ERWISCHT, DANN ERINNERT SIE DAS AN ALL DIE KLEINIGKEITEN, DIE NOCH ERWÄHNT WERDEN MÜSSEN.
DA IST DER NIMMERENDENDE SCHWALL WAHRHAFT KONSTRUKTIVER KRITIK NICHT EINMAL VON DER ALLENFALLS LÄSTIGEN ANWESENHEIT EINES KÖNIGS ZU BREMSEN.
SACHTE ZIEHT KÖNIG ARTUS DIE VORHÄNGE ZU. „LASST UNS RASCH UNSERE PLÄNE AUSARBEITEN, DENN DAGEGEN IST ES AUF DEM SCHLACHTFELD VERHÄLTNISMÄSSIG FRIEDLICH", MEINT ER. (SCHLIESSLICH IST AUCH ER VERHEIRATET.)
DANN MACHT SICH DER RAT WIEDER DARAN, PLÄNE FÜR DEN ZEHNTEN KRIEG GEGEN DIE SACHSEN AUFZUSTELLEN.
KING LOT OF ORKNEY
SAVE THIS STAMP
99 1-1-39
„SIE ANKERN VOR DEN SÜMPFEN", SAGT MERLIN. „WER WEISS ETWAS ÜBER DIESES ÖDLAND?" DA ERHEBT SICH GAWAIN. „IN GANZ ENGLAND KENNT SIE KEINER SO GUT WIE EISENHERZ!"
HAL FOSTER
UND SO WIRD PRINZ EISENHERZ ZU KÖNIG ARTHURS KRIEGSRAT GERUFEN.
THE LILY MAID
ELAINE OF ASTOLAT
SAVE THIS STAMP

ES IST DIES DAS ERSTE MAL ÜBERHAUPT, DASS EIN EINFACHER KNAPPE IN DEN GROSSEN RAT BERUFEN WIRD.
„PRINZ EISENHERZ, IHR HABT IN DEN SÜMPFEN GELEBT. BERICHTET UNS ALLES, WAS IHR ÜBER DEN STANDORT DER EINDRINGLINGE WISST UND WIE WIR IHNEN DORT ENTGEGENTRETEN KÖNNEN."
EISENHERZ NIMMT EIN ANGEKOHLTES STÜCK HOLZ AUS DEM KAMIN, STEIGT AUF EINEN TISCH UND ZEICHNET DAMIT EINE KARTE DER GROSSEN SÜMPFE AN DIE WAND.
„DIE FLOTTE UMFASST 300 SCHIFFE MIT RUND 20000 MANN. SIE ANKERT IN EINER VON HOHEM SCHILF GESÄUMTEN BUCHT UND KANN AN BEIDEN UFERN LANDEN."
DEN WORTEN DES JUNGEN KRIEGERS LAUSCHEN DIE GROSSEN EDLEN DES KÖNIGLICHEN KRIEGSRATS: DER WEISE MERLIN, DER RITTERLICHE LANCELOT, DER GEWALTIGE TRISTAN, ULFIUS UND BRASTIAS, DER STETS GETREUE BEDIVERE, DER SEINEM KÖNIG BIS ZUM ENDE DIENTE, DER SENESCHALL KAI, GAWAIN, DER SPÄTER ZUM VERRÄTER WERDENDE MORDRED UND HERR ECTOR, DER EHEMALIGE VORMUND DES KÖNIGS.
100 1-8-39
SHIELD
SAVE THIS STAMP
„MEIN KÖNIG, DEN 20000 SACHSEN KÖNNTEN WIR IN DER EILE NUR 10000 MANN ENTGEGENSTELLEN, DIE WIR AUCH NOCH TEILEN MÜSSTEN, WENN SIE AN BEIDEN UFERN AUFMARSCHIEREN SOLLEN. ABER ICH HÄTTE DA EINEN VORSCHLAG."
MIT ERLAUBNIS DES KÖNIGS ENTWICKELT DER WAGEMUTIGE JÜNGLING EINEN LISTENREICHEN PLAN VON SOLCHER KÜHNHEIT, DASS DIE EDLEN HERREN DES RATES LAUTHALS IHRE ZUSTIMMUNG GEBEN.
HAL FOSTER
DANN REITEN DIE KURIERE DES KÖNIGS ZU DEN SIEBEN TOREN CAMELOTS HINAUS, UM ALLE WEHRFÄHIGEN ZUR WAFFE ZU RUFEN.
SAVE THIS STAMP

WÄHREND DIE BEWOHNER DER SÜMPFE AUF EISENHERZ' GEHEISS DIE SÄCHSISCHEN SPÄHER BEHINDERT HABEN, UM EINE LANDUNG DER EINDRINGLINGE ZU VEREITELN, KÖNNEN SICH DIE RITTER UM IHREN KÖNIG SCHAREN, UM BRITANNIEN ZU VERTEIDIGEN.
UNTER EINEM STERNENLOSEN HIMMEL BEZIEHT DIE SCHIMMERNDE WEHR STELLUNG IM SÜDEN DER BUCHT.
IM MORGENGRAUEN DEUTET DER SACHSENHÄUPTLING HORSA NACH NORDEN ZUR EBENE. „DORT SAMMELN SICH DIE BRITEN. ICH ERKENNE ARTUS' DRACHENHELM UND DIE LÖWENSCHILDE VON LANCELOT UND TRISTAN."
DOCH DEN GOLDENEN HELM DES KÖNIGS TRÄGT DAGONET, DER HOFNARR, WÄHREND DIE SCHILDE VON LANCELOT UND TRISTAN VON EINEM KÜCHENJUNGEN UND EINEM STALLBURSCHEN GETRAGEN WERDEN.
„WIR SOLLEN GLAUBEN, DASS IHR HEER IM SÜDEN STEHT! ABER WIR LASSEN UNS NICHT TÄUSCHEN. DA HABEN SIE EINDEUTIG STROHPUPPEN AUFGESTELLT."
DOCH HINTER DEN STROHPUPPEN WARTET DIE SCHIMMERNDE WEHR AUF DAS SIGNAL VON EISENHERZ.
DIE KLEINE FLOTTE DES KÖNIGS, DIE VOR DER BUCHT AUFKREUZT, WIRD MIT HOHNGELÄCHTER EMPFANGEN.
DIESES UFER VERTEIDIGEN NUR DES KÖNIGS HOFNARR UND ZWEI BAUERNBURSCHEN
OZEAN
DES KÖNIGS KLEINE FLOTTE
KÖNNEN AUF BEIDEN UFERN LANDEN
20 000 SACHSEN
STROHPUPPEN
EISENHERZ 500 DRAUFGÄNGER IM SUMPF
EISENHERZ' ZUHAUSE
ARTHURS 10000 RITTER, HINTER DEN HÜGELN VERBORGEN
N
W
E
S
UNDURCHDRINGLICHE
SÜMPFE
(FENNLAND)
NACH CAMELOT
THE MACE. FLAIL
SAVE THIS STAMP
KARTE DES SCHLACHTFELDS FÜR KÖNIG ARTUS ZEHNTEN WAFFENGANG MIT DEN VON HORSA ANGEFÜHRTEN SACHSEN.
HAL FOSTER
DURCH DIE GEWUNDENEN WASSERRINNEN DES GROSSEN SUMPFES NÄHERT SICH EINE SELTSAME, MIT BRANDKUGELN BELADENE FLOTTE, DIE EINEN KÜHNEN AUFTRAG AUSZUFÜHREN HAT.
101 1-15-39
REPELLING HORSEMEN
SAVE THIS STAMP

NOCH NIE HABEN DIE SACHSEN VERSUCHT, MIT EINER SO GROSSEN STREITMACHT VON EINER SO GUTEN POSITION AUS IN BRITANNIEN EINZUFALLEN. IN DIESER VERZWEIFELTEN LAGE KAM DEM KÖNIG EISENHERZ' KÜHNER VORSCHLAG, MIT 500 MANN DIE 20000 SACHSEN SO IN PANIK ZU VERSETZEN, DASS SIE BLINDLINGS ARTUS WARTENDEM HEER IN DIE ARME LAUFEN, GERADE RECHT.
AUF EIN ZEICHEN VON EISENHERZ HIN ERSCHALLT EINE TROMPETE. IN KÜRZESTER ZEIT VERWANDELT SICH DARAUFHIN DAS SCHILF IN EIN FLAMMENMEER.
VERBLÜFFT SEHEN DIE SACHSEN AN DREI SEITEN DER BUCHT EINE FLAMMENWAND AUFSTEIGEN - DANN SIND SIE PLÖTZLICH VON EINER DICHTEN WOLKE BEISSENDEN RAUCHS EINGENEBELT.
UND AUS DEN RAUCHSCHWADEN REGNET ES BRANDKUGELN, DIE EIN UNSICHTBARER FEIND SCHLEUDERT.
BRENNENDE FLÖSSE UND LODERNDE EINBÄUME WERDEN VOM WIND ZWISCHEN DIE VOR ANKER LIEGENDEN SCHIFFE GETRIEBEN... DAS FEUER LÖST HEILLOSE VERWIRRUNG AUS.
„AN LAND!" RUFT HORSA. „DAS SÜDUFER WIRD NUR VON STROHPUPPEN VERTEIDIGT. GEHT DORT AN LAND, UND FORMIERT EUCH ZUM KAMPF!"
102 1-22-39
EISENHERZ HÖRT DEN BEFEHL UND ÄNDERT SEINEN ANGRIFF ENTSPRECHEND AB.
CHARCOAL
FIREPOT
AUS DEM RAUCH SCHWIRRT EIN TÖDLICHER PFEILHAGEL, ALS DIE SACHSEN LANDEN. ER TREIBT SIE LANDEINWÄRTS.
HALB ERSTICKT STOLPERN DIE EINDRINGLINGE AUS DEN RAUCHSCHWADEN UND DEM PFEILHAGEL HERAUS UND STEHEN PLÖTZLICH DEM IN SCHLACHTORDNUNG AUFMARSCHIERTEN HEER DES KÖNIGS GEGENÜBER.
HAL FOSTER
SAVE THIS STAMP
WHIP MACE

EISENHERZ' PLAN, MIT NUR 500 MANN DAS SÄCHSISCHE HEER ZU VERWIRREN UND DEM HEER DES KÖNIGS IN DIE ARME ZU TREIBEN, IST GELUNGEN.
GEWALTIG SIND LANCELOTS TATEN, HELDENHAFT FÜHRT TRISTAN SCHWERT UND SCHILD, DOCH KEINER KÄMPFT SO WÜTEND WIE ARTUS, ALS MIT KRIEGSGESCHREI DIE SCHLACHT BEGINNT!
IN DER BUCHT VOLLENDEN PRINZ EISENHERZ UND SEINE FLINKE SCHAR INMITTEN VON FEUER UND RAUCH DIE VERNICHTUNG DER FLOTTE.
JENE SCHIFFE, DIE EINEN WEG AUS DEN RAUCHSCHWADEN FINDEN, WERDEN VON DER FLOTTE DES KÖNIGS GEBÜHREND IN EMPFANG GENOMMEN.
103 1-29-39
SCHLIESSLICH IST DAS SÄCHSISCHE HEER AUFGERIEBEN, UND DER SCHRECKLICHE TAG GEHT ZUR NEIGE. INMITTEN DER BLUTIGEN SPUREN DES KRIEGES HÄLT KÖNIG ARTHUR INNE UND ERWARTET EINEN ANGESENGTEN, RUSSGESCHWÄRZTEN TRUPP, DER VON DER BUCHT HERAUFKOMMT.
KING RYONS OF IRELAND
SAVE THIS STAMP
EISENHERZ STEHT VOR DEM KÖNIG. „EINES GILT ES HEUTE NOCH ZU TUN... KNIET NIEDER", SAGT ARTHUR. ER ZIEHT EXCALIBUR AUS DER EDELSTEINBESETZTEN SCHEIDE UND BERÜHRT MIT DER SCHARFEN KLINGE DIE SCHULTER DES RUSSGESCHWÄRZTEN JÜNGLINGS. „NUN ERHEBT EUCH, PRINZ VON THULE UND RITTER DER TAFELRUNDE!"
HAL FOSTER
ISLE OF AVELION
SAVE THIS STAMP

BLUTROT VERSINKT DIE SONNE HINTER DER BRENNENDEN FLOTTE. NACHDEM DER SIEGREICHE ARTUS, UMRINGT VON SEINEN GETREUEN, PRINZ EISENHERZ IN DEN KREIS DER RITTER DER TAFELRUNDE AUFGENOMMEN HAT, WENDET ER SICH AN EISENHERZ' STOLZEN VATER.
ER SAGT: „UND IHR, O RECHTMÄSSIGER KÖNIG VON THULE, SAGT, WAS IHR VON MIR HABEN WOLLT, UND IHR SOLLT ES HABEN."
„GEBT MIR NUR EINES DER ERBEUTETEN SCHIFFE, DAMIT WIR WIEDER NACH THULE SEGELN KÖNNEN."
„VATER, ICH AHNTE, WAS DU ERBITTEN WÜRDEST, UND ICH HABE DESHALB DAFÜR SORGE GETRAGEN, DASS JENES STATTLICHE SCHIFF KEIN RAUB DER FLAMMEN WIRD."
WÄHREND SIE DIE WUNDEN VERSORGEN UND DEN RUSS ABWASCHEN, ERFREUT DIE ALTEN KÄMPEN SCHON DER GEDANKE, DASS SIE BALD IN IHRE HEIMAT SEGELN WERDEN.
AM NÄCHSTEN MORGEN SAMMELN SIE AUF DEM SCHLACHTFELD ALLES EIN, WAS SIE FÜR IHRE UNTERNEHMUNG BRAUCHEN, LADEN ES AUFS SCHIFF UND WARTEN DIE FLUT AB.
DANN BUGSIEREN SIE DAS SCHIFF DURCH DIE GEWUNDENEN WASSERLÄUFE ZU DER INSEL, DIE WÄHREND ZWÖLF JAHREN DER VERBANNUNG IHR ZUHAUSE WAR.
MORGAN LE FEY
SISTER OF ARTHUR
SAVE THIS STAMP
LETZTE VORBEREITUNGEN WERDEN GETROFFEN. UND DANN GEHT ES HINAUS AUFS OFFENE MEER!
104 2-5-39
HAL FOSTER
SIE LASSEN FRIEDEN UND SICHERHEIT IN BRITANNIEN ZURÜCK. VOR IHNEN LIEGT DAS UNGLÜCKLICHE THULE, DAS IM WÜRGEGRIFF DES TYRANNEN SLIGON SCHMACHTET. DORT LAUERN GEFAHR UND TOD. DOCH ZWANZIG SCHARFE KLINGEN UND TAPFERE HERZEN SIND DER RÜCKEROBERUNG DER HEIMAT VERSCHWOREN.
SAVE THIS STAMP

ENDLICH ERREICHEN KÖNIG AGUAR, PRINZ EISENHERZ UND IHRE GETREUEN IHR ZIEL. VOR SICH SEHEN SIE DEN HERRLICHEN STRAND DER HEIMAT IM SONNENLICHT FUNKELN.
SIE LANDEN UND VERSTAUEN IHRE GROSSE WAFFENLADUNG IN EINEM DORF, IN DEM SIE FREUNDLICH EMPFANGEN WERDEN.
DANN STECKT DER KÖNIG DAS SCHIFF IN BRAND. „WIR WURDEN EINST VON DIESEN GESTADEN VERTRIEBEN. NUN SIND UND BLEIBEN WIR FÜR IMMER HIER. WIR BRINGEN UNSEREM VOLK DEN FRIEDEN ODER FINDEN FRIEDEN IN DER HEIMATERDE."
ES FOLGEN GESCHÄFTIGE, GEFÄHRLICHE TAGE. DES NACHTS VERBREITEN BOTEN DIE NACHRICHT VON DER RÜCKKEHR DES KÖNIGS.
DIE ZWANZIG GETREUEN VERKÜNDEN IM GANZEN LAND, DASS UNTER DEM BANNER DES KÖNIGS WIEDER FREIHEIT UND GERECHTIGI EIT EINKEHREN WERDEN.
ZAHLREICHE EDELLEUTE KOMMEN INSGEHEIM ZUM KÖNIG UND SCHWÖREN IHM TREUE.
IMMER SCHNELLER WÄCHST DIE SCHAR DER BEHERZTEN, DIE IM VERSTECK DES KÖNIGS BEWAFFNET WERDEN.
ZU AUSBILDUNGSZWECKEN HAT EISENHERZ VIELE KÄMPFE AUSZUTRAGEN.
SLIGONS SPIONE KÖNNEN DIE REVOLTE NUR BE- NICHT ABER VERHINDERN.
RED STALLION
SAVE THIS STAMP
DIE AUSSICHT AUF FREIHEIT GIBT DEN BAUERN DEN MUT, SLIGONS BRUTALE STEUEREINTREIBER ANZUGREIFEN.
105 2-12-39
DAS KÖNIGSBANNER MIT DEM ROTEN PFERDEKOPF IST FÜR DAS UNRUHIGE LAND EIN HOFFNUNGSSCHIMMER. DAHER STEHT ES VON TAG ZU TAG BESSER UM DIE SACHE DES KÖNIGS.
AN LEIB UND SEELE KRANK, MUSS SLIGON IN SEINER GUT BEWACHTEN FESTUNG MITANSEHEN, WIE DAS VERSPRECHEN „FREIHEIT UND GERECHTIGKEIT!" SEINE MACHT DAHINSCHMELZEN LÄSST.
SLIGON'S CREST
SAVE THIS STAMP

ZWÖLF JAHRE LANG ERTRUG DAS VOLK VON THULE SLIGONS TYRANNEI. DAHER SCHART ES SICH BEREITWILLIG UM DAS ROTE PFERDEKOPFBANNER DES ZURÜCKGEKEHRTEN RECHTMÄSSIGEN KÖNIGS, SO DASS DESSEN GEFOLGE BALD EBENSO STARK IST WIE SLIGONS STREITMACHT.
SLIGON RUFT SEINE SOLDATEN ZUR VERTEIDIGUNG SEINER FESTUNG ZUSAMMEN.
DANN IST ES SOWEIT! DER KÖNIG IST MARSCHBEREIT.
DA GALOPPIERT EIN BOTE HERBEI UND RUFT: „SLIGON MÖCHTE MIT PRINZ EISENHERZ VERHANDELN. WENN ER ZU KOMMEN WAGT, IST SEINE SICHERHEIT GARANTIERT."
DER MIT SLIGONS LISTEN VERTRAUTE RAT IST DAGEGEN. DOCH EISENHERZ WILL JEDE GELEGENHEIT NUTZEN, DIE DEM VOLK VON THULE EINEN RUINÖSEN KRIEG ERSPAREN KÖNNTE ...
THE OGRE OF SINSTAR WOOD
SAVE THIS STAMP
ALLEIN BETRITT ER DIE FEINDLICHE FESTUNG, DIE EINST SEIN ZUHAUSE WAR.
106 2-19-39
„NUR MIT GEWALT KÖNNTE ICH DAS KÖNIGREICH THULE NEHMEN UND HALTEN. DOCH ICH BIN DER GEWALT, DER GRAUSAMKEIT, DES VERRATS UND MISSTRAUENS MÜDE! ICH BIN VON HÖFLINGEN UMGEBEN, DIE MIR MIT SCHÖNEN WORTEN SCHMEICHELN, WIEWOHL HASS IN IHREN AUGEN LODERT. DAS MACHT MIR ANGST. GEHT ZU EUREM VATER UND SAGT IHM: 'SLIGON IST NUR NOCH EIN MÜDER KRÄMER, DER DAS KÖNIGREICH THULE GEGEN EINE FRIEDLICHE INSEL IN ENGLISCHEN SÜMPFEN EINTAUSCHEN MÖCHTE.'"
HAL FOSTER
THE DWARF
SAVE THIS STAMP

EISENHERZ GALOPPIERT MIT DER WILLKOMMENEN NACHRICHT, DASS SLIGON GEGEN ZUSICHERUNG VON FREIEM GELEIT SEINE SCHRECKENSHERR-SCHAFT KAMPFLOS BEENDEN WILL, INS LAGER SEINES VATERS ZURÜCK.
DIESES ANGEBOT WIRD UNTER GROSSEM JUBEL ANGENOMMEN.
ALS DER RECHTMÄSSIGE KÖNIG IN DIE BURG EINZIEHT, IN DER ER UND SEINE VORVÄTER GERECHT HERRSCHTEN, STIEHLT SICH SLIGON UNBEMERKT ZU EINEM ANDEREN TOR HINAUS, UM DEN FRIEDEN ZU FINDEN, DEN ER BISHER NIE KANNTE.
IM PALAST MACHT SICH DER KÖNIG SOGLEICH DARAN, DIE BEAMTENSCHAFT ZU REORGANI-SIEREN UND ALTES UNRECHT ZU BEHEBEN.
PRINZ EISENHERZ FÄLLT DIE AUFGABE ZU, JENE EDELLEUTE ZU ÜBERZEUGEN, DIE DEM KÖNIG NOCH NICHT DIE TREUE GESCHWOREN HABEN.
IN JENER RAUHEN ZEIT GAB ES NUR EIN MITTEL ZUR ÜBERZEUGUNG DES GEGNERS – EINEN WAFFENGANG!
SAVE THIS STAMP
ARCHBISHOP CANTERBURY
GLÜCKLICHE TAGE FÜR EINEN KÜH-NEN, JUNGEN KÄMPEN! BEI HUFGE-TRAPPEL UND WAFFENGEKLIRR BLÄUT ER SO MANCHEM DEN WUNSCH NACH RUHE UND FRIEDEN EIN!
ALS SLIGON SAGTE, ER SUCHE RUHE UND FRIEDEN, WAR IHM DAS SO ERNST, DASS ER SOGAR FRAU UND TOCHTER ZURÜCKLIESS.
107 2-26-39
HAL FOSTER
DER KÖNIG ÜBERLÄSST IHNEN GE-MÄCHER IN EINEM ABGELEGENEN FLÜGEL DER BURG UND VERGISST SIE DANN ÜBER SEINER VIELEN ARBEIT. ABER CLARIS IST NICHT DIE ART JUNGE FRAU, DIE MAN LANGE VERGESSEN KANN.
SAVE THIS STAMP
BRASTIUS

CLARIS, SLIGONS TOCHTER, IST EINE KUNSTFERTIGE KLEINE RÄNKESCHMIEDIN, DIE GROSSE ERFAHRUNG DARIN HAT, DIE HERZEN DER MÄNNER DURCHEINANDERZUWIRBELN.
ALS SIE VON IHREM TURM AUS PRINZ EISENHERZ ZURÜCKKOMMEN SIEHT, ORDNET SIE IHR HAAR, LEGT IHR VORTEILHAFTESTES KLEID AN UND SETZT EIN BETÖRENDES LÄCHELN AUF.
EISENHERZ WAR EIN HALBES JAHR LANG IM KÖNIGREICH THULE HERUMGEREIST UND HATTE DABEI NOCH VIELE ALTE ANHÄNGER SLIGONS FÜR DIE SACHE SEINES VATERS GEWONNEN.
SELTEN HATTEN DA SCHÖNE WORTE UND VERSPRECHUNGEN GEHOLFEN. MEISST MUSSTE ER IHNEN IHRE FEHLER MIT DER LANZE ZEIGEN UND SEINE ARGUMENTE MIT DEM SCHWERT UNTERSTREICHEN.
SO GESCHIEHT ES, DASS SICH DIESE BEIDEN DURCH EINEN DENKBAR MERKWÜRDIGEN ZUFALL IM GARTEN BEGEGNEN.
NACH MONATELANGEN KÄMPFEN UND ENTBEHRUNGEN IST ES ERQUICKEND, MIT EINER SO NETTEN GEFÄHRTIN EINIGE ZEIT IM GARTEN ZU VERBRINGEN.
DIE BEIDEN JUNGEN MENSCHEN SIND NUN OFT ZUSAMMEN. IHM GEFÄLLT IHR LUSTIGES WESEN UND IHR HELLES LACHEN – UND SIE ACHTET DARAUF, IMMER AUFS VORTREFFLICHSTE GEPFLEGT AUSZUSEHEN.
EISENHERZ FINDET GEFALLEN AN IHREN GUNSTBEWEISEN (DENN WER WÄRE SCHON SO UNGALANT, DIE PFLICHTEN ZU VERNACHLÄSSIGEN, DIE WIR SCHÖNEN FRAUEN SCHULDEN?), ABER ER KANN CLARIS NICHT ERNSTNEHMEN. DAZU IST DIE ERINNERUNG AN DIE TRAGISCHE ROMANZE MIT ILENE NOCH ZU FRISCH. CLARIS BEMÜHT SICH VERGEBENS, EISENHERZ ZU UMGARNEN. IHRE ENTTÄUSCHUNG IST GROSS.
DE GERIN
ALFRED
ALS CLARIS EINES TAGES EISENHERZ MIT SEINEM BESTEN FREUND SIEHT, DEM GUTMÜTIGEN ALFRED DE GERIN, ÜBERLEGT SIE, OB ES IHR WOHL GELÄNGE, EISENHERZ EIFERSÜCHTIG ZU MACHEN.
108 3-5-39
UND SOGLEICH BEGINNT SIE, MIT DEM EINFÄLTIGEN ALFRED ZU FLIRTEN.
HAL FOSTER
ANSTATT BEI PRINZ EISENHERZ FUNKEN ZU SCHLAGEN, ENTFACHT SIE IM HERZEN DES ARMEN, UNSCHULDIGEN ALFRED LODERNDES FEUER.
UNDEFEATED
CHAMPION

KRONPRINZ EISENHERZ VON THULE, HEISSSPORN UND FROHNATUR, HÄNGT IMMER NOCH EINER UNGLÜCKLICHEN LIEBE NACH UND IST DESHALB EIN PROBLEM FÜR …
… CLARIS, DIE SEINE BRAUT UND DAMIT DIE ZUKÜNFTIGE KÖNIGIN VON THULE WERDEN WILL. DOCH IHRE RÄNKE VERFANGEN NICHT. NICHT EINMAL EIFERSUCHT ERWECKT IHR KLEINER FLIRT MIT SEINEM FREUND …
… ALFRED. DER VERLIEBT SICH SOGLEICH IN DAS LISTENREICHE KLEINE BIEST, DAS IHM FORTAN NICHT MEHR AUS DEM SINN GEHT.
ALS CLARIS EISENHERZ KOMMEN SIEHT, WILL SIE IHR KLEINES SPIEL WEITER VORANTREIBEN.
ZU IHRER EIGENEN ÜBERRASCHUNG FÜHLT SICH CLARIS PLÖTZLICH HEFTIG UMARMT UND LEIDENSCHAFTLICH GEKÜSST.
EISENHERZ IST WÜTEND. „ALFRED, DEIN BENEHMEN MISSFÄLLT MIR!" VERWIRRT ANTWORTET ALFRED: „ICH STEHE BEREIT, WANN IMMER DEIN MISSFALLEN AKTIVE FORMEN ANNIMMT."
CLARIS MUSS SICH SETZEN. SO ERNSTHAFT IST SIE NOCH NIE ZUVOR GEKÜSST WORDEN. ALFRED, DIESER GROSSE TOR, HAT AUCH IHRE PLÄNE DURCHKREUZT. SO EIN RIESENKALB, TROTZ SEINER SCHÖNEN AUGEN. SIE IST SO WÜTEND AUF IHN, DASS IHR DER VERDACHT KOMMT, SIE KÖNNTE SICH IN IHN VERLIEBEN.
DIE BEIDEN JÜNGLINGE BEWAFFNEN SICH UND VERFÜGEN SICH IN EINEN WALD, UM DIE SACHE MIT DEM GERAUBTEN KUSS ZU REGELN.
SAVE THIS STAMP
SON OF BAN
SIR LANCELOT
ARMER ALFRED. SELBST WENN ER GEWINNT, LÄSST IHN DER KÖNIG AUFHÄNGEN. CLARIS WENDET SICH HILFESUCHEND AN DEN KÖNIG.
DIE BEIDEN JUNGEN KAMPFHÄHNE HACKEN GERADE MIT BEGEISTERUNG AUFEINANDER EIN, ALS IHNEN DER KÖNIG WÜTEND EINHALT GEBIETET.
109 3-12-39
ER HÄLT CLARIS FÜR EINE RÄNKESCHMIEDIN UND SAGT DIES SEINEM SOHN UNMISSVERSTÄNDLICH. ERREGT SAGT EISENHERZ, DASS ER SICH AUCH VON EINEM KÖNIG NICHT HERUMKOMMANDIEREN LIESSE UND AUSSERDEM ALT GENUG WÄRE, UM ZU WISSEN, WAS ER TÄTE.
SAVE THIS STAMP
ELAINE

TROTZ DES STREITS, DER ENTBRANNTE, WEIL DER KÖNIG SEINEM SOHN DEN UMGANG MIT CLARIS VERBIETEN WOLLTE, ÜBERLEGT EISENHERZ: „ILENE IST TOT. UND ICH KANN NIE WIEDER LIEBEN.
WARUM ALSO NICHT CLARIS HEIRATEN? SIE IST HÜBSCH UND LUSTIG, UND ICH BRÄUCHTE MICH NICHT EINSAM ZU FÜHLEN."
ALSO GEHT ER KURZERHAND ZU CLARIS UND FRAGT SIE: „WILLST DU MICH HEIRATEN?" – „JA", SAGT SIE UND LÜGT DANN: „ICH HABE DICH VON ANFANG AN GELIEBT." – „GUT… IM MORGENGRAUEN HALTE ICH PFERDE BEREIT, DAMIT WIR DEM ZORN DES KÖNIGS ENTFLIEHEN KÖNNEN."
„WIR GEHEN IN DIE BRETAGNE ZU KÖNIG BAN. DORT WIRD ES HERRLICHE KÄMPFE GEBEN. DANN WEITER NACH ENGLAND ZU KÖNIG ARTHUR, WO JETZT HERRLICHE SCHLACHTEN SEIN MÜSSTEN. WIR WERDEN SEHR GLÜCKLICH SEIN."
CLARIS SCHÖNE TRAUMSCHLÖSSER STÜRZEN KRACHEND EIN. SIE WILL EINEN PRINZEN HEIRATEN, KEINEN LEICHTMÜTIGEN SCHLÄCHTER. SIE WILL AUF THULES THRON SITZEN, NICHT AUF EINEM STREITROSS IM NEBLIGEN ENGLAND. ABER VOR ALLEM MÖCHTE SIE GELIEBT WERDEN. UND ZWAR VON…
…ALFRED, DIESEM GROSSEN, UNGESTÜMEN KERL, DER IHRE PLÄNE DURCHKREUZTE, INDEM ER SICH IN SIE VERLIEBTE UND SIE SO LEIDENSCHAFTLICH KÜSSTE. OB ER SICH WOHL JE ÄNDERN WÜRDE?
SIE GEHT, UM DIES ZU KLÄREN. EISENHERZ SIEHT DIE BEIDEN IM SONNENÜBERFLUTETEN GARTEN UND HÖRT, WIE SIE IHR LEID KLAGT…
SAVE THIS STAMP
TARTAR
„ICH HABE VERSPROCHEN, MIT IHM ZU GEHEN. VIELLEICHT WERDE ICH EINES TAGES KÖNIGIN, WENN ICH MIR AUF EINEM NEBLIGEN SCHLACHTFELD NICHT VORHER DEN TOD HOLE. SCHLIMM IST NUR, DASS DU SO HÜBSCH BIST."
„DA BRAT MIR EINER EINEN STORCH! VATER HATTE ALSO DOCH RECHT! DA WILL SIE KÖNIGIN VON THULE WERDEN, WO SIE DOCH DAS HERZ EINES BURSCHEN WIE ALFRED REGIEREN KÖNNTE… NA, DER WERD' ICH'S ZEIGEN!"
Copr. 1939, King Features Syndicate, Inc., World rights reserved
110 3-19-39
HAL FOSTER
DER VERLIEBTE ALFRED IST DER VERZWEIFLUNG NAHE, ALS EISENHERZ IHN AUFSUCHT UND IHM SEINEN PLAN ANVERTRAUT.
SAVE THIS STAMP
SELJUK TURK

DIE ARME, KLEINE CLARIS. DA HAT SIE ALLES SO SCHÖN EINGEFÄDELT, UM MIT PRINZ EISENHERZ DURCHZUBRENNEN UND DIE ZUKÜNFTIGE KÖNIGIN VON THULE ZU WERDEN. ABER ALS DAS MORGENGRAUEN NAHT, DENKT SIE MIT WACHSENDEM SCHAUDER DARAN, WIE SEHR SIE DIE SCHICKSALSFÄDEN VERWIRRT HAT.
EISENHERZ BEGRÜSST SEINE FRÖSTELNDE VERLOBTE MIT LÄRMENDER FRÖHLICHKEIT.
ER LACHT UND SINGT, ALS FREUTEN IHN REGEN, SCHLAMM UND KÄLTE. JE UNGLÜCKLICHER SIE WIRD, DESTO FRÖHLICHER UND LUSTIGER WIRD ER.
„WIE ROMANTISCH WIR ES HABEN WERDEN. DURCH SONNE UND REGEN REITEN WIR VON EINEM SCHLACHTFELD ZUM NÄCHSTEN. DU WIRST FÜR MICH KOCHEN UND MEINE WUNDEN VERSORGEN, WÄHREND ICH DIR JEDEN TAG DEN KOPF EINES BESIEGTEN FEINDES BRINGE." IHR SCHAUDERT.
„ES WIRD DUNKEL, UND WIR HABEN HEUTE NOCH NICHT GEGESSEN. DIESES SCHLOSS WIRD UNS ZUFLUCHT BIETEN, SELBST WENN ICH SEINEN BESITZER TÖTEN MÜSSTE!" SAGT ER UND LACHT SCHALLEND.
„ICH NARRIN", DENKT CLARIS. „WIE KÖNNTE ICH NUR AUF DEN GROSSEN, TAPSIGEN ALFRED VERZICHTEN UND DIESEN BLUTRÜNSTIGEN GESELLEN BEMUTTERN WOLLEN?"
ALARIC THE GOTH 410 A.D.
„CLARIS, BEGRÜSSE DEN NEUEN SCHLOSSHERRN", SAGT EISENHERZ, ALS SIE EINTRETEN. UND WER KOMMT IHNEN ENTGEGEN? ALFRED!
111 3-26-39
HAL FOSTER
„WIR HATTEN EINE ANGENEHME REISE, ALFRED, MEIN FREUND. DOCH ICH HABE DAS GEFÜHL, DASS CLARIS KEINE GEDANKEN MEHR AN KÖNIGE UND KÖNIGINNEN VERSCHWENDET, SONDERN NUR NOCH..."
ABER ALFRED HÖRT IHM NICHT MEHR ZU. ER STRAHLT VOR GLÜCK UND HAT DEN GEISTESABWESENDEN BLICK EINES LIEBENDEN.
CLOVIS 486 A.D.

DER MÖNCH SPRICHT EIN PAAR WORTE, DANN IST CLARIS KEINE BEDROHUNG MEHR FÜR DEN THRON UND ALFRED EIN EHEMANN. AMOR HAT DEN LÄRMENDEN KERL, DESSEN LACHEN UND DESSEN STARKES SCHWERT GANZ THULE IN ATEM HIELTEN, ZUM EINFÄLTIG LÄCHELNDEN NARREN GEMACHT.
EISENHERZ IST ANGEWIDERT: AUS EINEM GUTEN KRIEGER IST NUR NOCH EIN WEITERER EHEMANN GEWORDEN.
EISENHERZ REITET DURCH EIN SONNENBESCHIENENES, FRIEDLICHES LAND NACH HAUSE.
DAS LAND IST SO FRIEDLICH, DASS DIE JUNGEN KRIEGER IHRE RÜSTUNG NUR NOCH AM KLEIDERHAKEN TRAGEN.
DER KÖNIG IST FÜR SEINE ZEIT FAST ZU MILDE. NUR SELTEN ERGEHEN TODESURTEILE, UND HINRICHTUNGEN WERDEN NICHT ZUR BEFRIEDIGUNG DER SCHAULUST DER MENGE ABGEHALTEN, SO DASS DAS VOLK OB DES MANGELS AN UNTERHALTUNG MURRT.
JEDEN MORGEN ÜBT SICH PRINZ EISENHERZ IM SCHLOSSHOF MIT DEN ANDEREN RITTERN IM ZWEIKAMPF.
DIE NACHMITTAGE VERBRINGT ER SO, WIE SIE SCHÖNE PRINZEN IN ALLER WELT VERBRINGEN.
455 A.D.
SAXONS GAIN FOOTHOLD IN EUROPE
DIE ABENDE SIND FÜR EISENHERZ AM INTERESSANTESTEN. GELEHRTE, DICHTER, REISENDE UND PHILOSOPHEN VERSAMMELN SICH IN SEINEN GEMÄCHERN ZUM GESPRÄCH. DABEI LERNT ER VIELES KENNEN.
SAVE THIS STAMP.
112 - 4-2-39
JEDEN SAMSTAG WIRD EIN TURNIER ABGEHALTEN, NACH DEM DIE „ÜBERLEBENDEN" FRÖHLICH FEIERN.
THULE WIRD IMMER MEHR ZUM IDEALEN KÖNIGREICH, WO GERECHTIGKEIT, WOHLSTAND UND FRIEDE HERRSCHEN – UND EISENHERZ SICH LANGWEILT.
SAVE THIS STAMP
ROME
SPQR
FEARS THE COMING OF ATTILA

Prinz Eisenherz

AUS DEN TAGEN KÖNIG ARTUS

Gefahrvolle Abenteuer ~ Aleta ~ Verschwörung auf Camelot

Text und Zeichnungen · Harold R. Foster
Übersetzung · Wolfgang J. Fuchs
Lettering · Klaus D. Baedermann, Oliver Müller

Prinz Eisenherz
Aus den Tagen König Artus
DIE MÄNNER DES BINNENLANDES DÜRSTEN NACH RACHE. DENN EINST HABEN SIE DER KÖNIG VON THULE UND PRINZ EISENHERZ BEI EINEM VERRAT ERTAPPT UND SCHWER BESTRAFT.
ZWISCHEN FELSEN VERSTECKT, BEOBACHTEN DIE ENTFÜHRER TAG UM TAG DIE BURG, UM EINE GÜNSTIGE GELEGENHEIT ABZUPASSEN.
„SATTLE DIE PFERDE UND HOL DIE FISCHSPEERE, BERIC!" RUFT EISENHERZ EINES MORGENS. „DIE LACHSE BEGINNEN GERADE FLUSSAUFWÄRTS ZU WANDERN!"
DIE SPÄHER SEHEN, WIE EISENHERZ MIT SEINEM KNAPPEN DURCHS BURGTOR REITET UND FLUSSAUFWÄRTS GALOPPIERT. NUN LÄUFT IHR PLAN AN!
„IM NAMEN DER BARMHERZIGKEIT, HALT EIN, SCHÖNER JÜNGLING. ICH HABE MIR DEN FUSS VERSTAUCHT", SAGT EINE ALTE FRAU.
„HABT MITLEID MIT DEN ALTEN UND SCHWACHEN! BRINGT MICH BITTE NACH HAUSE, ICH WOHNE NICHT WEIT VON HIER."
EISENHERZ SCHICKT BERIC ZU FUSS WEITER ZU DEN FISCHFANGGRÜNDEN UND HILFT DER BEHENDEN ALTEN DAME AUFS PFERD DES KNAPPEN.
„DIES IST MEIN BESCHEIDENES HAUS", SAGT DIE WEISSHAARIGE ALTE NACH EINIGEN MEILEN WEGES. „KOMMT HEREIN UND ERFRISCHT EUCH MIT EINEM BECHER WEIN, EDLER JÜNGLING."
369 3-5-44
EISENHERZ STUTZT UND IST BASS ERSTAUNT, ALS DIE DAME IHRE WEISSE PERÜCKE ABNIMMT UND SICH ALS BLONDES MÄDCHEN ENTPUPPT! BEVOR ER SICH VON SEINER ÜBERRASCHUNG ERHOLEN KANN, IST ER GEFESSELT UND GEKNEBELT!
HAL FOSTER

Prinz Eisenherz
Aus den Tagen König Artus
DER WAHRHAFT SKANDALÖSE VERRAT DER MÄNNER DES BINNENLANDES WAR VON PRINZ EISENHERZ UND SEINEM VATER, DEM KÖNIG VON THULE, SCHWER BESTRAFT WORDEN.
DURCH ERNEUTEN VERRAT GERÄT PRINZ EISENHERZ IN IHRE HAND.
BERIC WARTET DEN GANZEN TAG AUF SEINEN HERRN UND GEHT DANN NACH HAUSE. EIN REITER GEHT ZWAR UNGERN, ABER ALS KNAPPE VON PRINZ EISENHERZ IST MAN AUF SO MANCHES GEFASST.
ALS AM MORGEN DAS PFERD VON EISENHERZ OHNE SEINEN REITER AM TOR ENTDECKT WIRD, ERSCHRICKT BERIC.
MIT ZWEI BEWAFFNETEN KRIEGERN FOLGT ER DEM PFAD ZU DER HÜTTE. SIE FINDEN DORT EIN HEILLOSES DURCHEINANDER UND AUSGESCHLAGENE ZÄHNE VOR, DIE BEZEUGEN, DASS SICH EISENHERZ NICHT KAMPFLOS ERGAB.
ZAHLREICHE HUFSPUREN FÜHREN VON DER HÜTTE NACH SÜDEN. BERIC UND SEINE LEUTE FOLGEN IHNEN.
AN DER GRENZE ERKLÄREN INDESSEN EINIGE JÄGER AUS DEM BINNENLAND, DASS IHRE BEUTE SIE UNBEMERKT ÜBER DIE GRENZE NACH THULE GEFÜHRT HÄTTE UND ENTSCHULDIGEN SICH FÜR DIESES VERSEHEN.
SIE VERGESSEN ZU ERWÄHNEN, DASS TEIL IHRER BEUTE DER BRUTAL GEFESSELTE UND GEKNEBELTE THRONERBE VON THULE IST.
„SIEH MAL EINER AN! DER GROSSE PRINZ EISENHERZ STATTET DEM BINNENLAND EINEN BESUCH AB. SEID UNS WILLKOMMEN! IN UNSEREM BESTEN VERLIES SOLL EUCH UNSER BESTER FOLTERKNECHT UNTERHALTEN, BIS EUER VATER FÜR DAS, WAS VON EUCH ÜBRIG IST, LÖSEGELD BEZAHLT!“
390 3-12-44

Prinz Eisenherz
Aus den Tagen König Artus
DIE ADLIGEN DES BINNENLANDES HABEN PRINZ EISENHERZ GEFANGEN, UM DURCH ERPRESSUNG ALL DAS ZURÜCKZUBEKOMMEN, WAS SIE WEGEN IHRES VERRATES VERLOREN HATTEN.
BERIC FOLGT DER SPUR SEINES HERRN BIS ZUR GRENZE. ER ERFÄHRT, DASS EINE JAGDGESELLSCHAFT VORBEIGEKOMMEN IST, EISENHERZ JEDOCH NICHT GESEHEN WORDEN SEI.
1
TROTZDEM... SIE HATTEN IHN BEI SICH, UND ER BEFINDET SICH NOCH IMMER IN DER GEWALT SEINER FEINDE.
2
3
„VEREHRTER BESUCHER, WIR WERDEN TUN, WAS IN UNSERER MACHT STEHT, UM EUCH ZU UNTERHALTEN", SAGT 'GASTGEBER' EINAR DER ROTE. „WIR LASSEN GERADE FÜR EUREN VATER EIN BILD EURER LAGE ANFERTIGEN. SOLLTE ER NICHT UNVERZÜGLICH EIN LÖSEGELD SCHICKEN, ERHÄLT ER EIN WEITERES BILD, AUF DEM EURE LAGE NOCH UNBEQUEMER IST!"
LANGSAM ZIEHEN SICH DIE QUALVOLLEN STUNDEN DAHIN. EISENHERZ VERLIERT JEDES ZEITGEFÜHL. TROTZ DER SCHMERZEN WIRD IHM BEWUSST, DASS IHN NOCH ETWAS ANDERES QUÄLT... EIN BRENNENDER DURST!
„IHR STÖHNT HERRLICH", SAGT EINE STIMME. EISENHERZ BLICKT AUF UND SIEHT DEN GRINSENDEN EINAR DEN ROTEN. „DA IHR SICHER DURSTIG SEID, HABE ICH EUCH EINEN BECHER KÜHLEN, FUNKELNDEN WASSERS MITGEBRACHT." ER LACHT SCHALLEND UND GEHT... DURCH EINE GEHEIMTÜR, WIE EISENHERZ BEMERKT.
HAL FOSTER
AUS EINER DUNKLEN ECKE DER SCHRECKENSKAMMER HUSCHT EINE KLEINE KREATUR, DIE NIEMANDES FREUND IST.
371 3-19-44

Prinz Eisenherz
Aus den Tagen König Artus
DIE ADLIGEN DES BINNENLANDES EILEN ZUR FESTUNG VON EINAR DEM ROTEN ZU EINEM UNGEWOHNTEN SCHAUSPIEL. PRINZ EISENHERZ VON THULE WURDE ENTFÜHRT UND WIRD LANGSAM GEFOLTERT, BIS DER KÖNIG EIN LÖSEGELD BEZAHLT.
DIE RATTE HATTE NICHT VOR, JEMANDEM ZU HELFEN...SIE WOLLTE NUR ETWAS FRESSEN. UND DAS BLUTGETRÄNKTE LEDER SCHMECKTE IHR.
ALS EISENHERZ SPÜRT, DASS SEINE FÜSSE FREI SIND, BEFLÜGELT HOFFNUNG DEN SCHMERZENDEN KÖRPER. VERZWEIFELT BEMÜHT ER SICH, DIE FERSEN ÜBER DEN RAHMEN ZU BEKOMMEN.
SCHLIESSLICH HÄNGT ER AN DEN KNIEKEHLEN AM RAHMEN UND MACHT SICH NUN MIT DEN ZÄHNEN ANS WERK.
NACH EINER LANGEN ZEIT GLEITET ER ERSCHÖPFT ZU BODEN. „KANN ICH MIT DIESEN HÄNDEN JE WIEDER EIN SCHWERT FÜHREN?" DER ANBLICK DER TAUBEN, GESCHWOLLENEN FINGER TREIBT EISENHERZ TRÄNEN IN DIE AUGEN.
ÜBER EINEM HOLZKOHLENFEUER FINDET ER EINEN KESSEL MIT WARMEM ÖL. DARIN MASSIERT ER SEINE HÄNDE, BIS WIEDER GEFÜHL IN SIE ZURÜCKKEHRT.
DANN SUCHT ER DIE FOLTERKAMMER NACH DEM GEHEIMGANG AB, DURCH DEN EINAR DER ROTE GEKOMMEN WAR.
VERGEBENS! ES WIRD MORGEN. BALD KOMMEN DIE FOLTERER WIEDER, UM SEINER SCHMERZEN ZU SPOTTEN.
GELÄCHTER VON DER TREPPE HER! EINE VERZWEIFELTE CHANCE!
572 3-26-44
LANGSAM ÖFFNET SICH DIE KNARZENDE TÜR. WENN NUR EINAR ALS ERSTER EINTRÄTE!
HAL FOSTER

Prinz Eisenherz
Aus den Tagen König Artus
EINE KLEINE RATTE, DIE EINE LEDERSCHNUR GEFRESSEN HAT, ERMÖGLICHTE PRINZ EISENHERZ DIE BEFREIUNG AUS DEM FOLTERRAHMEN EINARS DES ROTEN.
DIE BRUTALEN ADLIGEN DES BINNENLANDES KOMMEN LACHEND DIE TREPPE HERUNTER, UM DER FOLTER ZUZUSEHEN.
ALS ERSTE KOMMEN DER FOLTERKNECHT UND EINAR IN DAS DÜSTERE VERLIES. MIT EINEM TRITT VERSCHLIESST EISENHERZ DIE TÜR UND LÄSST DEN SCHWEREN BALKEN DAGEGENKRACHEN.
DER FOLTERKNECHT IST SO ÜBERRASCHT, DASS SEIN OPFER FREI IST, DASS ER... NUN, ER HATTE OHNEHIN SCHON ZU LANGE GELEBT!
„DEINE GEFOLTERTEN HÄNDE KÖNNEN KEINE WAFFE HALTEN!" HÖHNT EINAR UND ZIEHT SEIN SCHWERT. „FÜR DIESE TORHEIT WIRST DU NUN DOPPELT BEZAHLEN!"
„WIESO GEHEN EIGENTLICH DUMMHEIT UND BRUTALITÄT IMMER HAND IN HAND?" MURMELT EISENHERZ.
„ES GIBT EINE GEHEIMTÜR IN DIESES VERLIES. SAG MIR, WO SIE IST!" - „NIEMALS!" RUFT EINAR.
DIE TÜR ZERSPLITTERT. EINARS HAARE GEHEN IN FLAMMEN AUF. WER ODER WAS GIBT EHER NACH?
UNBEHELLIGT NEBEN DER TÜR STEHEND, ENTMUTIGT EISENHERZ DIE ANGRIFFE AUF DIE TÜR MIT EINEM GLÜHENDEN EISENSTAB. EINARS KOPFHAUT RÖTET SICH.
373 4-2-44
HAL FOSTER
„ICH SAGE ES EUCH!" SCHREIT EINAR. „ACH, BEMÜHT EUCH NICHT. WIR HABEN VIEL ZEIT", ERWIDERT EISENHERZ GROSSZÜGIG.

Prinz Eisenherz
Aus den Tagen König Artus
EINE HUNGRIGE RATTE GAB PRINZ EISENHERZ DIE FREIHEIT WIE-DER, EINE WEITERE GLÜCKLICHE FÜGUNG SORGT DAFÜR, DASS ER MIT EINAR DEM ROTEN ALLEIN IN DER FOLTERKAMMER IST.
ER ÜBERREDET EINAR, IHM ZU SAGEN, WO DIE GEHEIMTÜR IST.
EINAR SCHREIT AUS LEIBESKRÄFTEN, WÄHREND SICH DIE BLOCKIERTE TÜR GEGEN DAS EINDRINGEN SEINER FREUNDE SPERRT... EISENHERZ FINDET DIE GEHEIMTÜR UND VERLÄSST DAS VERLIES.
ZU EINER TÜRÖFFNUNG HINTER EINEM VORHANG KOMMT ER WIEDER HERAUS. DIESER TEIL DER BURG IST VERLASSEN. ES SCHEINT, ALS LÄRMTEN ALLE UNTEN AN DER TÜR ZUM VERLIES.
DANN TUT EISENHERZ ETWAS MERKWÜRDIGES. ER LÄUFT ÜBER DIE AUSSEN-MAUER UND BINDET SICH AN EINEM RING ÜBER DER ZUGBRÜCKE FEST.
ETWAS SPÄTER WIRD ER ENTDECKT. WÄHREND DIE ANDEREN GERUFEN WERDEN, SIEHT MAN IHN HOCHSCHNELLEN UND VON DER MAUER SPRINGEN.
EISENHERZ IST KEIN NARR. ER KÖNNTE LEICHT DURCH DEN BURG-GRABEN SCHWIMMEN. ABER IM OFFENEN GELÄNDE DAHINTER KÖNN-TEN IHN SEINE FEINDE WIEDER SPIELEND EINFANGEN.
DIE ZUGBRÜCKE WIRD HERUNTERGELASSEN UND BIETET SO EISENHERZ EIN VOLLKOMMENES VERSTECK.
374 4-9-44
BERIC IST INDESSEN DER SPUR SEINES HERRN BIS ZUR GRENZE DES BINNENLANDS GEFOLGT. ER STEHT UNENTSCHLOSSEN DA, ALS IN LEICHTEM GALOPP EIN BOTE VON SÜDEN NAHT. „EINE BOT-SCHAFT FÜR DEN KÖNIG VON THULE.“ DER BOTE GIBT SEINEM PFERD DIE SPOREN UND REITET WIEDER DORTHIN, WO ER HERGEKOMMEN WAR.
HAL FOSTER
EINER PLÖTZLICHEN EINGEBUNG FOLGEND, TUT BERIC ETWAS, DAS IHN DEN KOPF KOSTEN KÖNNTE ... ER ÖFFNET DIE BOTSCHAFT! ER KANN ZWAR NICHT LESEN, ABER DAS BILD VON EISENHERZ' FOLTER SAGT IHM ALLES, WAS ER WISSEN WILL.
„BRING DAS ZUM KÖNIG UND RUF DIE KRIEGER ZUSAMMEN! WIR FOLGEN INDESSEN DEM BOTEN UND GEBEN DANN MEL-DUNG, WO MEIN HERR GEFANGENGEHALTEN WIRD!“

Prinz Eisenherz
Aus den Tagen König Artus
DAS HATTEN SICH DIE MÄNNER DES BINNENLANDES SO SAUBER ZURECHTGELEGT: MIT DEM GEFOLTERTEN PRINZ EISENHERZ WOLLTEN SIE DEN KÖNIG VON THULE ERPRESSEN. BERIC, DER NACH SEINEM HERRN GESUCHT HATTE, VERFOLGT JEDOCH BEREITS DEN ÜBERBRINGER DER LÖSEGELDFORDERUNG.
„REITE ZUM KÖNIG! MELDE IHM, DASS PRINZ EISENHERZ IN DER FESTUNG EINARS DES ROTEN GEFANGENGEHALTEN WIRD."
KÖNIG AGUAR VON THULE LIEST DIE LÖSEGELDFORDERUNG UND SIEHT DAS BILD DER FOLTER SEINES EINZIGEN SOHNES AN. ER WIRD NICHT BEZAHLEN. STATTDESSEN ZIEHT ER SEIN SCHWERT UND SCHWÖRT DARAUF EINEN FURCHTBAREN SCHWUR. DANN RUFT ER SEINE KRIEGER.
EINAR UND SEINE GEFÄHRTEN SUCHEN DIE GANZE UMGEBUNG AB FINDEN ABER KEINE SPUR VON PRINZ EISENHERZ. „ER MUSS IM BURGGRABEN ERTRUNKEN SEIN", FOLGERN SIE.
DER BOTE KEHRT ZURÜCK. „ICH MUSSTE NICHT NACH THULE HINEIN. SONDERN KONNTE VON DER GRENZE AUS EINEN KURIER SCHICKEN, SO DASS MAN MICH NICHT VERFOLGEN KONNTE. KÖNIG AGUAR WIRD NIE ERFAHREN, WO PRINZ EISENHERZ GEFANGENGEHALTEN WIRD!"
„SEHT! SEHT! KÖNIG AGUAR! EINE ARMEE! WIR SIND UMZINGELT!"
IN DER TAT, DER KÖNIG VON THULE STEHT VOR DEN TOREN... ABER AM MEISTEN SCHEINT IHN DAS TOR SELBST ZU INTERESSIEREN.
„HALLO, VATER", RUFT IHM EISENHERZ AUS DEM UNTERGEBÄLK DER ZUGBRÜCKE ZU.
IM SCHUTZ EINES PFEILHAGELS DURCHSCHWIMMT EISENHERZ UNBEHELLIGT DEN BURGGRABEN.
HAL FOSTER
SPÄTER FÜHRT EISENHERZ SEINEN VATER FLUSSABWÄRTS. „WAS MEINST DU, HÄTTE ES FÜR EINE WIRKUNG, WENN MAN HIER EINEN DAMM ERRICHTET?"

Prinz Eisenherz
Aus den Tagen König Artus
DER ERPRESSUNGSVERSUCH IST MISSGLÜCKT. NICHT NUR, DASS PRINZ EISENHERZ FLIEHEN KONNTE, NUN BELAGERT AUCH NOCH KÖNIG AGUAR DIE BURG, IN DER DIE MEISTEN ADLIGEN DES BINNENLANDES DIE FOLTER IHRES OPFERS SEHEN WOLLTEN.
AUSSER SICHTWEITE EREIGNET SICH FLUSSABWÄRTS MERKWÜRDIGES.
„HIER SIND WIR SICHER", BRÜSTET SICH EINAR. „WIR KÖNNEN MONATELANG AUSHALTEN!" NUR EINES FINDEN SIE VERWUNDERLICH: DIE MENGEN VON REISIG, DIE AUF DEM WASSER VORBEITREIBEN.
DIE MÄNNER VON THULE FÜLLEN DEN FLUSS MIT REISIG, DAS JEDOCH NUR BIS ZUM DAMM TREIBT.
EINES MORGENS ENTDECKEN DIE ADLIGEN DES BINNENLANDES, DASS IHR KLEINER FLUSS DEN SPEISESAAL IN BESITZ GENOMMEN HAT.
376 4-23-44
IHRE BURG STEHT NUN INMITTEN EINES IMMER TIEFER WERDENDEN SEES. DOCH DAS SCHLIMMSTE IST, DASS IHRE VORRÄTE NUN DREI METER UNTER WASSER LIEGEN.
NACH EINER WOCHE DES HUNGERNS FRAGEN SIE NACH DEN BEDINGUNGEN FÜR EINE KAPITULATION. „DIE GLEICHEN BEDINGUNGEN, DIE IHR MEINEM SOHN GEWÄHREN WOLLTET... TOD DURCH FOLTER!"
Abenteuer zweier Ritterknaben
EIN DIENER ÖFFNET DIE FENSTERLÄDEN UND LÄSST DIE MORGENSONNE UND KÜHLE OKTOBERLUFT HEREIN. ARN UND GUY KRIECHEN AUS IHREM WARMEN, UNGELÜFTETEN BETT, SAMMELN IHRE KLEIDER AUF UND LAUFEN ZUR KÜCHE.
DIE JUNGEN ZIEHEN SICH GERNE AM WARMEN KAMIN AN, WO DUFTENDER SPECK, SCHINKEN UND WILD GERÄUCHERT WERDEN. UND RAUCH GIBT ES IMMER IN FÜLLE, DENN NUR EINE HÄLFTE DAVON ZIEHT DURCH DEN KAMIN AB.
DANN GEHT ES HINAUS IN DIE STALLUNGEN. DENN DIESE BEIDEN JUNGEN BEREITEN SICH AUF DAS RITTERTUM VOR UND MÜSSEN IHRE PFERDE SELBST PFLEGEN. SICH SELBST WASCHEN UND DAS FRÜHSTÜCK MÜSSEN WARTEN.

Prinz Eisenherz
Aus den Tagen König Artus
DIE ADLIGEN DES BINNENLANDES HABEN AUSGIEBIG ZEIT, ÜBER DEN LOHN IHRES VERRATS NACHZUDENKEN. JE HÖHER DAS WASSER STEIGT, DESTO GRÖSSER WIRD IHR HUNGER.
„NOCH EINIGE TAGE, DANN SIND SIE ZUM KÄMPFEN ZU SCHWACH", SAGT EISENHERZ ZUM KÖNIG. „DAS ENDE WIRD NICHT SCHÖN SEIN ... LASS UNS HEIMKEHREN."
EISENHERZ MAG EINEN GUTEN KAMPF FÜR EINE GUTE SACHE, ABER DAS ENDE EINER BELAGERUNG IST EIN GEMETZEL, DAS SICH FÜR EINEN KÖNIG UND EINEN PRINZEN NICHT GEZIEMT.
NACH EINER WEITEREN WOCHE REISSEN DIE MÄNNER AUS THULE DEN DAMM EIN.
IM SCHUTZ DER DUNKELHEIT WIRD EIN FLOSS AUS BAUMSTÄMMEN VOR DIE ZUGBRÜCKE GESTEUERT. AM MORGEN SCHULTERN DIE SOLDATEN DEN RAMMBOCK UND WERFEN SICH DAMIT GEGEN DAS TOR.
ES GIBT WIRKLICH EIN GEMETZEL. DIE MÄNNER VON THULE STÜRMEN DURCH DIE BURG, WO SIE NUR SCHWACHEN WIDERSTAND ANTREFFEN. EIN SCHURKENNEST IST AUSGERÄUCHERT. DAS BINNENLAND IST BANKROTT, UND OHNE SEINEN KÖNIG UND DIESE ANFÜHRER IST ES AUCH EIN ANGENEHMERER ORT.
HAL FOSTER
377 4-30-44
Abenteuer zweier Ritterknaben
ARN UND GUY FRÜHSTÜCKEN MIT IHREN ELTERN AUF DEM PODEST, DAS SIE VOM KALTEN STEINBODEN FERNHÄLT. DIE GESCHNITZTEN, HOHEN LEHNEN DER STÜHLE SOLLEN DIE ZUGLUFT ABHALTEN, DENN IN DER BURG IST ES NUR WENIG WÄRMER ALS IM FREIEN.
DANN FOLGEN ZWEI STUNDEN UNTERRICHT. IHR VATER, EIN STRENGER NORMANNE, FINDET, DASS DIE KUNST DES LESENS UND SCHREIBENS NUR FÜR MÖNCHE UND SEKRETÄRE TAUGT. IHRE MUTTER IST ANDERER ANSICHT, DAHER ... !
DER FOLGENDE UNTERRICHT FINDET UNTER DER LAUTEN AUFSICHT DES WAFFENMEISTERS STATT. DAS STÄHLT NICHT NUR DIE JUNGEN MUSKELN UND BRINGT IHNEN DEN SCHWERTKAMPF BEI, ES LEHRT SIE AUCH EINIGE SEHR BILDHAFTE AUSSPRÜCHE.
377 4-30-44

Prinz Eisenherz
Aus den Tagen König Artus
WÄHREND DIE GEFOLTERTEN HÄNDE VON PRINZ EISENHERZ HEILEN, VERRAUCHT SEIN ZORN. DIE BELAGERUNG VON EINARS DEM UNTERGANG GEWEIHTER BURG, INTERESSIERT IHN NICHT MEHR. PRINZ UND KÖNIG ÜBERLASSEN IHREN KRIEGERN DIE AUFRÄUMUNGSARBEITEN UND REITEN HEIM.
„IST DEINE SCHINDMÄHRE SCHNELL?" FRAGT DER KÖNIG AUGENZWINKERND. „ICH ZEIG'S DIR!" RUFT EISENHERZ UND GIBT DEM PFERD DIE SPOREN.
AM NÄCHSTEN MORGEN KOMMT ES ZU LÄRMENDER GESCHÄFTIGKEIT. JEDER MACHT SICH FÜR DAS GROSSE EREIGNIS BEREIT.
IN THULE SIND DIE WINTER LANG, UND NAHRUNG GIBT ES NICHT IM ÜBERFLUSS. WÄHREND DER LAICHZEIT DER LACHSE BRINGT VOM PRINZEN BIS ZUM DIENER JEDER DIE SILBERNE "ERNTE" EIN.
DER FLUSS IST VOLLER SPRINGENDER FISCHE, LACHENDER UND SCHREIENDER MÄNNER, WÄHREND AN DEN UFERN FRAUEN DEN LACHS TROCKNEN UND RÄUCHERN.
AUSGERECHNET JETZT VERSUCHT EIN KRIEGER DEN LÄRM ZU ÜBERTÖNEN: „DIE BURG IST GEFALLEN. WIR HABEN EINAR DEN ROTEN GEFANGEN." „ACH, ZUM HENKER MIT IHM", ERWIDERT EISENHERZ. UND SO GESCHIEHT ES.
5-7-44
HAL FOSTER
EISENHERZ LIEBT DAS DUNKLE, DUFTENDE LAGERHAUS MIT SEINEN KORNKAMMERN, MET-, BIER- UND WEINFÄSSERN, ZU DENEN NUN NOCH DER FETTE, ROTE LACHS KOMMT. „DAS HIER IST ECHTER REICHTUM!" SAGT EISENHERZ.
Abenteuer zweier Ritterknaben
HABEN SIE SICH GEFRAGT, UM WAS ES BEI DIESER GESCHICHTE AUF EINER MITTELALTERLICHEN BURG GEHT? NUN, SIE HANDELT VON ZWEI BRÜDERN, DIE ZUR ZEIT DES ERSTEN KREUZZUGS AUFWACHSEN.
NACH UND NACH WERDEN SIE DIE ZUGIGE, ALTE BURG UND DIE MENSCHEN KENNENLERNEN, DIE DARIN LEBEN, LIEBEN, KÄMPFEN UND STERBEN. FRÜHER, ALS ES NOCH KEINE POLIZEI GAB UND NUR DER STÄRKERE ÜBERLEBTE, HING DAS LEBEN DAVON AB, WIE MAN MIT DEM SCHARFEN STAHL UMGEHEN KONNTE. UND OFT GENUG WAR ES SCHON EIN ABENTEUER, ÜBERHAUPT AM LEBEN ZU BLEIBEN!
LESEN SIE WEITER UND WACHSEN SIE MIT ARN UND GUY AUF!
ZUM ABSCHLUSS DES UNTERRICHTS SCHÄRFT IHNEN DER WAFFENMEISTER EIN: „HALTET DEN SCHILD STETS SO, DASS IHR DARÜBERSCHAUEN KÖNNT! SCHLAGT NICHT MIT DEM ARM, SONDERN AUS DER SCHULTER HERAUS! BLEIBT IM GLEICHGEWICHT! EINE FINTE MUSS GLAUBWÜRDIG ANGETÄUSCHT WERDEN!"
DANACH HABEN ARN UND GUY EINE FREISTUNDE. MEIST VERBRINGEN SIE DIESE ZEIT BEI DEN FALKENKÄFIGEN. DER FALKNER WATT ZEIGT IHNEN, WIE MAN DEN JAGDFALKEN DIE KAPPEN AUFSETZT, UND ERKLÄRT, WIE MAN MIT IHNEN JAGT.
5-7-44

Prinz Eisenherz
Aus den Tagen König Artus
DER KÖNIG HAT ALLE GUTAUSSEHENDEN PRINZESSINNEN AUS DEN NORDLÄNDERN IN DEN PALAST EINGELADEN. ER HOFFT, DASS PRINZ EISENHERZ EINE ERWÄHLT, HEIRATET UND SICH DEN STAATSGESCHÄFTEN WIDMET.
EISENHERZ HAT EINE SCHÖNE ZEIT. ER FLIRTET MIT JEDER, ABER KEINES DER MÄDCHEN INTERESSIERT IHN ERNSTHAFT.
„MEIN SOHN", SAGT EINES TAGES DER KÖNIG. „WIR VON KÖNIGLICHEM GEBLÜT KÖNNEN NIE FREI ÜBER UNSER LEBEN BESTIMMEN. DER DIENST AN VOLK UND LAND IST EINE PFLICHT, DER WIR UNS NICHT ENTZIEHEN KÖNNEN. DU MUSST NACH MIR HERRSCHEN UND DAFÜR SORGE TRAGEN, DASS DU SELBST EINEN SOHN ALS THRONFOLGER HAST."
„SUCHE DIR EINE DIESER LIEBENSWERTEN PRINZESSINNEN AUS, UND BEREITE DICH AUF DAS DIR BESTIMMTE LOS VOR!" „VATER", ANTWORTET EISENHERZ ERNST. „ES WÄRE NICHT RECHT, WENN ICH HEIRATE."
„AUF MEINEN REISEN BIN ICH EINER ZAUBERIN BEGEGNET, ALETA, KÖNIGIN DER NEBELINSELN. IHR LEUCHTENDES HAAR UND IHRE RUHIGEN GRAUEN AUGEN STEHEN ZWISCHEN MIR UND DEM ANTLITZ JEDER FRAU, DIE ICH SEHE!"
„SIE HAT MICH VERHEXT. ICH HASSE SIE OB IHRER GRAUSAMKEIT UND DER WILDHEIT IHRES VOLKES, UND DOCH KANN ICH SIE NICHT VERGESSEN. DER GEDANKE AN SIE ERFÜLLT MEIN HERZ MIT SEHNSUCHT, UND IHR NAME ECHOT IN MEINEM HERZEN." DER WEISE KÖNIG KENNT DIESE SYMPTOME. EIN LÄCHELN VERBERGEND, SAGT ER:
379 5-14-44
HAL FOSTER
„MAN MUSS SICH ÄNGSTEN UND GEFAHREN STELLEN UND SIE BESIEGEN, SONST BEDROHEN SIE STÄNDIG DIE INNERE RUHE UND DAS GLÜCK. SO FAHRE DENN ZU DEN NEBELINSELN, TRITT VOR DIE KÖNIGIN HIN UND HEISSE SIE, DEN BANN AUFHEBEN!"
Abenteuer zweier Ritterknaben
DIE VORBEREITUNG AUF DAS RITTERTUM BEGINNT FÜR EINEN KNABEN, SOBALD ER AUF EINEM PFERD SITZEN ODER EIN SCHWERT HALTEN KANN. AN DREI NACHMITTAGEN PRO WOCHE GEHEN ARN UND GUY AUFS TURNIERFELD, UM DORT AM "SARAZENEN" ZU ÜBEN.
DER "SARAZENE" IST EINE RAFFINIERTE ZIELSCHEIBE. TRIFFT MAN SIE VOLL INS ZENTRUM, KIPPT SIE NACH HINTEN WEG. ABER ...
... TRIFFT MAN NICHT GENAU INS ZENTRUM, WIRD SIE IN DREHBEWEGUNG VERSETZT UND SORGT FÜR SO MANCHE ABREIBUNG. IN DER REGEL MACHT DER "SARAZENE" MEHR PUNKTE ALS DIE JUNGEN.

Prinz Eisenherz
Aus den Tagen König Artus
PRINZ EISENHERZ ERZÄHLT SEINEM VATER VON ALETA, DER GRAUÄUGIGEN KÖNIGIN DER NEBELINSELN, DIE IHN VERHEXT HAT. DER KÖNIG VERKNEIFT SICH, IHM ZU SAGEN, DASS ALETA WOHL KEINE HEXEREI NÖTIG HAT!
ALSO MACHT SICH EISENHERZ AUF DEN WEG ZU ALETA, UM SIE ZU ZWINGEN, IHN AUS IHREM BANN ZU ENTLASSEN... DEM KÖNIG ABER VERBLEIBEN VIELE GÄSTE MIT GEBROCHENEM HERZEN.
EISENHERZ UND BERIC BRINGEN PFERDE UND AUSRÜSTUNG AUF EIN VERGOLDETES DRACHENSCHIFF UND BRECHEN AUF.
EIN STEIFER NORDOSTWIND BRINGT SIE WIE AUF FLÜGELN IN RICHTUNG BRITANNIEN, IHREM ERSTEN REISEZIEL.
CAMELOT! HOCH RAGT ES ÜBER DER HEIDE VON WINCHESTER HIMMELWÄRTS UND FÜLLT DAS HERZ DES PRINZEN MIT STOLZ, DENN ER IST TEIL SEINER HERAUSRAGENDEN TRADITION!
380 5-21-44
DER JUNGE PRINZ HAT SICH KAUM BEI KÖNIG ARTUS GEMELDET, ALS EIN RUF ERSCHALLT. „EISENHERZ!" SCHREIT RITTER GAWAIN UND STÜRMT HERBEI...
HAL FOSTER
...DOCH DER GLATTPOLIERTE BODEN EIGNET SICH NICHT FÜR SEINE STÜRMISCHE BEGRÜSSUNG.
„DAMIT IST ES UM DIE WÜRDE BEI HOFE GESCHEHEN", MEINT KÖNIG ARTUS IN ENDLOSER GEDULD. „WIR HEISSEN PRINZ EISENHERZ UM DEN PREIS VON RUHE UND FRIEDEN WILLKOMMEN."

Abenteuer zweier Ritterknaben
IN JENER ZEIT RUHTEN SCHWERTER NIE LANGE IN DER SCHEIDE. STETS STEHEN AUF DEN ZINNEN UND AN DER AUSFALLPFORTE BEWAFFNETE WÄCHTER.
5
ES IST DIES EIN DENKWÜRDIGER TAG FÜR GUY UND ARN, DENN SIE REITEN MIT IHREM VATER LOS, UM NACHZUSEHEN, WIE ES DEN RINDERN GEHT UND WIE DIE ERNTE FÜR DEN KOMMENDEN WINTER STEHT
5-21-44
AN DIESEM TAG TREFFEN SIE AUCH IHREN NACHBARN, SIR GREGORY, UND EIN ALTER GRENZSTREIT FLAMMT AUF. ES KOMMT ZU EINEM HEFTIGEN WORTWECHSEL ... BEI DEM NICHTS ZURÜCKGENOMMEN ODER VERZIEHEN WERDEN KANN.

Prinz Eisenherz
Aus den Tagen König Artus
AUF DER SUCHE NACH ALETA SÜDWÄRTS REISEND, KOMMT PRINZ EISENHERZ AN KÖNIG ARTUS HOF, WO ER VON SEINEM ALTEN FREUNDE, RITTER GAWAIN, BEGRÜSST WIRD.
„ICH REISE ZU DEN FERNEN NEBELINSELN, UM EINE ZAUBERIN ZU ZWINGEN, IHREN ÜBER MICH AUSGEÜBTEN BANN AUFZUHEBEN."
„ERINNERST DU DICH NOCH AN DIE LUSTIGE ZEIT MIT DIR, TRISTAN UND MIR?" SAGT GAWAIN. „LASS UNS TRISTAN FINDEN, DANN KÖNNEN WIR ZU DRITT LOSZIEHEN!"
UNTERWEGS TREFFEN SIE RITTER BLAMOR. „TRISTAN?" ERWIDERT ER. „ICH TRAF IHN GESTERN. ER WAR UNTERWEGS NACH TINTANGEL, UM ISOLDE ZU BESUCHEN, KÖNIG MARKS FRAU!"
„ACH, DIESER STURE NARR!" RUFT GAWAIN. „WESHALB SCHENKT ER SEIN HERZ DER FRAU EINES KÖNIGS? BEEILEN WIR UNS, EHE ETWAS TRAGISCHES GESCHIEHT!"
381 5-28-44
HAL FOSTER
TINTANGEL, KÖNIG MARKS DÜSTERE BURG, STEHT AUF EINEM STURMUMTOSTEN FELSEN AN DER KÜSTE VON CORNWALL. NICHT GERADE DER RICHTIGE ORT FÜR EINE FRÖHLICHE ROMANZE, SONDERN EHER GEEIGNET FÜR FINSTERE TRAGÖDIEN. UND IRGEND ETWAS STIMMT NICHT, DENN ES SIND WACHEN AUFGESTELLT, DIE BESUCHER ABWEISEN SOLLEN.
Abenteuer zweier Ritterknaben
EIN ZORNIGER WORTWECHSEL ZWISCHEN ZWEI STOLZEN, UNNACHGIEBIGEN ADLIGEN MUSS GEWISS ZU EINER KRIEGERISCHEN AUSEINANDERSETZUNG FÜHREN. BOTEN REITEN DURCH DIE DÖRFER, UM SIE AUF DIE BEVORSTEHENDEN KAMPFHANDLUNGEN VORZUBEREITEN.
6
DER RAUCH BRENNENDER DÖRFER IST EIN SIGNAL DAFÜR, DASS SIR GREGORY ALS ERSTER ZUGESCHLAGEN HAT. ARN UND GUY SIND GANZ AUFGEREGT: SIE SOLLEN IHREN ERSTEN KRIEG ERLEBEN!
MANCHE DORFBEWOHNER VERSTECKEN SICH IN DEN WÄLDERN. DOCH DIE MEISTEN VON IHNEN SUCHEN SCHUTZ IN DER BURG.
5-28-44

Prinz Eisenherz
Aus den Tagen König Artus
GAWAIN MÖCHTE PRINZ EISENHERZ GEMEINSAM MIT TRISTAN AUF DER SUCHE NACH ALETA BEGLEITEN. SIE SPÜREN TRISTAN IN KÖNIG MARKS BURG AUF, WO DIE SCHÖNE ISOLDE LEBT.
TRISTAN MUSS DA SEIN, DENN SEIN PFERD IST IM HOF ANGEBUNDEN. UND KÖNIG MARK IST SOEBEN ANGEKOMMEN, DENN SEINE DAMPFENDEN PFERDE WERDEN ZU DEN STALLUNGEN GEFÜHRT.
„DAS IST NICHT DIE KORREKTE ART, SICH ZUM HAUSE EINES KÖNIGS ZUTRITT ZU VERSCHAFFEN. WENN HIER ALLES IN ORDNUNG IST, KÖNNTEN WIR UNS SEHR UNBELIEBT MACHEN."
MIT GELOCKERTEM SCHWERT IN DER SCHEIDE MACHEN SIE SICH IN DER DÜSTEREN, HALLENDEN BURG AUF DIE SUCHE NACH TRISTAN.
TRISTAN IST SCHON SEIT LANGEM DER BESUCH VON MARKS BURG VERBOTEN, DOCH ER LIEBT ISOLDE SO SEHR, DASS ES IHN UNWIDERSTEHLICH IN IHRE NÄHE ZIEHT.
ISOLDES ROTE LIPPEN RUFEN: „GEH, TRISTAN, GEH!"
DOCH IHR HERZ FLÜSTERT: „VERLASS MICH NIE, GELIEBTER!"
382 6-4-44
HAL FOSTER
ALLER HASS IM FEIGEN HERZEN KÖNIG MARKS FUNKELT IN SEINEN KLEINEN AUGEN, ALS ER EINE LIEBE SIEHT, DIE ER NIE KENNEN WIRD.
Abenteuer zweier Ritterknaben
IN DER BURG BEREITET MAN SICH DARAUF VOR, EINER BELAGERUNG STANDZUHALTEN. DEN GANZEN TAG LANG SCHLEPPEN ARN UND GUY KÖRBE VOLLER PFEILE FÜR BOGEN UND ARMBRUST HINAUF ZU DEN ZINNEN...
7
COPR. 1944, KING FEATURES SYNDICATE, Inc. WORLD RIGHTS RESERVED 6-4-44
...UND IHR VATER SCHICKT SEINEN SENESCHALL (OBERHOFBEAMTEN) UMGEHEND IN DIE BEFESTIGTE STADT WINCHESTER, UM DORT EINEN BESTIMMTEN GESCHÄFTSMANN AUFZUSUCHEN.
NÄMLICH DEN "BELAGERUNGSTECHNIKER", DER KRIEGSMASCHINEN SAMT BEDIENUNGSMANNSCHAFTEN GEGEN HÖCHSTGEBOT ZU VERMIETEN HAT. DIES IST EINES DER RISKANTEN, ABER EINTRÄGLICHEN GESCHÄFTE DES MITTELALTERS.

Prinz Eisenherz
Aus den Tagen König Artus
KÖNIG MARKS ABWEISENDE BURG AUF EINER KLIPPE MIT AUSBLICK AUF DIE TOSENDE SEE EIGNET SICH SO RECHT FÜR EINE TRAGÖDIE. PRINZ EISENHERZ UND RITTER GAWAIN FINDEN HIER IHREN FREUND TRISTAN - JEDOCH ZU SPÄT!
SIE ENTDECKEN IN DER GANZEN DÜSTEREN BURG NUR EINEN SCHÖNEN RAUM. DORT …
… SINGT DER GALANTE TRISTAN SEINER SCHÖNEN ISOLDE EIN LIED VON SEINER LIEBE. AUCH KÖNIG MARK HAT DIE BEIDEN ENTDECKT! EISENHERZ RUFT EINE WARNUNG… ABER ZU SPÄT!
MARK HÖRT DAS "SINGENDE SCHWERT" AUS DER EDELSTEINBESETZTEN SCHEIDE ZISCHEN. EINE TÜR SCHLÄGT ZU, EIN RIEGEL SCHNAPPT EIN!
ISOLDE WEINT NICHT. IHR SCHMERZ ÜBERSTEIGT JENES MASS DAS TROST IN TRÄNEN FINDEN KANN.
383 6-11-44
HAL FOSTER
EISENHERZ UND GAWAIN SITZEN AUF UND ENTFLIEHEN DEM SCHRECKLICHEN ORT EINER TRAGÖDIE UND EINES KÖNIGS RACHE.
Abenteuer zweier Ritterknaben
SIR GREGORY HÄTTE DIE BURG MIT EINEM ÜBERRASCHUNGSANGRIFF EINNEHMEN KÖNNEN. DOCH ER NAHM SICH DIE ZEIT, EIN DORF NIEDERZUBRENNEN, MIT DESSEN RAUCH ER SEIN NAHEN VERRIET. DIE VERTEIDIGER BEREITEN SICH WILD ENTSCHLOSSEN AUF DEN ANGRIFF VOR.
6-1
DENNOCH KOMMT DER ANGRIFF SO RASCH UND WILD, DASS DAS BURGTOR SCHWER BEDRÄNGT WIRD.
SIR GREGORY ZIEHT SICH AUFS FREIE FELD ZURÜCK UND SCHLÄGT SEIN LAGER FÜR DIE BELAGERUNG AUF. DANN REITEN BEWAFFNETE TRUPPS DURCH DAS LEHEN, BRENNEN DÖRFER NIEDER UND ERSCHLAGEN JEDEN LEIBEIGENEN, DEN SIE FINDEN. SO WAR ES IN JENEN TAGEN DER BRAUCH.

Prinz Eisenherz
Aus den Tagen König Artus
PRINZ EISENHERZ WOLLTE GEMEINSAM MIT GAWAIN UND TRISTAN NACH ALETA SUCHEN. DOCH SIE FANDEN TRISTAN ZU SPÄT, ERMORDET VON DER HAND DES FEIGEN KÖNIGS MARK.
GANZ CAMELOT BETRAUERT DEN TOD DES TAPFEREN RITTERS.
ALS EISENHERZ UND GAWAIN SICH VERABSCHIEDEN WOLLEN, SAGT KÖNIG ARTUS: „BLEIBT NOCH EIN WEILCHEN BEI UNS, VIELLEICHT BRAUCHEN WIR EUCH!"
WIE GEWÖHNLICH, WENN EISENHERZ UND GAWAIN ZUSAMMEN SIND, GESCHEHEN MERKWÜRDIGE DINGE. EINES TAGES WIRD SIR BUMBLEKIN ENTDECKT, WIE ER ÜBER DEM BURGGRABEN ANGEBUNDEN IST.
GROSSE HEITERKEIT BRICHT AUS, ALS ANSTELLE DER KÖNIGLICHEN FAHNEN ZARTE UNTERWÄSCHE ÜBER DEN TURMZINNEN FLATTERT.
IM SCHNITT BRINGEN ES DIE BEIDEN FREUNDE AUF DREI DUELLE PRO WOCHE, UND DIE LISTE DER VERLETZTEN WIRD IMMER LÄNGER. „VIELLEICHT MACHT IHR EUCH DOCH BESSER GLEICH AUF DIE SUCHE", SAGT DER KÖNIG.
364 6-18-44
HAL FOSTER
DER KÖNIG STELLT IHNEN SOGAR EIN SCHIFF ZUR ÜBERQUERUNG DES KANALS ZUR VERFÜGUNG.
Abenteuer zweier Ritterknaben
NACHDEM DER ERSTE SCHNELLE ANGRIFF AUF DIE BURG ABGEWEHRT WORDEN IST, SCHLÄGT SIR GREGORY IM LEHEN SEINES FEINDES MIT SCHWERT UND FEUER ZU.
6-18-44
FÜR ARN UND GUY IST DAS GANZE EIN GROSSES ABENTEUER. OBWOHL SIE DEN ZWEIMETERBOGEN NICHT SPANNEN KÖNNEN, VERSUCHEN SIE MIT IHREN KLEINEN WAFFEN DIE BELAGERER ZU TREFFEN. DAS RESULTAT IST ZWAR GLEICH NULL, DOCH IHRE ABSICHTEN SIND GERADEZU MORDLUSTIG!
DOCH NUN DRÜCKT SIR GREGORY EINE SORGE! DAS GESETZ ZWINGT SEINE LEIBEIGENEN, IHM ALS SOLDATEN ZU DIENEN – ABER NUR FÜR DREI WOCHEN! DANACH KEHREN SIE AUF IHRE BAUERNHÖFE ZURÜCK, UND DIE BURG IST NOCH LANGE NICHT EROBERT.

Prinz Eisenherz
Aus den Tagen König Artus
PRINZ EISENHERZ MACHT SICH AUF DIE LANGE REISE ZU DEN NEBELINSELN, UM KÖNIGIN ALETA ZU ZWINGEN, DEN AUF IHN AUSGEÜBTEN BANN AUFZUHEBEN.
MIT RITTER GAWAIN, SEINEM ALTEN GEFÄHRTEN, UND MIT BEIDER KNAPPEN SETZEN SIE NACH GALLIEN ÜBER. SIE FOLGEN DEM JAHRHUNDERTEALTEN WEG DURCH DIE TÄLER DER SEINE UND LOIRE, DANN SÜDLICH RHONEABWÄRTS. BRENNENDE DÖRFER ZEIGEN IHNEN, DASS IM LAND KRIEG HERRSCHT.
FAHRENDE RITTER SCHLAFEN SELTEN UNTER EINEM DACH. WEGEN DER KRIEGSGEFAHR ZIEHEN SIE JETZT SOGAR DIE DUNKLEN WÄLDER ALS LAGERPLATZ VOR.
EINMAL FINDEN SIE UNTERKUNFT IN EINER BURG UND ERFAHREN VON IHREM GASTGEBER, DASS DIE GOTEN DEN RHEIN VERLASSEN HABEN, UM AUF IHREM WEG NACH ROM ZU BRANDSCHATZEN, ZU MORDEN UND ZU PLÜNDERN.
DANN REITEN SIE EINES TAGES AUS EINEM STILLEN WALD MITTEN HINEIN IN EIN GOTENLAGER.
385 6-25-44
HAL FOSTER
AUF EINER SEITE DIE WILDEN BARBAREN, AUF DER ANDEREN EINE STEILE FELSWAND. (DER GEDANKE AN UMKEHR KAM KEINEM VON IHNEN IN DEN SINN.)

Abenteuer zweier Ritterknaben
DAS GESETZ ZWINGT DIE LEIBEIGENEN, DREI WOCHEN DIENST ALS SOLDATEN ZU TUN. SIR GREGORY WEISS, DASS DAS EINE ZU KURZE ZEIT FÜR EINE ERFOLGREICHE BELAGERUNG IST. DAHER FÜHRT ER EINEN ÜBERRASCHUNGSANGRIFF UND NIMMT DAS AUSFALLTOR EIN.
INZWISCHEN HAT DER SENESCHALL ALLE VERFÜGBAREN KRIEGSMASCHINEN GEMIETET UND VOR SIR GREGORY VERSTECKT. DANN RUFT ER ALLE VERWANDTEN UND ALL JENE HERBEI, DIE DEM BURGHERRN DIE TREUE GESCHWOREN HABEN.
10
IM MORGENGRAUEN STÜRMEN DIE VERTEIDIGER PLÖTZLICH DAS AUSFALLTOR UND EROBERN ES ZURÜCK. NUN GIBT ES AUF BEIDEN SEITEN TOTE UND VERWUNDETE, UND DER HASS VERLEIHT DEM KAMPF TÖDLICHEN ERNST.
6-25-44

Prinz Eisenherz
Aus den Tagen König Artus
PRINZ EISENHERZ' SUCHE NACH ALETA GERÄT INS STOCKEN, ALS SIE AUS DEM WALD MITTEN IN EIN GOTENLAGER REITEN. BARBAREN VOR SICH, EINE FELSWAND HINTER SICH, DA BLEIBT NUR EIN AUSWEG...
SIE NEHMEN LANZE UND SCHILD HOCH, STÜRMEN LOS, EHE DIE LAGERNDEN RICHTIG ZU DEN WAFFEN GREIFEN KÖNNEN ...
... UND BRECHEN SICH BAHN!
„RITTER GAWAIN IST GESTÜRZT!" RUFT HUGH, DER JUNGE KNAPPE, UND PRESCHT ZURÜCK.
DOCH GAWAIN IST SCHON WIEDER AUFGESPRUNGEN, UND SEIN SCHWERT BLITZT IM SONNENLICHT WIE EINE TÖDLICHE WINDMÜHLE.
388 7-2-44
HAL FOSTER
WIEDER BAHNEN SIE SICH EINEN BLUTIGEN PFAD DURCH DIE BRÜLLENDEN GOTEN UND RETTEN GAWAIN. VIELLEICHT. DENN NUN SIND SIE WIEDER DA, WO ALLES ANGEFANGEN HATTE, NUR DASS IHRE GEGNER KAMPFBEREIT DASTEHEN. „JETZT KANN UNS NUR NOCH EIN TRICK ODER EIN WUNDER RETTEN!" SAGT EISENHERZ, WÄHREND ER SICH SUCHEND UMBLICKT.

Abenteuer zweier Ritterknaben
WÄHREND DES KAMPFES UM DAS AUSFALLTOR SIND EINIGE TÖDLICH VERWUNDETE KRIEGER IN DEN BURGGRABEN GESTÜRZT. SIE MÜSSEN TROTZ DES PFEILREGENS UNVERZÜGLICH HERAUSGEHOLT WERDEN, DENN DER BURGGRABEN VERSORGT DIE BURG MIT FISCHEN UND DAS VIEH MIT WASSER.
7-2-44
DIE ANGREIFER ERRICHTEN IN DER NACHT EIN MIT FEUCHTEN HÄUTEN ÜBERZOGENES HOLZGERÜST, IN DESSEN SCHUTZ SIE EINE ERDRAMPE AUFSCHÜTTEN, DIE HÖHER ALS DIE BURGMAUERN WERDEN SOLL.
11
HINTER DEN BURGZINNEN SCHIESSEN BOGENSCHÜTZEN PFEILE IN DIE LUFT, IN DER HOFFNUNG, DASS SIE ARBEITER HINTER DER SCHUTZWAND TREFFEN.

Prinz Eisenherz
Aus den Tagen König Artus
PRINZ EISENHERZ, BERIC, RITTER GAWAIN UND SEIN KNAPPE VERSCHNAUFEN EINEN AUGENBLICK. MIT DEM RÜCKEN ZU EINER FELSWAND STEHEN SIE EINER HORDE UMHERZIEHENDER BARBAREN VOM RHEIN GEGENÜBER. DIE ERBOSTEN GOTEN KOMMEN LANGSAM NÄHER.
„UNS HILFT WIRKLICH NUR NOCH EIN WUNDER", MURMELT EISENHERZ ... DA BEMERKT SEIN SCHARFES AUGE IM SONNENLICHT AUFBLITZENDES METALL.
HAL FOSTER
ER STELLT SICH IN DEN STEIGBÜGEL, WINKT MIT SEINEM SCHILD UND RUFT: „SCHNELL, FREUNDE, KOMMT UNS ZU HILFE!"
DIE GOTEN DREHEN SICH UM ... TATSÄCHLICH KOMMT EIN REITERTRUPP ÜBER EINE ENTFERNTE HÜGELKUPPE HERAUF!
IN DIESEM AUGENBLICK DURCHBRECHEN DREI KRIEGSPFERDE DIE GEGNERISCHE LINIE. „ES WAREN NOCH MEHR GOTEN!" RUFT EISENHERZ LACHEND, ALS SIE SICH IN SICHERHEIT BRINGEN.
„WAS HAST DU DENN, HUGH?" RUFT GAWAIN. ABER HUGH ANTWORTET NICHT. ER HATTE SEINEM HERRN DAS LEBEN GERETTET, SEIN EIGENES HINGEGEN NICHT!
387 7-9-44
EIN HÜGELGRAB IN SÜDFRANKREICH MARKIERT DEN ORT, AN DEM DES JUNGEN HUGH BESTREBEN, RITTER ZU WERDEN, EIN JÄHES ENDE FAND.
Abenteuer zweier Ritterknaben
SCHLIESSLICH IST SIR GREGORYS TURM HÖHER ALS DIE BURGMAUERN. SEINE BOGENSCHÜTZEN KÖNNEN NUN IHRE PFEILE IN DEN BURGHOF UND AUF DIE VERTEIDIGER AUF DEN BURGMAUERN ABSCHIESSEN.
DIE JUNGEN ARN UND GUY FINDEN JEDE NEUE GEFAHR AUFREGEND. IHRE MUTTER KANN NUR ZUSEHEN UND BETEN.
7-9-44
VIEH, ZINSBAUERN UND LEIBEIGENE KAUERN UNTERHALB DER MAUERN. BRANDPFEILE KOMMEN ALS WEITERE GEFAHR HINZU.

Prinz Eisenherz
Aus den Tagen König Artus
DIE SUCHE NACH ALETA GEHT NUR LANGSAM VORAN, DENN PRINZ EISENHERZ UND SEINE BEGLEITER MÜSSEN DEN BARBAREN AUS DEM RHEINTAL AUSWEICHEN, DIE UNTERWEGS NACH ROM SIND. EINES TAGES SEHEN SIE IN EINIGER ENTFERNUNG EINE BURG.
„HEUTE SCHLAFEN WIR UNTER EINEM FESTEN DACH IN SICHERHEIT", SAGT GAWAIN. „VIELLEICHT BIN ICH DORT WIEDER UNTER RICHTIGEN MENSCHEN." – „UND WAS SIND BERIC UND ICH?" FRAGT EISENHERZ.
ALS SIE SICH DER BURG NÄHERN, IST EIN SCHLANKES MÄDCHEN AN EINEM FENSTER ZU SEHEN. GAWAIN SCHÜTTELT SEINE GLÄNZENDEN LOCKEN ZURÜCK UND WINKT GALANT.
DA PACKEN GRAUSAME HÄNDE DIE JUNGE FRAU UND ZERREN SIE VOM FENSTER WEG.
„TOD UND TEUFEL! WENN ICH IN DER NÄHE BIN, BEHANDELT NIEMAND SO EINE SCHÖNE DAME!" BRÜLLT GAWAIN UND RENNT ZWEI WACHEN UM, ALS ER DIE TREPPE HINAUFSTÜRMT.
IM OBEREN FLUR TRIFFT ER DEN BURGBESITZER. „GEBT DAS ARME MÄDCHEN UNBEHELLIGT FREI, SONST KÖNNT IHR WAS ERLEBEN!"...
588 7-16-49
HAL FOSTER
DA GEHT EIN GESCHÄFTIGER KLEINER SCHNEIDER ÜBER DEN FLUR UND VERSCHWINDET... DANACH FOLGT LANGES SCHWEIGEN.

Abenteuer zweier Ritterknaben
13
ES WIRD UM EINE KAMPFPAUSE GEBETEN. „TRETET MIR DIE UMSTRITTENEN GEBIETE AB", RUFT SIR GREGORY. „SONST WERDEN FEUER UND SCHWERT FÜR JEDEN IN EUREN MAUERN ZUM SCHICKSAL." DER BURGHERR GIBT IHM ALS ANTWORT DIE MITTELALTERLICHE ENTSPRECHUNG DES "GÖTZ"-ZITATS.
NUN MACHT SICH SIR GREGORY SORGEN. SEIN BLUFF IST MISSLUNGEN UND LAUT GESETZ MÜSSEN IHM DIE LEIBEIGENEN NUR NOCH EINE WOCHE LANG ALS SOLDATEN DIENEN!
HILFE NAHT. DER SENESCHALL HAT ALLE UM SICH GESCHART, DIE DEM BURGHERRN DEN LEHNSEID GESCHWOREN HABEN, AUCH WENN DIESE GRUPPE NUR SEHR KLEIN IST.
7-16-49

Prinz Eisenherz
Aus den Tagen König Artus
OHNE RITTER GAWAINS ABENTEUER HÄTTE PRINZ EISENHERZ ZÜGIGER NACH ALETA SUCHEN KÖNNEN. DIESMAL IST ER IN EINE BURG GESTÜRMT, UM EINER DAME IN NOT ZU HELFEN.
GAWAIN LÄSST DEN BURGHERRN LOS. „O GOTT!" RUFT ER AUS. „HAT ETWA EINE SCHNEIDERPUPPE DIE GANZE AUFREGUNG VERURSACHT?"
„NEIN!" SCHREIT DER UNFREIWILLIGE GASTGEBER UND LÄSST SEINEN ZORN AN EINEM UNGESCHÜTZTEN ZIEL AUS. „EUER HOHLKOPF IST AN ALLEM SCHULD!"
„UND NUN, MEINE HERREN, NEHMT BITTE FÜR DIE NACHT DEN SCHUTZ MEINES DACHES IN ANSPRUCH", FÄHRT ER DANN FORT. „IN DIESEN UNRUHIGEN ZEITEN HABEN WIR NUR WENIG BESUCH. WIR HABEN GERNE GÄSTE... SOGAR SOLCHE MIT EINEM DACHSCHADEN!" FÜGT ER MIT EINEM BLICK AUF GAWAIN HINZU.
ZUR ALLGEMEINEN ERHEITERUNG HAT RITTER GAWAIN ALS TISCHDAME DIE JUNGE FRAU, DIE ER SO STÜRMISCH GERETTET HAT.
UNVERDROSSEN WIDMET IHR GAWAIN SEINE UNGETEILTE AUFMERKSAMKEIT. „SCHÖNE DAME! DA SCHWEIGSAMKEIT ZU DEN SELTENSTEN TUGENDEN EURES GESCHLECHTS ZÄHLT, IST EUER EINDRUCKSVOLLES SCHWEIGEN WIE EIN UNBEZAHLBARER EDELSTEIN. IHR SEID DIE FRIEDENSTAUBE, DENN ES IST DAS STÄNDIGE PLAPPERN VON FRAUENZUNGEN, DAS MÄNNER AUF DAS VERGLEICHSWEISE RUHIGE SCHLACHTFELD TREIBT."
389
HAL FOSTER
„ICH BILLIGE EUCH GROSSE WEISHEIT ZU", ERGÄNZT ER. „DENN NIEMAND VON EUCH KANN MEHR ALS FÜNF MINUTEN REDEN, OHNE DEN UMFANG SEINES UNWISSENS BLOSSZULEGEN..." „WIE DU EBEN GEZEIGT HAST, WÄHREND DU ZEHN MINUTEN REDEST!" FÜGT EISENHERZ EIN.
Abenteuer zweier Ritterknaben
DER SENESCHALL FÜHRTE GETREUE UND VERWANDTE DES BURGHERRN AUF EINEN RAUBZUG IN SIR GREGORYS LEHEN, WO SIE DÖRFER NIEDERBRENNEN UND MIT DEM VIEH WEGREITEN.
14
SIR GREGORY ERFÄHRT DIE SCHLECHTE NACHRICHT. ES WAR UNKLUG, SEINE STREITKRÄFTE ZWEIZUTEILEN. DAHER MUSS ER DIE BELAGERUNG ABBRECHEN, UM SEIN EIGENES LAND ZU SCHÜTZEN.
1 23 44
TAGS DARAUF KEHRT DER SENESCHALL MIT SEINER KLEINEN STREITMACHT IN DIE BURG ZURÜCK, SIR GREGORYS VIEH VOR SICH HERTREIBEND. DOCH DER KRIEG IST NOCH LANGE NICHT ZU ENDE.

Prinz Eisenherz
Aus den Tagen König Artus
PRINZ EISENHERZ HÄLT MITTEN IN EINEM LIED INNE. UNTER IHNEN LIEGT MARSEILLE, DAHINTER DAS BLAUE MITTELMEER. EISENHERZ BEDAUERT ETWAS, DASS DIE REISE ÜBER LAND NUN ZU ENDE IST, DENN DER WEG DURCH GALLIEN WAR EREIGNISREICH UND ABENTEUERLICH GEWESEN. UND SIE HATTEN AUCH VIEL SPASS GEHABT.
„GAWAIN, WENN DU DICH NACH ETWAS UMSIEHST, WO WIR UNSERE PFERDE BIS ZUR RÜCKKEHR EINSTELLEN KÖNNEN, SUCHEN BERIC UND ICH EIN SCHIFF.“
IN EINER TAVERNE FINDEN SIE DEN KAPITÄN EINES SCHIFFES, DAS NACH KRETA FAHREN SOLL. ER IST BETRUNKEN, LUSTIG UND SCHMUTZIG, ABER AUCH BEREIT, FAHRGÄSTE MITZUNEHMEN.
TAGS DARAUF ZEIGT ER IHNEN STOLZ SEIN SCHIFF. ES IST IN KEINEM BESSEREN ZUSTAND ALS SEIN KAPITÄN. EISENHERZ WILL SCHON DIE BUCHUNG RÜCKGÄNGIG MACHEN, ALS EIN MÄDCHEN AUFTAUCHT.
„WER IST DAS?“ FRAGT GAWAIN MIT DEM BESTIMMTEN BLITZEN IN DEN AUGEN.
„MEINE TOCHTER. SIE WIRD AUF DER ÜBERFAHRT FÜR UNS KOCHEN“, ANTWORTET DER KAPITÄN.
„WIR SEGELN MIT EUCH“, SAGT GAWAIN SCHNELL. DANN WENDET ER SICH ZU EISENHERZ UND FLÜSTERT: „LIEBER AUF EINEM WRACK IN ANGENEHMER GESELLSCHAFT SEGELN, ALS SICH AUF EINEM BESSEREN SCHIFF ZU TODE LANGWEILEN.“
HAL FOSTER
EISENHERZ FRAGT SICH, OB ER DIE NEBELINSELN JE WIEDERFINDET UND OB ER KÖNIGIN ALETA ZWINGEN KANN, DEN ZAUBER AUFZUHEBEN. UND ER FRAGT SICH AUCH, OB SEIN LEBEN NICHT SEHR ÖDE SEIN WIRD, WENN ALL DIES GELINGT.
Abenteuer zweier Ritterknaben
NACHDEM DIE BELAGERUNG DER BURG AUFGEHOBEN IST, KANN DER BURGHERR IN DIE OFFENSIVE GEHEN. DOCH AUCH SEINE LEIBEIGENEN HABEN DIE GESETZLICHEN DREI WOCHEN WAFFENDIENST GELEISTET UND MÜSSEN FÜR WEITERE DIENSTE ALS SOLDATEN BEZAHLT WERDEN.
15
DER BURGHERR PLANTE EINEN KÜHNEN ANGRIFF. DOCH DER BELAGERUNGSTECHNIKER WEIGERT SICH, SEINE KRIEGSMASCHINEN AUFS SPIEL ZU SETZEN, SOLANGE SIR GREGORY NOCH NICHT IN SEINER FESTUNG SITZT.
DOCH SIR GREGORY IST BEMÜHT, GERADE DAS ZU VERMEIDEN. JEDE STRASSE IST SCHARF BEWACHT, WÄHREND ER ZU VERWANDTEN, FREUNDEN UND NACHBARN REITET, UM SICH IHRER HILFE ZU VERGEWISSERN.

Prinz Eisenherz
Aus den Tagen König Artus
DAS SCHIFF, DAS SIE INS ÄGÄISCHE MEER BRINGEN SOLL, IST ENDLICH SEGELBEREIT. PRINZ EISENHERZ GEHT MIT UNLUST AN BORD DES HERUNTERGEKOMMENEN SCHIFFES. RITTER GAWAIN HÄLT AUSSCHAU NACH DER TOCHTER DES KAPITÄNS. BERIC VERSTAUT IHRE AUSRÜSTUNG IN STUMMER ERGEBENHEIT.
SCHMUTZIGE SEELEUTE HISSEN EIN GEFLICKTES SEGEL AN EINEM WACKELIGEN MAST. EINE BRISE KOMMT AUF, UND MIT ÄCHZENDEN BALKEN SCHWANKT DER ALTE KAHN HINAUS AUFS MITTELMEER.
„UND MERKE DIR, MEIN JUNGE, ALS FAHRENDER RITTER HAST DU EIN ZIEL VOR AUGEN, ALSO IST DIE SCHÖNE KAPITÄNSTOCHTER NICHTS FÜR DICH. DIE UNTERHALTE ICH SCHON!"
ALS SIE ZUM ESSEN IN DIE KAJÜTE GEHEN, SETZT GAWAIN SEIN SCHÖNSTES LÄCHELN AUF. EINE MINUTE SPÄTER WIRD DARAUS EIN ENTTÄUSCHTES AUGENRUNZELN. „ICH DACHTE, EURE TOCHTER WÜRDE UNS BEWIRTEN!"
391 8-6-44
„ACH, ICH VERGASS EUCH ZU SAGEN, DASS SIE KURZ VOR UNSERER ABFAHRT GEHEIRATET HAT", GLUCKST DER FETTE SCHURKE. „STATTDESSEN WIRD MEINE FRAU LIEBENSWÜRDIGERWEISE WÄHREND DER ÜBERFAHRT FÜR UNS KOCHEN."
HAL FOSTER
Abenteuer zweier Ritterknaben
ANGREIFENDE RITTER UND SCHWERTGEKLIRR, KRIEGSGESCHREI UND TAPFERE TATEN! DIE VERFOLGTEN BAUERN, DIE SICH MIT IHREN WENIGEN HABSELIGKEITEN IM WALD VERSTECKT HABEN, HABEN KEINEN SINN FÜR DIE REIZE DES KRIEGES.
16
EBENSOWENIG DER BURGHERR. KRIEGSMASCHINEN MÜSSEN GEMIETET, SOLDATEN BEZAHLT WERDEN. UND GEPRÄGTES GELD WAR IN JENER ZEIT RAR, IN DER NOCH BESITZ ALS WOHLSTAND GALT, NICHT ABER MÜNZEN.
8-6-44
DOCH ARN UND GUY FINDEN ABENTEUER. SIE SCHLEICHEN AUS DER BURG UND BETRETEN FEINDGEBIET. VON EINEM HOHEN BAUM AUS KÖNNEN SIE SIR GREGORYS BURG SEHEN, AUF DEREN ZINNEN BEWAFFNETE KRIEGER STEHEN.

Prinz Eisenherz
Aus den Tagen König Artus
PRINZ EISENHERZ UND RITTER GAWAIN MACHEN DAS BESTE AUS EINEM SCHLECHTEN HANDEL. DAS VON IHNEN GECHARTERTE SCHIFF IST ALT UND SCHMUTZIG. ES LECKT UND SEGELT LANGSAM.
DAS SCHIFF ÄCHZT UND KNARRT, WÄHREND ES AN DER ITALIENISCHEN KÜSTE ENTLANGSCHLINGERT.
DANN ZIEHT EIN UNWETTER AUF. SIE GERATEN IN STRÖMENDEN REGEN UND EINE SCHWERE SEE. AUF EINEM GUTEN SCHIFF IST DAS ZWAR UNANGENEHM, ABER DOCH UNGEFÄHRLICH.
DIE "TÄNZERIN" IST JEDOCH KEIN GUTES SCHIFF. DIE WANTEN REISSEN SICH LOS.
MAST UND SPARREN KRACHEN ÜBER BORD, REISSEN DAS DECK AUF UND ZERSCHMETTERN DIE RELING.
892 8-13-44
VERZWEIFELT HACKEN UND SCHNEIDEN DIE SEELEUTE DIE VERWIRRTE TAKELAGE AB, UM DEN MAST LOSZUBEKOMMEN, EHE IHN DIE WELLEN DURCH DIE SCHIFFSWAND RAMMEN.
HAL FOSTER
BERIC SIEHT DEN REGLOSEN KÖRPER SEINES HERRN INMITTEN DER TRÜMMER DAVONTREIBEN. ER SPRINGT HINTERHER INS MEER.

Abenteuer zweier Ritterknaben
17
GELD MUSS AUFGETRIEBEN WERDEN. ES GIBT NUR ZWEI STELLEN, WO MAN GELD AUSLEIHEN KANN: BEI DEN GELDVERLEIHERN IN DER STADT ODER BEI DER KIRCHE. DER BURGHERR REITET ZUR ABTEI ST. NORBERT.
COPR. 1944, KING FEATURES SYNDICATE, Inc. WORLD RIGHTS RESERVED
NACH EINEM LANGEN GESPRÄCH MIT DEM ABT WIRD EINE ANLEIHE ERTEILT.
AM FOLGENDEN TAG ÖFFNEN SICH DIE BURGTORE WEIT, UND ENTSCHLOSSENE MÄNNER REITEN LOS, UM SIR GREGORY EINEN BESUCH ABZUSTATTEN.
8-13

Prinz Eisenherz
Aus den Tagen König Artus
IN DIE STÜRZENDE TAKELAGE VERWICKELT, GEHT PRINZ EISENHERZ ÜBER BORD. BERIC SPRINGT HINTER SEINEM VERLETZTEN HERRN HER. SIE TREIBEN RASCH AB.
MEHRE STUNDEN SPÄTER WERDEN SIE AN DIE ITALIENISCHE KÜSTE GEWORFEN.
EISENHERZ IST ERNSTHAFT VERLETZT. IN SEINEM KOPF HÄMMERT ES, UND ER KANN SICH NUR UNDEUTLICH AN IRGEND ETWAS ERINNERN. BERIC ERKENNT ER KAUM.
SIE SIND AN EINEM EINSAMEN, VERLASSENEN STRAND, HINTER DEM SICH ENDLOSE, DAMPFENDE SÜMPFE BEFINDEN. GANZ IN DER FERNE KÖNNEN SIE BLAUE BERGE ERKENNEN. DIE PONTINISCHEN SÜMPFE.
WÄHRENDDESSEN SCHLINGERT DAS SCHIFF HILFLOS SEINEM UNTERGANG ENTGEGEN. VERZWEIFLUNG WEICHT DER HOFFNUNG, ALS DURCH DIE REGENSCHAUER EIN SEGEL AUFTAUCHT.
393 8-20-44
EIN WENDIGES SCHIFF KOMMT AUS DEM NEBEL, LEGT SICH VOR DEN WIND UND NIMMT DIE SCHIFFBRÜCHIGEN AUF.
HAL FOSTER
ALS DER SCHIFFSEIGNER ERFÄHRT, DASS ER DEN BERÜHMTEN RITTER GAWAIN AN BORD HAT, IST ER HOCHERFREUT. ER WILL DEN EDLEN RITTER ALS GAST BEWIRTEN, PLANT MIT IHM ABER AUCH EINE ART GESCHÄFT.

Abenteuer zweier Ritterknaben
18
MIT EINER ANLEIHE UND MIT GEMIETETEN KRIEGSMASCHINEN AUF SEINER SEITE, ERGREIFT DER BURGHERR DIE OFFENSIVE UND ERRICHTET EIN BEFESTIGTES LAGER IN SICHTWEITE VON SIR GREGORYS FESTUNG.
BEIDE SEITEN ENTSENDEN ÜBERFALLKOMMANDOS, UM DIE LÄNDEREIEN DES GEGNERS ZU VERWÜSTEN. DABEI KOMMT ES ZU MANCH HEFTIGEM ZUSAMMENSTOSS.
8-20-44
BEI EINEM DIESER KÄMPFE WIRD EIN WERTVOLLER GEFANGENER GEMACHT. ES IST KEIN GERINGERER ALS HUBERT, SIR GREGORYS ALTESTER SOHN!
COPR. 1944, KING FEATURES SYNDICATE, Inc. WORLD RIGHTS RESERVED

Prinz Eisenherz
Aus den Tagen König Artus
PRINZ EISENHERZ UND BERIC SIND AN DER ITALIENISCHEN KÜSTE GESTRANDET. VOR IHNEN ERSTRECKEN SICH MEILENWEIT DIE PONTINISCHEN SÜMPFE, EINE BRUTSTÄTTE DER MALARIA. BERIC SIEHT BEKÜMMERT ZU DEN BLAUEN BERGEN HINÜBER UND ÜBERLEGT, WIE ER SEINEN SCHWERVERLETZTEN HERRN DORTHIN BRINGEN KANN.
HIER VERLASSEN WIR SIE UND FOLGEN DEN ABENTEUERN VON RITTER GAWAIN.
AN BORD DES WENDIGEN SCHIFFES, DAS IHN GERETTET HAT, IST RITTER GAWAIN BENETI BENOITS EHRENGAST.
NACH EINIGEN TAGEN ERREICHEN SIE SYRAKUS AUF DER INSEL SIZILIEN. BENETI ZEIGT AUF SEINE HOCH IN DEN HÜGELN GELEGENE VILLA.
DIE GANZE FAMILIE IST BEGEISTERT, EINEN SO BERÜHMTEN RITTER ALS GAST IM HAUSE BEGRÜSSEN ZU KÖNNEN.
NOCH AM SELBEN ABEND SETZT SICH BENETI BENOIT HIN, UM EINEN BRIEF AN KÖNIG ARTUS, RITTER GAWAINS ONKEL, ABZUFASSEN, IN DEM GENAU STEHT, WIEVIEL ES KOSTEN SOLL, DAMIT SEIN NEFFE WIEDER FREIKOMMT.
HAL FOSTER
GAWAIN IST NICHT SONDERLICH ÜBERRASCHT, DASS ER IN SEINEM PRÄCHTIGEN ZIMMER EINGESPERRT IST. GESCHÄFTE WURDEN IN JENER ZEIT OHNE UMSCHWEIFE GEMACHT, UND LÖSEGELDFORDERUNGEN WURDEN ALS NICHT ALLZU VERWERFLICH ANGESEHEN.
Abenteuer zweier Ritterknaben
ARN UND GUY HÖREN GROSSEN LÄRM IN DER HALLE. IN KRIEGSZEITEN KANN DAS ALLES MÖGLICHE BEDEUTEN. SIE LAUFEN HIN, UM NACHZUSEHEN... ABER ES IST NUR IHRE SCHWESTER, DIE NACH EINEM LANGEN BESUCH BEI IHREM ONKEL NACH HAUSE ZURÜCKKEHRT.
19
SCHWESTERN SIND FÜR IHRE BRÜDER NICHT BESONDERS WICHTIG. DOCH SIE IST JEMAND, DER NICHTS VOM KRIEG WEISS. SIE HÖRT ATEMLOS ZU, WÄHREND ARN UND GUY IHR, GLEICHZEITIG REDEND, ALLES ERZÄHLEN.
8-27-44
DANN WIRD HUBERT GREGORY HEREINGEBRACHT. ARN UND GUY BEDENKT ER MIT EINEM VERÄCHTLICHEN BLICK... JUNGES GEMÜSE! IHRE SCHWESTER JEDOCH SIEHT ER BEWUNDERND AN, DOCH DIE RECKT IHRE NASE SO HOCH IN DIE LUFT, DASS SIE IHN GAR NICHT ERST SEHEN KANN!

Prinz Eisenherz
Aus den Tagen König Artus
ALS RITTER GAWAIN DIE BEWAFFNETEN WACHEN VOR SEINEM ZIMMER SIEHT, WEISS ER, DASS ER EINEM ERPRES-SER IN DIE HÄNDE GEFALLEN IST. OHNE WAFFEN KANN ER SICH KEINEN WEG FREIKÄMPFEN, ABER...
...ALS ER AUS DEM FENSTER BLICKT, SIEHT ER CLEO, DIE SPITZZÜNGIGE SCHWESTER SEINES GASTGEBERS, DIE UNTEN DURCH DEN GARTEN GEHT.
CLEO IST SO ÜBERRASCHT, DASS SIE FAST LÄCHELT. IN AN-GENEHMER TENORSTIMME BEGINNT DER SCHÖNE GEFAN-GENE GANZ ALLEIN FÜR SIE EIN LIEBESLIED ANZUSTIMMEN!
BENETIS FRAU UND TOCHTER TRETEN IN DEN GARTEN. AUCH SIE VERFALLEN DEM ZAUBER VON GAWAINS UNWIDERSTEHLICHER FRÖHLICHKEIT.
BENETI BENOIT WIRD ÜBERSTIMMT! NACH EINIGEM HIN UND HER GEWÄHRT ER DEM GEFANGENEN SCHLIESSLICH, DASS ER SICH IN DER VILLA UND AUF DEM GRUNDSTÜCK FREI BEWEGEN KANN.
395 9-3-44
GAWAINS VORNEHME TISCHMANIEREN GEFALLEN IHNEN. ER FÜHRT DAS FLEISCH IMMER NUR MIT ZWEI FINGERN ZUM MUND, BEKOMMT ALLENFALLS AUF DIE VORDERSTEN FINGERGLIEDER SOSSE UND WISCHT DIESE MIT ETWAS BROT AB.
HAL FOSTER
BENETI IST EIN GUTER ESSER UND TRINKER. ENDLICH HAT ER EINEN GEFÄHRTEN GEFUNDEN, DER IHM BEIM TRINKEN EBENBÜRTIG IST UND AUF SEINE FRECHEN WITZE NOCH BESSERE ZU ERWIDERN WEISS.
Abenteuer zweier Ritterknaben
NUN IST SIR GREGORY AUF SEINER BURG EINGESCHLOSSEN. DIE BELAGERUNG WIRD VORBEREITET, UND DIE BELAGERUNGS-MASCHINEN RUMPELN AUS IHREN VERSTECKEN IM WALD.
20
HUBERT IST VERSCHOLLEN! KEINER WEISS, OB ER GETÖTET ODER GEFANGENGENOMMEN WURDE. SIR GREGORY LEIDET, WIE NUR ELTERN LEIDEN KÖNNEN.
9 3 44
UND IN DER GEFANGENSCHAFT LÄUFT HUBERT GEFAHR, VOLL VON EINEM PFEIL GETROFFEN ZU WERDEN...VON EINEM PFEIL AMORS!

Prinz Eisenherz
Aus den Tagen König Artus
RITTER GAWAIN WURDE VON BENETI BENOIT AUS SEENOT GERETTET. BENETI WAR SO ERFREUT DARÜBER, EINEN BERÜHMTEN RITTER GERETTET ZU HABEN, DASS ER IHN IN SEINE VILLA AUF SIZILIEN EINLUD, UM SODANN LÖSEGELD FÜR IHN ZU VERLANGEN!
GAWAIN WANDERT DURCH DIE VILLA. SIE IST FÜR EINEN BESUCHER OHNE WAFFEN UND OHNE RÜSTUNG EINFACH ZU GUT BEWACHT.
ALSO VERSTÄRKT ER SEIN WERBEN UM BENETIS ZÄNKISCHE SCHWESTER. SEIN BEMÜHEN IST -WIE IMMER- ERFOLGREICH.
DIE WOCHEN VERGEHEN. RITTER GAWAIN SCHMACHTET DAHIN, SEINE LIEBESLIEDER WERDEN GANZ TRAURIG... SAMT TREMOLIERENDEM TENORSCHLUCHZEN!
HAL FOSTER
EINES TAGES KANN ER SICH NICHT MEHR VON SEINER LIEGE ERHEBEN. „DIE GEFANGENSCHAFT BRINGT MICH UM!" FLÜSTERT ER TRAURIG. „WIE EIN GEFANGENER ADLER MUSS ICH DIE FREIHEIT ZURÜCKBEKOMMEN ODER STERBEN!"
SELBST BENETI BENOIT MACHT SICH SORGEN. „GEBT MIR EUER WORT, UND IHR KÖNNT KOMMEN UND GEHEN WIE IHR WOLLT."
396 9-10-44
„IHR SEID ZU GROSSZÜGIG", RUFT GAWAIN. „DAHER SCHWÖRE ICH, DAS HAUS NIE ZU VERLASSEN, AUSSER WENN IHR MICH BEGLEITET ODER..." UND ER FÜGT HINZU „... JEMAND AUS EUREM HAUSHALT!"
Abenteuer zweier Ritterknaben
21
DA NUN DER BURGHERR IN KRIEGSGESCHÄFTEN UNTERWEGS IST, MUSS SEINE GEMAHLIN DIE KOMPLIZIERTE VERWALTUNG DES LEHNSGUTES ÜBERNEHMEN.
ES MUSS FÜR DIE ARMEN UND KRANKEN GESORGT WERDEN, UND ES GILT, JEDEN STREIT ZU SCHLICHTEN.
9-10-44
ARN UND GUY IST ES VERBOTEN, DAS GEFÄHRLICHE KRIEGSGEBIET AUFZUSUCHEN. DENNOCH GALOPPIEREN SIE JEDEN TAG DURCH DEN WALD, UM DEN KAMPF VON EINEM HOHEN BAUM AUS ZU VERFOLGEN.

Prinz Eisenherz
Aus den Tagen König Artus
RITTER GAWAIN HAT MIT ETWAS SCHAUSPIELERN, EIN WENIG MINNEGESANG UND VIELEN TÄUSCHUNGSMANÖVERN ERREICHT, DASS ER DAS HAUS MIT BENETI BENOIT, DER IHN FÜR LÖSEGELD FESTHÄLT, ODER MIT JEMAND AUS SEINEM HAUSHALT VERLASSEN DARF.
GEKÄMMT UND PARFÜMIERT MACHT SICH GAWAIN FÜR DEN GROSSEN TEST BEREIT.
MIT LEISER, GEFÜHLSBETONTER STIMME SAGT ER: „ACH, CLEO, WENN DU NUR WÜSSTEST, WAS ICH LEIDE! MEIN HERZ VERBRENNT VOR LIEBE NACH DIR ...!"
„...OH, WIE GLÜCKLICH KÖNNTEN WIR BEIDE AUF MEINER FERNEN BURG SEIN. DOCH WIE KANN ICH VON SOLCH EINER SCHÖNEN ZUKUNFT REDEN, ICH, EIN HOFFNUNGSLOSER GEFANGENER!"
„ICH KANN NICHT ENTKOMMEN! DENN ICH HABE MEIN RITTEREHRENWORT GEGEBEN, DIE VILLA NICHT ZU VERLASSEN, AUSSER MIT EINEM MEINER GEFÄNGNISWÄRTER!"
„TÖRICHTER JUNGE!" FLÖTET CLEO. „ICH GEHÖRE ZU DEN SOGENANNTEN "GEFÄNGNISWÄRTERN". DU KANNST MIT MIR GEHEN."
„OH, DU RAFFINIERTER, KLEINER SCHATZ!" RUFT GAWAIN UND TUT, ALS WÄRE ER ÜBERRASCHT. „WIR KÖNNTEN GEMEINSAM WEGSEGELN, OHNE DASS ICH MEINEN SCHWUR BRECHEN MÜSSTE."
397 9-17-44
UND SO KAM ES, DASS RITTER GAWAIN SIZILIEN VERLIESS. UND MIT IHM BENETI BENOITS SCHWESTER, EINES SEINER SCHIFFE UND AUCH ETWAS VON SEINEM GOLD.
Abenteuer zweier Ritterknaben
22
ARN UND GUY IN DER BURG EINZUSPERREN, WÄHREND IN DER NÄHE KRIEG GEFÜHRT WIRD, ÄHNELT DEM VERSUCH, ZWEI KORKEN UNTER WASSER HALTEN ZU WOLLEN.
HEUTE MUSS GUY FÜR SEINEN UNGEHORSAM BÜSSEN. BEIM HEIMRITT DURCH DEN WALD LAUERN DEN BEIDEN FEINDE AUF ...
9-17-44
... GUY WIRD MIT EINEM KRIEGSPFEIL MIT WIDERHAKEN IM OBERSCHENKEL VOM PFERD GEHOBEN.

Prinz Eisenherz
Aus den Tagen König Artus
ENTFÜHRER UND ERPRESSER BENETI BENOIT HATTE RITTER GAWAIN SCHWÖREN LASSEN, DASS JENER NICHT FLIEHT. „ICH WEISS ETWAS BESSERES", SAGTE GAWAIN LISTIG. „ICH VERSPRECHE, DIESE VILLA NIE ZU VERLASSEN, AUSSER IN BEGLEITUNG VON EUCH ODER VON JEMAND AUS EUREM HAUSHALT."
ER VERLÄSST SIZILIEN, OHNE SEIN WORT ZU BRECHEN. ABER... NUN HAT ER CLEO AM HALS! ER KOMMT SICH AUCH ETWAS SCHURKISCH VOR, WEIL ER SIE GETÄUSCHT HAT.
„AH, MEINE KLEINE TAUBE, WIE FROH WIR GEMEINSAM UNTER FREIEM HIMMEL SEIN WERDEN, WENN ES KRIEGE ZU FÜHREN GILT, WENN GEFAHREN DROHEN, BEI SONNE ODER SCHNEEGESTÖBER, IM WINTER UND SOMMER... IHR TEILT MEINE ENTBEHRUNGEN UND VERSORGT MEINE WUNDEN!"
„WENN IHR AUCH NUR EINE MINUTE LANG GLAUBT, ICH WÜRDE SOLCH EIN LEBEN MIT EINEM HERUMKÄMPFENDEN NARREN AUSHALTEN, HABT IHR EUCH SEHR GEBRANNT!"
398 9-24-44
„WAS?" GROLLT GAWAIN WILD. „EURE LIEBE KANN EIN PAAR ENTBEHRUNGEN NICHT VERKRAFTEN? DANN WERDE ICH EUCH SOGLEICH NACH UNSERER LANDUNG IN MARSEILLE FÜR LÖSEGELD FESTHALTEN."
HAL FOSTER
ALS GAWAIN IN MARSEILLE AN LAND GEHT, BEFIEHLT CLEO DEN SEELEUTEN, UNVERZÜGLICH WIEDER ABZULEGEN UND DEN ARMEN GAWAIN GEBROCHENEN HERZENS UND OHNE SEINE LIEBE ZURÜCKZULASSEN. ER WAR JA SEHR TRAURIG!

Abenteuer zweier Ritterknaben
23
DER GRAUENHAFTE WIDERHAKENPFEIL KONNTE NICHT AUS GUYS OBERSCHENKEL ENTFERNT WERDEN. STATT DESSEN MUSSTE MAN IHN GANZ DURCHSTOSSEN, DIE SPITZE ABSCHNEIDEN UND DEN SCHAFT HERAUSZIEHEN.
HUBERT GREGORY IST EIN TRAURIGER GEFANGENER. ER IST IM TURM EINGESPERRT. UND DIE SCHÖNE ALICE GEHT NICHT MEHR UNTEN IM GARTEN SPAZIEREN. STATT DESSEN MACHT IHM ARN DAS LEBEN SCHWER, INDEM ER PFEILE AUF SEIN FENSTER SCHIESST, BIS MAN ES IHM UNTERSAGT.
9-24-44
ALICE IST BEI IHREM BRUDER GUY, DER NUN FIEBER HAT, DAS DURCH EINE INFEKTION DER WUNDE VERURSACHT WURDE.

Prinz Eisenherz
Aus den Tagen König Artus
MIT RITTER GAWAIN AUF DEM SICHEREN HEIMWEG, WENDET SICH UNSERE GESCHICHTE WIEDER PRINZ EISENHERZ UND BERIC ZU. BERIC FÜHRT SEINEN VERLETZTEN HERRN DEN SCHMALEN DÜNENSTREIFEN ENTLANG, DER DIE PONTINISCHEN SÜMPFE VOM MEER TRENNT.
EISENHERZ FOLGT IHM WIE EIN VERWIRRTES KIND, DENN ER ERINNERT SICH NICHT AN DIE VERGANGENHEIT.
SCHLIESSLICH WERDEN SIE VON EINEM FLUSS AUFGEHALTEN. DA ER AUS DER RICHTUNG DER FERNEN BERGE KOMMT, BESCHLIESST BERIC, IHM ZU FOLGEN.
DOCH MITTEN IN DEN SÜMPFEN ENDET DER SICH WINDENDE FLUSSLAUF IM NICHTS.
ZWEI TAGE LANG IRREN SIE HUNGRIG DURCH DIE FIEBERHÖLLE VOLLER SCHLAMM UND SCHILF.
ENDLICH AUF FESTEM BODEN! EINIGE STUNDEN SPÄTER WANDERN SIE DIE VIA APPIA ENTLANG.
399 10-1-44
HAL FOSTER
BEIM ERSTEN WACHTURM WERDEN SIE VON MISSTRAUISCHEN SOLDATEN ANGEHALTEN...
Abenteuer zweier Ritterknaben
DER ERSTE SCHNEEFALL DES WINTERS MACHT DEN BELAGERERN DAS LEBEN SCHWER, DENN FÜR DEN GEMEINEN SOLDATEN GIBT ES KEINE SCHÜTZENDE UNTERKUNFT. ER MUSS IM SCHNEE SCHLAFEN.
24
IN SIR GREGORYS BURG GIBT ES KEINE RAST. RAMMBOCK UND KATAPULT BRINGEN DEN FESTUNGSWALL ZUM EINSTURZ. UND HINTER JEDER BRESCHE MUSS EINE NEUE MAUER GEBAUT WERDEN.
10-1-44
GUY HAT INZWISCHEN ZU PHANTASIEREN BEGONNEN. SEINE MUTTER LÄSST, IN HÖCHSTER NOT, DIE DORFHEXE HOLEN.

Prinz Eisenherz
Aus den Tagen König Artus
EIN SCHLAG AUF DEN KOPF HAT PRINZ EISENHERZ VERWIRRT UND HILFLOS GEMACHT. NACHDEM ER UND BERIC ZWEI TAGE LANG DURCH DIE PONTINISCHEN SÜMPFE GEIRRT SIND, WERDEN SIE AUF DER VIA APPIA SOGLEICH FESTGENOMMEN.
DER WACHHABENDE OFFIZIER IST VERWIRRT... ZWEI ABGERISSENE, VON DER REISE SCHMUTZIGE FREMDE MIT EDLEM AUSSEHEN STEHEN VOR IHM.
DAHER SCHICKT ER SIE UNTER BEWACHUNG ZUM GOUVERNEUR NACH FORMIA, DER SIE WEITER BEFRAGEN SOLL.
DER GOUVERNEUR GLAUBT AN GERECHTIGKEIT. ER FINDET ES NUR GERECHT, WENN DAS HERVORRAGENDE KETTENHEMD, DIE VOLLE GELDBÖRSE UND DAS "SINGENDE SCHWERT" IN SEINEN BESITZ ÜBERGEHEN.
ALSO LÄSST ER DEN VERLETZTEN RITTER UND SEINEN KNAPPEN IN EINE SCHMUTZIGE ZELLE WERFEN, DARAUF HOFFEND, DASS SIE DORT BALD STERBEN. UND DAS KÖNNTE DURCHAUS PASSIEREN, DENN EISENHERZ BEKOMMT MALARIA.
400 10·8·44
BERIC WEISS, DASS SEIN HERR IN DIESEM STICKIGEN GEFÄNGNIS NICHT LANGE AM LEBEN BLEIBEN KANN! ER BEOBACHTET DIE GUT BEWAFFNETEN WACHEN...
...UND STUDIERT DIE UMGEBUNG GANZ GENAU. „WAS WÜRDE WOHL MEIN PRINZ IN SOLCH EINEM FALL TUN?" FRAGT ER SICH.
Abenteuer zweier Ritterknaben
25
DIE DORFHEXE FINDET, DASS DER VERBAND ZU ENG ANGELEGT IST. DAS STOPPT ZWAR DIE BLUTUNG, VERHINDERT ABER AUCH, DASS DER EITER ABFLIESST.
400 10·8·44
EIN KRÄUTERUMSCHLAG ZIEHT DIE INFEKTION AUS DER WUNDE, UND BALD BEFINDET SICH GUY AUF DEM WEG DER BESSERUNG.
IN DER BURG HERRSCHT GROSSE ERLEICHTERUNG. ALICE GEHT WIEDER IM GARTEN SPAZIEREN, UND HUBERT NIMMT WIEDER DEN PLATZ AM FENSTER SEINER GEFÄNGNISZELLE EIN!

Prinz Eisenherz
Aus den Tagen König Artus
BERIC BEGUTACHTET DIE UMGEBUNG IHRES SCHMUTZIGEN GEFÄNGNISSES. AUF DER ANDEREN SEITE DES HOFES IST DIE UNTERKUNFT DES GOUVERNEURS. DAHINTER DIE STÄLLE. EINE IDEE NIMMT GESTALT AN.
NACH SCHÜTTELFROST GLÜHT PRINZ EISENHERZ NUN VOR FIEBER. BERIC IST DER VERZWEIFLUNG NAHE!
MIT DEN HÄNDEN UND SEINEN STARKEN, WEISSEN ZÄHNEN SPALTET ER DEN BESENSTIEL.
UM EIN LANGES BRUCHSTÜCK WICKELT ER EIN TUCH, DAS ER INS ÖL DER LAMPE GETAUCHT HAT.
AM ABEND KOMMT EIN WÄCHTER MIT DEM ESSEN. EINEN SEKUNDENBRUCHTEIL SPÄTER IST ER AUSGESCHALTET.
DANN ZÜNDET BERIC DEN BRANDPFEIL AN, ZIELT AUF DIE HEUSCHOBER UND LÄSST DEN PFEIL FLIEGEN.
ER WARTET, BIS ALLES IN HELLER AUFREGUNG IST, DANN ÖFFNET ER DIE GEFÄNGNISTÜR UND GEHT HINÜBER ZUM HAUS DES GOUVERNEURS.
Abenteuer zweier Ritterknaben
26
SCHLIESSLICH DURCHBRECHEN DIE KRIEGSMASCHINEN SIR GREGORYS FESTUNGSMAUERN, UND DER BURGHERR SPIELT MIT DEM GEDANKEN, EINEN FRONTALANGRIFF ZU WAGEN.
401 10-15-44
DANN LEGT DER BISCHOF SEINE RÜSTUNG AN... JA, SELBST DIE VERTRETER DER KIRCHE GINGEN DAMALS IN RÜSTUNG... UND SUCHT DEN HERZOG AUF, DER ÜBER ALLE LÄNDEREIEN DER UMGEBUNG HERRSCHT.
DIESE BEIDEN BESCHLIESSEN, EINEN WAFFENSTILLSTAND AUSZURUFEN. DER BISCHOF WILL RUHE IN SEINER DIÖZESE, UND DER HERZOG BEFÜRCHTET, DASS JEDER DER KRIEGERISCHEN RITTER IM FALLE EINES SIEGES ZU MÄCHTIG FÜR IHN WERDEN KÖNNTE.

Prinz Eisenherz
Aus den Tagen König Artus
NOCH EINIGE TAGE IM GEFÄNGNIS WÜRDEN DEN TOD VON PRINZ EISENHERZ BEDEUTEN. DANN STIRBT DER GEFÄNGNISWÄRTER PLÖTZLICH AN ÜBERGROSSER SORGLOSIGKEIT. KURZ DARAUF HAT BERIC DIE TÜREN GEÖFFNET UND DIE HEUSCHOBER IN BRAND GESETZT.
IN DER FOLGENDEN VERWIRRUNG GEHT BERIC ÜBER DEN HOF ZUM HAUS DES GOUVERNEURS ...
... HOLT DORT EISENHERZ' KETTENHEMD, DAS "SINGENDE SCHWERT", SEINE EIGENEN WAFFEN UND DAS ABENDESSEN DES GOUVERNEURS.
EIN BAUER HÄLT AN, UM DEM BRAND ZUZUSEHEN. BALD HAT ER EINIGE UNGEBETENE FAHRGÄSTE AUF SEINEM WAGEN.
ER FÄHRT SIE BIS NACH GAETA, DENN DAFÜR IST IHM EINE BELOHNUNG VERSPROCHEN WORDEN, FÜR DEN FALL EINER WEIGERUNG WÜRDE IHN EIN SCHWERTHIEB ALS LOHN ERWARTEN.
402 10-22-44
EISENHERZ IST WIE EIN HILFLOSES KIND. IHM FEHLT DIE ERINNERUNG, BIS BERIC SAGT: „MEIN PRINZ, GEBT MIR EURE BÖRSE, DAMIT ICH EIN SCHIFF MIETEN KANN, DASS EUCH NACH BRITANNIEN ZURÜCKBRINGT, WO EUCH VIELLEICHT DER WEISE MERLIN HELFEN KANN!"
HAL FOSTER
„NEIN!" RUFT EISENHERZ UND SPRINGT AUF DIE NOCH WACKELIGEN BEINE. „ICH BIN AUF EINER SUCHE ... ICH ERINNERE MICH AN DIE NEBELINSELN ... KÖNIGIN ALETA ... IRGEND ETWAS MIT EINEM ZAUBER. MIETE EIN SCHIFF, BERIC, ABER FÜR EINE FAHRT GEN OSTEN!"
Abenteuer zweier Ritterknaben
27
DER BURGHERR SETZT ALLES AUF EINEN FRONTALANGRIFF. SO KOMMT ES AUF DEN FESTUNGSWÄLLEN VON SIR GREGORY ZU EINEM ERBITTERTEN KAMPF.
10-22-44
DANN ERSCHEINEN ZWEI MÄCHTIGE ADLIGE AUF DEM KAMPFPLATZ. DER EINE IST DER HERZOG, AUSGESTATTET MIT KÖNIGLICHEN VOLLMACHTEN, DER ANDERE IST DER BISCHOF, EIN KIRCHENFÜRST.
EIN KURZER WAFFENSTILLSTAND WIRD AUSGEHANDELT. UND AUF DEM SCHNEEBEDECKTEN SCHLACHTFELD TREFFEN SICH DIE BEIDEN ERSCHÖPFTEN GEGNER.

Prinz Eisenherz
Aus den Tagen König Artus
EINE VERLETZUNG HAT PRINZ EISENHERZ' GEDÄCHTNIS FAST VÖLLIG AUSGELÖSCHT. SEINE GEDANKEN SIND NUR AUF EINES FIXIERT: ER MUSS DIE NEBELINSELN WIEDERFINDEN UND KÖNIGIN ALETA BITTEN, IHN AUS IHREM BANN ZU ENTLASSEN!
ALSO KAUFT BERIC EIN KLEINES SCHIFF, MIT DEM SIE INS ÄGÄISCHE MEER FAHREN.
EIN- ODER ZWEIMAL MUSS EISENHERZ MIT MALARIA-RÜCKFÄLLEN WIEDER AUFS KRANKENLAGER.
ABER DIE BLITZENDEN WELLEN UND DIE SAUBERE, KÜHLE MEERESBRISE STELLEN SEINE GESUNDHEIT BALD WIEDER HER.
NACH EINIGEN WOCHEN DES UMHERREISENS TAUCHT EINE VERTRAUTE INSEL AM HORIZONT AUF.
403 10-29-44
„DIE NEBELINSELN!" RUFT EISENHERZ MIT VOR FREUDE HÖHER SCHLAGENDEM HERZEN. „ICH ERKENNE DEN APHRODITE-TEMPEL AUF JENER LANDSPITZE DORT."
HAL FOSTER
DOCH VOR VIELEN MONATEN SASS KÖNIGIN ALETA AUF IHREM AUS WEISSEM MARMOR GEMEISSELTEN THRON UND LAUSCHTE DEM ÄLTESTENRAT, DER VORBEREITUNGEN FÜR IHRE HOCHZEIT TRAF.

Abenteuer zweier Ritterknaben
28
DER HERZOG WILL SICH NICHT IN DIE PRIVATKRIEGE SEINER RITTER EINMISCHEN, DOCH WENN EINER DER BEIDEN GEGNER GEWINNT UND SICH DAS GEBIET DES ANDEREN ANEIGNET, WIRD ER MÄCHTIGER ALS IHM LIEB IST.
DER BURGHERR IST HOCH VERSCHULDET UND BEZWEIFELT, DASS ER EINEN ENTSCHEIDENDEN SIEG ERRINGEN KANN, FALLS DER KRIEG NOCH LANGE DAUERT. DIE KIRCHE HAT BEIDEN GELD GELIEHEN, ALSO MUSS DER BISCHOF SEINE INVESTITIONEN SCHÜTZEN. BEIDE MÜSSEN AM LEBEN BLEIBEN.
SIR GREGORY HAT VIELE LEIBEIGENE UND VIEL VIEH VERLOREN. SEINE BURG IST SO BESCHÄDIGT, DASS SCHNEE IN ALLE RÄUME EINDRINGT. DIE VORAUSSETZUNGEN FÜR FRIEDENSVERHANDLUNGEN SIND ALSO GEGEBEN.

Prinz Eisenherz
Aus den Tagen König Artus
EINE KÖNIGIN MUSS DEN BESTEN INTERESSEN IHRES VOLKES DIENEN. ALS DAHER DER ÄLTESTENRAT SAGT: „DA IHR NUN SIEBZEHN SEID, IST ES HÖCHSTE ZEIT, DASS IHR EUCH EINEN GEMAHL SUCHT", BEUGT SIE SICH DIESEM ENTSCHLUSS, WIE ES IHRE PFLICHT IST.
DAHER WERDEN BOTEN IN ALLE BEKANNTEN KÖNIGREICHE AUSGESANDT, SELBST IN SOLCHE, DIE NICHT FÜR ROMANTIK BEKANNT SIND. DOCH SELBST DORT HAT MAN SCHON GERÜCHTEWEISE VON ALETAS SCHÖNHEIT GEHÖRT.
VIELE BEWERBER HALTEN UM ALETAS HAND AN. SO MANCHER JUNGE PRINZ KOMMT IN EINER EDELSTEINBESETZTEN, GOLDENEN RÜSTUNG UND IN BEGLEITUNG EINES ERLAUCHTEN GEFOLGES.
ANDERE, ROMANTISCHER VERANLAGTE NATUREN KOMMEN ALS TROUBADOURE IN ABGERISSENER KLEIDUNG, OHNE IHREN EDLEN NAMEN ZU NENNEN.
404 11-5-44
VON IHREM BALKON AUS SUCHT DIE KÖNIGIN DIE WACHSENDE MENGE MIT KLAREN, GRAUEN AUGEN IN DER HOFFNUNG AB, DAS HOCHERHOBENE HAUPT DES KÜHNEN JÜNGLINGS ZU ENTDECKEN, DEN SIE ZWEIMAL FORTGESCHICKT HATTE.
HAL FOSTER
ALS SICH DAS SCHIFF MIT EISENHERZ DEN NEBELINSELN NÄHERT, VERSUCHT ER VERZWEIFELT, SICH AN ETWAS, AN EINE GEFAHR, AN ETWAS BEUNRUHIGENDES ZU ERINNERN, DOCH SEIN UMNEBELTES GEDÄCHTNIS LÄSST DIES NICHT ZU.
Abenteuer zweier Ritterknaben
29
DER HERZOG UND DER BISCHOF VEREINBAREN EIN FRIEDENSABKOMMEN ZWISCHEN DEM BURGHERRN UND SIR GREGORY. DIE BEIDEN STARREN SICH IN UNVERMINDERTER FEINDSCHAFT AN.
11-5-44
DER BISCHOF SPRICHT: „WER EIGENTÜMER DES LANDES IST, UM DAS IHR KÄMPFT, WIRD STETS UMSTRITTEN SEIN. IHR STEHT BEIDE IN DER SCHULD DER KIRCHE. STIFTET DAS LAND DER KIRCHE, SO SIND EUCH EURE SCHULDEN ERLASSEN!"
DIE LÖSUNG KLINGT SO EINFACH, DASS ES DEN BEIDEN GEGNERN SCHIER DEN ATEM VERSCHLÄGT! DIE SCHULD IST GELÖSCHT, DER KIRCHE EINE GUTE TAT ERWIESEN, DER KRIEG BEENDET! ABGEMACHT!

Abenteuer zweier Ritterknaben

Prinz Eisenherz
Aus den Tagen König Artus
PRINZ EISENHERZ HAT DIE GEFAHRVOLLE REISE DURCH DIE HALBE BEKANNTE WELT GEMACHT, UM KÖNIGIN ALETA VON DEN NEBELINSELN ZU ZWINGEN, IHN VON IHREM ZAUBER ZU BEFREIEN. EIN FÜRCHTERLICHER SCHLAG AUF DEN KOPF HAT IHN SEINER ERINNERUNG BERAUBT, SO DASS ER VÖLLIG ÜBERRASCHT IST, ALS IHN NACH DER LANDUNG AUF DER INSEL EINE KÜSTENWACHE ANGREIFT.
EISENHERZ UND BERIC WISSEN NICHT, DASS ...
... DIE NEBELINSELN SEIT JAHRHUNDERTEN VON PIRATEN AUS DEM MITTELMEER HEIMGESUCHT WURDEN ...
... BIS DIE INSELBEWOHNER IN IHRER VERZWEIFLUNG DEN BESCHLUSS FASSTEN, JEDEN ZU TÖTEN, DER AUF DER INSEL AN LAND GING ...
NUR IM GUT BEFESTIGTEN HAFEN KANN MAN UNBEHELLIGT AN LAND GEHEN. DORT KÖNNEN EHRLICHE HÄNDLER IHRE WAREN BRINGEN, WÄHREND AN ALLEN LANDSPITZEN TAG UND NACHT JAHREIN, JAHRAUS WACHEN POSTIERT SIND.
406 11-19-44
EISENHERZ ERINNERT SICH DUNKEL, DASS BEI SEINEM LETZTEN BESUCH AN DIESEN UFERN SEINE MANNSCHAFT EIN SCHRECKLICHES ENDE FAND, DOCH ER WEISS NICHT, WIE SEHR SIE IHR SCHICKSAL VERDIENT HATTE.
HAL FOSTER
ALSO ZIEHT ER SEIN SCHWERT UND STÜRZT SICH IN DEN UNHEILVOLLSTEN KAMPF SEINES LEBENS.
Abenteuer zweier Ritterknaben
31
DER KRIEG IST ZU ENDE. SCHWERTERGEKLIRR UND KAMPFGESCHREI SIND VERSTUMMT. ABENTEUER, GEFAHR UND DER GLANZ TAPFERER TATEN HÖREN DER VERGANGENHEIT AN. ES BLEIBEN DER WIEDERAUFBAU, SCHULDEN UND DER HUNGER DER LEIBEIGENEN.
NACH DEN AUFREGUNGEN DES KRIEGES KOMMT ARN UND GUY DER FRIEDEN LANGWEILIG VOR. MIT DER GANZEN BLUTRÜNSTIGKEIT DER JUGEND PLANEN SIE, SIR GREGORY DEN KOPF ABZUSCHLAGEN UND SEINE BURG SAMT IHREN BEWOHNERN NIEDERZUBRENNEN ... ABER ERST EINES FERNEN TAGES!
HUBERT GREGORY GEHT OFT AUF DIE JAGD. DABEI FÜHRT IHN SEIN JAGDEIFER STETS SO, DASS ER DIE BURG ZU SEHEN BEKOMMT. EIN- ODER ZWEIMAL WIRD ER DADURCH BELOHNT, DASS ER DIE SCHÖNE ALICE KURZ ERBLICKT.

Prinz Eisenherz
Aus den Tagen König Artus
DIE NEBELINSELN HABEN EINEN BEFESTIGTEN HAFEN, DEN ALLE EHRLICHEN KAUFLEUTE ANSTEUERN... NUR PIRATEN KOMMEN, SO WIE JETZT PRINZ EISENHERZ, IN ABGELEGENE BUCHTEN.
DIE KÜSTENWACHE KOMMT GELAUFEN. DOCH BEVOR FRAGEN GESTELLT ODER BEANTWORTET WERDEN KÖNNEN ...
... REISST EISENHERZ SEIN ALLZU BEREITES SCHWERT HERAUS UND STÜRZT SICH IN EINEN KAMPF, DER HÄTTE VERMIEDEN WERDEN KÖNNEN!
EIN WURFSPEER BOHRT SICH IN BERICS TREUES HERZ!
407 11-26-44
DANN DREHT EISENHERZ DURCH! HASS, ZORN UND WAHN SPORNEN IHN AN.
HAL FOSTER
IN SEINE VERWIRRTEN GEDANKEN DRÄNGT SICH DIE FIXE IDEE, DASS ER ALETA HASST! ALETA IST FÜR ALL DIE GRAUSAMKEIT, ALL DAS LEID UND ALL DEN KUMMER VERANTWORTLICH, DEN ER IN IHREM REICH ERLITTEN HAT. DAFÜR MUSS SIE BEZAHLEN!
Abenteuer zweier Ritterknaben
DER BURGHERR BEGIBT SICH AUF DEN MARKT. WÄHREND DER BELAGERUNG WURDE DAS MEISTE VIEH AUFGEGESSEN. NUN MÜSSEN DIE HERDEN AUFGESTOCKT WERDEN – GEGEN BARGELD.
32
ZUSÄTZLICHE STEUERN WERDEN ERHOBEN. DIE LEIBEIGENEN SIND STURE SACHSEN, DAHER HABEN ES DIE STEUEREINTREIBER NICHT LEICHT.
ARN UND GUY FISCHEN JETZT NICHT MEHR ZUM VERGNÜGEN, SONDERN UM NAHRUNG ZU BESCHAFFEN. STUNDENLANG KAUERN SIE REGUNGSLOS NEBEN EINEM LOCH IM EIS UND LOKKEN DEN HECHT MIT BLINKENDEM KÖDER IN DIE REICHWEITE IHRER SPEERE.
11-26-44

Prinz Eisenherz
Aus den Tagen König Artus
DER SINNLOSE, TRAGISCHE KAMPF IST BEENDET, UND AUF EINEM HÜGEL MIT BLICK AUF DIE ÄGÄIS SCHAUFELT PRINZ EISENHERZ EIN GRAB. SEIN ZORN IST SO GROSS, DASS ER SICH NICHT IN TRÄNEN AUFLÖST. ER ZITTERT AM GANZEN KÖRPER VOR ERREGUNG.
AUF EINEM BALKON AM MEER REDET DER ÄLTESTENRAT AUF DIE KÖNIGIN EIN: „DER MOND HAT BEREITS MEHRMALS ZU- UND ABGENOMMEN, UND IHR HABT UNTER DEM GLÄNZENDEN AUFGEBOT AN BEWERBERN NOCH IMMER KEINEN GEMAHL ERWÄHLT. DIE STAATSKASSE IST LEER. WIR KÖNNEN UNS DEN AUFENTHALT DER PRINZEN NICHT LÄNGER LEISTEN."
„NUR EIN JÜNGLING HAT JE MEIN HERZ IN WALLUNG VERSETZT. JENER JUNGE KRIEGER MIT DEM GLÄNZENDEN HAAR UND DEN KÜHNEN, DUNKLEN AUGEN, DEN ICH ZWEIMAL FORTGESCHICKT HABE. IN EINER LIEBESGESCHICHTE ODER EINEM MÄRCHEN KÄME ER IM LETZTEN AUGENBLICK." SIE SEUFZT. „ABER LEIDER IST DIES DIE WIRKLICHKEIT!"
„HEUTE ABEND BEIM FESTBANKETT WERDE ICH, ALETA, KÖNIGIN DER NEBELINSELN, EINEN GEMAHL ERWÄHLEN!" SO LAUTET DIE BEKANNTMACHUNG, AUF DIE HIN DIE BEWERBER FRÖHLICH IN DEN PALAST EILEN. DENN JEDER DENKT, DASS NUR ER DER ERWÄHLTE SEIN KANN!
HAL FOSTER
PRINZ EISENHERZ BEENDET SEIN WERK UND STEHT AUF. ER BLICKT ZUR FERNEN STADT, IN DER KÖNIGIN ALETA HERRSCHT. DABEI VERHEISST SEIN GESICHT NICHTS GUTES.
408 12-3-44
Abenteuer zweier Ritterknaben
NUN IST ES RICHTIG WINTER GEWORDEN. TEPPICHE WERDEN VOR DIE KALTEN STEINMAUERN GEHÄNGT. FRISCHE BINSEN WERDEN AUF DEN BÖDEN AUSGEBREITET, UND UNTER DEN MIT FENSTERLÄDEN VERSCHLOSSENEN FENSTERN WIRD TROCKENES MOOS AUFGEHÄUFT, DAS REGENWASSER UND SCHNEE AUFSAUGEN SOLL. GLAS KENNT MAN NICHT!
NUR IM GEMACH DER BURGHERRIN GIBT ES DURCHSICHTIGE FENSTER, DENN DIE FENSTERLÄDEN SIND KUNSTVOLL AUS HORN GEARBEITET.
12-3-44
DA DER SCHNEE FÜR REITUNTERRICHT ZU TIEF IST, GEHEN ARN UND GUY AUF DIE JAGD. DER WAFFENMEISTER ZIEHT IHNEN JEDESMAL, WENN SIE OHNE BEUTE ZURÜCKKOMMEN, IHREN BOGEN DREIMAL ÜBER.

Prinz Eisenherz
Aus den Tagen König Artus
PRINZ EISENHERZ STÖSST BERICS SCHWERT AM KOPFENDE DES GRABES IN DEN BODEN. DANN BLICKT ER ZU DER FERNEN STADT, IN DER ALETA, DIE KÖNIGIN DER NEBELINSELN, REGIERT.
BLITZE ZUCKEN, UND DER DONNER ROLLT UNHEILVOLL. DOCH NOCH BEDROHLICHER WIRKT DAS WAHNSINNIGE FUNKELN SEINER AUGEN, DAS POCHEN IN SEINEM KOPF UND DER UNSINNIGE HASS IN SEINEM HERZEN.
HAL FOSTER
ALETA, DIE GRAUÄUGIGE KÖNIGIN DER NEBELINSELN, WILL EBEN UNTER DER SCHAR DER BEWERBER EINEN GEMAHL AUSWÄHLEN, ALS DIE VORHÄNGE VON EINEM STATTLICHEN JÜNGLING BEISEITE GERISSEN WERDEN. SEIN ZERFETZTER UMHANG IST VON EINEM LANGEN MARSCH STAUBIG, SEINE RÜSTUNG ZEIGT SPUREN VIELER KÄMPFE ... DANN WEICHEN ALLE ENTSETZT ZURÜCK ... DENN IN SEINEN AUGEN LIEGT EIN WAHNSINNIGES LEUCHTEN UND IN SEINER HAND EIN BLITZENDES SCHWERT!
409 12-10-44

Abenteuer zweier Ritterknaben
WEIHNACHTEN STEHT BEVOR UND DAMIT DIE ZEIT DER GROSSEN JAGD. DER WAFFENMEISTER IST BEREITS IN DER WAFFENKAMMER DAMIT BESCHÄFTIGT, DIE EBERSPEERE RASIERMESSERSCHARF ZU SCHLEIFEN.
ARN UND GUY REITEN TÄGLICH MIT IHREN PFERDEN AUS UND NEHMEN DIE HUNDE AUF DEN LANGEN RITT MIT, UM SIE FÜR DIE BEVORSTEHENDE JAGD AUSDAUERND ZU MACHEN.
12-10-44
DIE GÄSTE KOMMEN AN. DER HERZOG IST EHRENGAST, UND SIR MORVYN, DER JÄGER DES KÖNIGS, WIRD DIE JAGDGESELLSCHAFT ANFÜHREN (UND DAFÜR SORGEN, DASS DER KÖNIG SEINEN ANTEIL AN DER JAGDBEUTE ERHÄLT).

Prinz Eisenherz
Aus den Tagen König Artus
ALETA WILL GERADE EINEN GEMAHL UNTER DEN ANGEREISTEN BEWERBERN AUSWÄHLEN, ALS PRINZ EISENHERZ IN DEN FESTSAAL STÜRMT, WAHNSINN IM AUGE, EIN GEZÜCKTES SCHWERT IN DER HAND. ER SCHREITET ZUM THRON UND BLICKT IHR DABEI FEST INS ANTLITZ. ER ZÖGERT EINE SEKUNDE, DANN SCHLIESST ER DIE AUGEN, UM NICHT VON IHRER SCHÖNHEIT GEBLENDET ZU WERDEN, UND PACKT SIE AN DEN HAAREN...
... WIRFT SIE ÜBER SEINE SCHULTER UND MARSCHIERT INS GEWITTER HINAUS. DIE EHEANWÄRTER ERHOLEN SICH ZU SPÄT VON IHRER ÜBERRASCHUNG!
410 12-17-44
SIE SUCHEN DIE STADT IM FINSTERN AB, DENN IM HEFTIGEN REGEN VERLÖSCHEN ALLE FACKELN. EISENHERZ UND SEINE GEFANGENE SIND AUCH GAR NICHT MEHR IN DER STADT.
EISENHERZ ERREICHT SEIN SCHIFF UND GIBT BEFEHL ZUM AUFBRUCH. „DIE BUCHT ZU VERLASSEN IST UNSER UNTERGANG!" SAGT DIE BESATZUNG. „WER DEN GEHORSAM VERWEIGERT, STIRBT!" ERINNERT ER SIE.
Hal Foster
Abenteuer zweier Ritterknaben
DER BURGHERR LEERT SEINE VORRATSKAMMER FAST VÖLLIG, UM AM VORABEND DER JAGD EIN FESTBANKETT AUSZURICHTEN.
35
12-17-44
AM NÄCHSTEN MORGEN GIBT SIR MORVYN, DER JÄGER DES KÖNIGS, DIE JAGDREGELN BEKANNT, DIE HAUPTSÄCHLICH BESAGEN, WIEVIEL FLEISCH UND WILD AUS DER JAGDBEUTE AN DEN KÖNIG ABZUFÜHREN SIND. DENN DIE WÄLDER UND DAS DARIN LEBENDE WILD GEHÖREN DEM KÖNIG.
NACH EINEM HORNSIGNAL BEGINNT DIE JAGD. HUNDE BELLEN, DIE JÄGER SCHREIEN UND SINGEN. HINTER IHNEN KOMMEN DIE DORFBEWOHNER HER, UM DEN SPASS ANZUSEHEN, DAS WILD INS FREIE ZU TREIBEN UND, NACH MÖGLICHKEIT, ETWAS FLEISCH FÜR SICH BEISEITE ZU SCHAFFEN.

Prinz Eisenherz
Aus den Tagen König Artus
PRINZ EISENHERZ HAT KÖNIGIN ALETA VOR DEN AUGEN DER ÜBERRASCHTEN EHEANWÄRTER AUS IHREM PALAST GESCHLEPPT. ALS SEIN SCHIFF DEN SCHUTZ DER BUCHT VERLÄSST, TRIFFT ES DER HEULENDE WIND WIE EIN GESCHLEUDERTER SPEER. RINGSUM TÜRMEN SICH METERHOHE WELLEN. STUNDEN VERGEHEN, DOCH DAS SCHIFF TROTZT DEM STURM.
DIE RUHIGEN, GRAUEN AUGEN ALETAS RUHEN LANGE AUF DER SCHLAFENDEN GESTALT IHRES ENTFÜHRERS. ABER NIEMAND WEISS, WAS SIE DABEI DENKT UND FÜHLT.
ES IST WEIHNACHTEN, UND EISENHERZ FERTIGT AM SCHMIEDEHERD DES SCHIFFES EIN GESCHENK FÜR SEINE GEFANGENE AN.
411 12-24-44
„DA IHR EINE GRAUSAME ZAUBERIN SEID, SOLLT IHR DIESE KETTE TRAGEN. DA IHR UND EUER VOLK SO VIEL LEID UND KUMMER VERURSACHT HABT, WERDET IHR ALS GEFANGENE DURCH ALLE KÖNIGREICHE DER WELT GEFÜHRT."
HAL FOSTER
„MÄNNER, MEINE GEFANGENE UND ICH GEHEN AN DER MIR FREMDEN KÜSTE AN LAND. DANACH GEHÖRT DAS SCHIFF EUCH!"
Abenteuer zweier Ritterknaben
TIEF IM WALD WERDEN DIE SPÜRHUNDE LOSGELASSEN. BALD KÜNDET IHR BELLEN DAVON, DASS SIE EINEM EBER AUF DER SPUR SIND.
36
DANN WERDEN DIE WILDSCHWEINHUNDE FREIGELASSEN. SIE HABEN DEN KEILER BALD IN EINEM DICKICHT GESTELLT.
DIE JÄGER STEIGEN IN EINIGER ENTFERNUNG AB UND NÄHERN SICH MIT BEREITGEHALTENEM SPEER DEM GEFÜRCHTETSTEN KAMPFLUSTIGEN TIER.
12-24-44

Prinz Eisenherz
Aus den Tagen König Artus
IN SEINEM SCHRECKLICHEN WAHN BEFANGEN, ENTFÜHRT PRINZ EISENHERZ ALETA VOR DEN AUGEN IHRER VEREHRER. WÄHREND EINES SCHWEREN STURMS ENTKOMMT ER MIT SEINER GEFANGENEN UND GEHT SODANN IN NORDAFRIKA MIT IHR AN LAND.
IN AFRIKA IST MAN SELTSAME ANBLICKE GEWOHNT, DAHER WUNDERN SICH DIE MENSCHEN IN SOLUM NICHT, ALS SIE EINEN ABGERISSENEN RITTER IN EINER RÜSTUNG VOLLER KAMPFSPUREN SEHEN, DER EINE KÖNIGIN AN EINER KETTE HINTER SICH HERFÜHRT.
SO PLÖTZLICH, WIE IHN DER WAHNSINN BEFIEL, FÄLLT ER WIEDER VON IHM AB. WIE EIN MÜDES, VERWIRRTES KIND SCHLÄFT EISENHERZ MITTEN AUF DEM MARKTPLATZ EIN.
MIT DER HALTUNG EINER KÖNIGIN UND DEM SÜSSEN LÄCHELN EINES SCHULMÄDCHENS WINKT ALETA DIE NÄCHSTEN KAUFLEUTE HERBEI. BALD HAT SIE EINE HALSKETTE VERKAUFT UND EINKÄUFE GETÄTIGT.
ALS ES GEGEN ABEND KÜHLER WIRD, ERWACHT EISENHERZ UND FINDET VOR SICH AUF ALETAS MANTEL EIN HERRLICHES MAHL ANGERICHTET VOR.
412 12-31-44
„SEHT!" FLÜSTERT ALETA UND DEUTET AUFS MEER, WO DIE UNTERGEHENDE SONNE DIE SEGEL DREIER GROSSER SCHIFFE GOLDEN FÄRBT. „MEINE FREUNDE KOMMEN MIR ZU HILFE!"
HAL FOSTER
„NÄRRIN, MICH DARAUF AUFMERKSAM ZU MACHEN!" MURMELT EISENHERZ UND GEHT AUS DER STADT IN DIE DUNKLER WERDENDE WÜSTE.

Abenteuer zweier Ritterknaben
SO GEFÄHRLICH DIE WILDSCHWEINJAGD AUCH FÜR DIE JÄGER IST, IST SIE DOCH FÜR DEN HUNDEFÜHRER DOPPELT RISKANT, DENN ER TRITT DER BEUTE UNBEWAFFNET GEGENÜBER.
57
MIT TIEFGEHALTENEN SPEEREN KOMMEN DIE JÄGER NÄHER. DER ANGRIFF EINES KEILERS IST SO HEFTIG, DASS DAS SPEERENDE AM BODEN ABGESTÜTZT WERDEN MUSS. EINE QUERSTANGE VERHINDERT, DASS DER EBER WEITER ALS BIS ZUR SPEERSPITZE STÜRMEN KANN.
12 31 44
DIE HAUER EINES EBERS SIND FÜRCHTERLICHE WAFFEN. DAS WEISS KEINER BESSER ALS DER HUNDEFÜHRER.

Prinz Eisenherz
Aus den Tagen König Artus
DREI GROSSE SCHIFFE SEGELN AUF DER SUCHE NACH ALETA IN DEN HAFEN VON SOLUM. DOCH ALETA, DIE AN EINEN WAHNSINNIGEN GEKETTET IST, WIRD IN DIE WÜSTE HINAUSGEFÜHRT.
PRINZ EISENHERZ HAT WEDER EINEN PLAN NOCH EIN ZIEL. SEIT BERICS TOD SITZT HINTER SEINEN POCHENDEN SCHLÄFEN NUR EIN GEDANKE: DER HASS AUF ALETA!
IN EINEM PALMENHAIN AM RANDE DER WÜSTE STEHT EIN GESATTELTES UND AUFGEZÄUMTES PFERD VOR EINEM ERLEUCHTETEN ZELT.
EISENHERZ WEISS MIT PFERDEN UMZUGEHEN ... DER DIEBSTAHL VERLÄUFT GERÄUSCHLOS.
DIE GANZE NACHT HINDURCH REITEN SIE IMMER WEITER IN DIE WILDNIS HINEIN. AM MORGEN FÄLLT DIE ERSCHÖPFTE ALETA BEINAHE AUS DEM SATTEL. EISENHERZ SETZT SIE VOR SICH, WO ER SIE FESTHALTEN KANN.
SIE LEGT IHREN KOPF AUF SEINE SCHULTER UND SCHLÄFT MIT EINEM ZUFRIEDENEN SEUFZEN EIN. DER SÜSSE DUFT IHRES HAARS STREICHT ÜBER SEINE WANGEN, SO DASS ER SICH IMMER WIEDER VORSAGEN MUSS: „ICH HASSE DIESE GRAUSAME ZAUBERIN!"
413 1-7-45
HAL FOSTER
DIE ENTFÜHRUNG EINER KÖNIGIN WÄRE VERZEIHLICH, ABER DER DIEBSTAHL DER LIEBLINGSSTUTE EINES WÜSTENBEWOHNERS IST EIN UNVERZEIHLICHES VERBRECHEN! DIE VERFOLGER SIND SCHNELL UND AUFGEBRACHT.

Abenteuer zweier Ritterknaben
ES BEDARF GROSSEN MUTES UND EISERNER NERVEN, SICH DEM TÖDLICHEN ANGRIFF EINES KEILERS ENTGEGENZUSTELLEN... DAS SPEERENDE MUSS FEST AM BODEN VERANKERT SEIN, SONST WIRD DER JÄGER NACH HINTEN GESCHLEUDERT.
38
TRIFFT DER SPEERSTOSS, MUSS DER SCHAFT SOFORT HOCHGERISSEN WERDEN, SO DASS DER KEILER AUF DEN RÜCKEN FÄLLT UND FESTGEHALTEN WERDEN KANN, BIS DIE ANDEREN JÄGER KOMMEN.
1-7-45
DANN IST ES AUFGABE VON SIR MORVYN, DAS FLEISCH AUFZUTEILEN. DER KÖNIG MUSS VIELE LEUTE ERNÄHREN UND BENÖTIGT DESHALB EINEN ANTEIL DER JAGDBEUTE.

Prinz Eisenherz
Aus den Tagen König Artus
AUF EINEM GESTOHLENEN PFERD REITET PRINZ EISENHERZ MIT SEINER GEFANGENEN DURCH DIE LIBYSCHE WÜSTE. ER REITET ZIELLOS UMHER, DENN ER HAT VERGESSEN, WESHALB ER HIER IST. DIE ERBOSTEN WÜSTENBEWOHNER SUCHEN DEN PFERDEDIEB DORT, WO MAN IHN LOGISCHERWEISE ZUERST SUCHEN WÜRDE.
DER MORGEN KOMMT, UND SIE REITEN WEITER. DIE WÜSTE WIRD ZUM GLÜHENDEN BACKOFEN.
DIE SONNE LASTET WIE EINE FIEBRIGE HAND AUF IHNEN. WÄHREND SIE DAS PFERD RASTEN LASSEN, MACHT ALETA AUS EINEM IHRER KLEIDER TURBANE.
EISENHERZ REICHT IHR DIE WERTVOLLE WASSERFLASCHE. DANN SETZT ER SIE AN SEINE LIPPEN, TRINKT ABER NICHT. ER SPART DAS WASSER FÜR DIE FRAU AUF, DIE ER HASST!
SO HEISS DIE WÜSTE BEI TAG IST, SO KALT IST SIE BEI NACHT. EISENHERZ DECKT DIE SCHLAFENDE KÖNIGIN MIT SEINEM MANTEL ZU, DENN RITTERLICHKEIT IST SO SEHR TEIL SEINES WESENS WIE SEINE RECHTE HAND.
MORGENGRAUEN. EISENHERZ SCHÜTTELT DIE FLASCHE... SIE IST SO VOLL WIE ZU BEGINN IHRER REISE. EIN BLICK AUF ALETAS AUSGETROCKNETE LIPPEN VERRÄT IHM, DASS AUCH SIE SELBSTLOS WAR.
414 1-14-45
HAL FOSTER
SCHLIESSLICH KANN DIE BRAVE STUTE NICHT WEITER. ZU FUSS SIND EISENHERZ UND ALETA NUR ZWEI KLEINE PUNKTE, DIE SICH ÜBER DAS ANTLITZ EINER SCHIER UNENDLICHEN WEITE BEWEGEN.
Abenteuer zweier Ritterknaben
DIE JAGD WAR ÜBERAUS ERFOLGREICH. DER WALD IST VOLLER WILD, DENN NIEMAND DARF OHNE ERLAUBNIS DES KÖNIGS JAGEN. DIE JÄGER SITZEN ZUM HEIMRITT AUF, SIE HATTEN EIN SPORTLICHES VERGNÜGEN. DIE LEIBEIGENEN GEHEN ZU FUSS ZURÜCK UND TRAGEN DAS WILD. SIE HATTEN DIE EIGENTLICHE ARBEIT.
DER WEIHNACHTSKLOTZ, DER VOR EINEM JAHR GESCHNITTEN WURDE UND SEITHER TROCKNEN KONNTE, WIRD IN DIE GROSSE HALLE GEBRACHT... ES IST HEILIGABEND!
1-14-45

Prinz Eisenherz
Aus den Tagen König Artus
PRINZ EISENHERZ LÄSST DAS ERSCHÖPFTE, GESTOHLENE PFERD ZURÜCK. ZU FUSS SCHLEPPEN SIE SICH WEITER DURCH DIE BRENNENDE WÜSTE.
ZWEI KALTE NÄCHTE UND ZWEI GLÜHENDHEISSE TAGE LANG IST NOCH KEIN WORT DER KLAGE ÜBER DIE LIPPEN DER KÖNIGIN GEKOMMEN.
EIN RUCK AN DER KETTE LÄSST EISENHERZ INNEHALTEN. ALETA SITZT IM SAND, EIN ENTSCHULDIGENDES LÄCHELN AUF DEM ABGEHÄRMTEN GESICHT.
DANN BEMERKT EISENHERZ BLUT AN IHREN FÜSSEN. IHRE SCHUHE, MIT DENEN SIE SICH ÜBER MARMORBÖDEN TANZEN LÄSST, HABEN DER STEINIGEN WÜSTE NICHT STANDGEHALTEN.
ER ERWACHT AUS SEINER LETHARGIE UND ERKENNT, IN WELCH VERZWEIFELTE LAGE ER SIE BEIDE GEBRACHT HAT. IN DER FERNE DEUTET EIN KLEINER BERG EINE - ZUM BESSEREN ODER SCHLECHTEREN - ANDERSARTIGE LANDSCHAFT AN.
BEI SONNENUNTERGANG ERREICHEN SIE DIE FELSEN AM FUSS DES BERGES... UND VERBRAUCHEN IHR LETZTES WASSER.
415 1-21-45
EIN SCHLURRENDES GERÄUSCH WECKT ALETA. IHR ERSCHÖPFTES PFERD WANKT VORBEI UND SCHLEPPT SICH ZU EINER ÖFFNUNG IN DEN FELSEN.
Abenteuer zweier Ritterknaben
DER WEIHNACHTSKLOTZ WIRD IN DEN OFFENEN KAMIN GELEGT, UND BALD ERHELLT SEIN SCHEIN DIE GROSSE HALLE.
40
UMHERZIEHENDE SÄNGER, SPASSMACHER UND ARTISTEN SORGEN FÜR DIE BELUSTIGUNG VON ADELIGEN GÄSTEN UND LEIBEIGENEN. HEUTE KANN SELBST DER LEIBEIGENE EINMAL SOVIEL FLEISCH ESSEN UND MET TRINKEN, WIE ER VERTRAGEN KANN.
1-21-45
VOR AUFREGUNG LEUCHTEN DIE AUGEN VON ARN UND GUY. ALS ES AUF DEM FEST IMMER LAUTER WIRD, FÜHRT IHRE MUTTER SIE IN IHR GEMACH, WO EIN FESTLICH GESCHMÜCKTER CHRISTBAUM STEHT!

Abenteuer zweier Ritterknaben

Prinz Eisenherz
Aus den Tagen König Artus
EISENHERZ UND SEINE GEFANGENE REITEN AUF DEM GESTOHLENEN PFERD DURCH DAS STAUBIGE TAL, UM DEM DURST ZU ENTFLIEHEN, DER WIE EIN SCHRECKLICHES WESEN IN DER WÜSTE LAUERT.
AN DER KÜSTE SUCHEN SCHIFFE NACH ALETA, WÄHREND WÜSTENBEWOHNER DEN PFERDEDIEB UNERBITTLICH VERFOLGEN.
UND DANN ENTDECKEN SIE AM ENDE DES TALES EINEN BLAUEN STREIFEN. DAS MEER!
BALD ERREICHEN SIE DIE HAFENSTADT TOBRUK. EIN DUNKELHÄUTIGER ARABER SIEHT SICH IHR PFERD GENAU AN UND EILT SODANN BEHENDEN SCHRITTES RICHTUNG WÜSTE.
SIE KEHREN IN EINEM GASTHAUS EIN, WO ES ALETA LEICHTFÄLLT, IHREN DURSTIGEN ENTFÜHRER ZU VERLEITEN, ZUVIEL WEIN ZU TRINKEN. ALS ER SCHLÄFT, BEFREIT SIE SICH.
SIE STEIGT AUF DIE STUTE UND REITET IN DIE RICHTUNG, DIE DER ARABER KURZ ZUVOR EINSCHLUG. "TOD DEM PFERDEDIEB!" RUFT EINE HERANPRESCHENDE GRUPPE ZORNIGER WÜSTENBEWOHNER.
417 2-4-45
"NIEMAND WIRD GETÖTET!" SAGT DIE KLEINE KÖNIGIN RUHIG. "BENEHMT EUCH NICHT WIE VERZOGENE KINDER. ICH BRINGE EUER PFERD ZURÜCK, DAS SICH EIN VERRÜCKTER RITTER AUSGELIEHEN HAT. UND WIE IHR WISST, IST DER HEILIG, DESSEN GEIST VOM FINGER GOTTES BERÜHRT WURDE."
SIE KEHRT ZUM BASAR ZURÜCK UND NIMMT EINE PERLENKETTE VON IHREM WEISSEN HALS AB. DANN KAUFT SIE DEN VERDUTZTEN ARABERN ZWEI PFERDE AB.

Abenteuer zweier Ritterknaben
FÜR LEIBEIGENE UND ZINSBAUERN IST DER WINTER EIN KAMPF UMS ÜBERLEBEN. SIE KÖNNEN NUR REISIG VERHEIZEN, DENN DER WALD GEHÖRT DEM KÖNIG. DAHER DÜRFEN ALLENFALLS ÄSTE IN REICHWEITE EINER AXT ABGESCHLAGEN WERDEN.
EINES TAGES KOMMT EIN WANDERNDER PILGER ZUR BURG. ER ERZÄHLT DAVON, DASS DIE SARAZENEN DAS HEILIGE LAND ENTWEIHEN.
2-4-45
AN DEN FOLGENDEN TAGEN SIEHT MAN DEN BURGHERRN OFT GEDANKENVERLOREN VOR SEINER RÜSTUNG STEHEN.

Prinz Eisenherz
Aus den Tagen König Artus
ERST WOLLTEN DIE WÜTENDEN ARABER EINEM PFERDEDIEB DIE KEHLE DURCHSCHNEIDEN, DANN KAM IHNEN ALETA AUF DEM GESTOHLENEN PFERD ENTGEGEN UND MACHTE DEM UNSINN EIN ENDE.
NUN VERKAUFT SIE IHRE PERLENKETTE UND KAUFT IHNEN ZWEI PFERDE AB.
ALS EISENHERZ ERWACHT, SCHMERZT SEIN SCHÄDEL. ER SIEHT SICH NACH SEINEM KNAPPEN UM... UND ERINNERT SICH DARAN, DASS BERIC ERMORDET WURDE UND ALETA DARAN SCHULD SEIN MUSS. "ICH SCHWOR, DICH IN KETTEN DURCH ALLE HÖFE DER WELT ZU SCHLEPPEN", SAGT ER WÜTEND.
"FANGEN WIR GLEICH HIER AN." SULTAN NEFER EM RAFA VON TOBRUK IST NICHT SEHR BEDEUTEND. ABER WAS SEINEM HOF AN GRÖSSE FEHLT, MACHT ER DURCH DESPOTISMUS WETT.
EISENHERZ STELLT SICH VOR. "UND DAS", FÜGT ER BITTER HINZU, "IST EINE ZAUBERIN, DIE EINST EINE KÖNIGIN WAR UND JETZT ZU EINEM LEBEN IN KETTEN VERURTEILT IST!" ABER NEFER HÖRT NICHT ZU. SEINE GIERIGEN SCHWARZEN AUGEN RICHTEN SICH AUF ALETA: "ICH KAUFE SIE. NENNE DEINEN PREIS!"
EISENHERZ BLICKT ERST IN ALETAS STOLZES, JUNGES GESICHT, DANN ZU DEM BLÄSSLICH BÖSEN GESICHT DES SULTANS. MÖRDERISCHER ZORN BLITZT IN SEINEN AUGEN AUF.
DER SULTAN SIEHT IN DIESEN AUGEN DEN TOD LAUERN. VON ENTSETZEN GEPACKT, SCHREIT ER NACH SEINEN WACHEN!
Abenteuer zweier Ritterknaben
NUN IST ES ERNSTHAFT WINTER GEWORDEN. DER WIND RÜTTELT AN DEN FENSTERLÄDEN, BLÄST DURCH DIE RITZEN SCHNEE HEREIN. NUR IN DER KÜCHE UND IN DEM KLEINEN BEREICH VOR DEM GROSSEN, OFFENEN KAMIN IST ES WARM. DIE BURG LIEGT IM DUNKELN, DENN DIE LÄDEN SIND ZUR ABWEHR DER KÄLTE GESCHLOSSEN, DA ES KEINE GLASFENSTER GIBT.
43
TIEF IM WALD LASSEN ES SICH DIE GESETZLOSEN GUTGEHEN. SIE LEBEN BESSER ALS LEIBEIGENE ODER ZINSBAUERN. SIE TÖTEN DES KÖNIGS WILD UND SCHLAGEN FEUERHOLZ NACH BELIEBEN. ES STÖRT SIE NICHT, DASS SIE DAFÜR EINES TAGES MIT EINIGER SICHERHEIT GEHÄNGT WERDEN.
2-11-45

Prinz Eisenherz
Aus den Tagen König Artus
SEHNSÜCHTIG BLICKT SULTAN NEFER EM RAFA VON TOBRUK AUF ALETA. "WAS KOSTET SIE?" FRAGT ER, UM SEKUNDEN SPÄTER ENTSETZT SEINE WACHEN HERBEIZURUFEN, DENN DER BLICK IN PRINZ EISENHERZ' AUGEN SCHEINT IHM EIN FRÜHES BEGRÄBNIS ZU VERKÜNDEN.
EISENHERZ ACHTET NICHT AUF DIE WACHEN DES SULTANS. ER STEHT EINFACH DA UND SCHAUT DEN BIBBERNDEN DESPOTEN AN. DANN LACHT ER VERÄCHTLICH UND GEHT.
SEIN ERSTER VERSUCH, ALETA ZU DEMÜTIGEN, IST FEHLGESCHLAGEN.
WO ZUVOR EIN PFERD ANGEBUNDEN WAR, STEHEN JETZT ZWEI. "SIE GEHÖREN UNS", SAGT ALETA RUHIG. "ICH HABE DAS GESTOHLENE ZURÜCKGEGEBEN UND DIESE BEIDEN GEKAUFT."
ALS SIE IN DIE BERGE HINTER DER STADT REITEN, ÜBERLEGT EISENHERZ. WESHALB HAT ER SIE NICHT VERKAUFT? ES WÄRE FÜR SIE DOCH DIE RECHTE STRAFE GEWESEN. UND WESHALB WURDE ER SO WÜTEND? ES WAR DOCH NUR EIN GESCHÄFTLICHER VORSCHLAG!
419 2-18-45
Abenteuer zweier Ritterknaben
MANCHMAL TUN SICH GESETZLOSE ZUSAMMEN, UM ÜBERRASCHEND RAUBZÜGE ZUR BURG ODER INS DORF ZU UNTERNEHMEN. DESHALB STEHEN STETS WACHEN AUF ZINNEN UND TÜRMEN.
ARN UND GUY BLEIBEN GERADE NOCH UNENTDECKT. GESETZLOSE, DIE DIE BURG AUSSPIONIEREN, VERSPERREN IHNEN DEN HEIMWEG SO LANGE, DASS SIE ERST HEIMKOMMEN, ALS ES SCHON LANGE DUNKEL IST.
2-18-45
JEDE BURG HAT EINEN GEISTLICHEN RATGEBER, DER MESSEN ABHÄLT, BEI DER BUCHFÜHRUNG HILFT UND ALS LEHRER FUNGIERT. BRUDER ALBERT STRAHLT NUR FRIEDEN UND ZUFRIEDENHEIT AUS.

Prinz Eisenherz
Aus den Tagen König Artus
PRINZ EISENHERZ SIEHT SEINE ANGEKETTETE, HILFLOSE GEFANGENE ERSTAUNT AN... IHR ZAUBER IST SO STARK, DASS ER SIE ENTGEGEN SEINEM SCHWUR NICHT DEMÜTIGT, SONDERN SOGAR NOCH BESCHÜTZT.
VON DER ANHÖHE BLICKT ALETA NACH TOBRUK ZURÜCK. DREI GROSSE SCHIFFE FAHREN IN DEN HAFEN EIN. IHRE FREUNDE FOLGEN IHR DIE KÜSTE ENTLANG.
VOM MEER HER WEHT EINE FRISCHE BRISE. ALETA LÖST IHR HAAR UND TRÄLLERT EIN FRÖHLICHES LIED. EISENHERZ IST WÜTEND. ER HAT SIE VOM THRON GEHOLT UND IHR EIN NOMADENLEBEN AUFGEZWUNGEN... UND SIE SINGT IMMER NOCH.
"FALLS ICH IHREM BÖSEN, MÖRDERISCHEN HERZEN KEINE REUE ABRINGEN KANN, VERKAUFE ODER VERSCHENKE ICH SIE AN JEMANDEN, DER DAS KANN", MURMELT ER.
UMHERZIEHENDE WÜSTENNOMADEN, DIE STETS ZUM PLÜNDERN BEREIT SIND, SEHEN DIE SONNE AUF DEM JUWELENBESETZTEN SCHWERTGRIFF UND GÜRTEL BLITZEN.
GEGEN ABEND ERREICHEN SIE EINEN BRUNNEN UND BEREITEN DAS NACHTLAGER VOR. DIE NOMADEN SCHLEICHEN NÄHER UND WARTEN DIE DUNKELHEIT AB.
420 2-25-45
HAL FOSTER
IM DUNKEL DER NACHT KOMMEN DIE GEBÜCKTEN GESTALTEN NÄHER UND NÄHER. EIN PLÖTZLICHES TRAPPELN NACKTER FÜSSE, DANN SIND EISENHERZ UND ALETA GEFANGENE!
Abenteuer zweier Ritterknaben
ES IST EIN HARTER WINTER MIT VIEL SCHNEE. DIE WÖLFE KOMMEN AUS DEN WÄLDERN BIS AN DIE HÜTTENTÜREN UND BRINGEN ALLE HUNDE ZUM BELLEN.
IM GROSSEN LAGERRAUM UNTER DER BURG WERDEN DIE ZISTERNEN GEÖFFNET, UND JEDER LEIBEIGENE ERHÄLT SOVIEL KORN, WIE ER BENÖTIGT.
2-25-45
EINES TAGES DANN WEHT EIN WARMER WIND. REGEN FÄLLT UND BRINGT DEN SCHNEE ZUM SCHMELZEN. ARN UND GUY FIEBERN DEM FRÜHLING SCHON RICHTIG ENTGEGEN.

Prinz Eisenherz
Aus den Tagen König Artus
"WENN ICH ALETA KEINE REUE BEIBRINGEN KANN, GEBE ICH SIE JEMANDEM, DER DAS KANN", HATTE PRINZ EISENHERZ EBEN NOCH GESCHWOREN. ALS SOLLTE SEIN WUNSCH ERFÜLLT WERDEN, KOMMT AUS DEM DUNKELN EINE GRUPPE NOMADEN.
NOCH EHE EISENHERZ WACH IST, IST ER SCHON GEFESSELT.
DIE WÜSTENRÄUBER GALOPPIEREN MIT IHREN GEFANGENEN ZU IHREM LAGER.
EIN HEFTIGES FEILSCHEN UM DIE VERTEILUNG DER BEUTE BEGINNT. SCHÖN UND SCHLANK STEHT ALETA INMITTEN DER BEUTESTÜCKE.
EISENHERZ SITZT GANZ RUHIG. ABER SEIN FINGERNAGEL IST EIFRIG DABEI, NACH UND NACH ALLE FASERN DES STRICKS ZU DURCHTRENNEN.
DIE DIEBE HALTEN ÜBERRASCHT ZU ZANKEN INNE, DENN IHR GEFANGENER IST LEISE IN IHREN KREIS GETRETEN UND HAT IM NU SEIN SCHWERT AUFGEHOBEN. NOCH ÜBERRASCHTER SIND SIE, WENN AUCH NUR EINE KURZE WEILE, WIE GUT ER MIT DEM FÜRCHTERLICHEN, PFEIFENDEN SCHWERT UMGEHEN KANN.
421 3-4-45
Abenteuer zweier Ritterknaben
46
SCHMELZENDER SCHNEE ÜBERFLUTET DEN BURGGRABEN. UM MILCH UND EIER ZU HOLEN, MÜSSEN DIE KNABEN INS DORF RUDERN.
EINES TAGES ZIEHEN WILDGÄNSE IM FORMATIONSFLUG IN RICHTUNG NORDEN AM HIMMEL VORÜBER. DER WINTER IST ZU ENDE!
DANN KOMMEN DIE WILDENTEN, KREISEN VORSICHTIG UND MISCHEN SICH BALD UNTER DIE ZAHMEN ENTEN IM BURGGRABEN. MORGEN MÜSSEN DIE FALLEN GESTELLT WERDEN.

Prinz Eisenherz
Aus den Tagen König Artus
IM STREIT UM DIE BEUTE HABEN DIE NOMADEN GANZ VERGESSEN, AUF IHRE GEFANGENEN ZU ACHTEN. DAS HABEN SIE MIT IHREM LEBEN BEZAHLT.
ALS DAS BLUTVERGIESSEN BEENDET IST, LEHNT SICH EISENHERZ SCHWACH GEGEN DEN BAUM. SEIN DRÖHNENDER KOPF SCHEINT VOR SCHMERZEN WIE BENEBELT.
LANGSAM ERHOLT ER SICH UND SCHAUT ZU ALETA. *"WOHIN DU AUCH GEHST, IST DER TOD NICHT FERN!"* SAGT ER VORWURFSVOLL UND HÄLT DAS NOCH FEUCHTE SCHWERT DROHEND IN DER HAND.
WIEDER GERÄT EISENHERZ IN DIE WÜSTE. IN ALETAS GRAUE AUGEN KOMMT EIN NEUER AUSDRUCK. OB DAS NUN ANGST, SORGE, LIEBE ODER HASS IST, KANN NIEMAND SAGEN, DENN SIE REDET KEIN WORT.
SIE SIND SCHIER ENDLOS IN DER GLÜHENDHEISSEN WILDNIS UNTERWEGS. EINEN TAG, NACHDEM IHNEN DAS WASSER AUSGEGANGEN IST, SEHEN SIE IN EINEM WADI EINE OASE!
422 3-11-45
DIE KOPFSCHMERZEN LASSEN EISENHERZ SORGLOSER ALS GEWÖHNLICH SEIN. DIE PFERDE, DIE SCHNELL ZUM WASSER KOMMEN WOLLEN, DRÄNGEN IHN VOM WEG AB.
HAL FOSTER
ALETA FINDET IHN SCHLIESSLICH REGLOS ZWISCHEN FELSBLÖCKEN AM FUSSE DES ABHANGS LIEGEND.
Abenteuer zweier Ritterknaben
IN DER BURG LEBEN VIELE MENSCHEN, DIE ERNÄHRT WERDEN WOLLEN. DA WIRD KEINE NAHRUNGSQUELLE ÜBERSEHEN. ALS IM FRÜHJAHR DIE VÖGEL AUS DEM SÜDEN ZURÜCKKEHREN, WIRD ÜBER EINEM GRABEN, DER VOM BURGGRABEN WEGFÜHRT, DIE ENTENFALLE AUFGESTELLT.
ZAHME ENTEN IM BURGGRABEN LOCKEN IHRE WILDEN ARTGENOSSEN AN. DANN LASSEN DIE HINTER DEM GITTER VERSTECKTEN JÄGER DEN LOCKHUND LOS, DER ZUERST AM EINGANG ZUR FALLE HERUMSPRINGT UND DANN IMMER WEITER NACH HINTEN LÄUFT.
SOLANGE DER LOCKHUND VOR IHNEN HERLÄUFT, FOLGEN IHM DIE ENTEN WIE GEBANNT. ALLEN VORAN DIE ZAHMEN ENTEN, DENN MAN HAT SIE HIER TÄGLICH GEFÜTTERT.

Prinz Eisenherz
Aus den Tagen König Artus
ALETA BEUGT SICH ÜBER DEN REGLOS AM FUSS DES ABHANGS LIEGENDEN PRINZ EISENHERZ. EINE TIEFE WUNDE AM KOPF BLUTET NOCH. SO WEISS SIE, DASS ER NOCH LEBT.
ZWISCHEN DEN SONNENGEBLEICHTEN FELSEN MÜSSTE ER SICHER STERBEN. SIE MUSS IHN IN DEN SCHATTEN DER OASE SCHAFFEN.
SELBST OHNE SCHWERT UND RÜSTUNG IST ER FÜR DIE KLEINE KÖNIGIN EINE WAHNSINNIG SCHWERE LAST.
ALS SIE EBENEN BODEN ERREICHT, ROLLT SIE IHN AUF SEINEN UMHANG UND SCHLEPPT IHN IN DEN SCHATTEN.
SIE BEREITET EIN LAGER AUS PALMWEDELN, WÄSCHT UND VERBINDET SEINE WUNDEN. ERST DANN WANKT SIE MÜDE ZUR QUELLE UND TRINKT SELBST.
423 3-18-45
AM NÄCHSTEN TAG REDET EISENHERZ IM FIEBER. DIE MALARIA, DIE ER SICH IN DEN PONTINISCHEN SÜMPFEN GEHOLT HAT, IST WIEDER DURCHGEBROCHEN! ALETA WEDELT DIE FLIEGEN WEG UND WARTET RUHIG, WAS DAS SCHICKSAL IHR BRINGEN MAG. ES SCHEINT GEWISS, DASS DER WAHNBEFALLENE PRINZ STIRBT. DANN WÄRE SIE OHNE NAHRUNG IN DER FINSTEREN WÜSTE ALLEIN.
Abenteuer zweier Ritterknaben
DER HERUMSPRINGENDE LOCKHUND MACHT DIE WILDENTEN NEUGIERIG. ALS DIE GANZE SCHAR IN DER FALLE IST, VERSPERREN DIE JÄGER DEN EINGANG.
IN WILDER FLUCHT RASEN DIE ENTEN DURCH DEN TUNNEL UND WERDEN AN SEINEM ENDE GEFANGEN.
NACH DEM GERÄUCHERTEN UND GEPÖKELTEN FLEISCH, DAS ES IM LANGEN WINTER GAB, IST FRISCHE ENTE EINE WILLKOMMENE ABWECHSLUNG.
©KFS/Distr. BULLS

Prinz Eisenherz
Aus den Tagen König Artus
IN EINER OASE INMITTEN DER WÜSTE HÄLT DIE KLEINE ALETA WACHE AN DER SEITE DES VERWUNDETEN, VON FIEBER GESCHÜTTELTEN EISENHERZ.
IM LAUF DES TAGES HÖRT SIE PFERDE WIEHERN... JEMAND NÄHERT SICH DER OASE.
EIN ALTER SPRUCH BESAGT "IN DER WÜSTE TRIFFT MAN KEINEN FREUND." ALETA BRINGT DIE PFERDE WEITER DAS WADI HINAUF UND LEGT IHNEN FUSSFESSELN AN, DAMIT SIE IHRE GEGENWART NICHT VERRATEN.
SIE HÖRT EINE GROSSE GRUPPE REITER WEITER TALWÄRTS IHR LAGER AUFSCHLAGEN UND BEREITET SICH AUF UNANGENEHME ÜBERRASCHUNGEN VOR.
DANN ABER VERGRÄBT ALETA DAS SINGENDE SCHWERT UND IHRE JUWELEN IM SAND. "WESHALB SICH ÄNGSTLICH VOR DEN WÜSTENREITERN VERSTECKEN, WENN WIR OHNEHIN AM VERHUNGERN SIND?"
EIN TUAREGFÜRST AUS TIMBUKTU MACHT AUF DER REISE NACH CYRENE IN DER OASE RAST. SEINE MÄNNER SPIELEN GERADE LAUTE MUSIK, UM DIE EINSAMKEIT VERGESSEN ZU MACHEN...
424 3-29-45
... ALS PLÖTZLICH EINE HELLE, MÄDCHENHAFTE STIMME SAGT: "SPIELT, UND ICH TANZE FÜR MEIN ABENDESSEN!"

Abenteuer zweier Ritterknaben
UNTER DEM GELEITSCHUTZ EINES NACHBARN KOMMT EIN HAUSIERER ZUR BURG. HAUSIERER SPIELEN IM LEBEN DES MITTELALTERS EINE WICHTIGE ROLLE UND MÜSSEN DAHER VOR RÄUBERN GESCHÜTZT WERDEN.
49
DER HAUSIERER BRINGT NICHT NUR WAREN MIT, ER IST AUCH EINE ART ZEITUNG. ER BERICHTET NEUIGKEITEN AUS DER WEITEN WELT, BRINGT NACHRICHTEN VON ENTFERNTEN VERWANDTEN UND ERZÄHLT DEN KLATSCH DER NACHBARN.
3-25-49
NACHDEM DIE VORNEHMEN HERRSCHAFTEN BEDIENT SIND, WIRD IHM IN DER KÜCHE AUFGETAHREN. UND DORT BERICHTET ER ZUR ERHEITERUNG DER ANWESENDEN VON DEN ECHTEN SKANDALEN.
©KFS/Distr. BULLS

Prinz Eisenherz
Aus den Tagen König Artus
ALS SCHÖNE FRAU ALLEIN INS LAGER VON WÜSTENREITERN ZU GEHEN UND UM NAHRUNG ZU BITTEN IST ZWAR GEFÄHRLICH. SICH VOR IHNEN ZU VERSTECKEN HIESSE JEDOCH VERHUNGERN.
ALETA BETRITT DAS LAGER OHNE FURCHT. "ICH TANZE FÜR EUCH", SAGT SIE. "WENN IHR MIR NAHRUNG GEBT!"
DIESE MÄNNER SIND WILDE, GRAUSAME TUAREGS. SEIT WOCHEN REISEN SIE SCHON DURCH DIE WÜSTE, OHNE DABEI JE DEN KLANG EINER FRAUENSTIMME GEHÖRT ZU HABEN. SCHWEIGEND, ABER MIT FUNKELNDEN AUGEN, SEHEN SIE ZU.
ALETA TANZT ZUM KLANG DER TROMMELN UND DER UNHEIMLICH KLINGENDEN FLÖTEN. IHRE FÜSSE WIRBELN WIE SCHMETTERLINGE ÜBER DEN RAUHEN SAND.
SCHWARZE AUGEN, IN DENEN BEGIERDE FLAMMT, SEHEN DEM ANMUTIGEN TANZ DER HELLHÄUTIGEN ALETA ZU, DIE IM FLACKERNDEN SCHEIN DES FEUERS MIT DER KÜHLEN WÜRDE EINER KÖNIGIN DAHINSCHWEBT.
SIE TANZT KEINEN SCHRITT MEHR, ALS SIE FÜR NÖTIG HÄLT, STEHT DANN STILL UND WARTET AUF IHREN LOHN.
HAL FOSTER
425 4-1-45

Abenteuer zweier Ritterknaben
50
ES IST EIN SCHÖNER FRÜHLINGSMORGEN, ALS DER HAUSIERER ABREIST. ES WIRD IHM GELEITSCHUTZ MITGEGEBEN, DENN JEDE BURG MUSS AUF IHREN STRASSEN FÜR SICHERHEIT SORGEN, SONST KÄME NIE JEMAND ZU BESUCH. ALICE BESCHLIESST MITZUREITEN.
SIE GELEITEN DEN HAUSIERER DURCHS GANZE LEHEN, BIS HIN ZUR BURG VON SIR GREGORY, DEM FEIND IHRES VATERS.
4-1-45
ALICE REITET FRÖHLICH SINGEND HEIM. SELBST IHRE BRÜDER FINDEN SIE HEUTE BESONDERS SCHÖN. UND WARUM AUCH NICHT? AUF EINER NAHEN WIESE HATTE HUBERT GREGORY SEINEN FALKEN TRAINIERT UND SIE MIT OFFENEM MUND UND KALBSAUGEN ANGESTARRT. FAST HÄTTE SIE SEIN HERZ HEFTIG SCHLAGEN HÖREN KÖNNEN!

Prins Eisenherz
Aus den Tagen König Artus
WÄHREND PRINZ EISENHERZ MEHR TOT ALS LEBEND IN DER OASE LIEGT, TANZT ALETA IN EINEM TUAREGLAGER, UM ESSEN UND MEDIZIN ZU BESCHAFFEN.
ALS SIE INNEHÄLT, HÖREN DIE TROMMELN UND FLÖTEN MIT IHREM SPIEL AUF. WIE EINE GOLDENE FLAMME STEHT SIE IM FEUERSCHEIN, WÄHREND EIN WÜSTENMANN NACH DEM ANDEREN ZU IHREN FÜSSEN EIN GESCHENK NIEDERLEGT.
BIS AUF M'BELO, DEN VERWÖHNTEN SOHN DES TUAREGFÜRSTEN. ER VERSCHWINDET IN DEN DUNKLEN SCHATTEN.
ALETA WICKELT DIE GESCHENKE IN IHREN UMHANG UND GEHT, JEDE HILFE ABLEHNEND, ALLEIN DURCH DEN PALMENHAIN ZURÜCK.
426 4-8-45
M'BELO, DER VON HAREMSFRAUEN GROSSGEZOGEN WURDE, MANGELT ES AN DER RITTERLICHKEIT DER KRIEGER. SEINE GIERIGEN HÄNDE FASSEN NACH ALETA, ALS SIE IM MONDSCHEIN VORBEIGEHT.
HAL FOSTER
"WER SO SCHÖN IST WIE DU, VERDIENT NUR DAS BESTE! MEIN GESCHENK FÜR DICH BIN ICH SELBST!"
Abenteuer zweier Ritterknaben
51
OBWOHL AM SONNTAG IN DER BURGKAPELLE EINE MESSE GEHALTEN WIRD, REITET DER BURGHERR MIT SEINER FAMILIE OFT AUCH ZUR ABTEI ST. NORBERT. FÜR DIESEN FALL WERDEN ARN UND GUY IMMER FAST ZU TODE GEBADET.
ALS SIE SICH DER ABTEI NÄHERN, VERSTUMMT PLÖTZLICH JEDES GESPRÄCH, UND HANDSCHUHE WERDEN VON SCHWERTHÄNDEN GEZOGEN. SIR GREGORY KOMMT ZUR GLEICHEN ZEIT DORTAN.
ZWAR HERRSCHT JETZT FRIEDEN ZWISCHEN IHREN BEIDEN HÄUSERN, ABER DIE ALTE FEINDSCHAFT KANN JEDERZEIT WIEDER AUFFLACKERN.
4-8-45

Prinz Eisenherz
Aus den Tagen König Artus
DIE MÄNNER, VOR DENEN ALETA GETANZT HAT, HABEN IHRE GABEN FÜR DIESE DARBIETUNG MIT RESPEKT VOR IHREN FÜSSEN NIEDERGELEGT, DENN NOCH NIE HATTEN SIE IN DER WÜSTE SO ETWAS WIE DIESE KLEINE PERSON MIT DEM GOLDENEN HAAR GESEHEN. NUR DER HÄUPTLINGSSOHN M'BELO HAT KEINEN RESPEKT.
AUS DEN SCHATTEN DER OASE GREIFT ER NACH ALETA UND FLÜSTERT: "ICH BRINGE DIR DAS TEUERSTE GESCHENK. MICH SELBST!"
PLÖTZLICH TRIFFT EIN DOLCH SEINE RIPPEN! ER WEICHT ZURÜCK UND WIRD IM GESICHT GETROFFEN... AUS DER ZARTEN MOTTE WIRD URPLÖTZLICH EINE WILDE HORNISSE!
VOR SCHMERZ UND ZORN WIMMERND, ZIEHT ER SEIN MESSER. KEINE FRAU HAT JE GEWAGT, IHM ZU WIDERSPRECHEN... KEINE FRAU HATTE JE VERSUCHT, IHN ZU TÖTEN!
IHRE ENTSCHLOSSENHEIT SCHLÄGT IHN IN DIE FLUCHT. IM LAGER ANGEKOMMEN, FLEHT ER UM GERECHTIGKEIT UND RACHE. MAN STRAFT IHN NUR MIT DER VERACHTUNG, DIE ER VERDIENT.
HAL FOSTER
WIEDER IM EIGENEN LAGER, ERHÄLT AUCH ALETA, WAS SIE VERDIENT. EISENHERZ SCHLÄFT RUHIG... DAS FIEBER IST GEWICHEN.

Abenteuer zweier Ritterknaben
WER SOLL ALS ERSTER DIE KIRCHE BETRETEN? KEINER DER BEIDEN RITTER WÜRDE DEM ANDEREN AUCH NUR EINEN ZOLL NACHGEBEN! DER ABT LÖST DAS PROBLEM, INDEM ER DIE BEIDEN FRAUEN AM ARM NIMMT, ZUR KIRCHE FÜHRT UND SAGT: "IN GOTTES HAUS IST FÜR ALLE PLATZ!"
DIE RITTER IGNORIEREN EINANDER. ABER GUY GELINGT ES, EINEN FEINDESFUSS KRÄFTIG ZU TRETEN.
4-15-45
DIE ZARTE ALICE SORGT FÜR VERWIRRUNG IN DEN FEINDLICHEN REIHEN. IHRE ANWESENHEIT MACHT AUS DEM TAPFEREN JUNGEN EDELMANN HUBERT EINEN TAPSIGEN, HILFLOSEN TÖLPEL.

Prinz Eisenherz
Aus den Tagen König Artus
VOR VIELEN MONATEN HAT EIN HERABSTÜRZENDER MAST PRINZ EISENHERZ AM KOPF GETROFFEN. SEITHER IST ER HALB WAHNSINNIG UND SCHMERZGEPEINIGT UMHERGEWANDERT UND ERINNERTE SICH NUR DARAN, DASS ER ALETA, DIE KÖNIGIN DER NEBELINSELN, BESTRAFEN WOLLTE!
DANN WACHT ER EINES TAGES MITTEN IN DER LIBYSCHEN WÜSTE IN EINER EINSAMEN OASE AUF.
ER IST SCHWACH, UND ALLE KNOCHEN TUN IHM WEH. ABER SEIN KOPF IST KLAR! BIS ZU DEM AUGENBLICK, DA IHN DER BALKEN TRAF, FÄLLT IHM ALLES WIEDER EIN. AN DAS, WAS DANACH WAR, ERINNERT ER SICH NICHT MEHR.
"ICH WEISS NICHT, WAS PASSIERTE, EHE DU IN MEINEN PALAST KAMST. ICH WEISS NUR, DASS BERIC GETÖTET WURDE UND DASS DU MIR DAFÜR DIE SCHULD GIBST."
AM NÄCHSTEN TAG IST EISENHERZ SCHON VIEL KRÄFTIGER. ALSO ERZÄHLT IHM ALETA, WAS GESCHEHEN IST, OHNE ETWAS HINZUZUFÜGEN ODER WEGZULASSEN.
ALS SIE DIE OASE VERLASSEN WOLLEN, HÄLT IHM ALETA DIE KETTE HIN. "DU HAST GESCHWOREN, MICH ALS GEFANGENE AN ALLE HÖFE DER WELT ZU BRINGEN."
HAL FOSTER
"DANN TUE ICH DAS", ANTWORTET EISENHERZ RUHIG. DENN EIN SCHWUR IST EINEM RITTER DER TAFELRUNDE HEILIG. DIE KETTE SCHNAPPT INS SCHLOSS.
Abenteuer zweier Ritterknaben
AUF DEM HEIMWEG BEMERKT ALICE GANZ NEBENBEI: "ZU DUMM, DASS SIR GREGORY DIE GROSSMUT FEHLT, EINEM NACHBARN DIE FREUNDESHAND ZU REICHEN... WO DOCH LADY GREGORY SO EINE STATTLICHE FRAU IST."
AUCH HUBERT IST BEREDT: ÜBER DEN BURGHERRN SAGT ER: "ER IST EIN TAPFERER KÄMPE UND EIN VORTREFFLICHER FEIND, ABER DER STURE STOLZ, MIT DEM ER SEINEN HASS NÄHRT, IST UNCHRISTLICH."
ARN UND GUY DENKEN GAR NICHT AN FRIEDEN. "EINE FALSCHE BEWEGUNG VON SIR GREGORY, UND VATER HÄTTE IHN WIE EIN KARNICKEL NIEDERGEMACHT", PRAHLEN SIE.

Prinz Eisenherz
Aus den Tagen König Artus
WIEDER REITEN SIE DURCH DIE WÜSTE. DOCH DIESMAL IST PRINZ EISENHERZ, OBGLEICH NOCH VOM FIEBER GESCHWÄCHT, WIEDER HERR SEINER SINNE. ER REITET GERADEWEGS ZUR KÜSTE.
DAS WISSEN, DASS IHR ENTFÜHRER NUN WIEDER BEI SINNEN IST, LÄSST ALETA EINEN STEIN VOM HERZEN FALLEN. SIE SCHMIEDET PLÄNE.
BALD VERLASSEN SIE DIE TOTENSTILLE WÜSTE UND REITEN AUF DER KÜSTENSTRASSE WESTWÄRTS. HIER GIBT ES VIELE STÄDTE, DÖRFER UND GÄRTEN ZU SEHEN. ZUM ERSTEN MAL SEIT MONATEN SINGT EISENHERZ BEIM REITEN!
EINES TAGES DANN BLICKT DIE GEFANGENE IHREN ENTFÜHRER VORWURFSVOLL AN UND HÄLT IHM DEN WOHLGEFORMTEN ARM HIN, DEN EINE HÄSSLICHE SCHWIELE DORT VERUNZIERT, WO DIE FESSEL STÄNDIG AN DER HAUT REIBT.
ALS SIE IN EINER HAFENSTADT ESSEN, FORDERT ALETA RUHIG: "GIB MIR DEINE BÖRSE, ICH BRAUCHE NEUE KLEIDER." -
"DU GEHST IN DIESEN FETZEN, WIE DAS EINER GEFANGENEN GEBÜHRT", ERWIDERT EISENHERZ.
ARMER EISENHERZ! ER LERNT SCHNELL, WAS ES HEISST, WENN EINE FRAU NEUE KLEIDER HABEN WILL. IHRE REDE ENDET: "... UND WAS BIST DU GEIZHALS ÜBERHAUPT FÜR EIN RITTER, DASS DU EINE GEFANGENE PRAKTISCH NACKT DURCH DIE ÖFFENTLICHKEIT ZERRST?"
429 4-29-45
HAL FOSTER
ZUM ERSTEN, ABER NICHT ZUM LETZTEN MAL HÖRT MAN EISENHERZ STÖHNEN: "ICH WÜNSCHTE, ICH WÜSSTE MEHR ÜBER KÖNIGINNEN."

Abenteuer zweier Ritterknaben
DER BURGHERR IST UNTERWEGS, UM DIE BRÜCKE ZU INSPIZIEREN, DIE SEIN LEHEN UND DAS VON SIR GREGORY VERBINDET. SIR GREGORY KOMMT AUS GLEICHEM ANLASS.
54
"ICH GLAUBE, DIESMAL MUSS ICH SIE REPARIEREN", SAGT SIR GREGORY STEIF. - "DANN BEFESTIGE SIE GLEICH SO, DASS SIE DEN NÄCHSTEN ÜBERFALL AUSHÄLT!" - SIR GREGORY DREHT SICH WÜTEND UM, ABER SEIN ALTER FEIND GRINST.
"DENN ICH ÜBERFALLE DICH... DIESMAL GLEICH SAMT FRAU UND FAMILIE!" - "UND ICH VERTEIDIGE MICH MIT EINEM FESTMAHL!" DAMIT IST DIE FEHDE BEIGELEGT. DAS WIRD ARN UND GUY GAR NICHT GEFALLEN!

Prinz Eisenherz
Aus den Tagen König Artus
"ICH WÜNSCHTE, ICH WÜSSTE MEHR ÜBER KÖNIGINNEN", SEUFZT PRINZ EISENHERZ. DA DAS ZARTE HANDGELENK DER GEFANGENEN VON DER FESSEL WUND GERIEBEN IST, LEGT ER SIE SICH SELBST AN UND GIBT IHR DEN GÜRTEL MIT DEM KETTENENDE. ER KAUFT IHR SOGAR NEUE KLEIDER.
"ICH SOLLTE WENIGER ZUVORKOMMEND ZU IHR SEIN", MURMELT ER UND HILFT ALETA AUFS PFERD. "FÜR EINE GEFANGENE BENIMMT SIE SICH VIEL ZU MAJESTÄTISCH."
"WIE SIE AUSSIEHT! UND WIE SIE SINGT!" KNURRT ER. "ALS WÄRE SIE EIN UNSCHULDSLAMM... DIE GRAUSAME ZAUBERIN!"
EIN BEKÜMMERTER SULTAN REITET DURCH DIE STRASSEN VON BENGASI. ER BRAUCHT DRINGEND GUTE KRIEGER, DENN DIE WESTGOTEN NÄHERN SICH SEINEN GRENZEN...
DA GEWAHRT ER EINEN STATTLICHEN RITTER UND EINE DAME, DIE SICH AN EINEM BRUNNEN ERFRISCHEN. DIESEN KRIEGER MUSS ER HABEN!
430 5-6-45
"IN GANZ BENGASI GIBT ES KEIN GASTHAUS, DAS MENSCHEN EURES STANDES WÜRDIG WÄRE. SEID BITTE, SOLANGE IHR HIER SEID, MEINE GÄSTE."
HAL FOSTER
EISENHERZ BLICKT ALETA FINSTER AN. JETZT WIRD ER SIE IN DIE SCHRANKEN VERWEISEN. "STÖRT ES EUCH, WENN ICH MEINE GEFANGENE MITBRINGE?" DER SULTAN BLICKT ALETA AN. ER HAT KEINE EINWÄNDE.

Abenteuer zweier Ritterknaben
HOCHSTIMMUNG HERRSCHT IN DER BURG, ALS IHR HERR ZURÜCKKEHRT, UM ZU VERKÜNDEN, DASS DIE FEINDSCHAFT MIT SIR GREGORY BEENDET IST. ALICE LÄUFT SOFORT LOS, UM IHRE GARDEROBE ZU INSPIZIEREN.
AUCH IN SIR GREGORYS HEIM FREUT MAN SICH. HUBERT ÜBERPRÜFT SOFORT SEIN PFERD UND SEINE AUSRÜSTUNG, DAMIT ALLES FÜR DEN FALL BEREIT IST, WENN ER EINEN BESUCH MACHEN WILL.
5-6-45
NUR ZWEI AUFGEWÜHLTE HERZEN SIND BETRÜBT, DASS DIE GEFAHR EINER KRIEGERISCHEN AUSEINANDERSETZUNG DER LANGEWEILE DES FRIEDENS GEWICHEN IST.

Prinz Eisenherz
Aus den Tagen König Artus
PRINZ EISENHERZ NIMMT DIE EINLADUNG DES SULTANS AN. MIT ALETA AN DER KETTE BETRITT ER DEN PALAST.
NOCH NIE HAT EISENHERZ EIN SO SCHÖNES BANKETT ERLEBT. ALETA HAT SICH DAS HAAR NEU GELEGT. UND AUCH DAS ESSEN IST GUT.
PLÖTZLICH FÄLLT EISENHERZ WIEDER EIN, DASS ALETA KEIN GAST, SONDERN EINE GEFANGENE IST. ER HEISST SIE TANZEN. EINE SEKUNDE BLITZT ZORN AUS IHREN HELLEN AUGEN, DANN LACHT SIE HELL AUF, REICHT IHM DIE KETTE UND DAS HAARBAND...
... STREIFT IHRE SCHUHE AB UND SCHWEBT DAVON. AUSGERECHNET JETZT KOMMT DER SULTAN ZUM GESCHÄFTLICHEN TEIL, EINEM ATTRAKTIVEN ANGEBOT, WENN EISENHERZ NUR LANGE GENUG VERWEILT, UM EINE ABWEHR GEGEN DEN DROHENDEN EINFALL VON WESTGOTEN ZU ORGANISIEREN. EISENHERZ HÖRT KEIN WORT. SCHLIESSLICH GIBT DER SULTAN AUF: "IHR DENKT ALSO, SIE SEI DIE GEFANGENE? IHR SEID DER GEFANGENE!"
HAL FOSTER
EISENHERZ IST MIT SICH ZUFRIEDEN. ER BEFAHL ALETA, ZU TANZEN... UND SIE HAT GETANZT. UND SOGAR GANZ BEZAUBERND!
Abenteuer zweier Ritterknaben
ES IST EIN HERRLICHER FRÜHLINGSTAG. VOGELGEZWITSCHER UND BLÜTENDUFT ERFÜLLEN DIE LÜFTE. UND GANZ ZUFÄLLIG GEHT ALICE IN IHREM SCHÖNSTEN KLEID NAHE BEIM WEG IHRER HANDARBEIT NACH.
56
EBENFALLS GANZ ZUFÄLLIG IST HUBERT GREGORY IN SEINEM SONNTAGSSTAAT UNTERWEGS, UM SEIN PFERD ZU TRAINIEREN. "WENN ER MICH ANSPRICHT, VERWEISE ICH IHN IN DIE SCHRANKEN", DROHT SIE.
5 13 45
ER SPRICHT SIE AN. ALICE IST HÖFLICH, ABER RESERVIERT. ALLERDINGS MERKT SIE AUCH, DASS ER SCHON EINEN PLATZ IN IHREM HERZEN GEFUNDEN HAT.

Prinz Eisenherz
Aus den Tagen König Artus
NACHDEM ALETA SO BEREITWILLIG DEN BEFEHL VON PRINZ EISENHERZ BEFOLGT HAT, DEM SULTAN ETWAS VORZUTANZEN, DENKT ER, DASS ER MIT IHR KEINEN ÄRGER MEHR HABEN WIRD.
AUCH ALETA IST ZUFRIEDEN. NUR EINES STÖRT SIE NOCH, DIE SACHE MIT DER KETTE. UND DAS, OBWOHL NUN NICHT MEHR SIE DIE GEFANGENE IST.
BEI DER NÄCHSTEN RAST SCHLINGT SIE DAHER UNBEMERKT DIE KETTE UM DES PRINZEN SATTELKNAUF UND...
... ZIEHT SEINEM PFERD DAS ANDERE ENDE ÜBER.
EISENHERZ FAND NIE HERAUS, WAS GESCHAH. ABER ER HETZT EINE GANZE MEILE WEIT NEBEN SEINEM ERSCHRECKTEN PFERD HER, EHE ER ES UNTER KONTROLLE BRINGEN KANN.
"DU BIST WUNDERVOLL", SAGT DIE KLEINE GEFANGENE, ALS IHR ERSCHÖPFTER ENTFÜHRER ZURÜCKKEHRT. "WÄRE ICH AN DIE KETTE GEBUNDEN GEWESEN, WÄRE ICH ZU TODE GESCHLEIFT WORDEN!"
HAL FOSTER
"ZU TODE GESCHLEIFT?" EISENHERZ BLICKT DAS ZARTE GESCHÖPF AN UND BEKOMMT EINEN RIESENSCHRECK. PLÖTZLICH DREHT ER SICH UM UND WIRFT DIE KETTE WEIT WEG!

Abenteuer zweier Ritterknaben
WÄHREND ALICE VERGEBENS VERSUCHT, ZUM FRÜHEREN FEIND KALT UND RESERVIERT ZU SEIN, KOMMT EIN BOTE IN DES KÖNIGS LIVREE AUF DEM WEG ZUR BURG VORBEIGALOPPIERT.
ALLE RITTER WERDEN AUFGEFORDERT, MIT ALL IHREN VERFÜGBAREN SOLDATEN ZUM KÖNIG ZU KOMMEN.
ARN UND GUY SCHWILLT DIE BRUST VOR STOLZ, ALS IHR VATER IN VOLLER KAMPFAUSRÜSTUNG EINEN TEIL DER OBHUT ÜBER DAS LEHEN BIS ZU SEINER RÜCKKEHR IN IHRE HAND LEGT.

Prinz Eisenherz
Aus den Tagen König Artus
ALS SIE EINES TAGES HALTMACHEN, UM EINEN GERISSENEN GURT ZU REPARIEREN, MERKT PRINZ EISENHERZ, DASS ER SEIN MESSER VERLOREN HAT. "DANN NIMM MEINES", SAGT ALETA UND HOLT ES AUS SEINEM VERSTECK.
"DU HAST DIE GANZE ZEIT EIN MESSER GEHABT ?" FRAGT ER ÜBERRASCHT. "DU HÄTTEST MICH JEDERZEIT IM SCHLAF TÖTEN KÖNNEN!"
"EINE SO GRAUSAME ZAUBERIN KÖNNTE..." FÄNGT ER AN. "GRAUSAME ZAUBERIN, GRAUSAME ZAUBERIN!" ÄFFT SIE IHN NACH. "WENN DU DAS NOCH EINMAL SAGST, FANGE ICH AN ZU SCHREIEN!"
"ICH BIN NICHT GRAUSAMER ALS DU, DU PAPAGEI! ABER MEIN VOLK LEIDET SEIT HUNDERTEN VON JAHREN UNTER PIRATENÜBERFÄLLEN..."
"... WIR HABEN EINEN BEFESTIGTEN HAFEN, ZU DEM ALLE EHRLICHEN HÄNDLER KOMMEN. NUR PIRATEN GEHEN, SO WIE DU, IN KLEINEN, VERSTECKTEN BUCHTEN AN LAND."
433 5-27-45
"WENN DU EINEN KAMPF MIT DER KÜSTENWACHE HATTEST, BEI DEM DEINE LEUTE UMKAMEN, IST DAS DEINE SCHULD!"
"UND WENN DU ZU MIR NOCH EINMAL 'GRAUSAME ZAUBERIN' SAGST", DROHT SIE MIT ERHOBENEM ZEIGEFINGER DEM KAMPFERPROBTEN PRINZEN, "DANN VERGESSE ICH MICH!"

Abenteuer zweier Ritterknaben
DER BURGHERR FOLGT DEM AUFRUF DES KÖNIGS UND REITET MIT SEINEM SOLDATENTRUPP LOS.
5-27-45
AUCH SIR GREGORY IST ZU DES KÖNIGS FAHNEN GERUFEN WORDEN. HUBERT IST SEHR ENTTÄUSCHT, DASS ER ZU HAUSE NACH DEM RECHTEN SEHEN SOLL. ER WÄRE LIEBER IN DEN KAMPF GEZOGEN.
ALTE FEINDE SIND NUN WAFFENKAMERADEN. IHRE LEHEN UND BURGEN SIND ZUR VERWALTUNG UND VERTEIDIGUNG DER OBHUT VON FRAUEN UND KINDERN ÜBERLASSEN.

Prinz Eisenherz
Aus den Tagen König Artus
PRINZ EISENHERZ IST UM DIE HALBE WELT GEREIST, UM KÖNIGIN ALETA ZU ZWINGEN, IHREN ZAUBERBANN AUFZUHEBEN. OBWOHL ER SIE VOM THRON WEG ENTFÜHRT UND IN KETTEN GELEGT HATTE, IST DER BANN STÄRKER ALS JE ZUVOR. SIE HAT IHN DAVON ÜBERZEUGT, DASS SIE NICHT BÖSE IST. ER HÄLT NUR NOCH AN EINER VERMUTUNG STUR FEST.
"ABER DU ZAUBERST DOCH, ODER ?" FRAGT ER. "NATÜRLICH", ANTWORTET SIE STRAHLEND. "STREICHE MIR MIT DEN FINGERN DURCHS HAAR!"
SONNENSCHEIN BLITZT UND FUNKELT IM GOLDENEN HAAR. EISENHERZ' STARKE, RAUHE HÄNDE ERZITTERN, ALS SIE DIE SANFTEN LOCKEN BERÜHREN.
SIE STEHT GANZ DICHT NEBEN IHM UND SINGT EIN MUNTERES LIEDCHEN, WÄHREND ER ZUSIEHT, WIE SIE MIT FLINKEN FINGERN DIE GLÄNZENDEN LOCKEN BÄNDIGT. SEIN HERZ SPIELT IHM SELTSAME STREICHE.
"UND DAS IST EIN ZAUBER, DEN JEDE FRAU BENUTZEN KANN." SIE KOMMT NOCH NÄHER, HEBT FORSCH IHR GESICHT UND ZWINKERT IHM MIT IHREN LANGEN WIMPERN ZU.
EISENHERZ ERGIBT SICH DEM ZAUBER DIESES SCHLANKEN MÄDCHENS VOLLSTÄNDIG UND FÜR ALLE ZEITEN.
HAL FOSTER
ZUM ERSTEN MAL IN IHREM JUNGEN LEBEN IST DIE KÖNIGIN SO GRÜNDLICH UND ANGENEHM GEKÜSST WORDEN. (LASSEN WIR DIE BEIDEN EINE WEILE ALLEIN, DENN WAS SIE SICH JETZT ZU SAGEN HABEN, IST ZWAR LIEBENDEN HEILIG, HÖRT SICH ABER, NÜCHTERN BETRACHTET, WIE HOCHTRABENDER UNSINN AN.)
Abenteuer zweier Ritterknaben
GUY, DER DIE STÄLLE BEAUFSICHTIGT, ARBEITET VON FRÜH BIS SPÄT. SEINE LAUTEN BEFEHLE HÖRT MAN IN DER GANZEN BURG.
6-3-45
ARN REITET TÄGLICH DURCH DAS LEHENSGEBIET, HOLT ERNTE- UND VIEHBESTANDSMELDUNGEN EIN UND GIBT BESTELLUNGEN AUF.
DOCH WENN DER BURGHERR IM KRIEG IST, IST SEINE FRAU DIEJENIGE, DIE RUHIG UND UMSICHTIG DIE OBERAUFSICHT WAHRNIMMT.

Prinz Eisenherz
Aus den Tagen König Artus
VOR JAHREN WAR EISENHERZ' ERSTE LIEBE IM MEER ERTRUNKEN, UND ER MEINTE, ER WÜRDE NIE WIEDER LIEBEN KÖNNEN. ER IST SICH DESSEN SO SICHER, DASS ER GLAUBT, BEI ALETAS ANZIEHUNGSKRAFT KÖNNE ES SICH NUR UM ZAUBEREI HANDELN. SIE BELEHRT IHN EINES BESSEREN.
"ACH, LIEBSTER", FLÜSTERT ALETA. "DU BRAUCHTEST SO LANGE, BIS DU MERKTEST, WAS ICH DIE GANZE ZEIT WUSSTE."
"EIN SCHÖNER ANBLICK!" DRÖHNT EINE LAUTE STIMME. "ZERLUMPTER HELD UND HÜBSCHE JUNGFER SCHWÖREN SICH IM SONNENSCHEIN DIE EWIGE TREUE! WIE ROMANTISCH! DOCH NUN ZU MIR! ICH BIN DONARDO, DER DIEBESKÖNIG VON SARAMAND... UND DORT WIRD DIESES HÜBSCHE KIND BALD DAS SCHÖNSTE JUWEL MEINES HAREMS SEIN."
EISENHERZ VERSCHLÄGT ES DIE SPRACHE. ER KANN NUR DASITZEN UND ALETAS ANTLITZ BEWUNDERN. DIE GÖTTER BLICKEN VOM OLYMP HERUNTER... UND BENEIDEN IHN.
HAL FOSTER
435 6-10-45

Abenteuer zweier Ritterknaben
WÄHREND SIR GREGORYS ABWESENHEIT IST HUBERT VERANTWORTLICH FÜR DIE VERWALTUNG DES LEHENSGUTES.
DENNOCH FINDET ER NOCH ZEIT GENUG, SEINE NACHBARN ZU BESUCHEN UND IHNEN HILFE ANZUBIETEN. ER HOFFT, DASS ER BEI DIESER GELEGENHEIT AUCH EIN PAAR WORTE...
6-10-45
...MIT ALICE WECHSELN KANN. ARN UND GUY FÜHLEN SICH BELEIDIGT. "WIR KÖNNEN UNS AUCH OHNE HILFE VON EINEM GREGORY UM UNSERE BURG KÜMMERN", WISPERN SIE.

Prinz Eisenherz
Aus den Tagen König Artus
PRINZ EISENHERZ HAT FÜR ALLE ZEITEN SEIN HERZ AN ALETA VERSCHENKT. DIES WUNDERSAME EREIGNIS MACHT IHN SO SPRACHLOS, DASS DONARDO NOCH EINMAL ANFANGEN MUSS:
"ICH WIEDERHOLE", SAGT ER HÖFLICH, "SIE IST ZU SCHÖN FÜR EINEN SO ZERLUMPTEN BURSCHEN. STATT DESSEN WIRD SIE DAS SCHÖNSTE JUWEL MEINES HAREMS!"
DAS SINGENDE SCHWERT ZISCHT FREUDIG AUS DER SCHEIDE, DOCH ES WIRD VON DONARDOS HORNSIGNAL ÜBERTÖNT.
DONARDOS LEUTE STÜRMEN HASTIG HERBEI, UM IHREM GRINSENDEN HERRN ZU HELFEN. SIE STOSSEN SPEERE ZWISCHEN EISENHERZ' BEINEN DURCH.
EHE EISENHERZ ZU FALL GEBRACHT WIRD, TRIFFT SEIN SCHWERT NUR EINIGE FEINDE. DOCH DIE STEHEN NICHT MEHR AUF.
DONARDO REITET MIT SEINER BEUTE DAVON. "WERFT DEN ZERLUMPTEN BURSCHEN ÜBER DIE KLIPPE. ER IST KEIN LÖSEGELD WERT", BEFIEHLT ER.
6-17-45
HAL FOSTER
TROTZ VERZWEIFELTER GEGENWEHR NIMMT MAN DEM PRINZEN SCHWERT UND BÖRSE WEG, EHE MAN IHN ÜBER DEN RAND DER KLIPPE WIRFT.
Abenteuer zweier Ritterknaben
WENN DIE RITTER MIT IHREN SOLDATEN IN DEN KRIEG ZIEHEN UND SICH NUR IHRE FRAUEN UM DIE LEHENSGÜTER KÜMMERN, WERDEN DIE GESETZLOSEN VON TAG ZU TAG FRECHER.
DANN WIRD DIE WAFFENKAMMER GEÖFFNET. WAFFEN WERDEN AN DIE DORFBEWOHNER VERTEILT, DAMIT DIESE DAS LEHENSGUT VERTEIDIGEN KÖNNEN.
6-17-45
DIE LEIBEIGENEN UND DIE ZINSBAUERN SIND KEINE GUTEN SOLDATEN. DOCH DAS LEUCHTEN DER FEUER, AN DENEN NACHTWACHEN STEHEN, HÄLT DIE GESETZLOSEN AUF DISTANZ.

Prinz Eisenherz
Aus den Tagen König Artus
PRINZ EISENHERZ HAT KAUM ALETA SEIN HERZ GESCHENKT, ALS DONARDO, DER TYRANN VON SARAMAND, SIE FÜR SEINEN HAREM HABEN WILL UND EISENHERZ ÜBER DIE KLIPPE WERFEN LÄSST.
EISENHERZ LANDET AUF DEM SCHRÄGEN ABHANG UND RUTSCHT IN DIE TIEFE. ER IST BENOMMEN, HAT SICH ABER NICHTS GEBROCHEN.
STUNDEN SPÄTER FINDET EISENHERZ EINEN WEG ZUM RAND DER KLIPPE HINAUF. DONARDO UND SEINE LEUTE SIND VERSCHWUNDEN. ALETA IST FORT! DAS SINGENDE SCHWERT EBENFALLS.
AN DER KAMPFSTÄTTE REPARIERT ER EINEN DER VIELEN ABGEBROCHENEN SPEERE. MIT DEM MACHT ER SICH DANN AUF GEGEN DONARDOS HEER.
ALS DIE MITTAGSSONNE VOM WOLKENLOSEN HIMMEL HERNIEDERBRENNT, RASTEN DONARDO UND SEINE LEUTE. *"WIR WERDEN VERFOLGT"*, RUFT EIN WÄCHTER.
WEIT, WEIT HINTER IHNEN KOMMT AUF DER STAUBIGEN STRASSE EINE KLEINE GESTALT IM ZERFETZTEN ROTEN UMHANG RASCH NÄHER.
437 6-24-45
HAL FOSTER
ALS SIE AUFBRECHEN, IST EISENHERZ IMMER NOCH EINE HALBE MEILE WEIT WEG. *"DIE ENTSCHLOSSENHEIT DES BURSCHEN GEFÄLLT MIR"*, MEINT DONARDO. *"ABER ICH FINDE IHN LÄSTIG. HIER, ALI, NIMM SEIN SCHWERT, KEHR UM UND TÖTE IHN!"*
Abenteuer zweier Ritterknaben
GUY SCHAUT SEHNSÜCHTIG DIE HECHTE IM BURGGRABEN AN. SEIT ZWEI MONATEN IST SEIN VATER IM KRIEG, UND ES HAT SICH KEINE GELEGENHEIT ZUM FISCHEN GEBOTEN.
AUCH ARN FINDET, DASS SEINE PFLICHTEN KEIN HONIGSCHLECKEN SIND. DOCH SIE BEKLAGEN SICH NICHT, DENN SIE SIND STOLZ, MÄNNERARBEIT TUN ZU DÜRFEN.
WENN EIN RITTER IN DIE SCHLACHT ZIEHT, KANN SEINE FRAU NUR MONATE-, MANCHMAL JAHRELANG WARTEN UND WARTEN, DENN NUR SELTEN HÖRT MAN NEUIGKEITEN, DA NUR WENIGE REISENDE UND KAUFLEUTE VORBEIKOMMEN.

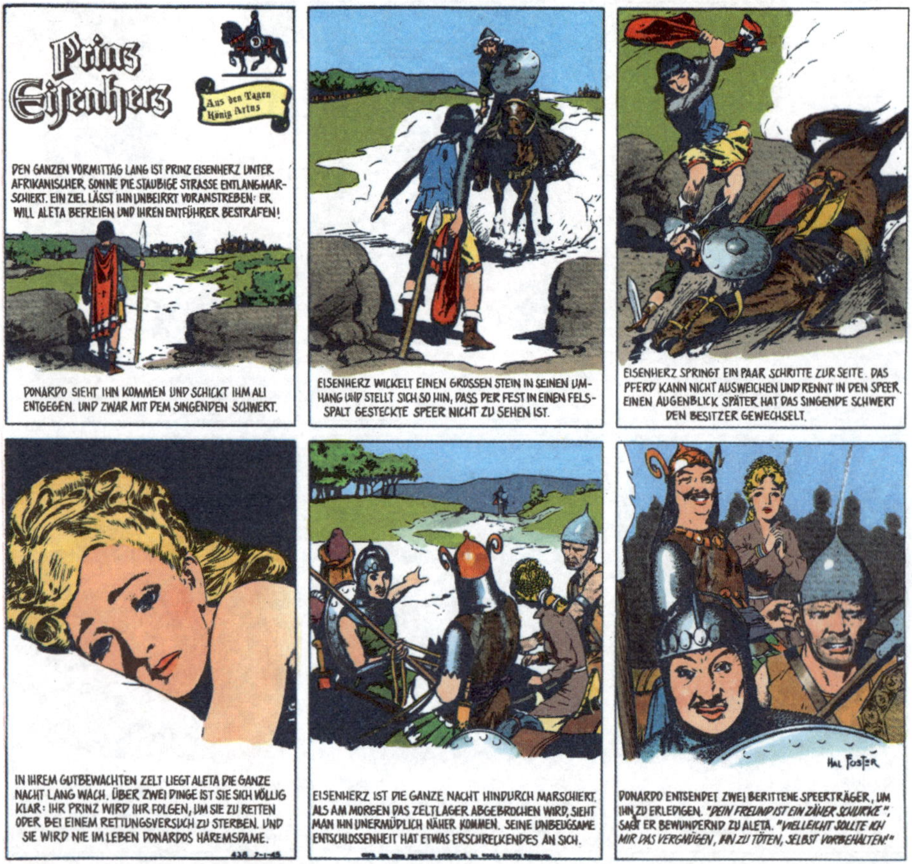
Prinz Eisenherz
Aus den Tagen König Artus
DEN GANZEN VORMITTAG LANG IST PRINZ EISENHERZ UNTER AFRIKANISCHER SONNE DIE STAUBIGE STRASSE ENTLANGMARSCHIERT. EIN ZIEL LÄSST IHN UNBEIRRT VORANSTREBEN: ER WILL ALETA BEFREIEN UND IHREN ENTFÜHRER BESTRAFEN!
DONARDO SIEHT IHN KOMMEN UND SCHICKT IHM ALI ENTGEGEN. UND ZWAR MIT DEM SINGENDEN SCHWERT.
EISENHERZ WICKELT EINEN GROSSEN STEIN IN SEINEN UMHANG UND STELLT SICH SO HIN, DASS DER FEST IN EINEN FELSSPALT GESTECKTE SPEER NICHT ZU SEHEN IST.
EISENHERZ SPRINGT EIN PAAR SCHRITTE ZUR SEITE. DAS PFERD KANN NICHT AUSWEICHEN UND RENNT IN DEN SPEER. EINEN AUGENBLICK SPÄTER HAT DAS SINGENDE SCHWERT DEN BESITZER GEWECHSELT.
IN IHREM GUTBEWACHTEN ZELT LIEGT ALETA DIE GANZE NACHT LANG WACH. ÜBER ZWEI DINGE IST SIE SICH VÖLLIG KLAR: IHR PRINZ WIRD IHR FOLGEN, UM SIE ZU RETTEN ODER BEI EINEM RETTUNGSVERSUCH ZU STERBEN. UND SIE WIRD NIE IM LEBEN DONARDOS HAREMSDAME.
EISENHERZ IST DIE GANZE NACHT HINDURCH MARSCHIERT. ALS AM MORGEN DAS ZELTLAGER ABGEBROCHEN WIRD, SIEHT MAN IHN UNERMÜDLICH NÄHER KOMMEN. SEINE UNBEUGSAME ENTSCHLOSSENHEIT HAT ETWAS ERSCHRECKENDES AN SICH.
HAL FOSTER
DONARDO ENTSENDET ZWEI BERITTENE SPEERTRÄGER, UM IHN ZU ERLEDIGEN. "DEIN FREUND IST EIN ZÄHER SCHURKE", SAGT ER BEWUNDERND ZU ALETA. "VIELLEICHT SOLLTE ICH MIR DAS VERGNÜGEN, IHN ZU TÖTEN, SELBST VORBEHALTEN!"

Abenteuer zweier Ritterknaben
SORGENVOLLE MONATE VERGEHEN, BIS EINES TAGES EIN BOTE KOMMT. DER KRIEG IST BEENDET. DES KÖNIGS MÄNNER HABEN GESIEGT, UND DEM BURGHERRN IST NICHTS ZUGESTOSSEN.
SEINE FRAU VERBRINGT NUN VIEL ZEIT AUF DEM WACHTURM, UM NACH IHM AUSSCHAU ZU HALTEN. AUCH ALICE SCHAUT IN DIE RICHTUNG, AUS DER ER KOMMEN MUSS. OFT BLICKT SIE JEDOCH AUCH ZU SIR GREGORYS STRASSE.
ARN UND GUY BEGRÜSSEN DAS ENDE DES KRIEGES. SIE HABEN IHRE PFLICHTEN SO ERNST GENOMMEN, DASS SIE JEDEN ABEND TODMÜDE INS BETT GEFALLEN SIND!

Abenteuer zweier Ritterknaben

Abenteuer zweier Ritterknaben

Prinz Eisenherz
Aus den Tagen König Artus
AUS DER FERNE SIEHT PRINZ EISENHERZ, WIE ALETA HINTER DER HÜGELKUPPE VERSCHWINDET. DANN MUSS ER SICH DEM KAMPF GEGEN DIE VIER ENTSANDTEN REITER STELLEN.
PLÖTZLICH TREIBT ER SEIN ZWEITES PFERD IM WILDEN GALOPP MITTEN UNTER SEINE FEINDE.
EINER WIRD VON SEINEN FREUNDEN GETRENNT. IHN GREIFT EISENHERZ AN.
KÖNIG ARTUS RITTER SIND IM ANGRIFF MIT SCHILD UND LANZE BESTENS GEÜBT. EINEN KURZEN AUGENBLICK LANG WUNDERT SICH DER GEGNER, WIE UNBEQUEM ES DOCH IST, EISENHERZ' SPEER ZU "TRAGEN".
PLÖTZLICH WENDET SICH EISENHERZ UM UND ERWISCHT EINEN ANDEREN GEGNER, EHE DER SICH SCHLÜSSIG IST, WAS ER JETZT TUN SOLLTE.
DER DRITTE IST EIN SCHWERTKÄMPFER, DEN EISENHERZ ZWISCHEN SICH UND NUMMER VIER BRINGT, BIS DAS "SINGENDE SCHWERT" EINEN WEG DURCH SCHILD UND HELM GEFUNDEN HAT.
4-41 7-22-45
HAL FOSTER
DER VIERTE LEGT DIE LANZE ZUM ANGRIFF AN. EISENHERZ MACHT KEHRT UND FLIEHT.
Abenteuer zweier Ritterknaben
HUBERT GREGORY BEGINNT SEINE LEHRZEIT. ARN MACHT SICH AUF DEN WEG ZU SIR GREGORY UND HOFFT INSGEHEIM, VIELLEICHT DESSEN BURG IN BRAND SETZEN ZU KÖNNEN!
DER ANGEHENDE JUNGRITTER MUSS BESCHEIDENHEIT UND HÖFLICHES VERHALTEN LERNEN UND KRÄFTIG SEIN. UM LETZTERES ZU GARANTIEREN, GIBT MAN IHM VIEL SCHWERARBEIT.
ARN LERNT ALS PAGE SCHNELL BESCHEIDENHEIT UND HÖFLICHKEIT, DENN ER MUSS BEI TISCH SERVIEREN. UND SIR GREGORY DULDET KEINE FAXEN.
7-22-45

Prinz Eisenherz
Aus den Tagen König Artus
DREI GEGNER LIEGEN TOT IM STAUB, ABER ALS DER VIERTE MIT DEM SPEER AUF PRINZ EISENHERZ LOSGEHT... ERGREIFT DIESER ÜBERRASCHEND DIE FLUCHT!
EISENHERZ GESTATTET SEINEM GEGNER, SO NAHE ZU KOMMEN, DASS IHN DER SPEER FAST BERÜHRT. DANN BLITZT DAS "SINGENDE SCHWERT" ZWEIMAL AUF.
BEIM ERSTEN MAL SCHLÄGT ES DIE SPEERSPITZE AB... UND DIE PLÖTZLICHE ANGST IM AUGE DES SPEERTRÄGERS VERRÄT, DASS ER WEISS, WO DER ZWEITE SCHLAG LANDEN WIRD.
EISENHERZ NIMMT DIE VERFOLGUNG WIEDER AUF. ABER ALS ER ÜBER DIE HÜGELKUPPE KOMMT, SCHREIT ER VOR ZORN AUF... UNTER IHM LIEGT WEISS LEUCHTEND SARAMAND MIT SEINEM ROTEN BOLLWERK.
ER KANN GERADE NOCH SEHEN, WIE ALETA DURCH DAS GROSSE TOR REITET. EIN KURZES WINKEN MIT EINEM TUCH, DANN SCHLIESSEN SICH DIE ABWEISENDEN TORFLÜGEL. EISENHERZ WEISS JETZT, WAS ECHTER SCHMERZ IST.
442 7-29-45
AUCH DONARDO HAT ZURÜCKGEBLICKT. "DEIN ZERLUMPTER FREUND IST HARTNÄCKIG", SAGT ER BEWUNDERND. "ER WIRD NOCH LANGE VERSUCHEN, MIR ÄRGER ZU MACHEN. DAS WIRD UNS NOCH VIELE TAGE LANG UNTERHALTUNG BIETEN."
HAL FOSTER
VOR KUMMER FAST KRANK, SITZT EISENHERZ REGLOS DA UND STARRT AUF DAS GESCHLOSSENE TOR. DER JÜNGLING, DER AUS EINEM VERSTECK GETRETEN IST, MUSS IHN ZWEIMAL ANSPRECHEN.

Abenteuer zweier Ritterknaben
ARN GEHT SEINEN DIENST ALS PAGE BEI SIR GREGORY MIT GROSSEM EIFER, ABER MIT WENIG BEGEISTERUNG AN. OBENDREIN MUSS ER EINE GROSSE BELÄSTIGUNG ERTRAGEN... EINE HELLE STIMME SAGT: ""HALLO."
"ICH BIN MELISANDE GREGORY, UND MUTTER SAGT, DASS ICH SEHR SCHÖN BIN. WER BIST DU?" - "ICH BIN DERJENIGE, DER ZUVIEL ZU TUN HAT, UM MIT MÄDCHEN ZU REDEN", SAGT ARN MISSBILLIGEND. "GEH WEG!"
7-29-45
ABER TROTZ DER ZURÜCKWEISUNG GEHT MELISANDE NICHT WEG. SIE FOLGT IHM SOGAR AUF SCHRITT UND TRITT, DENN SIE MÖCHTE IN ARN IHREN HELDEN SEHEN!

Prinz Eisenherz
Aus den Tagen König Artus
ENDLICH KANN SICH DER GROSSE JÜNGLING BEMERKBAR MACHEN, DER NEBEN DEM VERZWEIFELT AUF DAS VERSCHLOSSENE TOR BLICKENDEN PRINZ EISENHERZ AUFGETAUCHT IST.
"ICH BIN RAMUD AUS TUNIS. ICH HABE ALLES MITANGESEHEN. AUCH ICH HABE GRUND, DONARDO ZU HASSEN."
"DONARDO ENTFÜHRTE MEINE LIEBSTE IN SEINEN HAREM. ICH WARTE AUF DEN TAG DER RACHE! DOCH WAS IST SCHON EIN SPEER GEGEN DIE MAUERN VON SARAMAND?"
EISENHERZ SIEHT DEN JÜNGLING LANGE AN. ER GEFÄLLT IHM. SIE REITEN ZUR KAMPFSTÄTTE ZURÜCK UND NEHMEN SICH, WAS SIE BRAUCHEN KÖNNEN.
DANN ZEIGT IHM RAMUD DEN WEG ZU SEINER HÜTTE, DIE IN EINEM WALD VON KORKBÄUMEN VERBORGEN IST. "ES GIBT VIELE, DIE WIE ICH DARAUF WARTEN, DIESEN LACHENDEN TEUFEL ZU LEHREN, WAS RECHT IST!"
443 8-5-45
"ES GIBT HIER DREI KÖNIGREICHE, DIE DONARDO PLÜNDERTE UND VON DENEN ER NUN TRIBUT FORDERT. ALLEIN SIND DIE KÖNIGE MACHTLOS, ABER SIE SCHLIESSEN SICH NICHT ZUSAMMEN, DENN SIE MISSTRAUEN SICH SO SEHR, WIE SIE DONARDO HASSEN."
HAL FOSTER
EISENHERZ SPRINGT AUF, HOFFNUNG UND ENTSCHLOSSENHEIT IM BLICK. "WIR HABEN PFERDE UND WAFFEN FÜR VIER LEUTE. BRING SIE ZU MIR! HEUTE BEGINNT UNSER KRIEG GEGEN SARAMAND!"
Abenteuer zweier Ritterknaben
DA ARN ALS PAGE BEI SIR GREGORY IST, KOMMT SICH GUY SEHR EINSAM VOR. NUN JA, WENIGSTENS KANN ER SEIN MÜTCHEN AN HUBERT GREGORY KÜHLEN!
"HIER, BURSCHE, PUTZ MEIN ZAUMZEUG!" BEFIEHLT GUY HOCHNÄSIG. "JA, HERR", ANTWORTET HUBERT, WIE ES SICH DER DEMUT EINES ANGEHENDEN RITTERS GEZIEMT...
8-5-45
...UND DANN LEISTET ER EINEN GEWALTIGEN BEITRAG ZU GUYS ERZIEHUNG!

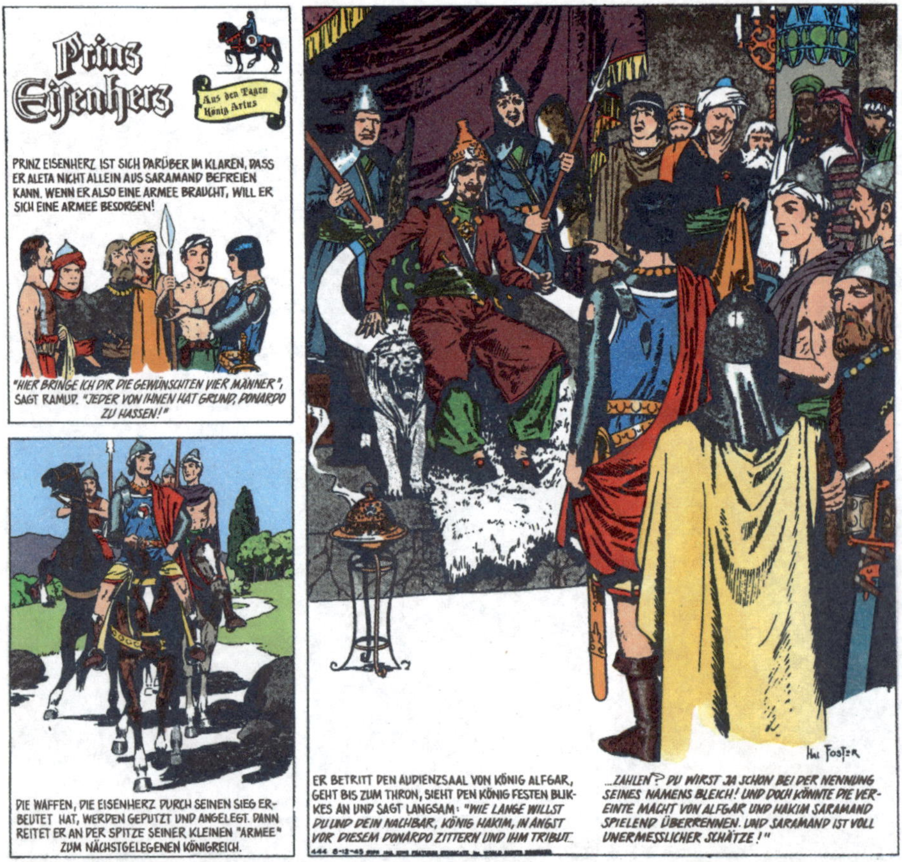
Prinz Eisenherz
Aus den Tagen König Artus
PRINZ EISENHERZ IST SICH DARÜBER IM KLAREN, DASS ER ALETA NICHT ALLEIN AUS SARAMAND BEFREIEN KANN. WENN ER ALSO EINE ARMEE BRAUCHT, WILL ER SICH EINE ARMEE BESORGEN!
"HIER BRINGE ICH DIR DIE GEWÜNSCHTEN VIER MÄNNER", SAGT RAMUD. "JEDER VON IHNEN HAT GRUND, DONARDO ZU HASSEN!"
DIE WAFFEN, DIE EISENHERZ DURCH SEINEN SIEG ERBEUTET HAT, WERDEN GEPUTZT UND ANGELEGT. DANN REITET ER AN DER SPITZE SEINER KLEINEN "ARMEE" ZUM NÄCHSTGELEGENEN KÖNIGREICH.
HAL FOSTER
ER BETRITT DEN AUDIENZSAAL VON KÖNIG ALFGAR, GEHT BIS ZUM THRON, SIEHT DEN KÖNIG FESTEN BLIKKES AN UND SAGT LANGSAM: "WIE LANGE WILLST DU UND DEIN NACHBAR, KÖNIG HAKIM, IN ANGST VOR DIESEM DONARDO ZITTERN UND IHM TRIBUT...
...ZAHLEN? DU WIRST JA SCHON BEI DER NENNUNG SEINES NAMENS BLEICH! UND DOCH KÖNNTE DIE VEREINTE MACHT VON ALFGAR UND HAKIM SARAMAND SPIELEND ÜBERRENNEN. UND SARAMAND IST VOLL UNERMESSLICHER SCHÄTZE!"
444 8-12-45

Abenteuer zweier Ritterknaben
KEINE AUFGABE IST DEM ANGEHENDEN RITTER ZU GERING. SELBST DIE UNANGENEHMSTE QUAL, DAS DREHEN DES SPIESSES, GEHÖRT ZU ARNS AUFGABEN.
69
UNTER DEM STRENGEN BLICK VON SIR GREGORYS WAFFENMEISTER MUSS ER TÄGLICH EINE STUNDE DEN UMGANG MIT DEN WAFFEN ÜBEN.
8-12-45
ER IST EINSAM UND HAT HEIMWEH. DIE RUHIGEN, VEREHRENDEN AUGEN MELISANDES, DIE IHM ÜBERALLHIN FOLGEN, MACHEN DIE SACHE NOCH SCHWERER ...DA ER DOCH KLEINE MÄDCHEN HASST!

Prinz Eisenherz
Aus den Tagen König Artus
UM SARAMAND ERSTÜRMEN UND ALETA AUS DONARDOS HAREM BEFREIEN ZU KÖNNEN, BRAUCHT PRINZ EISENHERZ EINE ARMEE. DESHALB NIMMT ER VOR KÖNIG ALFGAR KEIN BLATT VOR DEN MUND.
DENNOCH RUFT ALFGAR NICHT DEN HENKER HERBEI. EIN SATZ GEHT IHM STÄNDIG DURCH DEN KOPF: "SARAMAND IST VOLL UNERMESSLICHER SCHÄTZE!"
"DONARDO HAT MEINE TRUPPEN BESIEGT UND MEIN LAND VERWÜSTET!" WENDET DER KÖNIG EIN. "DAS GLEICHE TRIFFT AUF KÖNIG HAKIM ZU."
"IHR BEIDE MÜSST AUCH EINEN RUINÖSEN TRIBUT AN DONARDO ENTRICHTEN", ERGÄNZT EISENHERZ. "IHR KÖNNT EUCH NUR VON IHM BEFREIEN, WENN IHR EUCH ZUSAMMENTUT. SOLLEN WIR MIT HAKIM SPRECHEN?"
AUF FREIEM FELD, ZWISCHEN DEN BEIDEN SICH GEGENÜBERSTEHENDEN ARMEEN TREFFEN SICH DIE BEIDEN KÖNIGE, DIE SICH GEGENSEITIG NICHT TRAUEN.
DER GEDANKE AN DIE SCHÄTZE SARAMANDS SCHEINT SIE ZU EINEN. DANN BEGINNT DER STREIT DARUM, WER DER ANFÜHRER SEIN SOLL. EISENHERZ SPRINGT AUF: "FÜR STREITEREIEN HABEN WIR KEINE ZEIT. WIE SOLL EINER VON EUCH ANFÜHRER SEIN, WENN IHR BEIDE DONARDO FÜRCHTET UND EUCH MISSTRAUT? ICH FÜHRE EUCH AN!"
HAL FOSTER
445 8-19-45

Abenteuer zweier Ritterknaben
70
EINES MORGENS IST DIE LÄSTIGE MELISANDE NICHT DA. ARN IST GANZ FROH, DASS SIE IHN HEUTE NICHT NERVT. ABER SCHON AM NACHMITTAG SIND IHM RUHE UND FRIEDEN ZUVIEL!
ALS ER SICH ERKUNDIGT, ERFÄHRT ER, DASS SIE KRANK ZU BETTE LIEGT. ER FRAGT, OB ER SIE BESUCHEN DARF.
ER WIRFT SEIN HEISSGELIEBTES MESSER AUF IHR BETT UND SAGT SCHROFF: "FÜR DICH. ICH DACHTE, ES GEFÄLLT DIR VIELLEICHT." DAS IST ZUVIEL FÜR MELISANDE. MIT GROSSEN AUGEN STARRT SIE IHREN WUNDERVOLLEN HELDEN SO LANGE AN, BIS ER HINAUSSTOLZIERT.
8-19-45

Prinz Eisenherz
Aus den Tagen König Artus
WÄHREND PRINZ EISENHERZ ZWEI KÖNIGE BESCHWATZT, IHM IHRE ARMEEN ZU ÜBERLASSEN, DAMIT ER ALETA BEFREIEN KANN, WIRD ALETA IN DEN HAREM DONARDOS, DES TYRANNISCHEN HERRSCHERS VON SARAMAND, GEBRACHT.
BEWUNDERND VERABREICHEN IHR HAREMSDIENERINNEN EINE KAUM ERFORDERLICHE SCHÖNHEITSPFLEGE.
ALS DONARDO SEIN NEUES SPIELZEUG RUFEN LÄSST, KOMMT ALETA UND STELLT SICH GEHORSAM VOR IHM AUF, WÄHREND ER KÜHNEN AUGES IHRE SCHÖNHEIT BEWUNDERT.
ER REISST SIE IN SEINE KRÄFTIGEN ARME UND KÜSST SIE. SIE WEHRT SICH NICHT, ABER IN IHREN AUGEN IST KALTE VERACHTUNG ZU LESEN. IHRE TASTENDEN FINGER SUCHEN UND FINDEN SEINEN DOLCH.
"KLEINE NÄRRIN", LACHT DONARDO. "DARAUF WAR ICH VORBEREITET. DAFÜR KÖNNTE DIR DER TOD DROHEN!"
RUHIG, JA FAST FREUNDLICH, SAGT ALETA: "ICH LIEBE PRINZ EISENHERZ VON GANZEM HERZEN. IHR KÖNNT MICH NUR MIT GEWALT NEHMEN... UND NOCH ZUR GLEICHEN STUNDE WÜRDE ICH MICH UMBRINGEN."
8-26-45
HAL FOSTER
"FORT! GEH IN DEINE GEMÄCHER!" BRÜLLT DONARDO IN AUFWALLENDEM ZORN. DER GROSSE DONARDO, BEHANDELT WIE EIN BAUERNJUNGE! TROTZ SEINES ZORNS WEISS ER, DASS SIE RECHT HAT. ES ÜBERRASCHT IHN AUCH, WIE LEICHT SIE IHN AUS DEM KONZEPT BRINGEN KANN!
456

Abenteuer zweier Ritterknaben
EINES TAGES TRIFFT ARN BEI EINER BOGENSCHIESSÜBUNG ZUM ERSTEN MAL IN SEINEM LEBEN DIE VOGELATTRAPPE VOLL.
"DU MUSST DER BESTE BOGENSCHÜTZE DER WELT SEIN", FLÖTET SEINE STÄNDIGE BEGLEITUNG. ARN NIMMT DIE SCHMEICHELNDEN WORTE MIT GEZIEMENDER BESCHEIDENHEIT HIN.
8-26-45
ER IST SO ZUFRIEDEN, DASS ER MEINT, DIE LOBSPENDERIN BELOHNEN ZU MÜSSEN. "WENN DU WILLST, KANNST DU MEINE PFEILE TRAGEN", SAGT ER NUR WENIG SCHROFF. MELISANDE VERGEHT FAST OB SO VIEL LEUTSELIGKEIT!

Prinz Eisenherz
Aus den Tagen König Artus
DONARDO MARSCHIERT MIT FINSTERER MIENE AUF UND AB. DER NEUESTE ZUGANG SEINES HAREMS, DIE BLONDE ALETA, HAT IHM ENTGEGENGESCHLEUDERT, DASS SIE DEN TOD SEINER UMARMUNG VORZIEHE, DASS SIE SICH UMBRINGEN WOLLTE, WENN ER SIE AUCH NUR ANFASSTE. ER GLAUBT IHR AUFS WORT. UND WAS IHN SO BESONDERS WURMT, IST, DASS ES IHM ETWAS AUSMACHT!
DONARDO HAT NOCH JEDEN GEGNER BESIEGT. ER MÖCHTE AUCH HIER SIEGEN. ER WIRD DIE KLEINE BLONDE FRAU DAZU BRINGEN, IHN ZU LIEBEN! ER LÄSST SIE AUS DEN FRAUENGEMÄCHERN HERBEIRUFEN.
"ICH WILL DIR MEINEN WILLEN NICHT AUFZWINGEN", SAGT ER. "ABER DU WIRST NOCH GERNE MEIN WERDEN. WIR HABEN VIEL ZEIT, DENN DU WIRST DEN REST DEINES LEBENS HIER VERBRINGEN!"
"LASS MICH LIEBER GEHEN", SAGT ALETA, WÄHREND SIE IHM DIE HAND FAST MÜTTERLICH AUF DIE SCHULTER LEGT. "DU WIRST SONST NUR BIS ZU DEM TAG, AN DEM MEIN PRINZ EISENHERZ KOMMT, DICH TÖTET UND SARAMAND ZERSTÖRT, UNGLÜCKLICH SEIN."
DONARDO LACHT SCHALLEND OB SOLCH BLÜHENDEN BLÖDSINNS! DA WIRFT SICH EIN SPION VOR IHM AUF DIE KNIE UND BERICHTET: "DIE ARMEEN VON KÖNIG ALFGAR UND KÖNIG HAKIM SIND IM ANMARSCH. EIN WILDER RITTER AUS DEM NORDEN NAMENS PRINZ EISENHERZ FÜHRT SIE AN!"
HAL FOSTER
AUF DEN GROSSEN MAUERN BEREITET DONARDO DIE VERTEIDIGUNG VOR UND VERGISST DABEI FÜR EINE WEILE ALETA.
Abenteuer zweier Ritterknaben
ARN BEDAUERT, DASS ER IN EINEM ANFLUG VON MITGEFÜHL DER LÄSTIGEN MELISANDE SEIN MESSER GESCHENKT HAT.
SIE HAT ES VON IHREM HELDEN BEKOMMEN, UND KEINE ZEHN PFERDE KÖNNTEN ES IHR ENTREISSEN!
9-2-45
"WIE ICH SEHE, HAST DU KEIN MESSER, ARN", SAGT SIR GREGORY FREUNDLICH. "ZUFÄLLIG HABE ICH ZWEI." MIT DIESEN WORTEN GIBT ER DEM ERFREUTEN JUNGEN SEIN EIGENES MESSER.

Prinz Eisenherz
Aus den Tagen König Artus
DIE KÖNIGE ALFGAR UND HAKIM STREITEN ERBITTERT DARUM, WER DIE GEMEINSAME ARMEE GEGEN SARAMAND FÜHREN SOLL. UND SIE PROTESTIEREN LAUTHALS, ALS PRINZ EISENHERZ SAGT: "ICH FÜHRE SIE! SAGT EUREN HAUPTLEUTEN, DASS ICH BEFEHLSHABER BIN!"
"DONARDOS ENDE IST LÄNGST ÜBERFÄLLIG. DIESER GRINSENDE SCHURKE MUSS VON MEINER HAND STERBEN! SOLL ICH EURE ARMEEN ZU DEN SCHÄTZEN SARAMANDS FÜHREN ODER DIE ARMEEN VON ZWEI ANDEREN KÖNIGEN?"
ZÖGERND ERNENNEN DIE BEIDEN KÖNIGE EISENHERZ ZUM BEFEHLSHABER. ANFANGS MURMELN DIE OFFIZIERE: "WER LÄSST SICH SCHON VON EINEM JÜNGLING BEFEHLEN?"
ABER BALD BEWEIST IHNEN EISENHERZ, DASS ER SEIN HANDWERK VERSTEHT. VERSORGUNGS- UND MELDETRUPPS WERDEN EINGERICHTET, DIE BEIDEN ARMEEN WERDEN VEREINT UND BELAGERUNGSMASCHINEN GEBAUT. JEDER OFFIZIER ERHÄLT GENAUE ANWEISUNGEN... DANN MARSCHIEREN SIE GEN SARAMAND UND UMZINGELN DIE STADT.
Abenteuer zweier Ritterknaben
ALS GUY EINES TAGES MIT PFEIL UND BOGEN ÜBT, HÖRT ER DIE VERHASSTE STIMME VON HUBERT GREGORY: "BIST DU EIN BOGENSCHÜTZE ODER EIN HARFENSPIELER?"
"ZUPF NICHT AN DER SEHNE, ALS WÄRE SIE EINE HARFENSAITE. LASS SIE LOS." UND ER PLAZIERT ZEHN PFEILE MIT SPIELERISCHER LEICHTIGKEIT IM ZENTRUM DER ZIELSCHEIBE.
9-9-45
DANACH NIMMT GUYS TREFFSICHERHEIT SCHLAGARTIG ZU. ER FRAGT SICH, OB ER SEINE ABNEIGUNG FÜR HUBERT AUFRECHTERHALTEN KANN.

Prinz Eisenherz
Aus den Tagen König Artus
DIE BELAGERUNG SARAMANDS BEGINNT. PRINZ EISENHERZ REITET ZUM STADTTOR UND FORDERT DONARDO AUF, ALETA FREIZUGEBEN, WENN ER NICHT WILL, DASS SEINE STADT DEM ERDBODEN GLEICHGEMACHT WIRD.
"WAS DONARDO WILL, DAS NIMMT ER SICH. UND WAS ER SICH GENOMMEN HAT, BEHÄLT ER!" LACHT DONARDO. "JETZT BEGINNE DEINEN KLEINEN KRIEG. ICH WERDE DEINE LEUTE MIT VERGNÜGEN ABSCHLACHTEN UND ANSCHLIESSEND DICH FOLTERN!"
AUF EINEN BEFEHL VON EISENHERZ HIN BEGINNEN DIE GROSSEN KATAPULTE, DIE MAUERN ZU BESCHIESSEN.
ALS ALETA DEN KAMPFLÄRM HÖRT, LEUCHTEN IHRE GRAUEN AUGEN MIT NEUER HOFFNUNG AUF. PRINZ EISENHERZ IST AUF DEM WEG!
DOCH DONARDO IST EIN KÜHNER UND LISTIGER GENERAL. BEI NACHT WAGT ER TOLLKÜHNE AUSFÄLLE, BRENNT KRIEGSMASCHINEN NIEDER UND KEHRT SO SCHNELL, WIE ER GEKOMMEN WAR, IN DIE STADT ZURÜCK.
EISENHERZ FÜHRT SEINE LEUTE AN WEIT VERSTREUTEN STELLEN ZU KURZEN ANGRIFFEN, SO DASS DIE VERTEIDIGER STÄNDIG IN BEWEGUNG SIND. ES SOLL FÜR DONARDO UND SEINE LEUTE KEINE RUHEPAUSE GEBEN!
Abenteuer zweier Ritterknaben
GUYS ABNEIGUNG GEGENÜBER HUBERT WEICHT DER BEWUNDERUNG, ALS ER EINES MORGENS SIEHT, WIE ER EIN WILDES PFERD BÄNDIGT. NOCH DAZU OHNE SATTEL.
ANDERE AUGEN SEHEN DAS VORTREFFLICHE REITERISCHE KÖNNEN MIT NOCH MEHR BEWUNDERUNG IM BLICK.
AUF DER BURG VON SIR GREGORY WIRD EINEM ANDEREN REITER EBENSO GROSSE BEWUNDERUNG ZUTEIL.

Prinz Eisenherz
Aus den Tagen König Artus
DER ANGRIFF AUF SARAMAND WIRD IMMER HEFTIGER. RAUCH VERHÜLLT DIE SONNE, UND VON DEN BERGEN HALLT DAS KAMPFGETÖSE WIDER. PRINZ EISENHERZ GÖNNT SICH KEINE RUHE, UM NICHT ZU VERGESSEN, DASS ALETA IN DONARDOS HAND IST.
JEDESMAL, WENN EIN ANGRIFF ABGEWEHRT WORDEN IST, VERHÖHNT DONARDO AUF DER MAUER LAUTHALS DIE ANGREIFER.
IM MORGENGRAUEN WERDEN MERKWÜRDIG ANZUSEHENDE KRIEGSMASCHINEN RUMPELND ZU DEN MAUERN GESCHOBEN.
SIE WERDEN ZUM BURGGRABEN GEBRACHT. DIE MÄNNER IN IHNEN SIND VOR DEN BOGENSCHÜTZEN AUF DEN MAUERN SICHER.
GROSSE GEGENGEWICHTE WERDEN ABGEWORFEN, SO DASS SICH DIE MASCHINEN AUFRICHTEN. NACHEINANDER KRACHEN SIE ÜBER DEN BURGGRABEN UND LEHNEN SICH GEGEN DIE MAUERN.
450 9-23-45
ALS ERSTER SPRINGT PRINZ EISENHERZ MIT DEM KAMPFRUF "FÜR ALETA!" AUF DIE MAUER. SEINE LEUTE STÜRMEN HINTER IHM HER.
DOCH DONARDO IST BEREIT.
AN BEIDEN ENDEN DER MAUER WIRD ÖL VON DEN TÜRMEN GEGOSSEN UND ANGEZÜNDET. AUS NAHEGELEGENEN GEBÄUDEN WIRD EINE WOLKE VON PFEILEN ABGEFEUERT. EISENHERZ BEFIEHLT DEN RÜCKZUG!

Abenteuer zweier Ritterknaben
VIELE WOCHEN LANG HAT ARN NIEDRIGSTE DIENSTE VERRICHTET. ER IST JETZT KURZ DAVOR, DAGEGEN ZU REBELLIEREN.
EIN LÄCHELN HUSCHT ÜBER SIR GREGORYS STRENGES GESICHT, ALS ER SAGT: "DU HAST DEINE AUFGABEN GUT VERRICHTET, ARN. JETZT WOLLEN WIR ETWAS INTERESSANTERES MACHEN."
9-23-45
UNTERRICHT IN KRIEGSKUNDE, ANHAND EINES BURGMODELLS SAMT BURGGRABEN, BELAGERUNGSMASCHINEN UND HOLZSOLDATEN. ARNS GESICHT STRAHLT VOR BEGEISTERUNG!

Prinz Eisenherz
Aus den Tagen König Artus
DER WOHLÜBERLEGTE ANGRIFFSPLAN VON PRINZ EISENHERZ HATTE EINEN ERSTEN BRÜCKENKOPF AUF SARAMANDS MAUERN ERRUNGEN UND VIELE VERTEIDIGER DAS LEBEN GEKOSTET. DOCH DONARDO KONNTE DIE MAUER ZURÜCKEROBERN.
WUTENTBRANNT SEHEN EISENHERZ UND SEINE HAUPTLEUTE, WIE IHRE LEITERTÜRME IN FLAMMEN AUFGEHEN!
SIEGESTRUNKEN BRINGT DONARDO ALETA AUF DIE MAUER. "SCHAU, EISENHERZ!" RUFT ER. "DAS IST DER SCHATZ, DER DEM SIEGER GEHÖRT!"
INMITTEN DER TRÜMMER STEHT ALETA WIE EINE GOLDEN LEUCHTENDE FLAMME. KLOPFENDEN HERZENS GEHT EISENHERZ BIS ZUM BURGGRABEN, UM SICH AN IHRER SCHÖNHEIT SATTZUSEHEN. "HABE NOCH EIN WENIG GEDULD! ICH KOMME BALD!"
"MEIN HERZ SCHLÄGT NUR FÜR DICH!" ANTWORTET SIE IHM. "ICH WARTE AUF DICH BIS ANS ENDE DER ZEITEN, MEIN PRINZ!" WÜTEND REISST DONARDO SIE ZURÜCK. ER WOLLTE EISENHERZ ENTMUTIGEN, NICHT ERMUTIGEN!
DIE BOGENSCHÜTZEN KÖNNTEN EISENHERZ MIT LEICHTIGKEIT TREFFEN, DOCH DONARDO WINKT SIE ZURÜCK. "DER LIEBESKRANKE NARR!" MURMELT ER. "ER SOLLTE MICH NICHT SO REIZEN!"
DONARDO GEHT DURCH SEINEN HAREM VOLLER SCHÖNER FRAUEN. DOCH NEBEN ALETA, DIE ER NICHT BESITZEN KANN, WIRKEN SIE ALLE BLASS UND LEBLOS. ZUM ERSTEN MAL IM LEBEN FÜHLT SICH DONARDO EINSAM UND VERLASSEN.
Abenteuer zweier Ritterknaben
ARN HASSTE RECHNEN, BIS IHN SIR GREGORY ZU UNTERRICHTEN BEGANN. "WÄRE DIES EINE FEINDLICHE FESTUNG VOLLER BOGENSCHÜTZEN, KÖNNTEST DU SIE NICHT MIT EINER MESSLATTE AUSMESSEN."
476
"ABER DU MÜSSTEST IHRE HÖHE WISSEN, UM STURMLEITERN ANFERTIGEN ZU KÖNNEN. ICH ZEIGE DIR JETZT, WIE MAN SIE VERMITTELS TRIANGULATION AUS SICHERER ENTFERNUNG VERMESSEN KANN."
ENDLICH ETWAS, DAS ARN WISSEN MUSS, UM EIN GUTER KRIEGER ZU WERDEN! DER LEHRER IST ÜBER DAS PLÖTZLICHE INTERESSE SEINES SCHÜLERS AM RECHNEN ÜBERRASCHT UND ERFREUT.
9-30-45

Prinz Eisenherz
Aus den Tagen König Artus
DONARDO HAT JEDEM SCHACHZUG VON PRINZ EISENHERZ PAROLI GEBOTEN. HINTER SEINEN ABWEISENDEN MAUERN BLEIBT SARAMAND UNVERÄNDERT. ES KOMMT ZU EINER MEHRTÄGIGEN ANGRIFFSPAUSE.
DANN SIEHT DONARDO, DASS AUSSERHALB DER BOGENREICHWEITE FIEBERHAFTE ERDARBEITEN HINTER SICHTBLENDEN BEGONNEN WERDEN. DAS MACHT IHN SEHR, SEHR NEUGIERIG...
GENAU DAS WILL EISENHERZ ERREICHEN. DREI NÄCHTE LANG LIEGEN ER UND SEINE LEUTE AUF DER LAUER. IHRE RÜSTUNGEN SIND SCHWARZ ANGEMALT, DAMIT MAN SIE IM DUNKELN NICHT SIEHT.
IN DER VIERTEN NACHT SCHLIESSLICH GEHEN DIE TORE SARAMANDS AUF. DONARDO FÜHRT EINEN AUSFALL ZU DEN ERDGRÄBEN AN.
HINTER DEN GEHEIMNISVOLLEN SICHTBLENDEN SIND NUR DEFEKTE BELAGERUNGSMASCHINEN. "EIN TRICK!" SCHREIT DONARDO UND ORDNET SOGLEICH DEN RÜCKZUG SEINER LEUTE AN!
452 10-7-45
ABER DIE SCHWARZGEKLEIDETEN KRIEGER VON EISENHERZ SIND ZWISCHEN IHNEN UND DER STADT. DER KAMPF IST KURZ UND HEFTIG. KEINER ENTKOMMT!
HAL FOSTER
NUR EIN FEIND WIRD GEFANGENGENOMMEN. AM MORGEN WIRD DONARDO SEINEM SIEGREICHEN GEGNER GEBRACHT.

Abenteuer zweier Ritterknaben
ES GIBT EIN FREUDIGES WIEDERSEHEN, ALS GUY EINES TAGES HINÜBERREITET, UM SEINEN ÄLTEREN BRUDER ZU BESUCHEN.
ER ERINNERT ARN AN DEN PLAN, DIE BURG BEI DER ERSTBESTEN GELEGENHEIT NIEDERZUBRENNEN. ER WUNDERT SICH SEHR, ALS ARN SIE "UNSERE" BURG NENNT UND "WIR" SAGT, WENN ER ÜBER DIE BURGBEWOHNER SPRICHT.
ER WIRD SIR GREGORY UND SEINER FRAU VORGESTELLT UND GIBT NOCH IN DER NÄMLICHEN STUNDE ALLE PLÄNE AUF, DIE BURG UND ALLE IHRE EINWOHNER VERNICHTEN ZU WOLLEN.

Prinz Eisenherz
Aus den Tagen König Artus
AM MORGEN, NACHDEM PRINZ EISENHERZ DONARDO GEFANGEN HAT, WIRD ALETA IN DIE GEMÄCHER VON DONARDOS GEMAHLIN SADONIA GERUFEN. "ALSO DU BIST ALETA VON DEN NEBELINSELN. DONARDO LIEBTE MICH AUF SEINE WEISE, BIS DU ANKAMST. DANN SAH ER NUR NOCH DICH. DONARDO KEHRTE LETZTE NACHT NICHT ZURÜCK, ALSO HERRSCHT JETZT MEIN SOHN!"
"WEISST DU, WAS DAS HEISST?" FRAGT DIE DUNKLE SCHÖNHEIT. "JA" ANTWORTET ALETA RUHIG. "HERRSCHERINNEN HABEN UNGERN LEBENDE RIVALINNEN. UND AUSSERDEM WIRST DU DICH AN PRINZ EISENHERZ RÄCHEN WOLLEN."
"WIE WAHR!" FAUCHT DONARDOS SOHN. "ICH WERDE PERSÖNLICH DEINE FOLTER ÜBERWACHEN UND, WAS DANACH NOCH VON DIR ÜBRIG IST, ZU PRINZ EISENHERZ BRINGEN!" ALETA SCHAUT DAS HÜBSCHE, GRAUSAME GESICHT DES SCHWÄCHLINGS AN UND WEISS, WAS ER MEINT.
"JA", PFLICHTET SIE IHM BEI. "DAS WIRST DU TUN. UND GRAUSAMKEIT WIRD DEN ÜBLICHEN LOHN EMPFANGEN, DENN MEIN PRINZ WIRD SARAMAND ERSTÜRMEN UND DIR EIN ÄHNLICH UNANGENEHMES SCHICKSAL BEREITEN."
453 10-14-45
HAL FOSTER
"WAS WIRD MIT MIR?" FRAGT DONARDO. "DU WIRST DEN KÖNIGEN ALFGAR UND HAKIM ÜBERGEBEN!" SAGT EISENHERZ. "ABER ÜBERLEGT DOCH, WAS AUS ALETA WIRD, PRINZ EISENHERZ! ÜBERLEGT!"
Abenteuer zweier Ritterknaben
GUY IST ÄRGERLICH. WIE KONNTE SEIN BRUDER NUR SO RASCH DEN AUFREGENDEN HASS AUF DIE GREGORYS ABLEGEN!
ER ÄRGERT SICH AUCH ÜBER SICH SELBST, WEIL ER HUBERT GREGORY BEWUNDERT.
ABER AUF SEINE SCHWESTER ALICE IST ER SEHR STOLZ. SIE IST IHREM HASS GEGEN DEN EINSTIGEN FEIND DER FAMILIE TREU. DAS SIEHT MAN DARAN, WIE HOCHMÜTIG SIE DEN ERRÖTENDEN HUBERT BEHANDELT!

Prinz Eisenherz
Aus den Tagen König Artus
MIT DER GEFANGENNAHME DONARDOS SCHIEN DAS ENDE DES KRIEGES GEKOMMEN. DOCH DONARDO SPRICHT: "WENN DU MICH JETZT DEN KÖNIGEN ALFGAR UND HAKIM ÜBERGIBST, WERDEN SIE MICH LANGSAM ZU TODE FOLTERN. DANN HERRSCHT IN SARAMAND MEIN SOHN, UND ALETA BEFINDET SICH IN SEINEN SCHWACHEN, GRAUSAMEN HÄNDEN ... UND ER WIRD SICH DURCH SIE AN DIR RÄCHEN!"
"NUR DIE ANGST VOR MIR HAT MEINE FRAU DAVON ABGEHALTEN, IHRE EINZIGE RIVALIN ZU VERGIFTEN... BEDENKE, WAS GESCHIEHT, WENN ICH NICHT DA BIN, PRINZ EISENHERZ!" EISENHERZ WEISS, DASS DONARDO RECHT HAT.
WORTLOS ERHEBT ER SICH UND LÖST DIE FESSELN SEINES GEFANGENEN. DANN GELEITET ER IHN SICHER DURCHS LAGER BIS ZU DEN TOREN SARAMANDS!
DONARDO BLICKT IHM NACH, ALS ER GEHT. "NARR!" FLÜSTERT ER. "DU BENEIDENSWERTER, HOCHHERZIGER NARR! WEGEN ZWEI GRAUEN AUGEN UND ROTEN LIPPEN MUSST DU DEN ZORN ZWEIER KÖNIGE GEWÄRTIGEN! ACH, WÄRE ICH NUR HALB SO MANNHAFT WIE DU!"
HAL FOSTER
IN EINEM PALAST FERN JEDER GEFAHR ERFAHREN ZWEI KÖNIGE VON DER GEFANGENNAHME UND FREILASSUNG DONARDOS.
Abenteuer zweier Ritterknaben
ARN FÜHLT SICH JETZT STÄRKER ZU HAUSE UND WENIGER EINSAM, WENN SICH NUR SEIN VATER UM IHN KÜMMERTE!
ER WEISS NICHT, DASS SICH DIE BEIDEN VÄTER EINMAL PRO WOCHE TREFFEN, UM MIT GROSSEM INTERESSE DIE FORTSCHRITTE IHRER SÖHNE ZU BESPRECHEN.
10-21-45
ALICE SITZT IN EINEM SONNIGEN WINKEL EINES GARTENS, VON DEM AUS MAN DEN HOF SEHEN KANN. HUBERT LEHNT AN EINEM PFERD, VON DEM AUS ER ALICE SEHEN KANN.

Prinz Eisenherz
Aus den Tagen König Artus
EISENHERZ LÄSST DONARDO FREI, UM ALETAS LEBEN ZU RETTEN, OBWOHL IHM DAFÜR ZWEI KÖNIGE ZÜRNEN WERDEN.
EISENHERZ SCHICKT NACH RAMUD UND DEN VIER MÄNNERN, DIE ZUERST ZU IHM GESTOSSEN SIND. "WIR HABEN KRIEG MIT DONARDO BEGONNEN UND WERDEN IHN WEITERFÜHREN", SAGT ER ZU IHNEN. "ABER ERST GEHE ICH ZU ALFGAR UND HAKIM."
FURCHT, ENTTÄUSCHTE HABGIER UND ZORN MACHEN DIE BEIDEN KÖNIGE ZU BERSERKERN. SIE BESCHIMPFEN IHN, ZEIHEN IHN DES VERRATS, DROHEN IHM MIT DEM TODE UND ENTZIEHEN IHM DIE BEFEHLSGEWALT ÜBER IHRE ARMEEN. "HÖRT MICH AN", SCHREIT EISENHERZ. "ICH HABE GESCHWOREN, SARAMAND ZU NEHMEN UND DONARDO ZU TÖTEN. DAS TUE ICH AUCH! IHR VERLIERT NUR EUREN TEIL DER BEUTE!"
ER KEHRT ZU DEN ARMEEN ZURÜCK. "ICH KÄMPFE WEITER, AUCH WENN EUCH EURE KÖNIGE ABZIEHEN. ICH FÜHRE ALLE AN, DIE MIR FOLGEN WOLLEN. ES WIRD EIN SCHWERER KAMPF, ABER IN SARAMAND GIBT ES VIEL ZU HOLEN!"
DIE FÜNF GETREUEN WERDEN AUSGESANDT, MÄNNER ANZUWERBEN, WÄHREND EISENHERZ VON EINEM HÜGEL AUS ZUSIEHT, WIE DONARDOS LEUTE DAS VERLASSENE SCHLACHTFELD BESETZEN.
455 10-28-45
HAL FOSTER
EISENHERZ IST SICHER, DASS SICH IHM VIELE LEUTE ANSCHLIESSEN WERDEN. ALLERDINGS SIND SIE KEINE GUT GERÜSTETE ARMEE MEHR. DAS ERFORDERT STRATEGIE STATT GEWALT. EISENHERZ STUDIERT SARAMAND.
Abenteuer zweier Ritterknaben
AUSSER ARN GIBT ES NOCH ANDERE PAGEN, KNABEN AUS DEM DORF, DIE AUF DEN JUNGEN ADLIGEN NEIDISCH SIND.
SIE VERBÜNDEN SICH GEGEN IHN. SIE ERLAUBEN SICH MIT IHM SO MANCHEN SPASS, DER OFT IN EINER RAUFEREI ENDET.
10-28-45
SIR GREGORY SCHEINT DAS NIE ZU BEMERKEN. EIN ECHTER KRIEGER MUSS AUCH GEWINNEN, WENN ER GEGEN EINE ÜBERMACHT STEHT. ARN SOLLTE DAS AUF DIE HARTE WEISE LERNEN.

Prinz Eisenherz
Aus den Tagen König Artus
SADONIA UND IHR SOHN URICK ERWARTEN VOLLER UNGEDULD DIE NACHRICHT VON DONARDOS TOD. ES IST UNDENKBAR, DASS DER GEGNER ERBARMEN ZEIGEN KÖNNTE.
SADONIA IST EHRGEIZIG. SIE HATTE DONARDO AUF IHRE WEISE GELIEBT, ABER NACH MACHT GEDÜRSTET. URICK WIRD HERRSCHER VON SARAMAND. MIT IHM ALS IHRER MARIONETTE KANN SIE REGIEREN.
DA KOMMT DONARDO IN DEN PALAST STOLZIERT... PRAHLEND ERZÄHLT ER, WIE ER PRINZ EISENHERZ ÜBERLISTET HAT. BEI ALETAS RUHIGEM, KALTEN BLICK VERSTUMMT ER BESCHÄMT. "DEIN ZERLUMPTER FREUND HAT MICH LAUFENLASSEN. DEINETWEGEN!" SAGT ER BESCHEIDEN. "UND DAFÜR WERDEN IHN DIE ZWEI KÖNIGE VERMUTLICH HÄNGEN!"
"IN DER STUNDE DER GEFAHR SOLLTE ICH AN SEINER SEITE SEIN", FLÜSTERT ALETA. ZUGLEICH BEMERKT SIE, DASS NUR DONARDOS HÜBSCHE PAGEN IM HAREM NACH BELIEBEN KOMMEN UND GEHEN DÜRFEN.
DANACH IST SIE MIT NADEL UND FADEN BESCHÄFTIGT. SORGFÄLTIG LEGT SIE IHR BLONDES HAAR.
456 11-4-45
HAL FOSTER
ALS DIE STADT IN DER GLUT DER MITTAGSSONNE DÖST, SPRINGT EIN HÜBSCHER PAGE BEHENDE DIE PALASTSTUFEN HINUNTER UND VERSCHWINDET IN DEN ENGEN STRASSEN.
Abenteuer zweier Ritterknaben
"WENN ES EIN GUTER GENERAL MIT EINER ÜBERMACHT ZU TUN HAT", FÄHRT SIR GREGORY IM UNTERRICHT FORT, "WIRD ER ZUNÄCHST SCHNELL MIT ALLEN KRÄFTEN EINEN FEIND ANGREIFEN... DANACH DEN NÄCHSTEN."
ARN LEGT DEN UNTERRICHT IN KRIEGSFÜHRUNG SO AUS: "WENN SICH DIE ANDEREN PAGEN GEGEN MICH VERSCHWÖREN, MUSS ICH MIR SCHNELL MIT ALLER KRAFT DEN ERSTEN VORKNÖPFEN, DEN ICH ALLEIN ANTREFFE!"
11-4-45
SIR GREGORY SIEHT DEM TREIBEN DIESES NACHMITTAGS VON EINEM FENSTER AUS WOHLWOLLEND ZU. "DER JUNGE HAT MUMM! ER WIRD ES SCHAFFEN."

Prinz Eisenherz
Aus den Tagen König Artus
WÄHREND DIE STADT IN DER MITTAGSGLUT VOR SICH HINDÖST, LEGT ALETA IHRE PAGENVERKLEIDUNG AN, VERLÄSST UNBEMERKT DONARDOS PALAST...
...UND EILT ZU EINEM STADTTOR.
ABER SARAMANDS TORE SIND VERSCHLOSSEN UND STRENG BEWACHT. DENN OBWOHL HAKIM UND ALFGAR IHRE ARMEEN ZURÜCKGEZOGEN HABEN, HÄLT EISENHERZ MIT EINER WACHSENDEN ZAHL VON FREIWILLIGEN DIE HÜGEL RINGSUM BESETZT.
NOCH SIND SIE ZU WENIGE, UM GEGEN DONARDOS ARMEE ANZUTRETEN, ABER IMMERHIN GENUG, UM IHN ZU LANDE VON JEGLICHEM NACHSCHUB ABZUSCHNEIDEN.
"WIR KÖNNEN SARAMAND NICHT AUSHUNGERN, DENN DORT IST EIN HAFEN, DEN DONARDOS FLOTTE NACH BELIEBEN VERLASSEN UND ANFAHREN KANN... ABER VIELLEICHT?... RAMUD, HOLE ALLE HAUPTLEUTE ZUSAMMEN!"
457 11-11-45
"DONARDO BEFÜRCHTET KEINEN ANGRIFF VON DER SEE, DA SEINE PIRATENFLOTTE AN DIESEN KÜSTEN DIE STÄRKSTE IST", SAGT EISENHERZ. "DAS KÖNNTE IHN UNVORSICHTIG MACHEN. HAT JEMAND EINEN VORSCHLAG?" - "ICH, MEIN PRINZ", SAGT RAMUD UND WIRFT SEINEN UMHANG AB. "WIR BRAUCHEN INFORMATIONEN ÜBER DIE VERTEIDIGUNG ZU WASSER. WENN DU GESTATTEST, GEHE ICH JETZT SCHWIMMEN."
HAL FOSTER

Abenteuer zweier Ritterknaben
DER BURGHERR UND SEIN FREUND, SIR GREGORY, REITEN EINES TAGES NACH WINCHESTER, WO EINE GROSSE MENSCHENMENGE GEBANNT EINEM PREDIGER LAUSCHT.
82
ER IST EIN JÜNGER PETERS, DES EREMITEN. ER RUFT ALLE CHRISTEN ZUM KREUZZUG AUF, UM DAS HEILIGE LAND VOR DEN UNGLÄUBIGEN ZU RETTEN.
11-11-45
DER BURGHERR IST LANGE STUMM. ABER AUF DER HEIMREISE SAGT ER: "ICH WERDE DAS KREUZ ANLEGEN UND JERUSALEM BEFREIEN HELFEN." - "ICH AUCH", ANTWORTET SIR GREGORY.

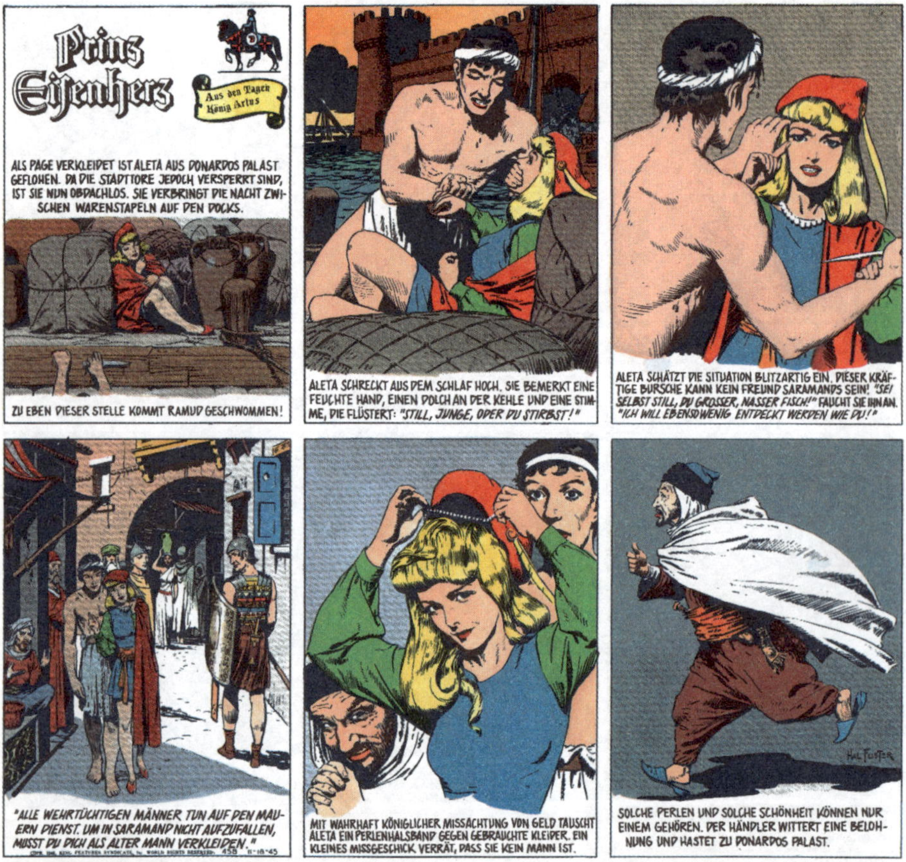
Prinz Eisenherz
Aus den Tagen König Artus
ALS PAGE VERKLEIDET IST ALETA AUS DONARDOS PALAST GEFLOHEN. DA DIE STADTTORE JEDOCH VERSPERRT SIND, IST SIE NUN OBDACHLOS. SIE VERBRINGT DIE NACHT ZWISCHEN WARENSTAPELN AUF DEN DOCKS.
ZU EBEN DIESER STELLE KOMMT RAMUD GESCHWOMMEN!
ALETA SCHRECKT AUS DEM SCHLAF HOCH. SIE BEMERKT EINE FEUCHTE HAND, EINEN DOLCH AN DER KEHLE UND EINE STIMME, DIE FLÜSTERT: "STILL, JUNGE, ODER DU STIRBST!"
ALETA SCHÄTZT DIE SITUATION BLITZARTIG EIN. DIESER KRÄFTIGE BURSCHE KANN KEIN FREUND SARAMANDS SEIN! "SEI SELBST STILL, DU GROSSER, NASSER FISCH!" FAUCHT SIE IHN AN. "ICH WILL EBENSOWENIG ENTDECKT WERDEN WIE DU!"
"ALLE WEHRTÜCHTIGEN MÄNNER TUN AUF DEN MAUERN DIENST. UM IN SARAMAND NICHT AUFZUFALLEN, MUSST DU DICH ALS ALTER MANN VERKLEIDEN."
458 11-18-45
MIT WAHRHAFT KÖNIGLICHER MISSACHTUNG VON GELD TAUSCHT ALETA EIN PERLENHALSBAND GEGEN GEBRAUCHTE KLEIDER. EIN KLEINES MISSGESCHICK VERRÄT, DASS SIE KEIN MANN IST.
HAL FOSTER
SOLCHE PERLEN UND SOLCHE SCHÖNHEIT KÖNNEN NUR EINEM GEHÖREN. DER HÄNDLER WITTERT EINE BELOHNUNG UND HASTET ZU DONARDOS PALAST.

Abenteuer zweier Ritterknaben
ALS DER BURGHERR UND SIR GREGORY UNTER DEM EINFLUSS DER PREDIGT DES FANATISCHEN EIFERERS VERKÜNDEN, DASS SIE ZUM KREUZZUG AUFBRECHEN, RUFT HUBERT: "ALLZULANGE HABE ICH KINDERARBEIT VERRICHTET. ICH KOMME AUCH MIT!"
"NEIN, NEIN! HUBERT, VERLASS MICH NICHT!" WENDET ALICE MIT ZITTERNDER STIMME EIN. ALICE, DIE IMMER SO KÜHL GEWESEN WAR, SCHMILZT DAHIN WIE SCHNEE IN DER SONNE.
11-18-45
FRÜHER ODER SPÄTER MUSSTE DAS JA PASSIEREN, DENNOCH ERINNERT SICH HUBERT, DASS ER WIE AUF WOLKEN SCHWEBTE, DASS AM HIMMEL GRÜNES GRAS WUCHS UND DIE TÜRME DER BURG FRÖHLICH ZU TANZEN ANFINGEN!

Abenteuer zweier Ritterknaben

Prinz Eisenherz
Aus den Tagen König Artus
VIERUNDZWANZIG STUNDEN LANG WARTET PRINZ EISENHERZ AN DER KÜSTE AUF DIE RÜCKKEHR SEINES SPIONS AUS SARAMAND. DANN KOMMT RAMUD MÜDE AUS DER DUNKELHEIT HERANGESCHWOMMEN.
"ICH HABE ALETA GESEHEN," FLÜSTERT RAMUD DIE BESTE NACHRICHT ZUERST. "SIE IST DEM HAREM ENTFLOHEN. ABER ALS DONARDO DIE STADT ABSUCHEN LIESS, GING SIE ZURÜCK, DAMIT DIE SUCHTRUPPS MICH NICHT FINDEN."
EISENHERZ BERUFT SEINEN KRIEGSRAT EIN. MAN HÖRT SICH RAMUDS BERICHT ÜBER DIE VERTEIDIGUNG DER STADT AUF DER SEESEITE AN. "DONARDOS FLOTTE IST STARK. JEDEN ABEND WIRD DAS HAFENTOR GESCHLOSSEN. ÜBERALL SIND WACHEN POSTIERT, ABER ES IST KEINE GARNISON DORT."
ÜBER EINE STUNDE LANG WARTEN DIE HAUPTLEUTE SCHWEIGEND, BIS IHR JUNGER ANFÜHRER DAS PROBLEM EINES ANGRIFFS VON DER SEE AUS DURCHDACHT HAT. EINES ANGRIFFS AUF EINE FLOTTE, OHNE AUCH NUR EIN BOOT ZU BESITZEN.
DANN STEHT EISENHERZ LÄCHELND AUF. NOCH VOR MORGENGRAUEN FANGEN SEINE LEUTE AN, AUS DICKEN STÄMMEN PLANKEN ZU FERTIGEN ...
... WÄHREND ANDERE DIE GANZE GEGEND NACH WEINSCHLÄUCHEN UND ÖLKRÜGEN ABSUCHEN. IN EINEM VERBORGENEN TAL AM MEER WIRD FLEISSIG GEWERKELT.
DONARDO SIEHT, WIE DIE FEINDLICHE ARMEE VOR DER STADT ZU LANDE WÄCHST. ER SCHICKT JEDEN VERFÜGBAREN MANN AUF DIE MAUERN.
EISENHERZ DRILLT SEINE LEUTE UNERBITTLICH, WÄHREND SIE AUF EINE RUHIGE, DUNKLE, MONDLOSE NACHT WARTEN.
460 12-2-45
DANN SCHIEBT SICH EINE MERKWÜRDIGE, SCHWANKENDE BRÜCKE AUFS WASSER HINAUS WIE EINE SEESCHLANGE UND BEWEGT SICH AUF DEN HAFENEINGANG JENSEITS DER BUCHT ZU.
HAL FOSTER

Prinz Eisenherz
Aus den Tagen König Artus
IN DER FINSTERNIS KURZ VOR MORGENGRAUEN BEGINNT DIE LANDARMEE VON PRINZ EISENHERZ EINEN LÄRMENDEN ANGRIFF, UM DIE VERTEIDIGER AUF DIE WÄLLE SARAMANDS ZU LOCKEN, WÄHREND SICH DIE SCHWIMMENDE BRÜCKE DEM HAFEN WIE EINE SEESCHLANGE LAUTLOS NÄHERT.
DIE NUR MIT SCHIFFEN RECHNENDEN WACHEN AN DER HAFENEINFAHRT SIND ÜBERRASCHT, ALS EISENHERZ' TRUPPEN DIREKT VOR IHNEN AUS DEM WASSER KOMMEN. DA IMMER NEUE KRIEGER ÜBER DIE BRÜCKE DRÄNGEN, WÄHRT DER KAMPF NUR KURZ.
IM LAUFSCHRITT FÜHRT RAMUD DEN TRUPP ZU DEN STADTTOREN.
DIE ÜBERRASCHUNG IST VOLLKOMMEN, ALS DIE STADTTORE AUFGEHEN UND EISENHERZ' LANDARMEE MIT GEBRÜLL IN SARAMAND EINFÄLLT.
KAMPFLÄRM AUF DEN STRASSEN UND GRELLER FEUERSCHEIN LASSEN DONARDO VON SEINEM LAGER HOCHSCHRECKEN.
VON EINEM FENSTER DER FRAUENGEMÄCHER AUS SIEHT ALETA DER SCHLACHT ZU. SIE IST ERFREUT, ABER NICHT ALLZU ÜBERRASCHT, DENN SIE WUSSTE GENAU, DASS PRINZ EISENHERZ SIE RETTEN WÜRDE.
BEWAFFNET BEGIBT SICH DONARDO IN DIE GROSSE HALLE HINUNTER, WO IHM EIN BLUTBESUDELTER BESUCHER MIT TRIEFENDEM SCHWERT ENTGEGENTRITT. DONARDO GRÜSST IHN HÖFLICH: "ICH HATTE EUCH NICHT SO BALD ERWARTET, PRINZ EISENHERZ."
EISENHERZ BLICKT SEINEN FEIND HART AN. "IHR VERZEIHT GEWISS, DASS MEIN LAUTES EINDRINGEN DIE HALLE DURCHEINANDERGEBRACHT HAT. KÄMPFEN WIR?"
HAL FOSTER
461 12-9-45

Prinz Eisenherz
Aus den Tagen König Artus
NACHDEM PRINZ EISENHERZ MIT SEINEN KRIEGERN IN SARAMAND EINGEDRUNGEN IST, VERKÜNDEN DEREN SIEGESGESCHREI UND DAS SCHREIEN DER OPFER, WIE DIE SCHLACHT STEHT.
UND IN DONARDOS BLUTBESPRITZTEM PALAST STEHEN SICH ENDLICH DONARDO UND EISENHERZ GEGENÜBER.
ER HAT NOCH KEINEN STÄRKEREN UND GESCHICKTEREN GEGNER ALS DONARDO GETROFFEN. NUR FLINKE FÜSSE UND RASCHE ATTACKEN BRINGEN EISENHERZ ÜBER DIE ERSTE STUNDE. DANN ERMÜDET DONARDO.
JUST DA RUTSCHT DONARDO AUF DEM NASSEN BODEN AUS! EISENHERZ HÄLT INNE, DENN SEIN SINN FÜR RITTERLICHKEIT LÄSST IHN KEINEN VORTEIL AUS DEM MISSGESCHICK DES GEGNERS SCHLAGEN.
WÄHREND DER KAMPFPAUSE ERSCHEINT DONARDOS GATTIN MIT ALETA AUF DEM BALKON, IN DER HOFFNUNG, EISENHERZ SO ABZULENKEN.
"FÜRCHTET PRINZ EISENHERZ DONARDO SO SEHR, DASS ER NUR MIT SEINEM ZAUBERSCHWERT MIT IHM KÄMPFEN KANN?" FRAGT SADONIA VERÄCHTLICH.
SIE NIMMT DIE WAFFE EINES IHRER LEIBWÄCHTER. "DA, BURSCHE, NIMM WIE DEIN GEGNER EINEN KRUMMSÄBEL, WENN DU DEN MUT DAZU HAST!"
462 12-16-45
OB DER EHRENVERLETZUNG WIRFT EISENHERZ DAS "SINGENDE SCHWERT" BEISEITE UND NIMMT DEN KRUMMSÄBEL ZUM ANGRIFF. ER MERKT ZU SPÄT, DASS ER HEREINGELEGT WURDE!
HAL FOSTER
"JETZT TÖTE IHN! TÖTE IHN!" SCHRILLT SADONIA. DONARDOS ZÄHNE BLITZEN, ER LÄCHELT GRAUSAM.

Prinz Eisenherz
Aus den Tagen König Artus
PRINZ EISENHERZ WILL IM PALAST MIT DONARDO ABRECHNEN, WÄHREND SEINE KRIEGER DIE STADT PLÜNDERN. DURCH EINE LIST SADONIAS FINDET ER SICH PLÖTZLICH DONARDO AUSGELIEFERT.
DONARDO BEGINNT, TEUFLISCH ZU GRINSEN.
"VERZEIHT MEINER GATTIN. ICH FÜRCHTE, FRAUEN HALTEN NICHT VIEL VON RITTERLICHKEIT."
ER HEBT DAS "SINGENDE SCHWERT" AUF UND REICHT ES SEINEM GEGNER. REUMÜTIG SAGT ER: "ICH KENNE EUCH JETZT SO LANGE, DASS ICH WOHL EINIGE EURER TÖRICHTEN RITTERLICHEN TUGENDEN ANGENOMMEN HABE."
DOCH SADONIA VERSUCHT NOCH EINMAL, EISENHERZ ABZULENKEN. WIEDER AUF DEM BALKON, LÄSST SIE ALETA HINAUSBRINGEN, ZÜCKT DEN DOLCH UND FOLGT IHR!
URICK, IHR SOHN, VERSUCHT MIT TEUFLISCHER GRAUSAMKEIT, ALETA EINEN SCHREI ZU ENTLOCKEN. VERGEBENS!
WÄHREND SIE NOCH AM WERK SIND, HÖRT DER KAMPFLÄRM AUF. MAN HÖRT JEMAND DIE TREPPE HERAUFLAUFEN. DANN STEHT PRINZ EISENHERZ BLUTVERSCHMIERT IN DER TÜR UND SIEHT SICH GRIMMIG UM.
VOR SCHRECK STARRT URICK EINEN AUGENBLICK ZU LANGE AUF IHN, UM NOCH ZUR RACHE ALETA DEN DOLCH INS HERZ STOSSEN ZU KÖNNEN.
463 12-23-45
HAL FOSTER
NACH VIELEN MONATEN VOLLER KUMMER UND GEFAHREN SIND DIE BEIDEN WIEDER VEREINT. FÜR SIE IST DER KAMPF UM DIE BRENNENDE STADT NUR NOCH NEBENSACHE. SADONIA WEISS, DASS SARAMAND KEINE VERWENDUNG MEHR FÜR EINE HERRSCHERIN HAT. SIE TUT MIT IHREM JUWELENBESETZTEN DOLCH, WAS SIE FÜR NOTWENDIG HÄLT.
12-23

Prinz Eisenherz
Aus den Tagen König Artus
DAS SCHÖNE SARAMAND IST HILFLOS SEINEN EROBERERN AUSGELIEFERT. PRINZ EISENHERZ GEWÄHRT SEINEN KRIEGERN DIE ÜBLICHEN DREI TAGE ZUM PLÜNDERN UND ZUM STILLEN VON RACHEGELÜSTEN. DERLEI DINGE SIND IN GESCHICHTSBÜCHERN VERZEICHNET, WÄHREND WIR UNS DIE HÄSSLICHEN DETAILS ERSPAREN.
DIE STADT FÄLLT. ES GAB VIELE TOTE, UND DER LAUF DER GESCHICHTE WURDE GEÄNDERT... DAMIT EIN VERLIEBTER JÜNGLING WIEDER ZU FÜSSEN DER ANGEBETETEN SITZEN KANN!
RAMUD, DER DEN SIEG ERMÖGLICHTE, IST NICHT NACH PLÜNDERN ZUMUTE. ER SUCHT IM PALAST DIE JUNGE FRAU, DIE IHM DONARDO GERAUBT HATTE.
ER FINDET SIE NICHT UNTER DEN HAREMS-SCHÖNHEITEN. ER FINDET SIE IN DER KÜCHE, VERSTECKT.
ER STELLT SIE AUF DIE FÜSSE UND ENTDECKT EINE GROSSE NARBE IN IHREM GESICHT. "ICH HABE MICH VERLETZT, DAMIT DONARDO MICH NICHT BEGEHRT. FINDEST DU MICH AUCH HÄSSLICH?"
"VON ALLEN REICHTÜMERN SARAMANDS WILL ICH NUR DICH!" ERWIDERT RAMUD. WÄHREND SIE AUF DEM KÜCHENBODEN SITZEN, VERFLIEGEN KUMMER UND LEID.
DANN ERWACHT EISENHERZ AUS SEINEN SCHÖNEN TRÄUMEN. DIE HAUPTLEUTE MÜSSEN BELOHNT, DIE KRIEGER WIEDER UNTER KONTROLLE GEBRACHT WERDEN. ES MUSS AUFGERÄUMT UND BEERDIGT WERDEN, UM SEUCHEN ZU VERMEIDEN. ALETA NIMMT ES GEDULDIG HIN.
HAL FOSTER
464 12-30-45

Prinz Eisenherz
Aus den Tagen König Artus
DER STREIT DARUM, OB PRINZ EISENHERZ ODER DONARDO ANBETEND ZU ALETAS FÜSSEN SITZEN DARF, HAT KRIEGSVERWÜSTUNG IN SARAMANDS STRASSEN GETRAGEN.
SCHON BALD MACHT KÖNIGLICHER BESUCH DEM NEUEN HERRSCHER SARAMANDS SEINE AUFWARTUNG. ALFGAR UND HAKIM WOLLEN IHM EINEN TEIL DER BEUTE ABHANDELN. DER LISTIGE HAKIM BEGRÜNDET DAS DAMIT, DASS EISENHERZ SELBST GESAGT HATTE, BEIDER ARMEEN KÖNNTEN SARAMAND BESIEGEN.
"UND ICH ERINNERE EUCH BEIDE DARAN, DASS IHR SARAMAND TRIBUT GEZAHLT HABT. WEGEN DIESER DROHUNG WIRST DU, KÖNIG HAKIM, AUCH WEITERHIN BEZAHLEN!"
HAKIM HEULT AUF! WESHALB SOLL NUR ER TRIBUT ZAHLEN? ALFGARS GRINSEN VERTIEFT DIE ABNEIGUNG, DIE ER DIESEM ÖLIGEN MONARCHEN ENTGEGENBRINGT.
ES IST EISENHERZ EGAL, OB HAKIM TRIBUT ZAHLT ODER NICHT. ER WILL NUR VERHINDERN, DASS SICH DIE BEIDEN VERBRÜDERN UND GEGEN IHN VERBÜNDEN.
"IN EINIGEN TAGEN FAHREN WIR MIT EINER FLOTTE NACH ROM UND HEIRATEN SO, WIE ES UNSERER KÖNIGLICHEN STELLUNG GEBÜHRT."
ALETA LIEBT DEN GROSSEN BURSCHEN ZWAR VON GANZEM HERZEN, ABER SIE VERMISST IN DIESEM VORSCHLAG DOCH JEDEN HAUCH VON ROMANTIK!
"NICHT SO STÜRMISCH, MEIN PRINZ. ICH MUSS MICH ERST NOCH ENTSCHEIDEN, OB ICH DICH NEHMEN WILL."

Prinz Eisenherz
Aus den Tagen König Artus
PRINZ EISENHERZ WAR UM DIE HALBE WELT GEREIST, UM EINE KÖNIGIN VOM THRON ZU RAUBEN. DOCH NACH GEMEINSAMEN ABENTEUERN AUF SEE UND IN DER WÜSTE UND NACH EINEM IHRETWEGEN GEFÜHRTEN KAMPF UM EINE STADT... WEIGERT SIE SICH NUN, IHN ZU HEIRATEN?
ZUM 28. MAL MURMELT EISENHERZ: "ICH WÜNSCHTE, ICH WÜSSTE MEHR ÜBER KÖNIGINNEN."
ER ARGUMENTIERT MIT DER LOGIK EINES SENATORS, DOCH DIE HÜTERIN SEINES HERZENS LÄCHELT NUR UND RICHTET IHR HAAR. DER BURSCHE SOLL ROMANTIK LERNEN ODER ALS JUNGGESELLE STERBEN!
EISENHERZ ZÜRNT, ALETA TRÄLLERT LIEDCHEN. ER DROHT, SIE LACHT IHN AUS. ER SCHMOLLT, SIE LÄSST MUSIK AUFSPIELEN, WÄHREND SIE IM MONDSCHEIN LIEGT.
IN SEINER VERZWEIFLUNG MACHT ER SICH DARAN, DIE EROBERTE STADT IN KÜRZESTER ZEIT ZU REORGANISIEREN, INDEM ER SEINE HAUPTLEUTE UND SICH SELBST BIS ZUR ERSCHÖPFUNG ANTREIBT.
"KOMMST DU JETZT ALS MEINE BRAUT MIT NACH THULE, ODER WILLST DU WIEDER AUF DIE NEBELINSELN?" BRÜLLT ER. "ACH, DU SÜSSER TRAMPEL!" HIMMELT SIE IHN MIT SO SÜSSER UNVERSCHÄMTHEIT AN, DASS ER SIE ENTWEDER KÜSSEN ODER UMBRINGEN MUSS!
STATT DESSEN WIRFT ER SIE IN DEN FISCHTEICH!
ALS DAS HÜBSCHE GESICHT AUFTAUCHT, LEUCHTET ÜBERRASCHUNG IN DEN GROSSEN AUGEN... UND EIN ANFLUG AUFKEIMENDEN ZORNS. EISENHERZ SOLLTE BESSER GEHEN, SONST...
ER STEIGT IN DEN TEICH UND KÜSST DAS LIEBE GESICHT SO ZÄRTLICH, DASS DER ZORN VERFLIEGT.
HAL FOSTER
DANN LEGT ER SEIN HERZ UNUMWUNDEN FÜR IMMER GANZ IN IHRE KLEINEN HÄNDE. (NACH EINER STUNDE GEFLÜSTER SAGT ALETA ENDLICH: "JA!")

Prinz Eisenherz
Aus den Tagen König Artus
KÖNIGIN ALETA HAT GEWISS KEIN UNGEWÖHNLICHES GESICHT. SIE HAT EINE NASE UND DIE RICHTIGE ANZAHL AUGEN, ZÄHNE UND LIPPEN. DENNOCH KOMMT DIESE NORMALE GESICHTSAUFTEILUNG PRINZ EISENHERZ SO WUNDERSAM VOR, DASS ER ALETA STUNDENLANG BETRACHTEN KANN.
DA EISENHERZ NUN GELERNT HAT, DASS MAN ZEHNTAUSEND WILDE KRIEGER ANSCHREIEN KANN, NICHT ABER EINE JUNGE FRAU, LÄSST DIESE MIT SICH ÜBERS HEIRATEN REDEN. MAN WIRD NACH ROM FAHREN UND DORT DEM KÖNIGLICHEN STAND GEMÄSS HEIRATEN.
WÄHREND EISENHERZ DIE HOCHZEITSREISE NACH ROM VORBEREITET, ERFÄHRT ER, DASS DER MÄCHTIGE WANDALENKÖNIG GENSERIK MIT 1000 SCHIFFEN GEN ROM SEGELN WILL.
DA SICH INVASIONEN UND HOCHZEITEN SELTEN VERTRAGEN, REITET EISENHERZ ZU EINEM TREFFEN MIT GENSERIK NACH TUNIS.
GENSERIK, DER SEINE NORDMÄNNER VOM BALTIKUM DURCH FRANKREICH UND SPANIEN NACH NORDAFRIKA GEFÜHRT HAT, ERHEBT SICH, UM DEN NEUEN HERRSCHER SARAMANDS ZU BEGRÜSSEN. ER HAT GEHÖRT, DASS EISENHERZ GEDROHT HATTE, GANZ ALLEIN DIE STADT ZU EROBERN. UND ES GETAN HAT!
"ICH WOLLTE ZUM HEIRATEN NACH ROM FAHREN, ALS ICH VON EUREM WENIGER FRIEDLICHEN VORHABEN HÖRTE", SAGT EISENHERZ. "EURE ABSICHTEN WÜRDEN MEINE PLÄNE STÖREN!"
GENSERIK MACHT EINE HILFLOSE GESTE. "BEDAUERLICH, DASS MEINE SELBSTSUCHT EINE SO WICHTIGE FEIER STÖRT, ABER 50.000 LEUTE HABEN BEREITS IHRE SCHWERTER GESCHÄRFT!"
HAL FOSTER
1-20
"DOCH SEGELT MIT MIR, UND ICH SORGE DAFÜR, DASS IHR HEIRATEN KÖNNT, EHE ROM GEPLÜNDERT WIRD!"

Prinz Eisenherz
Aus den Tagen König Artus
ROMS UNTERGANG BEGANN, ALS SENATOR MAXIMUS DEN SCHWACHEN, RACHSÜCHTIGEN KAISER VALENTINIAN ERMORDETE. MAXIMUS MACHTE SICH SELBST ZUM KAISER, BEGING ABER EINEN FATALEN FEHLER…
…ALS ER EUDOXIA, DER WITWE DES VON IHM ERMORDETEN KAISERS, EINEN HEIRATSANTRAG MACHTE.
EUDOXIA LEHNT DIESEN NICHT NUR AB, SONDERN SEGELT HEIMLICH NACH TUNIS, UM DEN WANDALENKÖNIG GENSERIK UM HILFE ZU BITTEN.
GENSERIK WILLIGT EIN, UND TAUSEND SCHIFFE WERDEN ZUR FAHRT NACH ROM BEREITGEMACHT.
PRINZ EISENHERZ, HERRSCHER VON SARAMAND, RUFT SEINE HAUPTLEUTE ZUSAMMEN. ER ÜBERANTWORTET IHNEN DIE STADT UND WEIST JEDEM EINE AUFGABE ZU. (BALD JEDOCH ENTZWEIT GIER NACH MACHT UND REICHTUM DIE KAMERADEN. STREIT, VERRAT, EIFERSUCHT UND EHRGEIZ RUINIEREN DIE STADT, SO DASS DEN ÜBERLEBENDEN AM ENDE ABSOLUT NICHTS BLEIBT!)
DANN SEGELT EISENHERZ NACH ROM. EINES DER SCHRECKLICHSTEN KAPITEL DER WELTGESCHICHTE WIRD AUFGEBLÄTTERT, DOCH ER HAT WICHTIGERES ZU BESPRECHEN!
DIE WANDALEN GEHEN AN DER TIBERMÜNDUNG AN LAND UND MARSCHIEREN UNTER GENSERIKS FÜHRUNG NACH ROM.
EINZIG PAPST LEO DER GROSSE UND EINE HANDVOLL KIRCHLICHE WÜRDENTRÄGER VERSPERREN IHNEN VOR DER STADT DEN WEG.
HAL FOSTER
DER PAPST HATTE DIE STADT EINST VOR DEM HUNNEN ATTILA GERETTET. DOCH GENSERIK IST DER TYP KRIEGER, DER WEDER MENSCH NOCH RELIGION FÜRCHTET.

Prinz Eisenherz
Aus den Tagen König Artus
PRINZ EISENHERZ UND ALETA ZIEHEN MIT GENSERIKS WANDALENHORDEN NACH ROM, UM SICH VOM PAPST VERMÄHLEN ZU LASSEN. IN IHRER VERLIEBTHEIT SEHEN SIE NICHT, DASS KRIEG UND HEIRAT NICHT UNTER EINEN HUT PASSEN.
PAPST LEO DER GROSSE WILL ROM EIN ZWEITES MAL RETTEN. DOCH ANDERS ALS ATTILA LÄSST SICH GENSERIK NICHT ABSCHRECKEN. ER VERSPRICHT NUR, DIE BEVÖLKERUNG ZU SCHONEN.
UM GENSERIK ZU BESÄNFTIGEN, STEINIGT MAN KAISER MAXIMUS. SEINE MIT MORD BEGONNENE AMTSZEIT ENDET IM MORD.
EISENHERZ UND ALETA ZIEHEN MIT DEN WANDALEN IN ROM EIN. DAS PLÜNDERN BEGINNT, DAS VOLK PROTESTIERT, ES KOMMT ZU KLEINEN SCHARMÜTZELN...
... ABER MIT DEM ERSTEN BLUTVERGIESSEN WERDEN DIE WANDALEN ZU WILDEN. DIE SCHLIMMSTE BRANDSCHATZUNG ALLER ZEITEN BEGINNT!
ALS EISENHERZ UND ALETA HÖREN, PAPST LEO SEI NACH RAVENNA GEGANGEN, FOLGEN SIE IHM DORTHIN.
DOCH DA RINGSUM DAS REICH ZUSAMMENBRICHT, HAT PAPST LEO KEINE ZEIT, EINE EX-KÖNIGIN UND EINEN PRINZEN AUS DEM NORDEN ZU VERMÄHLEN.
EUDOXIA, DEREN RACHEDURST DIE WANDALEN NACH ROM HOLTE, WIRD AUFGEFORDERT, EINE IHRER TÖCHTER GENSERIKS SOHN ZUR FRAU ZU GEBEN.
469 2-3-46 COPR. 1946, KING FEATURES SYNDICATE, Inc., WORLD RIGHTS RESERVED
HAL FOSTER
ALS EISENHERZ UND ALETA ENTTÄUSCHT ZU IHREM SCHIFF ZURÜCKKEHREN, STOSSEN SIE ZU EUDOXIAS TROSS.

Prinz Eisenherz
Aus den Tagen König Artus
KAISERIN EUDOXIA WOLLTE DEN MORD AN IHREM MANN RÄCHEN, INDEM SIE GENSERIKS WANDALEN NACH ROM HOLTE. HUNDERTTAUSEND TOTE RÖMER UND DIE SCHLIMMSTE ALLER PLÜNDERUNGEN SIND DIE FOLGE IHRER LAUNE!
ALS DAS NACHTLAGER AUFGESCHLAGEN WIRD, LÄDT EUDOXIA DAS JUNGE PAAR ZU SICH UND IHREN TÖCHTERN EIN.
ALS EUDOXIA IHRE GESCHICHTE HÖRT, KLAGT SIE BITTERLICH: "IHR WOLLT EINE CHRISTLICHE HOCHZEIT? DIE HEIDEN REGIEREN DAS LAND, UND ES STEHT SCHLECHT UM DIE CHRISTENHEIT. ABER ICH KANN EUCH HELFEN."
AM MORGEN ERKLÄRT SIE: "HIER IN DER NÄHE HAUST EIN EINSIEDLER, EIN EHEMALIGER KARDINAL, DER IN EINER GROTTE BETET UND SICH MILDTÄTIGEN WERKEN WIDMET."
UND DIE BEIDEN, DIE UNBEDINGT FEIERLICH VOM PAPST GETRAUT WERDEN WOLLTEN, SIND ZUFRIEDEN. DER WIND IN DEN BAUMWIPFELN IST IHRE MUSIKBEGLEITUNG, VOGELSANG IHR CHOR, ALS EIN EX-KARDINAL DEN EX-HERRSCHER SARAMANDS MIT DER EX-KÖNIGIN DER NEBELINSELN VERMÄHLT. ROMS EX-KAISERIN IST TRAUZEUGIN.
TIEF IM KÜHLEN WALD, FERNAB VON POLITIK, VERRAT UND KRIEG FINDEN SIE DEN FREUNDLICHEN ALTEN EINSIEDLER.
470 2-10-46
HAL FOSTER
NACH ANSICHT ERFAHRENER AUTOREN VON LIEBESROMANEN MÜSSTE HIER DIE SAGE VON PRINZ EISENHERZ ENDEN. ABER ALETA ZU EROBERN IST EINE SACHE. SIE KOSTET EISENHERZ NUR SEIN HERZ. MIT IHR ZU LEBEN IST EINE ANDERE GESCHICHTE ... UND WIR MEINEN, DIESE GESCHICHTE IST ES WERT, ERZÄHLT ZU WERDEN.

Prinz Eisenherz
Aus den Tagen König Artus
PRINZ EISENHERZ UND SEINE BRAUT KEHREN NACH ROM ZURÜCK, DA SIE IN BEGLEITUNG EUDOXIAS SIND, DIE VON WANDALENKRIEGERN DORTHIN GEBRACHT WIRD. DIE STADT BRENNT.
EUDOXIA STEHT VOR DEM WANDALENKÖNIG GENSERIK, DEN SIE ZUM WERKZEUG IHRER RACHE MACHEN WOLLTE. ER SPRICHT: "DU KOMMST MIT MIR NACH TUNIS, WO DU VOR RÖMISCHER RACHE SICHER BIST. EINE DEINER TÖCHTER GIBST DU MEINEM ÄLTESTEN SOHN ZUR FRAU."
"DA WIR GERADE VOM HEIRATEN REDEN...", MEINT GENSERIK, ALS ER EISENHERZ BEMERKT. "ICH WOLLTE EUCH JA BEIM HEIRATEN HELFEN, ABER DIE PLÜNDERUNG ROMS KAM DAZWISCHEN." ALS ER ALETA ANBLICKT, FÜGT ER HINZU: "DA MUSS JEMAND DEN HIMMEL GEPLÜNDERT HABEN."
ROM IST EIN ORT DES SCHRECKENS. WAS DIE WANDALEN NICHT MITNEHMEN KONNTEN, ZERSTÖRTEN SIE.
DIE STRASSE ZWISCHEN DER FLOTTE UND DER STERBENDEN STADT IST VOLLER BEUTEBELADENER WANDALEN.
SIE BELADEN NICHT NUR IHRE EIGENEN SCHIFFE, SONDERN NEHMEN AUCH NOCH EISENHERZ' DREI SCHIFFE MIT DEN SCHÄTZEN SARAMANDS MIT.
471 2-17-46
"NUN JA", MEINT EISENHERZ UNBEKÜMMERT. "WIR HABEN NOCH GENUG. WIR REITEN DURCH GALLIEN UND NEHMEN DANN EIN SCHIFF NACH BRITANNIEN."
HAL FOSTER
"ICH REITE KEINEN ZOLL WEIT!" WIRD IHM MIT NACHDRUCK VERSICHERT. "ICH KOMME VON EINER INSEL UND SCHWIMME ODER SEGLE, WOHIN DU WILLST. ABER REITEN? NIEMALS! GEH UND STIEHL EIN SCHIFF!"

Prinz Eisenherz
Aus den Tagen König Artus
DIE WANDALEN HABEN NICHT NUR ROM GEPLÜNDERT, SONDERN AUCH DIE SCHIFFE VON PRINZ EISENHERZ NACH NORDAFRIKA "MITGEHEN" LASSEN. IMMERHIN SIND IHM NOCH PFERDE FÜR DIE HEIMREISE GEBLIEBEN.
DOCH SEINE GATTIN LÄCHELT IHN AN UND FLÖTET: "MEIN LIEBER GATTE, ICH FOLGE DIR, WOHIN DU WILLST. ABER... SEIT ICH DICH KENNE, WURDE ICH STÄNDIG AUF PFERDERÜCKEN DURCHGESCHÜTTELT. ICH HABE ES SATT... GEH UND STIEHL MIR EIN SCHIFF!"
EISENHERZ WIRFT DEN KOPF ZURÜCK UND SCHAUT DIE REBELLIN STRENG AN. BALD DARAUF SIEHT ER SICH EIFRIG NACH EINEM GEEIGNETEN SCHIFF UM.
"BEI SONNENUNTERGANG WIRD DAS SCHIFF BELADEN SEIN", SAGT EISENHERZ. "HIER, KAUFT EINEN SCHLAUCH STARKEN WEIN, DANN MACHEN WIR DIE MANNSCHAFT BETRUNKEN."
ALETAS DIENERIN HAT NÜTZLICHES WISSEN. SIE BRAUT EINEN KRÄUTERSUD, DER DIE WIRKUNG DES WEINS VERSTÄRKEN WIRD. "DAMIT SCHLAFEN SIE NACH DER HARTEN ARBEIT GARANTIERT", ERKLÄRT SIE.
AM ABEND SEHEN DIE MÜDEN WANDALEN EINEN JUNGEN KRIEGER MIT EINEM WEINSCHLAUCH AM UFER ENTLANGTORKELN. "HELF MIR! 'S IS SCHU SCHWER", LALLT ER.
"WIR MACHEN DIR DIE LAST LEICHTER!" RUFEN DIE WANDALEN BEGEISTERT UND SCHREITEN ZUR TAT.
472 2-24-46
ALS ES NACHT IST, IST ALLES SEHR, SEHR RUHIG. EISENHERZ UND SEINE MÄNNER BEFREIEN DIE ANGEKETTETEN RÖMER UND MACHEN AN IHRER STELLE DIE BETÄUBTEN WANDALEN ZU GALEERENSKLAVEN.
HAL FOSTER
BEIM MORGENGRAUEN IST DAS MIT SCHÄTZEN BELADENE SCHIFF BEREITS AUF HOHER SEE.

Prinz Eisenherz
Aus den Tagen König Artus
DIE GEFANGENEN WANDALEN RUDERN IHR EIGENES SCHIFF UNFREIWILLIG DURCHS MITTELMEER. PRINZ EISENHERZ BEMERKT IHRE GRIMMIGEN GESICHTER NICHT, DENN IHN STRAHLT EIN VIEL HÜBSCHERES GESICHT AN.
SIE ERREICHEN DAS RHONEDELTA UND ARBEITEN SICH EINEN DER MÜNDUNGSARME HINAUF. DIESEN WEG KAMEN VOR JAHRHUNDERTEN DIE RÖMER ALS EROBERER. NUN ZIEHEN SIE SICH AUF DIESEM WEG VOR DEN ANSTÜRMENDEN BARBAREN VON JENSEITS DES RHEINS UND DER DONAU ZURÜCK.
DIE WELLEN BLITZEN IN DER SONNE, WIND SÄUSELT IN DEN BÄUMEN, UND IM OSTEN SCHIMMERN SCHNEEBEDECKT DIE ALPEN. EISENHERZ UND SEINE BRAUT GENIESSEN DIE FLITTERWOCHEN, DENN ZU IHRER ZEIT WAR FRIEDE NUR VON KURZER DAUER.
IN LYON TROMMELT EISENHERZ KAUFLEUTE ZUSAMMEN UND VERKAUFT IHNEN DAS SCHIFF UND SEINE SCHÄTZE.
BEIM VERKAUF DER GEFANGENEN WANDALEN GESCHIEHT ETWAS UNERWARTETES. EIN SCHWARZHAARIGER JÜNGLING TRITT VOR. "VERKAUFT MICH NICHT, HERR. ICH KANN LESEN, SCHREIBEN UND DIE BÜCHER FÜHREN. ICH NÜTZE EUCH MEHR ALS GELD."
SO TRITT AMURATH IN EISENHERZ' DIENSTE. ER ERFÜLLT SEINE PFLICHT, DOCH SEINE AUGEN VERFOLGEN STETS IDI, ALETAS DIENERIN.
UND ALETA GEHT EINKAUFEN... DENN WELCHE FRAU, DIE WEISS, DASS IHR MANN BARES HAT, TUT DAS NICHT?
473 3-3-46
HAL FOSTER
EISENHERZ ERWIRBT EINE KLEINE BARKE UND MIETET BEWAFFNETE WÄCHTER, DENN ROMS SCHWINDENDE MACHT REICHT GERADE NOCH BIS LYON. DAHINTER HERRSCHT DAS WILDE GESETZ VON SCHWERT UND AXT.

Prinz Eisenherz
Aus den Tagen König Artus
FROHE, SONNIGE TAGE LANG FAHREN PRINZ EISENHERZ UND SEINE BRAUT VON LYON AUS RHONEAUFWÄRTS. ALETA BEMERKT AMURATHS INTERESSE FÜR CIDI. DANN STUTZT SIE, DENN DIE RUHIGE ORIENTALIN STARRT EISENHERZ MIT SCHMERZ UND LEIDENSCHAFT IN DEN AUGEN AN.
VON DER RHONE GEHT ES IN DIE SAONE, DER SIE SO WEIT WIE MÖGLICH FOLGEN. BEI EINER KLEINEN HANDELSSTATION GEHEN SIE AN LAND.
EISENHERZ SCHICKT AMURATH UND EINIGE DER WACHEN ÜBER LAND ZUR SEINE, UM EIN SCHIFF FÜR DIE FAHRT NACH PARIS ZU SUCHEN.
DIE RÖMER HATTEN BEI IHRER EROBERUNG RECHT UND GESETZ MITGEBRACHT. IHRER VERTREIBUNG FOLGT ZUNEHMENDE GESETZLOSIGKEIT. IN GANZ EUROPA MACHT SICH LANGSAM FINSTERSTES MITTELALTER BREIT.
EISENHERZ BESORGT EINEN WAGEN FÜR ALETA, DANN BEGINNT DIE GEFÄHRLICHE REISE ÜBER LAND ZUR SEINE.
KEINE FRAU MAG ES, WENN SICH EINE HÜBSCHE FRAU IN IHREN MANN VERLIEBT. ALETA MUSS SICH CIDIS ENTLEDIGEN, OHNE DASS EISENHERZ DEN GRUND DAFÜR KENNT, DENN SONST WÜRDE ER NOCH EINGEBILDETER!
471 3-10-46
MÄNTEL, BUNTE TÜCHER, PANTOFFELN UND SCHMUCK FÜLLEN SEIN ZELT. "EINE KLEINE EHEFRAU BRAUCHT GANZ SCHÖN VIEL PLATZ", MEINT EISENHERZ, ALS ER VERGEBENS EIN PLÄTZCHEN SUCHT, AN DEM ER SEINE AUSRÜSTUNG AUFHÄNGEN KANN.
HAL FOSTER
HERUMSTREIFENDE BARBAREN, DIE STETS AUF BEUTE AUS SIND, BEOBACHTEN AM ABEND GIERIG DIE KARAWANE.

Prinz Eisenherz
Aus den Tagen König Artus
DIE BARBAREN SUCHEN ZWAR BEUTE, FÜRCHTEN ABER DAS SCHWERT VON PRINZ EISENHERZ. SIE STREITEN BIS ZUM MORGENGRAUEN, OB SIE ANGREIFEN SOLLEN ODER NICHT.
DER RUF DES WÄCHTERS LÄSST EISENHERZ AUS DEM BETT SPRINGEN ...
... UND WIE IN EINEM ATEMZUG DAS KETTENHEMD ÜBERSTREIFEN, SCHWERT UND SCHILD PACKEN UND KAMPFBEREIT HINAUSLAUFEN.
HINGEBUNGSVOLL WIE EIN JÜNGLING, DER VOR DEN BEWUNDERNDEN AUGEN SEINER BRAUT EINE EDLE TAT VOLLBRINGT, FÄHRT EISENHERZ ZWISCHEN DIE SCHWERFÄLLIGEN FEINDE. SOLCH MÖRDERISCHE BEGEISTERUNG ERSTAUNT JENE, DIE FLINK GENUG SIND, DEN ANSTURM ZU ÜBERLEBEN.
EISENHERZ IST MIT DEM BEGINN DES TAGEWERKS ZUFRIEDEN... ER HAT ALETA GEZEIGT, WELCHES GLÜCK ES IST, SOLCH EINEN FURCHTLOSEN BESCHÜTZER ZU HABEN.
AM RAND DES BETTES SITZEND, SCHILDERT ER IHR (WOHL MIT EINEM ANFLUG EITELKEIT) DIE FEINHEITEN SEINER SCHWERTFÜHRUNG, ALS ER BEMERKT, WIE ABWEISEND SIE WIRKT.
HAL FOSTER
"WAS IST LOS, SCHATZ?" FRAGT ER. "DIE FLITTERWOCHEN SIND VORÜBER", STELLT SIE FEST. "DENN HEUTE FRÜH BIST DU WIE EIN ALTGEDIENTER EHEMANN ZUR ARBEIT GEGANGEN, OHNE MIR EINEN KUSS ZU GEBEN."

Prinz Eisenherz
Aus den Tagen König Artus
"ICH WERDE DIE FRAUEN WOHL NIE VERSTEHEN," MURMELT PRINZ EISENHERZ UND STARRT SEINE AUFREGEND EIGENWILLIGE BRAUT AN. DANN NIMMT ER DIE SÜSSE BÜRDE IN DIE ARME. "ABER ES WIRD SCHÖN SEIN, ES WENIGSTENS ZU VERSUCHEN."
AM ENDE EINER LANGEN TAGESREISE TREFFEN SIE AUF AMURATH, DER VON DER SEINE ZURÜCKKEHRT, WO ER EIN BOOT FÜR DIE WEITERREISE NACH PARIS BESORGT HAT.
PRINZ EISENHERZ HAT ALETAS DIENERIN CIDI KAUM BEMERKT. DAS ARME MÄDCHEN, HIN- UND HERGERISSEN ZWISCHEN SEHNSUCHT NACH EISENHERZ UND WAHNSINNIGER EIFERSUCHT, FINDET KEINE RUHE.
AMURATH KANN IHRE QUALEN NICHT LÄNGER ANSEHEN. "CIDI, HÜTE DICH VOR DIESER AUSSICHTSLOSEN LIEBE! KOMM MIT MIR IN MEINE HEIMAT. ICH WIDME MEIN GANZES LEBEN DEINEM GLÜCK."
DOCH CIDIS LIEBE ÜBERSTEIGT JEDE VERNUNFT. IN DER NACHT SCHLEICHT SIE DAVON UND BRAUT ETWAS GEHEIMNISVOLLES. DER STETS WACHSAME AMURATH FOLGT IHR.
AUCH ALETA PLANT. "HINTER DER SEINE BEGINNT DAS NORDLAND. SEIEN WIR GROSSZÜGIG ZU DEN DIENERN, UND SCHIKKEN SIE IN IHRE HEIMAT. DANN KÖNNEN WIR UNS DIENER BESORGEN, DIE DAS NÖRDLICHE KLIMA GEWOHNT SIND."
SOLANGE ALETA LEBT, WIRD PRINZ EISENHERZ NUR AUGEN FÜR SIE HABEN. IN IHRER VERZWEIFLUNG BEREITET CIDI EINEN WEINBECHER FÜR ALETA VOR. DOCH DIE AUGEN DES LIEBENDEN WACHEN ÜBER DIE GELIEBTE.
... UND DESHALB STÖSST AMURATH DEN GIFTBECHER UM.
476 · 3-24-46
COPR. KING FEATURES SYNDICATE, Inc., WORLD RIGHTS RESERVED
HAL FOSTER
AN DER SEINE ANGELANGT, ENTLOHNT EISENHERZ SEINE DIENER GUT UND WÜNSCHT IHNEN EINE GUTE HEIMREISE. DIE VERZWEIFLUNG IN CIDIS AUGEN BEMERKT ER NICHT.

Prinz Eisenherz
Aus den Tagen König Artus
DIE VON PRINZ EISENHERZ AUS DEM SÜDEN MITGEBRACHTEN DIENER WURDEN GUT BEZAHLT. ALLE FREUEN SICH, DASS SIE HEIMKEHREN KÖNNEN. NUR FÜR CIDI IST DIES DAS ENDE.
EISENHERZ UND ALETA WÜNSCHEN IHNEN EINE SICHERE HEIMREISE UND FAHREN NACH PARIS WEITER.
AMURATH IST GLÜCKLICH. AUF DER LANGEN HEIMREISE WERDEN SIE VIEL ZUSAMMENSEIN. VIELLEICHT VERGISST CIDI DANN PRINZ EISENHERZ UND BEMERKT AMURATH.
HINTER EINER FLUSSBIEGUNG VERSCHWINDET DER ANGEBETETE FÜR IMMER! EIN ERSTICKTER SCHREI LÄSST AMURATH AUFSPRINGEN.
DAS GIFTFLÄSCHCHEN, DAS SIE FÜR ALETA BEREITET HATTE, IST JETZT LEER!
AMURATH VERFÄLLT DEM WAHNSINN. "DAS IST DIE SCHULD VON PRINZ EISENHERZ. SEIN BLICK HÄTTE SIE BEGLÜCKT, EIN LIEBES WORT BEGLÜCKT. DOCH ER HAT IHR NICHTS ALS SCHMERZ UND QUAL BEREITET!"
AMURATH BEENDET SEINE ARBEIT. LANGE STEHT ER SCHWEIGEND DA. DANN LACHT ER IRRE UND BESTEIGT SEIN PFERD. ABER ER REITET NICHT NACH SÜDEN.
ER REITET NACH PARIS. UND IN SEINEM WIRREN KOPF NEHMEN RAFFINIERTE PLÄNE GESTALT AN.
477 3-31-46
HAL FOSTER
EISENHERZ FREUT SICH, ALS SIE NACH EINER FRIEDLICHEN FAHRT IN PARIS VON AMURATH BEGRÜSST WERDEN. SOLCHE TREUE SOLL BELOHNT WERDEN, VERSPRICHT ER.

Prinz Eisenherz
Aus den Tagen König Artus
AMURATH WAR PRINZ EISENHERZ UND ALETA NACH PARIS VORAUSGEEILT. ER WOLLE EISENHERZ AUCH WEITER DIENEN, DA ER SICH KEINEN BESSEREN HERRN VORSTELLEN KÖNNE, BEHAUPTET ER.
"ICH HABE EUREN AUFENTHALT IN PARIS SCHON ORGANISIERT. ALS DER ADELIGE ROTH, DER THAN VON BOISBELDIT, HÖRTE, DASS DER EDLE RITTER PRINZ EISENHERZ NACH PARIS KOMMT, BESTAND ER DARAUF, EUCH ALS GÄSTE IN SEINEN PALAST ZU BITTEN."
"WILLKOMMEN, WILLKOMMEN", RUFT DER ÜBERSCHWENGLICHE ROTH. "AMURATH, EUER SENESCHALL, HAT EUER KOMMEN ANGEKÜNDIGT. DER BESUCH EINES SO GROSSEN HELDEN... UND EINER SO ANMUTIGEN DAME... EHRT MICH!"
SELTEN HAT EISENHERZ EINE SO AUSGELASSENE RUNDE ERLEBT WIE DIE WILDE, AUSSCHWEIFENDE GRUPPE, MIT DER SICH ROTH UMGIBT. DIE WITZE LASSEN ALETA ERRÖTEN, EINIGE DAMEN LASSEN EISENHERZ ERRÖTEN. ABER ER DENKT SICH: "MAN MUSS SICH DEN GEGEBENHEITEN ANPASSEN. VIELLEICHT IST DAS HIER SO SITTE!"
ALETAS SCHÖNHEIT FASZINIERT ROTH. NACH DEM ESSEN RUFT ER SEINE MUSIKER UND BRINGT IHR DIE NEUESTEN MODETÄNZE BEI.
"NUN, IST ALETA SO ANMUTIG, WIE ICH SAGTE, ODER NICHT?" FRAGT AMURATH, UM DANN LEISE FORTZUFAHREN: "UND SIE SCHEINT SICH SEHR FÜR EUCH ZU INTERESSIEREN, HERR!"
ZU EISENHERZ HINGEGEN SAGT ER: "ICH FÜRCHTE, ICH HABE EUCH IN GEFAHR GEBRACHT. ROTH IST SEHR MÄCHTIG UND VON UNGEZÜGELTER LEIDENSCHAFT... MIR SCHEINT, ER INTERESSIERT SICH ÜBER GEBÜHR FÜR EURE FRAU."
478 4-7-46 COPR 1946, KING FEATURES SYNDICATE, Inc., WORLD RIGHTS RESERVED
HAL FOSTER
DEN FREUNDEN UND VERWANDTEN ROTHS FLÜSTERT ER ZU: "BEHALTET PRINZ EISENHERZ IM AUGE. ER IST VON UNGEZÜGELTER LEIDENSCHAFT. ER KÖNNTE DEN EDLEN ROTH TÖTEN, WENN ER SEINER FRAU ALETA ZU NAHE TRITT!"

Prinz Eisenherz
Aus den Tagen König Artus
IN SEINER LEISEN ART HAT AMURATH ALLES FÜR SEIN RÄNKESPIEL VORBEREITET. ER HAT DIE SAAT DES MISSTRAUENS UND DER EIFERSUCHT GESÄT, DAMIT DER PLAN SEINES KRANKHAFTEN HIRNS VERWIRKLICHT WIRD.
"SIRE", STACHELT AMURATH DEN VERLIEBTEN TYRANNEN AUF. "MEINE HERRIN HAT SICH IN EUCH VERLIEBT UND ERWARTET EUCH IN IHREN GEMÄCHERN!"
ROTH EILT DAVON. ER REIBT SICH DIE HÄNDE UND MURMELT: "ENDLICH! ENDLICH!"
DANN RUFT ER PRINZ EISENHERZ ZU: "ACH, HERR, ICH HÄTTE EUCH DOCH VOR ROTH GEWARNT. ER BELÄSTIGT ALETA IM SCHLAFZIMMER."
ERBOST MACHT SICH EISENHERZ AN DIE RETTUNG. DOCH ALETA IST NICHT IN GEFAHR. ROTH IST VÖLLIG BAFF, DASS ER STATT DESSEN EINE WÜTENDE HORNISSE ANGESTACHELT HAT!
ALETAS HALTUNG LÄSST ERKENNEN, DASS HIER EINIGES NICHT STIMMT. "WESHALB HAST DU MICH ANGELOGEN, DU GIFTZWERG?" SCHREIT ROTH AMURATH AN. WIE EINE ANGRIFFSBEREITE SCHLANGE SCHLÄGT AMURATH ZU!
"ROTHS FREUNDE UND VERWANDTE WERDEN UNS GLEICH HIER ANTREFFEN, MEISTER. DANN WERDE ICH SAGEN, IHR HÄTTET IHN AUS EIFERSUCHT GETÖTET... DANN BEREITEN SIE EUCH BEIDEN EINEN GANZ, GANZ LANGSAMEN TOD."
"WAS SOLL DAS ALLES, AMURATH?" FRAGT EISENHERZ RUHIG. "DAS MÄDCHEN, DAS ICH LIEBTE, HAT SICH AUS LIEBE ZU EUCH UMGEBRACHT. EIN LÄCHELN ODER EIN GUTES WORT HÄTTEN SIE GLÜCKLICH GEMACHT. DOCH IHR HABT SIE EINFACH ENTLASSEN. TÖTET MICH RUHIG, DENN ICH HABE MEINE RACHE. OHNE LIPI IST MIR DAS LEBEN EGAL."
UND SO FAND MAN SIE. AMURATH ERZÄHLTE DIE VORBEREITETE LÜGE. EISENHERZ' SCHWEIGEN MACHT AMURATH ANGST, DENN ER WOLLTE VON EISENHERZ GETÖTET WERDEN, DAMIT MAN IHN MIT BLUTTRIEFENDEM SCHWERT ALS EINDEUTIGEM BEWEIS ANTRIFFT.
479 4-14-46
EISENHERZ WIRD WÜTEND ANGESTARRT, SCHWERTER WERDEN GEZÜCKT. "EUER HERR WURDE ERDOLCHT", SAGT ER RUHIG. "SUCHT EINEN BLUTIGEN DOLCH. SEIN BESITZER IST DER MÖRDER!"
COPR. 1946, KING FEATURES SYNDICATE, Inc., WORLD RIGHTS RESERVED.
HAL FOSTER
AMURATH WIRD SCHREIEND FORTGEBRACHT. SEIN GEMARTERTES HIRN IST NUN ENDGÜLTIG DEM WAHNSINN VERFALLEN.

Prinz Eisenherz
Aus den Tagen König Artus
PRINZ EISENHERZ HEISST SEINE LEUTE SOFORT PACKEN UND DEN PALAST DES ERMORDETEN ROTH VERLASSEN. DENN ROTH WAR MÄCHTIG, UND SEINE FREUNDE KÖNNTEN MEHR RACHE FORDERN ALS NUR DIE BESTRAFUNG DES DIENERS AMURATH. EISENHERZ HATTE DIE SCHÄTZE AUS SARAMAND UND ROM ZWECKS LEICHTERER HANDHABUNG IN JUWELEN UMGETAUSCHT, DOCH DIESER REICHTUM IST NICHT UNGEFÄHRLICH.
IN DEN ENGEN STRASSEN VON PARIS IST FAST ALLES MÖGLICH. DAHER ÜBERRASCHT ES NICHT, ALS PLÖTZLICH EIN REICHER KAUFMANN AUS SEINEM HAUS FLIEGT UND VOR IHREN FÜSSEN LANDET.
DIE STATTLICHE FRAU IN DER TÜR ÜBERRASCHT SIE JEDOCH. "ICH HATTE DICH DAVOR GEWARNT, WAS PASSIERT, WENN DU MICH MIT DEINEN KALTEN HÄNDEN ANFASST, DU WOLLÜSTIGER HUND!"
"ENTSCHULDIGT, DASS ICH SOLCHEN ABFALL SO EDLEN HERRSCHAFTEN VOR DIE TÜR WARF. ICH, DIE ICH EINST KÖNIGLICHE KAMMERZOFE WAR UND JETZT AUSGERECHNET IN SOLCH EINEM HAUS IN DIENST BIN."
ALETA IST SOFORT INTERESSIERT. "ICH BRAUCHE EINE ZOFE...", FÄNGT SIE AN. "JETZT NICHT MEHR. NENNT MICH KATWIN. IHR GEFALLT MIR. ICH WÜRDE EUCH GERN DAS HELLE HAAR LEGEN..."
...UND SO WEITER UND SO FORT. EISENHERZ LERNT, DASS EIN EHEGATTE ALLENFALLS DIE ZWEITE GEIGE SPIELT, WENN ZWEI FRAUEN ÜBER KLEIDUNG, MODE UND FRISUREN REDEN.
480 4 21 46
ALS KATWIN HÖRT, DASS PARIS SOFORT VERLASSEN WERDEN MUSS, GEHT SIE MIT IHNEN ZUM KAI UND SUCHT EIN WIKINGERSCHIFF. NACH HEFTIGEM FEILSCHEN WIRD MAN SICH HANDELSEINIG UND GEHT AN BORD.
HAL FOSTER
ES GEHT SEINEABWÄRTS, DANN HINAUS AUF DEN STÜRMISCHEN ÄRMELKANAL. HINTER IHNEN VERSINKT GALLIEN, WÄHREND VOR IHNEN BRITANNIENS WEISSE KLIPPEN AUS DEM NEBEL AUFTAUCHEN!

Prinz Eisenherz
Aus den Tagen König Artus
ES TUT GUT, WIEDER INS EINZIGE LAND EUROPAS ZU KOMMEN, WO NOCH RECHT UND GERECHTIGKEIT HERRSCHEN. PRINZ EISENHERZ STEHT AN DECK, DEN ARM UM SEINE BRAUT GELEGT, ALS SIE VOM STÜRMISCHEN ÄRMELKANAL IN DEN RUHIGEREN SOLENT EINFAHREN. KÖNIG ARTUS REICH LIEGT VOR IHNEN.
"ICH BESORGE PFERDE, DAMIT WIR GLEICH NACH CAMELOT...", HEBT EISENHERZ AN. KATWIN FÄLLT IHM INS WORT: "GEHT RUHIG EUREN GESCHÄFTEN NACH, HERR! ABER MEINE HERRIN BETRITT KÖNIG ARTUS HOF ERST IN EINIGEN TAGEN, WENN SIE ENTSPRECHEND EINGEKLEIDET IST."
ALETA IST ÜBERGLÜCKLICH, DENN HIER GIBT ES ANDERE MODEN, ANDERE STOFFE, ANDERE FARBEN. OBWOHL KATWIN STÄNDIG MIT DEN KAUFLEUTEN HERUMSTREITET, IST SIE AUF IHRE HERRIN SO STOLZ, DASS SIE VOR FREUDE JAUCHZEN KÖNNTE. UND EISENHERZ SITZT VÖLLIG VERZAUBERT DA. ER IST JETZT SO HOFFNUNGSLOS TÖRICHT UND KOMPLETT VERLIEBT, DASS ER ALETA SCHON WIEDER LEID TUT.
DANN BEKOMMT ER DIE RECHNUNG. "O GOTT", MURMELT ER. "MUSS ICH DENN WEITERE STÄDTE PLÜNDERN, UM MEINE FRAU EINZUKLEIDEN?" DOCH KATWIN IST ZUR STELLE, UND WEHE DEM HÄNDLER, DER ZUVIEL IN RECHNUNG STELLEN WILL.
ALS SIE DURCHS WINDIGE HÜGELLAND REITEN, SINGT DER NEU AUSGERÜSTETE EISENHERZ IN GEDANKEN: "ENDLICH KOMME ICH WIEDER NACH CAMELOT, MIT DEM SCHÖNSTEN PREIS, DEN JE EIN RITTER GEWANN!"
STRAHLENDE KUPPELN UND GLÄNZENDE TÜRME, DIE STADT DER WUNDER, DER PALAST DES STAUNENS! EISENHERZ BEKOMMT FEUCHTE AUGEN, EIN KLOSS SITZT IHM IM HALS, ALS ER WIEDER DIE GEBURTSSTÄTTE DES RITTERTUMS ERBLICKT, CAMELOT, DESSEN NAME WIE GLOCKENKLANG DURCH ALLE ZEITEN KLINGT!
HAL FOSTER
481 4-28-46

Prinz Eisenherz
Aus den Tagen König Artus
NACHDEM ER ABENTEUERND DURCH DIE HALBE WELT GEZOGEN IST, KEHRT PRINZ EISENHERZ NACH CAMELOT ZURÜCK. ALS ER IN DEN GROSSEN HOF REITET, WIRD ER MIT LAUTEN RUFEN BEGRÜSST. VIELE RITTER, DEREN NAMEN MAN NOCH KENNT, EILEN ZUR BEGRÜSSUNG HERBEI.
DIE BEGRÜSSUNGSRUFE VERSTUMMEN, UND IN DER ENTSTEHENDEN STILLE STELLT EISENHERZ ALETA VOR, DEREN GROSSE AUGEN VOR FREUDIGER ERREGUNG LEUCHTEN.
"ACH, WELCH EIN JAMMER", RUFT SIR DAGONET, DES KÖNIGS HOFNARR. "SCHON WIEDER EIN UNGESTÜMER, GROSSER RECKE, DER ZUM GEWÖHNLICHEN EHEMANN VERKOMMEN IST. DOCH WAS SOLL ICH KLAGEN? MEIN EINZIGER RIVALE IM AMT IST FEST AN DEN SCHÜRZENZIPFEL GEBUNDEN."
ALETA WIRD VON DEN DAMEN BEISEITE GEZOGEN, DENN SIE KOMMT AUS DER GROSSEN WELT, WEISS DEN NEUESTEN KLATSCH UND KENNT VOR ALLEM DIE NEUESTE MODE AUS PARIS UND ROM!
VON EINEM HOHEN BALKON AUS BLICKT ALETA ÜBER DAS SPÄTSOMMERLICHE, FARBENPRÄCHTIGE LAND. ALLES IST SO NEU, SO ANDERS, SO AUFREGEND!
SIE VERLÄSST DIE BURG UND VOLLFÜHRT IM EICHENWALD EINEN FREUDENTANZ.
482 5-5-46
EINE KÖNIGIN IST GEWOHNT, ZU TUN, WAS SIE WILL... UND DIESER GLITZERNDE, KLARE TEICH SIEHT IN DER WARMEN SONNE SEHR EINLADEND AUS!
HAL FOSTER
KÖNIG ARTUS, DER ALLEIN VON DER JAGD ZURÜCKKEHRT, ZÜGELT BEIM ANBLICK EINES GOLDENEN FLECKS IM DUNKLEN WALDESGRÜN SEIN PFERD. DANN SITZT ER AB UND NÄHERT SICH MIT GROSSER NEUGIER.

Prinz Eisenherz
Aus den Tagen König Artus
BEIM ANBLICK ELFENBEINFARBENER SCHULTERN UND GOLDENER HAARE, DIE JA NICHT JEDEN KLAREN TEICH IM WALD ZIEREN, PFEIFT KÖNIG ARTUS ANERKENNEND, RÜCKT SEINE KAPPE ZURECHT, STREICHT SICH ÜBER DEN BART UND WILL SICH DAS AUS DER NÄHE ANSEHEN.
AUF ALLES IST ALETA IN DIESEM ÜBERRASCHENDEN LAND GEFASST, NUR AUF DAS NICHT. SICH HINTER IHREN HELLEN HAAREN VERBERGEND, RUFT SIE: "WIE KANNST DU ES WAGEN? GEH WEG, DU GRINSENDER TÖLPEL!"
ALS ER SICH NICHT VOM FLECK RÜHRT, SCHWIMMT ALETA UNTER WASSER ZU SCHÜTZENDEM SCHILF. DER KÖNIG FOLGT IHR AM UFER ... DENN GEHORSAM ZÄHLT NICHT ZU DEN DINGEN, DIE KÖNIGE LERNEN.
SIE LERNEN AUCH NICHT, SCHLAMMWÜRFEN AUSZUWEICHEN. DIESER SPEZIELLE KÖNIG GIBT SICH OB DES NASSEN BOMBARDEMENTS GESCHLAGEN UND ÜBERLÄSST DAS SCHLACHTFELD DER ERBOSTEN GEGNERIN.
"ICH HABE ETWAS HERRLICHES ERLEBT", RUFT DER KÖNIG. "ICH BEGEGNETE EBEN IM WALD EINER WASSERNYMPHE. BEI MEINEM BART, IN DEM DER SCHLAMM HÄNGT, MIT DEM SIE MICH BEWARF, SIE WAR DAS BEZAUBERNDSTE WESEN, DAS JE EIN MENSCH SAH!"
"WAHRSCHEINLICH WAR ES EINE VON MERLIN HERBEIGEZAUBERTE WASSERGÖTTIN..." SAGT DER KÖNIG GERADE, ALS IHN ALETA IM VORBEIGEHEN ERKENNT.
HAL FOSTER
DIE VERBLÜFFTEN RITTER SIND WIE VERSTEINERT. ES IST UNMÖGLICH, ALETA ZU SAGEN, WER IHR OPFER IST. UND DER KÖNIG? OBWOHL SEIT VIELEN JAHREN VERHEIRATET, HAT ER NOCH NIE EINE DERARTIGE GARDINENPREDIGT GEHÖRT!
483 5-12-46
EISENHERZ ERSCHEINT, UM SEINEN KÖNIG ZU RETTEN. "HALT DICH DA RAUS, LIEBSTER", SAGT ALETA. "ICH HABE DIESEM BESCHMUTZTEN KERL NOCH EINIGES ZU SAGEN!" - "ICH FÜRCHTE, DU HAST DA UNSEREN KÖNIG BESCHMUTZT, MEINE LIEBE", SORGT SICH EISENHERZ.
EINEN AUGENBLICK LANG HERRSCHT STILLE. DER KÖNIG VERSUCHT, WÜRDEVOLL DIE AUGENBRAUEN ZU RUNZELN. DOCH EHE ER ETWAS SAGEN KANN, BLITZT IHM ALETAS ANSTECKENDES LÄCHELN ENTGEGEN. "WIR WERDEN GEWISS GUTE FREUNDE, EUER MAJESTÄT... UND ES IST SICHER UNNÖTIG, KÖNIGIN GUINEVERE VON EURER SCHÜRZENJAGD ZU ERZÄHLEN."

Prinz Eisenherz
Aus den Tagen König Artus
SO UNTERLIEGT KÖNIG ARTUS, DER GROSSE HERRSCHER DES EINZIGEN NICHT VON BARBAREN BESIEGTEN CHRISTLICHEN KÖNIGREICHS EUROPAS, EINER KLEINEN KÖNIGIN VON DEN NEBELINSELN.
GERÜCHTE BESAGEN, DER KÖNIG HABE DAS SCHLACHTFELD, OB DER NIEDERLAGE HERZLICH LACHEND, VERLASSEN.
DANN WIRD ALETA KÖNIGIN GUINEVERE VORGESTELLT, JENER SCHÖNEN, SELTSAMEN FRAU, DEREN GOLDENE SCHÖNHEIT KEINEN MANN UNBERÜHRT LÄSST. SIE BLICKT ALETA MIT IHREN GRÜNEN AUGEN RUHIG, ABER OHNE FREUNDLICHKEIT AN.
DENN ALETA HAT NEUEN CHARME, NEUE ANMUT UND SÜDLICHE SITTEN NACH CAMELOT GEBRACHT. SIE MUSS DIE LIEDER IHRER HEIMAT SO OFT SINGEN, BIS JEDER SIE KANN. DIE KÖNIGIN IST OFFENSICHTLICH EIFERSÜCHTIG. UND DIE EIFERSUCHT EINER KÖNIGIN IST GEFÜRCHTET.
ALETA WÄRE IM HERBST GERN MIT AUF DIE JAGD GEGANGEN. ABER BEIM REITEN SITZEN DIE DAMEN HIER ENTWEDER IM DAMENSATTEL ODER HINTER IHREN BEQUEM REITENDEN MÄNNERN. DAS MAG JA SEHR WEIBLICH SEIN UND HÜBSCH AUSSEHEN, ABER ALETA BEREITET ES RÜCKENSCHMERZEN.
ALSO LÄSST SIE EINEN HERRENSATTEL FÜR SICH HERRICHTEN UND ENTWIRFT EIN REITKOSTÜM. ARABISCHE STIEFEL, TUNESISCHE HOSEN, RÖMISCHER UMHANG UND GALLISCHES HÜTCHEN. JETZT MACHT IHR DAS REITEN SPASS!
EINIGE DAMEN SIND SCHOCKIERT, ANDERE AMÜSIERT, ABER ALLE SIND SIE NEIDISCH, WEIL ALETA AUSGELASSEN WIE EIN JUNGE DURCH DIE LANDSCHAFT REITEN KANN.
BALD KANN SIE IHRE REITKÜNSTE BRAUCHEN, DENN KÖNIG ARTUS RUFT SEINE RITTER ZUSAMMEN. "DIE SACHSEN HABEN SICH AN DER OSTKÜSTE SO SEHR EINGENISTET, DASS SIE SIE JETZT SCHON 'OSTSACHSEN' NENNEN." (DANACH HEISST DIE GEGEND NOCH HEUTE ESSEX.)
484 5-19-46
SIE DRINGEN WEITER LANDEINWÄRTS VOR, EIN KRIEG DROHT. "PRINZ EISENHERZ, IHR HABT DORT ALS KIND GELEBT UND KENNT DIE GEGEND GUT. NEHMT EINIGE MÄNNER UND BESORGT INFORMATIONEN FÜR DEN KRIEGSRAT!"
HAL FOSTER
DER PRINZ HAT EINEN GEFÄHRLICHEN AUFTRAG ZU ERLEDIGEN. BLEICH, ABER FRÖHLICH HILFT IHM SEINE BRAUT BEIM PACKEN.

Prinz Eisenherz
Aus den Tagen König Artus
PRINZ EISENHERZ WEISS UM DIE GEFAHREN SEINES AUFTRAGS. DENNOCH WÄHLT ER ZEHN JUNGE, UNERPROBTE KRIEGER ALS BEGLEITUNG AUS. WAS IHNEN AN ERFAHRUNG FEHLT, MACHEN SIE DURCH DEN WUNSCH WETT, SICH DIE RITTERWÜRDE ZU VERDIENEN.
EISENHERZ UND ZEHN KRIEGER? ABER WAS IST DAS? HABEN WIR UNS VERZÄHLT? DA KOMMT DOCH NOCH EINER ALS NACHHUT!
ES GIBT ÄRGER IN CAMELOT. JEMAND HAT SIR BARINS SCHWERT UND NEUEN HELM ENTWENDET, ALS ER SICH GERADE MIT SIR FERGUS AUS CORNWALL DUELLIEREN WOLLTE, DESSEN SCHILD UND LANZE FEHLEN. GAWAIN SUCHT SEINEN GRÜNEN UMHANG, WÄHREND KATWIN VERZWEIFELT NACH ALETA SUCHT!
JUNGE RITTER, DIE SICH EINEN NAMEN MACHEN WOLLEN, BEWACHEN OFT EINE KREUZUNG, EINE FURT ODER EINE BRÜCKE, UM DORT TRIBUT ODER EIN DUELL ZU FORDERN. SOLCH EINEM BEGEGNEN SIE.
"WIR SIND IM AUFTRAG DES KÖNIGS UNTERWEGS UND HABEN KEINE ZEIT, ZUM SPASS ZU KÄMPFEN!" SAGT EISENHERZ. "EIN KAMPF MIT MIR WIRD AUCH KEIN SPASS, FEIGER RITTER", FAUCHT DER FREMDE. "BETRINK DICH LIEBER!" KONTERT EISENHERZ UND REITET WEITER.
WUTSCHÄUMEND, ABER UNENTSCHLOSSEN VERHARRT DER RITTER, BIS DER LETZTE KRIEGER IHM MIT DER LANZE FAST DEN HELM HERUNTERSCHLÄGT UND DAZU SAGT: "KÜMMERE DICH UM DEINE ANGELEGENHEITEN!"
HAL FOSTER
DA VERLIERT ER DIE NERVEN. ER PACKT SEINEN MORGENSTERN UND HOLT ZU EINEM MÖRDERISCHEN SCHLAG AUS.
685 5-26-46

Prinz Eisenherz
Aus den Tagen König Artus
DER WÜTENDE FAHRENDE RITTER WILL ES DEM LETZTEN REITER HEIMZAHLEN, DER IHM FAST DEN HELM HERUNTERGESCHLAGEN HÄTTE.
DOCH DESSEN PFERD SENKT GERADE DEN KOPF UND ZIEHT DEN KLEINEN REITER NACH VORNE, SO DASS ER DEN KOPF OB DES SCHLAGS NICHT VERLIERT.
"OH, DU HÄSSLICHER SCHUFT, WIE KANNST DU ES WAGEN…?" RUFT DER KLEINE UND VERPASST IHM EINEN SCHLAG. DANN ABER HOLT ER MIT SOLCHEM EIFER ZU EINEM NEUEN SCHLAG AUS…
…DASS ER SEIN ZIEL VERFEHLT. KEIN RITTER FIEL JE AUF SO UNRÜHMLICHE ART VOM PFERD.
EISENHERZ KEHRT WÜTEND UM. "ICH SAGTE, WIR SIND IM AUFTRAG DES KÖNIGS UNTERWEGS. DEINE EINMISCHUNG IST DEN TOD WERT. ZIEH BLANK!"
OBWOHL DER STURZ DEN KLEINEN KRIEGER SÄMTLICHER RITTERTUGENDEN BERAUBT ZU HABEN SCHEINT, BRINGT IHN DAS KEINESFALLS ZUM AUFGEBEN.
ES KRACHT UND SCHEPPERT GEWALTIG. ALS EISENHERZ WIEDER ÜBER SEINEN SCHILD ZU SCHAUEN RISKIERT, IST DER KAMPF BEENDET.
SCHWEIGEND BLICKT EISENHERZ STRENG AUF DEN KLEINEN KÄMPFER. ER AHNT SCHON, WER DAS IST. GEWISSHEIT BEKOMMT ER, ALS EINE GOLDENE LOCKE AUS DEM HELM FÄLLT UND ER DEN BEKANNTEN STICH IM HERZEN SPÜRT.
"SIR, EURE UNGEWÖHNLICHEN METHODEN HABEN DAS RITTERTUM FÜNFZIG JAHRE ZURÜCKGEWORFEN", VERKÜNDET EISENHERZ ERNST. "AB JETZT NENNE ICH EUCH 'SIR WINZIG'! AUFSITZEN, SIR WINZIG, ES GEHT WEITER!"
HAL FOSTER
SCHWEIGEND REITEN SIE WEITER. DOCH ES FÄLLT AUF, DASS EISENHERZ JETZT IMMER IN DER NÄHE VON SIR WINZIG BLEIBT.

Prins Eisenherz
Aus den Tagen König Artus
DIE METHODEN, MIT DENEN SIR WINZIG DEN FAHRENDEN RITTER AUSGESCHALTET HAT, DER SICH PRINZ EISENHERZ UND SEINEN LEUTEN IN DEN WEG GESTELLT HATTE, WAREN SO UNGEWÖHNLICH, DASS MAN AM BESTEN KEIN WEITERES WORT DARÜBER VERLIERT.
ALS SIE SICH DER GRENZE ZU ESSEX NÄHERN, HÖREN SIE VON SACHSENÜBERFÄLLEN. ZWEIFELSOHNE GIBT ES SCHON BALD ETWAS FÜR SIE ZU TUN.
EISENHERZ LÄSST AN EINEM BACH DAS LAGER AUFSCHLAGEN, WO DIE MÄNNER BADEN KÖNNEN. DENN IM FALL EINER VERWUNDUNG IST ES BESSER, SAUBER ZU SEIN. SIR WINZIG MELDET SICH FREIWILLIG ALS WACHE.
BALD IST DER BACH VOLLER LACHENDER, PLANSCHENDER MÄNNER. AM LAUTESTEN UND LÄNGSTEN LACHT EISENHERZ, DENN ER KANN SICH DENKEN, WER SIR WINZIG IST, UND FINDET ES WITZIG, DASS ER FERNAB, MIT DEM RÜCKEN ZU DEN BADENDEN, WACHE HÄLT.
"NUN BIST DU DRAN, SIR WINZIG, NUN KANNST DU BADEN, UND WIR HALTEN WACHE." - "ICH BLEIBE LIEBER SCHMUTZIG", ERWIDERT DER KLEINE KERL.
STATT DESSEN GEHT SIR WINZIG IN DEN WALD, BIS ER AUSSER SICHTWEITE IST, REISST SICH DEN HELM VOM KOPF UND KRATZT SICH AUSGIEBIG. DER GELIEHENE HELM ENTHIELT UNGEBETENE GÄSTE.
487 6-9-46
AM MORGEN HAT SIR WINZIG ÜBLE LAUNE. UM UNERKANNT ZU BLEIBEN, BEHIELT ER DEN HELM DIE GANZE NACHT AUF. UND NUN ORDNET EISENHERZ AUCH NOCH AN, ER SOLLE DAS LAGER BEWACHEN. "BEIM KLEINSTEN ANZEICHEN VON GEFAHR GIB EIN LAUTES HORNSIGNAL!"
HAL FOSTER
DIE KRIEGER TEILEN SICH IN KLEINE GRUPPEN, UM DAS SACHSENGEBIET ZU ERKUNDEN. DANN BEWAFFNET SICH SIR WINZIG UND FOLGT EISENHERZ.

Prinz Eisenherz
Aus den Tagen König Artus
ALETA IST GANZ UNGLÜCKLICH. EINE WOCHE LANG KONNTE SIE NICHT EINMAL IHR GESICHT WASCHEN, SONDERN MUSSTE MIT EINEM HELM AUF DEM KOPF SCHLAFEN. UND ALS ES AUFREGEND WIRD, SOLL SIE DAS LAGER BEWACHEN!
STATT DESSEN SITZT SIE AUF UND FOLGT EISENHERZ.
PROMPT VERIRRT SIE SICH IM WALD. STUNDENLANG IRRT SIE ZWISCHEN RIESIGEN EICHEN UMHER. ALS SIE ALLMÄHLICH ANGST BEKOMMT, ERSPÄHT SIE EINEN PFAD.
ER FÜHRT SIE AUS DEM WALD, MITTEN IN DIE GEFAHR HINEIN! VOR SICH SIEHT SIE SACHSEN, DIE HINTER EINER HECKE EISENHERZ UND SEINEN LEUTEN AUFLAUERN.
SIR WINZIG GIBT EIN LAUTES HORNSIGNAL, DREHT SICH DANN ZUM WALD UM UND SCHREIT: "VORWÄRTS, MÄNNER! TÖTET! TÖTET! TÖTET!" DANN GREIFT SIR WINZIG AN!
ALS EISENHERZ DIE KLEINE GESTALT ANGREIFEN SIEHT, WIRD SEIN GESICHT KREIDEBLEICH, DENN ER WEISS GENAU, WER SIR WINZIG IST. "GREIFT AN, LEUTE!" RUFT ER.
MIT ERHOBENEM SCHILD DONNERT SIR WINZIG BLINDLINGS DURCH DIE GRUPPE DER SACHSEN UND VERFEHLT DANN EISENHERZ UM HAARESBREITE.
EIN BLINDES GESCHICK HAT SIE VOR SCHADEN BEWAHRT. BLIND DESHALB, WEIL SICH IHR HAAR GELÖST HAT UND DEN HELM AUSFÜLLT.
DER BEHERZTE ANGRIFF ENDET IN EINEM DORNENGESTRÜPP AM ENDE DER LICHTUNG.
488 6-16-46
DIE SACHSEN, DIE NICHT WISSEN, VON WO GEFAHR DROHT, BESCHÄFTIGEN KÖNIG ARTUS' LEUTE GERADE LANGE GENUG, DASS ALETA IHR HAAR BÄNDIGEN UND WIEDER SIR WINZIG WERDEN KANN.

Prinz Eisenherz
Aus den Tagen König Artus
ALS SIR WINZIG VERKLEIDET, HAT ALETA PRINZ EISENHERZ, DER DIE VERKLEIDUNG DURCHSCHAUT HAT, SPASS UND SORGEN BEREITET UND LETZTENDLICH EINEN TÖDLICHEN HINTERHALT VEREITELT. NUN WOLLEN ALLE WISSEN, WER SIR WINZIG IST.
SIR WINZIG FLUNKERT: "ICH SCHWOR, DIESEN HELM BIS ZUM RITTERSCHLAG AUFZUBEHALTEN!"
WIEDER LÄSST EISENHERZ SIR WINZIG DAS LAGER BEWACHEN. SIR BRANDEL ABER SOLL SIR WINZIG BEWACHEN. DER VERSTEHT, DENN NUR WENIGE HABEN ALETAS VERKLEIDUNG NOCH NICHT DURCHSCHAUT.
SIR BRANDEL IST GUTMÜTIG. ER WEISS, WIE GEPFLEGT ALETA WAR, UND DASS SIR WINZIG SICH FAST ZWEI WOCHEN LANG NICHT WASCHEN KONNTE. "DORT IM WALD IST EIN TEICH. WENN DU BADEN WILLST, HALTE ICH WACHE!"
SIR WINZIG LEGT DIE LÄSTIGE RÜSTUNG AB, UND ALETA STRECKT SICH IN DER SONNE UND KANN SICH ENDLICH AUSGIEBIG KRATZEN! DEN HELM LEGT SIE INS WASSER.
SO HOFFT SIE, SEINE UNLIEBSAMEN GÄSTE ZU ERTRÄNKEN, WÄHREND SIE IHR HAAR GRÜNDLICH WÄSCHT.
SIE TROCKNET IHR HAAR, SO GUT ES IN DER KÜRZE GEHT, EHE SIE MIT WIDERWILLEN DIE RÜSTUNG ANLEGT UND ZU IHREM DIENST ZURÜCKKEHRT.
SCHLIESSLICH IST DER AUFTRAG ERLEDIGT, UND DER LANGE HEIMRITT BEGINNT. "SIR" WINZIG IST HÖCHST ZUFRIEDEN, HAT DOCH NIEMAND ETWAS GEMERKT... NICHT EINMAL IHR GEMAHL!
IN CAMELOT ANGEKOMMEN, WILL SIE SICH HEIMLICH VERDRÜCKEN. DOCH ALLE SAGEN: "WENN KÖNIG ARTUS VON DEINER TAPFERKEIT ERFÄHRT, SCHLÄGT ER DICH VIELLEICHT ZUM RITTER!"
488 6-23-46
HAL FOSTER
EISENHERZ ERSTATTET BERICHT, DANN KNIET MANN UM MANN ZUR SCHILDERUNG SEINER TATEN VOR DEM KÖNIG NIEDER.

Prinz Eisenherz
Aus den Tagen König Artus
AM ENDE DER REIHE, DEREN MUTIGE TATEN PRINZ EISENHERZ WIE ÜBLICH KÖNIG ARTUS SCHILDERT, STEHT SIR WINZIG, DER IMMER NOCH DEN LÄSTIGEN HELM TRÄGT, SCHON WIEDER SO UNGEWASCHEN IST, DASS ES IHN ÜBERALL JUCKT, UND OBENDREIN ANGST HAT.
"UND DIESEN UNBEKANNTEN KRIEGER NANNTEN WIR SIR WINZIG. ER BESIEGTE EINEN RITTER, DER UNS DEN WEG VERSPERRTE, GRIFF EINEN TRUPP SACHSEN AN UND RETTETE UNS SO VOR DEREN FALLE."
DIE GANZE ZEIT ÜBER MACHT EISENHERZ ZEICHEN. DER KÖNIG STREICHT SICH ÜBER DEN BART. "SIR WINZIG, EINEM SO TAPFEREN KRIEGER MÖCHTE ICH INS GESICHT SEHEN KÖNNEN. NEHMT DEN HELM AB!"
GEDÄMPFT KLAGT EINE STIMME AUS DEM HELM: "TYPISCH MANN! ICH SOLL DEN HELM ABNEHMEN, OHNE MEINE FRISUR GERICHTET ZU HABEN! WIE MUSS ICH BLOSS AUSSEHEN?"
DER KÖNIG STEHT AUF UND VERNEIGT SICH. ER MEINT: "HÜBSCH SEHT IHR AUS! SIR WINZIG, ICH KANN NUR LAND UND TITEL VERGEBEN. DOCH DAS DEUCHT MICH NICHTS IM VERGLEICH ZU DEM, WAS EUCH DER HIMMEL BEREITS GESCHENKT HAT."
DER KÖNIG WIRFT SICH SO ALBERN IN DIE BRUST WIE JEDER MANN, DER EIN NETTES KOMPLIMENT GEMACHT HAT. "DARF ICH UM ETWAS BITTEN, SIRE", FRAGT DER ZERZAUSTE KRIEGER UNTERWÜRFIG. "BITTET, UND ES SEI EUCH GEWÄHRT", ERWIDERT GROSSMÜTIG DER KÖNIG.
"DANN LASST MICH HIER RAUS!" SCHREIT SIE. "WÄHREND IHR MÄNNER UNSINN VERZAPFT, JUCKT ES MICH WIE EINEN RÄUDIGEN HUND. ICH WILL EIN BAD, EINEN KAMM... UND KATWIN!" JAMMERT SIE.
490 6-30-46
HAL FOSTER
"UND ICH WILL EUCH!" SCHIMPFT KATWIN UND TRITT VOR. "WIE KÖNNT IHR NUR WEGLAUFEN UND UNS HALB ZU TODE ÄNGSTIGEN?" DANN PACKT SIE IHRE HERRIN AN DER SCHMUTZIGEN HAND UND FÜHRT SIE HINAUS.

Prinz Eisenherz
Aus den Tagen König Artus
PRINZ EISENHERZ UND SEINE MÄNNER HABEN DEN AUFTRAG DES KÖNIGS ERFÜLLT. SIR WINZIG ENTPUPPTE SICH VOR ALLEN ALS ALETA, DIE SICH IN IHRER VERKLEIDUNG NICHT WASCHEN UND BADEN KONNTE, UM NICHT ERKANNT ZU WERDEN. KATWIN FÜHRT SIE RESOLUT WEG UND SCHIMPFT MIT EINEM ANFLUG VON STOLZ: "WAS WERDET IHR WOHL ALS NÄCHSTES ANSTELLEN?"
"NACH ALL DER MÜHE, DIE ICH MIR MIT EUREM HAAR GEBE, BRINGT IHR ES 'BELEBT' HEIM. UND ERST EUER HALS UND DIE SCHULTERN... TOTAL VON DER RÜSTUNG ZERKRATZT! ICH BIN DIE KAMMERZOFE EINER LANDPLAGE!"
DANN HÄLT IHR GEMAHL IHR EINE STANDPAUKE ÜBER LEICHTSINN UND DIE SORGEN, DIE SIE ANDEREN BEREITET HAT. ER WÜRDE NOCH IMMER SCHIMPFEN, HÄTTE SIE IHN NICHT ANGESTRAHLT UND MIT DEN WIMPERN GEKLIMPERT.
NUR RITTER GAWAIN SCHEINT ZUFRIEDEN. "IHR SEID WUNDERBAR!" RUFT ER AUS. "IHR WERDET EIN GROSSER KRIEGER! IHR BRAUCHT NUR ETWAS MEHR ÜBUNG. WERDET MEIN KNAPPE, DANN REITEN WIR GEMEINSAM AUF ABENTEUERSUCHE!"
WÄHREND KÖNIG ARTUS' RAT DEN MARSCH GEGEN DIE SACHSEN VORBEREITET, WIRD EINE HIRSCHJAGD VERANSTALTET. ALS DIE HUNDE DEN HIRSCH GESTELLT HABEN, FÄLLT ALETA DIE EHRE ZU, IHN ZU ERLEGEN. DOCH DA SIE ALLES ANDERE ALS PERFEKT MIT PFEIL UND BOGEN UMGEHT, GIBT ES EINEN SCHMERZHAFTEN ZWISCHENFALL.
RITTER ERWIN IST NICHT SCHWER VERLETZT. GAWAIN ERMAHNT IHN: "KEHRT EINER SCHÖNEN FRAU NIE DEN RÜCKEN ZU. IHR SEHT JA, WAS SOLCHE UNHÖFLICHKEIT EINBRINGT!"
491 2-2-46
"OH, GÖTTIN DER LIEBE", TRÄLLERT RITTER GAWAIN, "EUER AMORS-GESCHOSS TRAF RITTER ERWIN NICHT INS HERZ, UND IN DER RECHTEN LAUNE FÜR DIE LIEBE IST ER NUN AUCH NICHT!"
GERÄUSCHLOS WIE VON SCHATTEN DES NACHMITTAGS SIND SIE VON GESETZLOSEN DES WALDES UMZINGELT WORDEN.

Prinz Eisenherz
Aus den Tagen König Artus
PRINZ EISENHERZ, ALETA UND RITTER GAWAIN SIND AUF DEM HEIMWEG VON DER JAGD IM SCHWEIGENDEN WALD VÖLLIG ÜBERRASCHEND VON GESETZLOSEN EINGEKREIST WORDEN. DEREN ANFÜHRER BRICHT ALS ERSTER DAS SCHWEIGEN:
"ICH BIN HUGH DER FUCHS, DER ANFÜHRER DIESER HEITEREN HORDE VON HALSABSCHNEIDERN. WIR STEHLEN VOM BETTELSTAB BIS ZU DES KÖNIGS HIRSCHEN ALLES, WAS UNS UNTERKOMMT. SOGAR RITTER. DENN FÜR DIE GIBT ES LÖSEGELD."
"DAS LEBEN IM WALD HAT EUCH WOHL ALLE MANIEREN VERGESSEN LASSEN, WIE?" ALETA SIEHT SO SANFT AUS, DASS HUGH DOPPELT ÜBERRASCHT IST, WIE FEST SIE IHN AM OHR PACKT UND HOCHZIEHT. "SELBST DER GRÖSSTE SCHURKE SOLLTE NICHT SITZEN BLEIBEN, WENN EINE KÖNIGIN STEHT!"
"ICH FREUE MICH ÜBER KÖNIGLICHEN BESUCH", SAGT DER GAUNER GRINSEND. "KÖNIGINNEN BRINGEN MEHR LÖSEGELD EIN."
HUGH DER FUCHS FÜHRT SIE DURCH DEN WEGLOSEN WALD. FLUCHT IST UNMÖGLICH, DENN RINGSUM SIND SCHATTENGLEICH GESETZLOSE ZU SEHEN.
DER GERUCH VON WILDBRATEN LÄSST IHNEN AUF EINER LICHTUNG DAS WASSER IM MUND ZUSAMMENLAUFEN. "ÜBLICHERWEISE HABEN GÄSTE FÜR IHR MAHL ETWAS UNTERHALTSAMES ZU LEISTEN", SAGT HUGH.
"WAS KÖNNT IHR?" - "KÄMPFEN", SAGT EISENHERZ. "DANN KÄMPFT. NACH ART DES WALDES! KOMM, KLEIN CYRIL!"
CYRIL TRITT GRINSEND VOR. GESCHICKT WIRBELT ER EINEN KAMPFSTAB UM DEN FINGER, DEN ANDEREN WIRFT ER EISENHERZ ZU. "NA, KLEINER, WER KNACKT JETZT EINEN SCHÄDEL?"
492 7-14-46
HAL FOSTER
EISENHERZ HATTE DIESES RAUHE SPIEL ALS KIND GESPIELT. ABER ER WEISS, DASS ER WENIGER ÜBUNG HAT ALS DIESER MEISTERKÄMPE. DER KAMPF BEGINNT.

Prinz Eisenherz
Aus den Tagen König Artus
DONARDO MARSCHIERT MIT FINSTERER MIENE AUF UND AB. DER NEUESTE ZUGANG SEINES HAREMS, DIE BLONDE ALETA, HAT IHM ENTGEGENGESCHLEUDERT, DASS SIE DEN TOD SEINER UMARMUNG VORZIEHE, DASS SIE SICH UMBRINGEN WOLLTE, WENN ER SIE AUCH NUR ANFASSTE. ER GLAUBT IHR AUFS WORT. UND WAS IHN SO BESONDERS WURMT, IST, DASS ES IHM ETWAS AUSMACHT!
DONARDO HAT NOCH JEDEN GEGNER BESIEGT. ER MÖCHTE AUCH HIER SIEGEN. ER WIRD DIE KLEINE BLONDE FRAU DAZU BRINGEN, IHN ZU LIEBEN! ER LÄSST SIE AUS DEN FRAUENGEMÄCHERN HERBEIRUFEN.
"ICH WILL DIR MEINEN WILLEN NICHT AUFZWINGEN", SAGT ER. "ABER DU WIRST NOCH GERNE MEIN WERDEN. WIR HABEN VIEL ZEIT, DENN DU WIRST DEN REST DEINES LEBENS HIER VERBRINGEN!"
"LASS MICH LIEBER GEHEN", SAGT ALETA, WÄHREND SIE IHM DIE HAND FAST MÜTTERLICH AUF DIE SCHULTER LEGT. "DU WIRST SONST NUR BIS ZU DEM TAG, AN DEM MEIN PRINZ EISENHERZ KOMMT, DICH TÖTET UND SARAMAND ZERSTÖRT, UNGLÜCKLICH SEIN."
DONARDO LACHT SCHALLEND OB SOLCH BLÜHENDEN BLÖDSINNS! DA WIRFT SICH EIN SPION VOR IHM AUF DIE KNIE UND BERICHTET: "DIE ARMEEN VON KÖNIG ALFGAR UND KÖNIG HAKIM SIND IM ANMARSCH. EIN WILDER RITTER AUS DEM NORDEN NAMENS PRINZ EISENHERZ FÜHRT SIE AN!"
HAL FOSTER
AUF DEN GROSSEN MAUERN BEREITET DONARDO DIE VERTEIDIGUNG VOR UND VERGISST DABEI FÜR EINE WEILE ALETA.
Abenteuer zweier Ritterknaben
ARN BEDAUERT, DASS ER IN EINEM ANFLUG VON MITGEFÜHL DER LÄSTIGEN MELISANDE SEIN MESSER GESCHENKT HAT.
SIE HAT ES VON IHREM HELDEN BEKOMMEN, UND KEINE ZEHN PFERDE KÖNNTEN ES IHR ENTREISSEN!
"WIE ICH SEHE, HAST DU KEIN MESSER, ARN", SAGT SIR GREGORY FREUNDLICH. "ZUFÄLLIG HABE ICH ZWEI." MIT DIESEN WORTEN GIBT ER DEM ERFREUTEN JUNGEN SEIN EIGENES MESSER.

Prinz Eisenherz
Aus den Tagen König Artus
JEDER DER GEFANGENEN VON HUGH DEM FUCHS MUSS ETWAS FÜR SEIN ESSEN LEISTEN. ALS DIE REIHE AN ALETA IST, FORDERT SIE HUGH ZU EINEM WETTSCHWIMMEN AUF.
EISENHERZ MUSS INSGEHEIM SCHMUNZELN, DENN ER WEISS, WIE GUT SEINE FRAU SCHWIMMEN KANN.
HUGH KANN VOR ALL SEINEN LEUTEN NICHT ABLEHNEN. ER HOFFT, DASS ES DIE JUNGE FRAU HIN UND ZURÜCK SCHAFFT, DENN DIE ZURÜCKZULEGENDE STRECKE IST BEACHTLICH.
DAS WETTSCHWIMMEN BEGINNT. HUGH IST EIN GUTER SCHWIMMER, DER MIT KRÄFTIGEN STÖSSEN DAS WASSER AUFWIRBELT. ALETAS KLEINER KÖRPER KRÄUSELT BEIM SCHWIMMEN KAUM DIE WASSEROBERFLÄCHE.
SIE SCHWIMMEN DURCH DEN KLEINEN SEE, WENDEN, KEHREN UM. KURZ VOR DEM ZIEL HAT HUGH SECHS METER VORSPRUNG. ABER ALS ER DAS UFER BERÜHREN WILL, SCHIESST EIN WEISSER ARM VOR... UNENTSCHIEDEN!
HUGH SITZT KEUCHEND AM UFER. ALETA TADELT IHN: "ACH, IHR MÄNNER MIT EURER GALANTERIE! IHR WOLLTET MICH EINFACH NICHT VERLIEREN LASSEN. JETZT MÜSSEN WIR NOCH EINMAL SCHWIMMEN!"
SIE SCHWIMMEN NOCH EINMAL... MIT DEM GLEICHEN RESULTAT... HUGH FÜHRT BIS KURZ VOR DEM ZIEL, UND ES GIBT EIN UNENTSCHIEDEN. SCHEINBAR ZORNIG SAGT ALETA: "IHR SPIELT KATZ UND MAUS MIT MIR UND WOLLT MICH MÜDE MACHEN!"
FÜR EINEN WALDMENSCHEN IST HUGH EIN RECHT GUTER SCHWIMMER. AUCH ALETA SCHWIMMT GUT... WIE EINE INSELBEWOHNERIN, DIE IHR HALBES LEBEN IM MEER VERBRACHT HAT. HUGH IST ERST HALB DRÜBEN, ALS IHN ALETA AUF DEM RÜCKWEG MITNIMMT.
494 7-28-46
SIE LEGEN HUGH NEBEN DEN VON EISENHERZ GESCHAFFTEN KLEIN CYRIL ZUM TROCKNEN IN DIE SONNE. "MIR GEFÄLLT ES IM WALD!" FLÖTET ALETA. "ICH GLAUBE, WIR ZAHLEN KEIN LÖSEGELD, DANN KÖNNEN WIR HIER JEDEN TAG WETTKÄMPFE AUSTRAGEN."
COPR. 1946, KING FEATURES SYNDICATE, Inc., WORLD RIGHTS RESERVED.
HAL FOSTER
HUGH SCHAUDERT. IHM DÄMMERT ALLMÄHLICH, DASS SICH EIN ANSTÄNDIGER RÄUBER SEINE OPFER SORGFÄLTIGER AUSSUCHEN SOLLTE.

INHALT